HEYNE <

CATHY BRAMLEY

FLIEDERSOMMER

ROMAN

Aus dem Englischen
von Franziska Heel

WILHELM HEYNE VERLAG
MÜNCHEN

Die Originalausgabe erschien unter dem Titel
WICKHAM HALL.

*Der Verlag weist ausdrücklich darauf hin, dass im Text
enthaltene externe Links vom Verlag nur bis zum Zeitpunkt
der Buchveröffentlichung eingesehen werden konnten.
Auf spätere Veränderungen hat der Verlag keinerlei Einfluss.
Eine Haftung des Verlags ist daher ausgeschlossen.*

Verlagsgruppe Random House FSC® N001967

Deutsche Erstausgabe 07/2017
Copyright © 2016 by Cathy Bramley
Copyright © 2017 der deutschsprachigen Ausgabe
by Wilhelm Heyne Verlag, München,
in der Verlagsgruppe Random House GmbH,
Neumarkter Straße 28, 81673 München
Redaktion: Steffi Korda
Printed in Germany
Umschlaggestaltung: Eisele Grafikdesign, München,
unter Verwendung eines Motivs von
© Photography by Greta Kenyon
Satz: KompetenzCenter, Mönchengladbach
Druck und Bindung: GGP Media GmbH, Pößneck
ISBN: 978-3-453-42207-0

www.heyne.de

Für Tony, meinen strahlendsten Stern

Kapitel 1

Ich war ziemlich außer Atem, als ich um die Ecke in die Mill Lane einbog. Mein Mund war trocken, meine Lungen fühlten sich wie gequetscht an, und einer meiner Schnürsenkel löste sich. Doch ich war entschlossen, nicht langsamer zu werden.

»Komm schon, Holly«, murmelte ich vor mich hin, als die Ziellinie in mein Blickfeld rückte. »Du schaffst das. Beinahe da. Noch mal anstrengen!«

Die letzten einhundert Meter sprintete ich. Die frühe Junisonne schien warm auf meinen Rücken, und ich war trotz meiner leichten Bekleidung – T-Shirt und Shorts – verschwitzt. Jetzt allerdings hielt mich nichts mehr auf! Ich hatte die Schmerzgrenze überschritten, hatte das Ziel fast erreicht ...

»Grundgütiger!«, rief Mrs. Fisher, meine ältere Nachbarin, als sie mit ihrem Einkaufswagen aus dem Gartentor trat. »Jetzt haben Sie mich aber erschreckt! So an mir vorbeizulaufen!«

»Entschuldigen Sie, Mrs. Fisher«, keuchte ich, während ich ihr gerade noch auswich. »Ein herrlicher Morgen, nicht wahr?«

»Wie geht es Ihrer Mutter?«, rief Mrs. Fisher hinter mir her.

»Gut, danke!«, rief ich über meine Schulter zurück. »Tut mir leid, kann nicht anhalten!«

Ich rannte bis zu unserem Gatter, die Arme triumphierend über den Kopf gestreckt, als ob ich ein unsichtbares Zielband durchgerissen hätte. Zum ersten Mal überhaupt hatte ich den ganzen Weg geschafft, ohne anzuhalten. Ich sprang über die Schachteln mit Abfall, die zum Recyceln nach draußen gestellt worden waren, und hielt dann atemlos vor der Haustür von Weaver's Cottage an, dem honigfarbenen Reihenhaus, das ich mit meiner Mutter bewohnte.

Ich warf einen Blick auf meine Uhr: fünf Kilometer in siebenundzwanzig Minuten. Eine persönliche Bestleistung und wirklich nicht übel für jemanden, der sich bis vor Kurzem lieber eine Schachtel mit Petit Fours (am liebsten die mit Zitrone) und die Fernbedienung geschnappt hatte, um es sich vor *The Hotel Inspector* bequem zu machen, statt Sport zu treiben.

Ich zog meinen Kopfhörer herunter und grinste vor mich hin, während Shakiras *Hips Don't Lie* aus meinem iPod ertönte.

Du hast so was von recht, Shakira, dachte ich und wischte mir den Schweiß von der Stirn. *Diese Hüften lügen garantiert nicht.* Ein kompletter Monat voller Kuchen, in dem ich versucht hatte, einen Job zu finden, hatte absolut nichts für meine Hüften getan. Hoffentlich würde mein neues Fitness-Programm bald Wirkung zeigen. Fitter fühlte ich mich jedenfalls. Und was die Jobsuche betraf ... Auch da wartete ich noch darauf, dass meine Anstrengungen Früchte trugen.

Einen Moment lang stand ich da, die Arme in die Hüften gestemmt, und rang nach Atem. Etwas Unkraut lugte zwischen den Bodenplatten hervor, und ich beugte mich herab, um es auszureißen. Ich nahm mir vor, heute ein paar Dinge zu erledigen, um das meiste aus den letzten Tagen meiner Arbeitslosigkeit zu machen. Vielleicht hatte Mum sogar Lust, mir zu helfen? Vorschlagen konnte ich es ja mal ...

Vor fünf Wochen hatte man mir im Esprit Spa Resort gekündigt. Seitdem hatte ich mich mit vollem Elan auf die Arbeitssuche gestürzt. Trotzdem war mir noch genug Zeit geblieben, um mich in Weaver's Cottage mit seinen niedrigen Decken und vollgestopften Zimmern etwas klaustrophobisch zu fühlen. Da meine Mutter nur eine Teilzeitbeschäftigung hatte, verbrachten wir viel zu viel Zeit miteinander, was allmählich anstrengend wurde.

Ich liebe Mum von ganzem Herzen und hätte alles für sie getan. Dazu gehört auch, ihre Eigenarten zu ertragen, seit ich denken kann. Aber auch ich bin nur ein Mensch, und mit ihr auf so engem Raum zusammenzuwohnen stellte meine Geduld wirklich auf eine ziemlich harte Probe.

Weshalb ich es auch so genoss, mir draußen die Beine zu vertreten. Laufen war mein Sicherheitsventil. Die Landstraßen um Wickham gaben mir den Raum, den ich brauchte, um Dampf abzulassen und in Ruhe nachzudenken.

Solange ich denken konnte, wollte ich in der Event-Branche arbeiten, bevorzugt in der für renommierte internationale Veranstaltungen. *Es kann nicht schaden, sich hohe Ziele zu stecken*, hatte ich gedacht. Leider sollten diese schon bald in unerreichbare Ferne rücken. Am Ende meines letzten Jahres an der Uni wurde klar, dass Mum ohne mich zu Hause nicht gut zurechtkam, und ich musste meine Pläne ändern. Nachdem ich drei Jahre lang in meinem Studentenwohnheim himmlisch minimalistisch gelebt hatte, kehrte ich nach Weaver's Cottage zurück. Doch selbst wenn das meine Weltenbummler-Ambitionen erst einmal unmöglich machte, so hielt es mich keineswegs davon ab, weiterhin zu träumen.

Wickham war ein pittoreskes Dorf im Schatten von Stratford-upon-Avon, ein Juwel in der Krone des englischen Tourismus, sodass es zahlreiche geeignete Stellen für Einsteiger wie mich gab. Nachdem ich mich in einer Reihe von Jobs versucht hatte – unter anderem als Hotelrezeptionistin und als Ticketverkäuferin im Anne Hathaway's Cottage –, bekam ich schließlich meine erste richtige Anstellung beim Esprit Spa Resort. Dort blieb ich drei Jahre und arbeitete mich zur Assistentin des Eventorganisators hoch.

Leider gerieten die Besitzer in finanzielle Schwierigkeiten, und das Resort musste schließen, wodurch ich in meine jetzige Lage geriet. Seitdem hatte ich mich wie eine Wahnsinnige um einen neuen Job bemüht. Ich wollte unbedingt im Event-Bereich bleiben. Aus diesem Grund wartete ich nun ungeduldig auf den Postboten. Denn unglaublicherweise war mein absoluter, hundertprozentiger, niemals wirklich anvisierter *Traumjob* nur einen Steinwurf von meinem Haus ausgeschrieben worden: Wickham Hall suchte nach einem neuen Assistenten für den Veranstaltungsmanager. Ich merkte, wie mein Herz allein bei dem Gedanken an das Elisabethanische Herrenhaus auf der anderen Seite von Wickham schneller schlug. Das herrschaftliche Anwesen war noch immer im Privatbesitz der Familie Fortescue und für seine zahlreichen beliebten Veranstaltungen bekannt. *Das ist mein vorherbestimmtes Schicksal*, hatte ich gedacht, als ich die Anzeige vor zwei Wochen in der *Stratford Gazette* entdeckte. Die Jobbeschreibung las sich, als wäre sie für mich geschrieben worden: akribisches Planungsgeschick, Detailgenauigkeit, ausgezeichnete Kommunikations- und Organisationsfähigkeiten sowie Erfahrung als Veranstaltungsorganisatorin. Die Stelle hätte passender nicht sein können!

Außerdem kannte ich Wickham Hall wie meine Westentasche. Ich war dort gewesen, seit ich laufen konnte. Als ich klein war, hatte ich mir sogar vorgestellt, dort zu leben, und mir ausgemalt, in einem Himmelbett und mit einer eigenen Zofe aufzuwachen, mit der Garderobe einer Disney-Prinzessin und Hektar von Wiesen und Gärten ganz für mich allein ...

Ich unterdrückte einen Seufzer. Tatsache war nämlich, dass ich trotz meiner Bewerbung, in die ich Herz und Seele gesteckt hatte, bisher noch nicht zu einem Bewerbungsgespräch eingeladen worden war. Die Vorstellungsgespräche fanden diese Woche statt, ich hätte inzwischen also eine Antwort bekommen müssen. In diesem Moment fuhr der Postbote vorbei und schüttelte bei meinem hoffnungsvollen Blick nur entschuldigend den Kopf. Also war auch heute wieder nichts dabei. Das war – um es milde auszudrücken – ein ziemlicher Schlag. Es war wohl an der Zeit, den Traum zurück in die Schublade zu stecken und sich anderweitig umzuschauen. Meine Haut war inzwischen so weit abgekühlt, dass ich zu zittern begann. Ich rieb mit den Händen über meine Oberarme und drehte mich um, um reinzugehen.

Die Haustür klemmte wie erwartet. Ich drückte mit beiden Händen dagegen.

»Oh, warte! Ich rücke eben kurz was zur Seite!«, rief Mum. »Okay, jetzt kannst du reinkommen, Schatz!«

Ich streckte den Kopf durch den Türspalt und wurde vom

Anblick meiner Mutter begrüßt, die zwischen Stapeln von Zeitungen und Tüten voller alter Klamotten am Fußende der Treppe kniete. Sie trug eines ihrer Lieblingssommerkleider, ein Schnäppchen aus dem gemeinnützigen Secondhandladen, in dem sie arbeitete.

»Entschuldige«, sagte ich und zwängte mich durch den Türspalt. Ich versuchte, das Chaos zu ignorieren, das sich mir bot, und mich stattdessen ausschließlich auf meine Mutter zu konzentrieren.

Mum und ich ähneln uns sehr. Wir sind gleich groß – oder besser gesagt: gleich klein – und blond. Während ihre Augen blau wie die meiner Großeltern sind, sind meine braun, was wahrscheinlich auf denjenigen zurückzuführen ist, »der niemals erwähnt werden darf«. Doch der größte Unterschied – und zugleich größtmöglicher Streitpunkt – ist Zeug. Mum hatte überall Zeug herumliegen. Ich nicht.

Jetzt gerade wühlte sie sich mal wieder durch ihre Sammlung unnützer Dinge.

»Hast du etwas verloren, Mum?« Nach der frischen Luft draußen schien es mir im Flur besonders stickig zu sein.

»Nicht ich, nein. Aber du«, erwiderte sie und strich sich die Haare aus dem Gesicht, wobei sie sich in ihrer Lesebrille verfing, die dauerhaft auf ihren blonden Locken saß.

»Ich?« Ich lächelte schwach. Ich versuchte immer zu vermeiden, etwas irgendwo in diesem Haus abzustellen. Denn dann fand man es möglicherweise nie wieder.

»Das muss irgendwo hier sein«, murmelte sie. Ohne weiter auf mich zu achten, durchsuchte sie einen Stapel Briefumschläge.

»Was?«

Sie schüttelte betrübt den Kopf.

Ich ließ mich auf der untersten Treppe nieder. »Mum«, sagte ich und legte behutsam eine Hand auf ihre Schulter. »Lass mich die Post nehmen. Die brauchen wir nicht, das ist alles Werbung. Okay?«

Sie nahm einen weiteren Stapel in die Hand und sah ihn durch. »Du hättest einen Brief von Wickham Hall bekommen sollen. Eine Dame namens Pippa rief gerade an und wollte wissen, ob du ihn erhalten hast. Ich habe versucht, ihn zu finden, bevor du zurückkommst.« Sie ging in die Hocke und blickte mich schuldbewusst an. »Es ist meine Schuld, Holly. Er muss irgendwo in meinem Durcheinander untergegangen sein. Es tut mir so leid.«

Mum wirkte so niedergeschlagen, dass ich einen Moment lang brauchte, um zu begreifen, was sie da gerade gesagt hatte. Meine Augen weiteten sich, ich schluckte. Ich wagte kaum zu hoffen ...

»O mein Gott, Pippa ist die Veranstaltungsmanagerin! Was hat sie gesagt?« Ich fasste nach Mums Händen und zwang sie, mich anzusehen. »Was genau hat sie gesagt?«

»Sie sagte, du hättest nicht auf ihren Brief geantwortet, und wollte wissen, ob du heute Nachmittag noch zu dem Vorstellungsgespräch kommen könntest.«

Mein Herz schwoll vor Glück, Hoffnung und reinster Freude an. Ich gab Mum einen Schmatzer auf die Wange und rannte nach oben, um zu duschen. Das Zeug vor der Tür konnte warten. Jetzt musste ich mich erst einmal um meinen Traumjob kümmern.

Um drei Uhr nachmittags wurde ich von Pippa Hargreaves, Veranstaltungsmanagerin von Wickham Hall, zu einem Stuhl am Ende eines langen Eichentischs geführt. Mein Magen spielte verrückt, und ich wusste, dass meine Wangen gerötet waren. Aber ich war an dem Ort, an dem ich sein sollte, und das war die Hauptsache.

»Danke, dass Sie es so kurzfristig einrichten konnten, Holly.« Sie lächelte und setzte sich mir gegenüber. »Ich verstehe leider nicht, was mit Ihrer Einladung zum Vorstellungsgespräch passiert ist.«

Ich sah Pippa zu, wie sie uns zwei Gläser Wasser aus einer schweren Glaskaraffe füllte. Sie war etwa fünf Jahre älter als ich – vermutlich Mitte dreißig – und trug sorglos hochgesteckte Haare, ein Sommerkleid mit Blumenmuster und ein warmes Lächeln. Sie hatte ununterbrochen geredet, seitdem sie mich im Empfangsbereich am Fuß einer großen Eichentreppe begrüßt hatte, und ich hatte bereits jetzt das Gefühl, dass wir uns ausgezeichnet verstehen würden.

»Ich bin mir sicher, dass es nicht an Ihnen lag«, meinte ich und nahm das Wasserglas entgegen. »Wahrscheinlich ging der Brief in der Post verloren. Ich freue mich einfach so sehr, dass Sie angerufen haben! Die ganze Woche über habe ich sämtliche Daumen gedrückt, in der Hoffnung, eingeladen zu werden.«

Ich fühlte mich ein wenig schuldig dabei, dem Postboten den Verlust des Briefs anzukreiden. Wir hatten Pippas Brief schließlich nämlich doch noch gefunden. Er war in einem dicken, cremefarbenen Umschlag mit dem Familienwappen der Fortescues gewesen und offenbar irgendwie in einen alten Prospekt für Weihnachtskarten geraten, zusammen mit einer ungeöffneten Stromrechnung und einem Flyer von Mo's Maids Putzservice. Aber das konnte ich ja wohl kaum ehrlich zugeben, oder?

»Gut. Irgendwo hier habe ich auch noch eine Kopie Ihrer

Bewerbung.« Pippa strahlte mich an und zog einen unordentlichen Stapel Papiere zu sich.

Es juckte mir in den Fingern, ihr den Stapel wegzunehmen und mit den Papierrändern auf den Tisch zu klopfen, um ihn in Ordnung zu bringen. Stattdessen verschränkte ich meine Hände unterm Tisch und versuchte mich darauf zu konzentrieren, das beste Vorstellungsgespräch aller Zeiten hinzulegen.

»Hier haben wir es: Holly Swift«, erklärte sie und zog meinen Bewerbungsbrief hervor. Sie überflog meinen Lebenslauf, indem sie ihn stichpunktartig leise vorlas. »Universität... Abschluss in Hospitality-Management... sowohl allein als auch als Teil eines Teams gearbeitet... ausgezeichnetes Organisationstalent... Assistentin des Veranstaltungsorganisators im Esprit Hotel und Spa Resort – Esprit? Sehr nobel.« Sie hielt kurz inne und schaute auf. »Ich hatte vor, meinen Mann dieses Jahr für unseren siebten Hochzeitstag dorthin einzuladen. Wie schade, dass es zugemacht hat.«

»Fand ich auch.« Ich wollte lieber nicht zu sehr ins Detail gehen, was die Insolvenz meines alten Arbeitgebers anging. Besser, ich steuerte unsere Unterhaltung in positivere Gefilde. »Das Esprit war sehr modern und edel«, fuhr ich daher rasch fort. »Aber ich liebe die elisabethanische Schönheit von Wickham Hall. Der Ort verströmt geradezu Geschichte. Das lässt sich mit Glas und Glanz bei Esprit meiner Meinung nach überhaupt nicht vergleichen.«

Pippa lächelte und schaute wieder auf meine Unterlagen. Währenddessen sah ich mich um, damit ich mir alle Einzelheiten im Zimmer einprägen konnte, um später Mum davon zu erzählen. Dieser Teil des Herrenhauses war für die Öffentlichkeit nicht zugänglich, aber er war genauso hinreißend wie die anderen Räume, die ich bei meinen früheren Besuchen gesehen hatte. Das Büro der Veranstaltungsorganisation lag im ersten Stock des Ostflügels. Irgendwo unter mir befanden sich Lord Fortescues private Büroräume. Allein der Gedanke ließ meine Knie weich werden. Ein echter Lord, ich könnte tatsächlich mit einem echten Lord zusammenarbeiten ... Da hätte Mum aber etwas in ihrem Secondhandladen zu erzählen!

Mein Blick wanderte durch die Fenster zu Anlagen und zum Park hinaus. Der Garten war voller leuchtender Blumen und von breiten gepflasterten Wegen sowie verstreut aufragenden Formschnitthecken durchzogen. Ein Rasentraktor hinterließ breite grüne Streifen, während er über die gepflegten Grünflächen tuckerte, und in der Ferne war eine Dunstwolke von den Fontänen der Brunnen zu erkennen, die in Richtung Hirschpark sprudelten. Ich verspürte eine große Sehnsucht.

»Also, Holly, können Sie mir sagen, warum ich Ihnen die Stelle als meine Assistentin geben sollte?« Pippa lehnte sich zurück, verschränkte ihre Finger und lächelte.

Ich blinzelte sie an. »Also, ich ...«

Einen Moment lang war mein Gehirn völlig leer. Gewöhnlich bereitete ich mich auf ein Vorstellungsgespräch mit intensiver Recherche, Plänen und Übungen vor. Doch dafür hatte ich heute keine Zeit gehabt.

Komm schon, Holly, das ist deine große Chance. Das ist die Herausforderung, auf die du gewartet hast.

Ich holte tief Luft und lehnte mich vor. »Weil das mein Traumjob ist und ich Ihnen garantieren kann, dass niemand diese Stelle so sehr will wie ich.«

Pippa legte lächelnd ihren Kopf zur Seite. »Wirklich?«

Ich blickte ihr direkt in die Augen und nickte. »Seit ich ein kleines Mädchen war, bin ich jedes Jahr mit meiner Mutter zum Sommerfest, zum Feuerwerk und zu den Weihnachtsfeierlichkeiten gekommen... Im Grunde zu jeder Veranstaltung.« Ich rückte etwas nach vorn und legte selbstbewusst meine Unterarme auf den Tisch. »Manchmal komme ich allein hierher«, gab ich zu und strich mir meinen blonden Bob hinter die Ohren, »nur um den Frieden, die Symmetrie des Gebäudes und die Anordnung des Gartens zu genießen...«

Und um dem Chaos in Weaver's Cottage zu entkommen, fügte ich in Gedanken hinzu.

»Ich kann ehrlich sagen, dass mir Wickham Hall der liebste Ort der Welt ist. Und die Vorstellung, Teil des Teams zu sein, das all diese wunderbaren Events möglich macht, erfüllt mich mit einer solchen Freude, dass ich mich kaum zurückhalten kann...«

War das zu dick aufgetragen? Pippa schien das zwar nicht zu denken, aber vielleicht sollte ich doch besser mit meinen Vorzügen weitermachen. Also hustete ich und zählte dann mithilfe meiner Finger auf: »Ich bin effizient und sehr organisiert, ich liebe Herausforderungen, und ich bin mir sicher, dass wir beide sehr von einer Zusammenarbeit profitieren würden.«

Ich lehnte mich zurück und atmete bebend aus. Vielleicht hatte ich es übertrieben, aber es war die Wahrheit, und die Wahrheit zu sagen konnte doch nicht falsch sein – oder?

Pippa lächelte. »Danke. Das kam von Herzen, Holly, das war eindeutig. Ihr Lebenslauf ist sehr eindrucksvoll, und es ist von Vorteil, dass Sie unsere Veranstaltungen bereits kennen.«

Wir sprachen noch eine Viertelstunde lang. Ich erzählte ihr von meiner persönlichen Situation, die mich in der Gegend verankerte, während sie mir die Aufgaben ihrer Assistentin schilderte. Sie berichtete mir auch von ihren vier Kindern – alle unter sechs, einschließlich eines Zwillingspärchens – und von dem alten Pfarrhaus, das sie, die Tochter eines Vikars, an ihre Kindheit erinnerte. Was für eine großartige Frau!

»Die Arbeit hier hat nichts Glamouröses, das sollten Sie wissen«, erklärte Pippa, wobei ihre Augen funkelten. »Wahrscheinlich klingt es so, aber hier in Wickham Hall Veranstaltungen zu organisieren, kann körperlich ziemlich anstrengend sein. Es ist nicht nur, dass man jeden Tag von einem Ende des riesigen Anwesens bis zum anderen und wieder zurück laufen muss, oft stellen wir auch selbst Stühle und Tische auf, schleppen Schachteln voller Broschüren, klettern auf Leitern, um Schilder anzubringen ...«

»Das ist kein Problem für mich«, erwiderte ich und hatte das Gefühl, vielleicht etwas zu enthusiastisch zu klingen.

»Gut. Und für unsere Leistungen werden wir selten gelobt. Lord und Lady Fortescue repräsentieren Wickham Hall in der Öffentlichkeit. Die meiste Zeit werden wir gar nicht bemerkt.«

»Das ist mir absolut recht!« Ich hielt beide Hände hoch. »Ehrlich. Ich bin jemand, der gern im Hintergrund arbeitet. Geben Sie mir ein Klemmbrett und eine Liste mit Aufgaben, und ich bin in meinem Element.«

»Dann passt es ja«, entgegnete Pippa lachend.

Während sich Pippa ein paar Notizen am Rand meines Lebenslaufs machte, sah ich mich erneut um.

»Haben Sie noch Fragen?«, wollte Pippa mit gezücktem Füller wissen.

»O ja.« Ich konzentrierte mich wieder auf mein Gegenüber. »Wird es eine Art Vorstellungsrunde geben? Ich mache mich gerne mit den wichtigsten Angestellten und deren Aufgaben vertraut, ehe ich ins kalte Wasser springe.«

Pippas Augen funkelten amüsiert.

»Äh, ich meine, falls ich überhaupt genommen werde«, fügte ich hinzu.

»Natürlich.« Sie presste die Lippen aufeinander, und ich vermutete, dass sie ein Lächeln unterdrückte. »Ich bin mir sicher, dass wir einen Rundgang machen können, wo Sie alle Leute, mit denen Sie zu tun haben werden, kennenlernen. Weitere Fragen?«

»Noch eine.« Ich holte tief Luft. »Welche Aufstiegsmöglichkeiten gibt es hier?«

Pippa zog eine Grimasse. »Hier bei uns? Leider keine.« Sie schloss den Füllfederhalter und schob meine Bewerbung an die unterste Stelle des Stapels. »Es sei denn, ich gehe. Was ich nicht vorhabe. Wir sind ein kleines Team. Um genau zu sein, nur zwei. Und daran wird sich wohl auch in der Zukunft nichts ändern. Ist das alles?«

Ich schluckte und warf einen besorgten Blick auf die Bewerbungsbögen. War meine letzte Frage zu dreist gewesen? Aber ich war ehrgeizig, es konnte also nicht falsch sein, dass auch zu signalisieren.

Sie schob ihren Stuhl zurück und stand auf. Ich tat es ihr gleich.

»Es freut mich sehr, das zu hören«, sagte ich.

Pippas Mund verzog sich zu einem Lächeln, und sie wies auf die Tür. »Ich bringe Sie hinaus.«

»Ich meine, dass Sie nicht vorhaben wegzugehen«, erklärte ich über meine Schulter hinweg, während ich den Gang entlanglief. »Ich glaube, wir wären ein tolles Team. Meinen Sie nicht?«

Sie lächelte noch immer. »Es gibt einige starke Kandidaten für diese Stelle, Holly. Ich muss mir überlegen, wer am besten passt.«

»Okay.« Ich nickte, während ich ihr innerlich positive »Nimm mich«-Signale sandte.

»Gut. Von hier finden Sie sicher selbst hinaus.« Pippa reichte mir die Hand. »Es freut mich sehr, Sie kennengelernt zu haben, Holly. Ich werde mich melden.«

»Wann wird das sein?«, fragte ich.

»Sie waren die letzte Kandidatin. Also sehr bald.«

»Vielen herzlichen Dank.« Ich strahlte und ließ ihre Hand widerstrebend los. »Ich freue mich darauf.«

Zu Hause rief ich Mum einen Gruß zu und rannte dann sofort in mein Zimmer hoch. In meinem Kopf herrschte Aufruhr, und mein Herz hämmerte noch immer wie wild. Ich brauchte ein paar Minuten allein an meinem Zufluchtsort, meiner Oase der Ruhe, fern vom Stress des restlichen Cottages, um meine Gedanken sammeln zu können.

Mein Zimmer hatte dieselbe Größe wie das meiner Mutter. Damit endeten auch schon die Ähnlichkeiten. Alle meine Möbel waren weiß: Ich hatte weiße Wände, weiße Bettwäsche und weiße Vorhänge. Alle Oberflächen waren frei, bis auf eine kleine Schale auf meiner Kommode, wo ich die Schlüssel deponierte. Ich mochte keine dekorativen Elemente, sondern nur Fotografien an den Wänden, die das Zimmer in zusammengefassten Collagen etwas auflockerten. Sie erinnerten mich an meine Zeit in der Schule und an der Universität sowie an die Urlaube mit meiner besten Freundin Esme.

»Wie ist es gelaufen?«, rief Mum zu mir hoch.

»Komme gleich!«, rief ich zurück. Ich öffnete den Kleiderschrank und zog mir Jeans und T-Shirt an. Ich hängte Kleid und Jacke auf, stellte meine Pumps auf ein eingebautes Schuhregal, schob mein Handy in die Hosentasche und rannte hinunter zu Mum.

»Oh, Mum«, sagte ich. »Ich will den Job unbedingt, und ich mag diese Pippa. Das Büro war auch wunderschön, holzverkleidet und mit hübschen kleinen Fenstern.«

»Dann drücke ich dir die Daumen, Schatz.« Mum tätschelte meinen Arm.

Auf der Arbeitsplatte standen eine Unzahl von Töpfen und Küchenutensilien – wie ein Brotbackautomat und eine Kaffeemühle, die sie aus dem Secondhandladen mitgebracht und nie benutzt hatte. Es gelang mir, in dem ganzen Durcheinander die Teekanne zu erspähen. »Ist noch Tee in der Kanne?«

»Ja, aber der ist inzwischen kalt«, sagte Mum. »Wie wäre es, wenn wir stattdessen gemeinsam ein Gläschen Pinot Grigio trinken, um dein Vorstellungsgespräch zu feiern?«

»Nein, danke. Noch habe ich den Job nicht«, meinte ich und trug den Wasserkessel zum Spülbecken hinüber. »Bleiben wir beim Tee und feiern dann, wenn und falls ich die Stelle kriege. Aber ...« Ich zögerte, da ich wusste, dass ich für das, was ich sagen wollte, den richtigen Tonfall finden musste. »Ich habe mir gedacht, dass wir doch vielleicht ein bisschen die Sachen draußen im Flur wegräumen könnten, Mum. Dadurch wäre ich zum einen von dem Vorstellungsgespräch abgelenkt, zum anderen habe ich bald vielleicht nicht mehr so viel Zeit ...«

Die Veränderung in ihrer Miene kam sofort und unmissverständlich. Ich hatte schon viele Male miterlebt, wie schnell der Rollladen herunterkam, sobald ich versuchte, einen vernünftigen Vorschlag zu machen.

Mum presste die Lippen aufeinander und schüttelte abwehrend den Kopf. »Da gibt es nichts wegzuräumen«, murmelte sie. »Ich brauche das alles. Außerdem habe ich heute Abend schon etwas zu tun. Und Tee möchte ich auch nicht, danke.«

Mir rutschte das Herz in die Hose, als sie an mir vorbeirauschte und im Wohnzimmer verschwand. Typisch Lucy Swift – es war immer das Gleiche. Sobald ich einen Vorschlag machte, um sie aus diesem Teufelskreis herauszuziehen, hatte sie auf wundersame Weise plötzlich etwas anderes Dringendes zu tun und verschwand.

Ich war versucht, ihr hinterherzurufen, doch noch ehe ich die Chance hatte, eine angemessen diplomatische Antwort zu formulieren, klingelte mein Handy.

»Holly Swift«, meldete ich mich. *Bitte lass es Pippa sein, bitte ...*

»Holly, hallo. Hier Pippa Hargreaves. Gratuliere, Sie haben die Stelle.«

»Ja!«, rief ich und schlug mit der Faust in die Luft. »Vielen Dank. Sie werden es nicht bereuen, das verspreche ich Ihnen.«

Meine neue Chefin lachte leise in mein Ohr. »Das freut mich. Wann können Sie anfangen?«

»Jetzt?«, schlug ich vor.

Sie lachte erneut. »Es ist Freitagabend, Holly. Montagmorgen um neun Uhr reicht völlig. Ich treffe Sie dann im Empfangsbereich.«

»Punkt neun Uhr«, strahlte ich. »Ich wünsche Ihnen ein wunderschönes Wochenende, Boss.«

Kapitel 2

Es war eine kurze Fahrt bis nach Wickham Hall. Ein Wachmann – ein adretter älterer Mann in weiten Shorts und einer Regenjacke, an der ein Namensschild mit dem Namen Jim Badger angebracht war – winkte mich auf den Parkplatz für Angestellte.

Es war fünf vor neun. Mein Magen verkrampfte sich vor Aufregung, als ich Wickham Hall durch den Angestellteneingang betrat. Ich, hier, eine Angestellte! Wie herrlich! Ich setzte mich auf einen der Samtsessel im Empfangsbereich am Ende der breiten Treppe und wartete darauf, dass Pippa mich holen würde.

Beinahe im gleichen Moment piepte mein Handy. Ich fischte es aus meiner Tasche und musste grinsen, als ich sah, dass die Nachricht von Esme kam.

> Genieße deinen ersten Tag! Ich bin mir sicher, dass Du sie mit deinen Klemmbrett-Fähigkeiten vom Tisch fegst!

Rasch tippte ich eine Antwort.

> Danke, Esme. Und du hattest recht mit dem Kleid. Ich fühle mich darin voller Tatendrang!

Ha, wusste ich's doch! Ich sollte in Hollywood die Stars einkleiden, hier ist meine Begabung total verschwendet.
Bis später!

Ich stellte mein Handy auf lautlos, steckte es wieder in die Tasche und strich meinen Rock glatt. Esme hatte mich am Samstag überredet, ihn zu kaufen. Sie und ihre Mutter Bryony besaßen eine Boutique namens Joop in Hoxley, dem nächsten Dorf nach Wickham. Sie hatten herrliche Kleider, wenn auch etwas außerhalb meiner Preislage, selbst mit dem Preisnachlass meiner großzügigen Freundin. Bryony hatte die Begabung, sofort zu sehen, was an jemandem gut aussehen würde, und sobald sie mich einmal überredet hatte, das Kleid anzuprobieren, und Esme vorgeschlagen, den Saum etwas hoch zu nähen, war es auch schon um mich geschehen.

»Wie Coco Chanel schon sagte: ›Mode ist vergänglich, Stil niemals‹«, hatte Esme mit dem Mund voller Stecknadeln gesagt, während sie die Länge so abänderte, dass es zu meiner kleinen Statur passte.

Da es an diesem Tag tatsächlich vor allem um den ersten Eindruck ging, wollte ich natürlich unbedingt, dass sie sich an meinen Stil erinnerten.

Nervös stand ich auf und ging durch die Eingangshalle. Auf einem hohen, schmalen Pult lagen Broschüren aus. Ich las gerade über den Umbau einiger Außengebäude in eine Kunstgalerie, als zwei Frauen hereinkamen, eine in der weißen Arbeitskleidung einer Köchin, die andere in der Uniform einer Kellnerin. »Kümmert man sich schon um Sie?«, fragte mich die Köchin.

»Ja, danke.« *Glaube ich jedenfalls*, fügte ich innerlich hinzu und warf einen heimlichen Blick auf meine Armbanduhr. Zehn nach neun.

»Gut. Übrigens ein sehr hübsches Kleid.«

Treffer.

»Vielen Dank.« Ich strahlte, als sie weitergingen.

Tatsächlich schien niemand für mich zu kommen. Vielleicht war Pippa aufgehalten worden. Ich steckte die Broschüren in meine Tasche, um sie später Mum zu zeigen, und überlegte mir gerade, ob ich allein ins Büro hochgehen sollte, als ich eine matronenhafte Frau Ende sechzig entdeckte, die den Gang entlang auf mich zugeeilt kam. Ihre kurzen silbergrauen Haare waren in perfekte Wellen gelegt, eine Lesebrille hing an einer Kette auf ihrer Brust, und eine dieser Kameebroschen von Wedgwood war an ihrer Strickjacke befestigt. »Miss Swift?«, fragte sie kurz angebunden.

»Ja?« Ich sprang von dem Sessel auf.

»Ich bin Mrs. Beckwith, Lord Fortescues Privatsekretärin«, stellte sie sich vor und schüttelte mir kurz die Hand. »Willkommen in Wickham Hall. Ich wurde geschickt, um Sie abzuholen. Sie allen vorstellen und all das.«

»Es freut mich, Sie kennenzulernen. Und bitte nennen Sie mich Holly«, erwiderte ich mit einem Lächeln. Mrs. Beckwith erinnerte mich an meine alte Englischlehrerin, eine forsche Frau, die keinen Sinn für Unnötiges hatte und uns verbat, einen Satz mit »aber« zu beginnen. »Ist Pippa ...«

»Pippa wird heute nicht da sein. Möglicherweise die ganze Woche nicht.« Mrs. Beckwith zeigte auf die Treppe. »Folgen Sie mir bitte zum Veranstaltungsbüro hinauf.«

Ich runzelte die Stirn. Wie schade. Ich hatte mich auf die gemeinsame Zeit mit Pippa gefreut. Und sie hatte mich doch einarbeiten wollen. Es war seltsam. Am Freitag hatte sie nicht erwähnt, dass sie in dieser Woche gar nicht da sein würde. Vielleicht konnte ich sie später anrufen.

»Sie ist doch hoffentlich nicht krank?«, fragte ich, während ich Mrs. Beckwith zum Fuß der Treppe folgte.

»Nein, das nicht. Es ist wohl eher ein familiärer Notfall«, erwiderte sie und begann in den ersten Stock hinaufzusteigen.

Was das wohl bedeutete? Die arme Pippa. Ich hätte Mrs. Beckwith am liebsten weitere Fragen gestellt, doch diese eilte die Stufen so schnell hinauf, dass ich mich anstrengen musste hinterherzukommen.

Oben führte ein dicker roter Teppich den Flur entlang. Auf der einen Wandseite waren eine Reihe Fenster eingelassen und auf der anderen große, weiß gestrichene Türen mit Messingknäufen. Die einzige Tür, die offen stand, war die zum Veranstaltungsbüro. Zu *meinem* Büro.

»Sie werden dieses Büro mit Pippa teilen. Machen Sie es sich bequem. Die Damentoilette ist den Korridor entlang. Und wenn Sie etwas brauchen, rufen Sie mich an. Die Telefonliste liegt in der obersten Schublade.«

»Danke.« Ich stand in der Mitte des Raums und sah mich neugierig um.

Es war ein ziemlich kleines Zimmer, dessen Fenster auf die Gärten hinausblickte und das gerade genügend Platz für zwei Schreibtische, einen Kopierer und einen Tisch mit Wasserkocher, Kaffeemaschine und Bechern hatte. Ich warf einen Blick auf die Schreibtische. Einer war leer bis auf einen Laptop und einen DIN-A4-BLock, während man den anderen kaum unter einem Berg von Papieren, Akten und Katalogen erkennen konnte.

»Du meine Güte, sie wird immer schlimmer«, lachte Mrs.

Beckwith und trat zu dem chaotischen Schreibtisch. »Ich habe keine Ahnung, wie Pippa in diesem Durcheinander arbeiten kann.«

Ich atmete erleichtert auf, dass das nicht mein Schreibtisch sein sollte, und stellte meine Tasche auf dem leeren ab.

Würde Pippa etwas dagegen haben, wenn ich ihren in ihrer Abwesenheit aufräumte? Ich hatte wirklich keine Lust, die ganze Woche dieses Chaos mit ansehen zu müssen. Davon hatte ich zu Hause genug.

»Obwohl ich zugeben muss, dass sie immer sofort das findet, was sie gerade sucht«, fuhr Mrs. Beckwith fort und schüttelte den Kopf, während sie die Papiere durchsuchte. »Ah, hier haben wir es: der Plan für die Veranstaltungen im kommenden Jahr.« Sie nahm ein paar Unterlagen in die Hand und blätterte sie durch. Dann seufzte sie. »O je, hier steht aber nichts vom Kalender, für dessen Organisation Pippa zuständig ist. Und Lord Fortescue muss so bald wie möglich wissen, was vorn aufs Cover kommt. So wie es aussieht, hat sich Pippa noch nicht entschieden. Nun ja.« Sie lächelte mich erwartungsvoll an. »Jetzt können Sie das ja machen.«

»Natürlich.« Ich nickte. »Das sollte kein Problem darstellen.«

Wie schwer konnte das schon sein? Es gab bestimmt Unmengen von Dingen in Wickham Hall, die ein tolles Frontcover abgeben würden.

»Gut, dann kommen Sie gleich mit, dann stelle ich Ihnen alle wichtigen Leute vor, mit denen Sie zusammenarbeiten werden. Wir sollten keine Zeit verlieren.« Und schon marschierte sie durch die Tür.

Ich warf einen letzten Blick auf Pippas Tisch und die Papierberge, die sich dort planlos stapelten, und fragte mich, ob ich es schaffen würde, all das auszugraben, was ich für die kommende Woche brauchte.

»Äh ... Mrs. Beckwith, was sind denn die Hauptveranstaltungen, auf die sich Wickham Hall gerade vorbereitet?«

Mrs. Beckwith wedelte ungeduldig mit der Hand, um mir zu bedeuten, mich zu beeilen. »Im Gehen reden, meine Liebe, im Gehen reden«, meinte sie. Wir eilten die Treppe wieder hinunter. »Nun, ich denke, dass es sich, nach Priorität geordnet, um folgende Events handelt: Hochzeit, Kalender, Sommerfest.«

»Ich wusste gar nicht, dass Wickham Hall auch Hochzeiten veranstaltet!«, sagte ich überrascht. Ich hatte auch nicht gewusst, dass *ich* Hochzeiten veranstalten sollte, wenn ich es mir genau überlegte. Ich hatte zwar schon einige Junggesellinnenabschiede organisiert, aber noch nie eine richtige Hochzeit.

Mrs. Beckwith schüttelte den Kopf. »Das tun wir gewöhnlich auch nicht, aber es geht um Miss Zaras Hochzeit.«

Natürlich, Lord und Lady Fortescues Tochter. Jetzt erinnerte ich mich, dass ich davon in den Klatschnachrichten der *Stratford Gazette* gelesen hatte. Sie heiratete irgendeinen Franzosen von einer Weindynastie mit eigenem Chateau. *Noch in diesem Monat.* Also war meine erste Veranstaltung eine gesellschaftlich extrem wichtige Hochzeit? Ich merkte, wie sich mir der Magen verkrampfte. Wie es aussah, würde es also ein nicht ganz so entspannter Einstieg in den neuen Job werden ...

»Ich bin mir sicher, Pippa wird rechtzeitig zurück sein«, versuchte mich Mrs. Beckwith zu beruhigen.

Ich nickte zuversichtlich. Schließlich sollte die Hochzeit erst am Monatsende stattfinden. Welche Art von familiärem Notfall konnte so lange dauern?

Kapitel 3

»Leider habe ich nicht viel Zeit«, sagte Mrs. Beckwith. Für ihr Alter war sie sehr schnell: Ich musste im Laufschritt neben ihr herlaufen, um mithalten zu können.

»Da sind wir.« Mrs. Beckwith riss eine Tür auf, auf der »Privat« stand. Ich folgte ihr und fand mich in einem wunderschönen Büro wieder, das doppelt so groß wie Pippas und meins war.

Obgleich das Herrenhaus elisabethanisch war und die Fassade fast völlig unverändert geblieben war, hatte eine frühere Generation der Fortescues im achtzehnten Jahrhundert fast das ganze Gebäude im georgianischen Stil umgebaut. Ich war zwar keine Historikerin, aber in der Schule im Ort lernte man nicht gerade wenig über Wickham Hall und die Familie Fortescue.

Dieses Zimmer war hell und elegant. Die Wände waren in einem blassen Schlüsselblumengelb gehalten, die Decke hatte man stuckverziert, und in der Mitte hing ein schöner Kronleuchter. Zwischen zwei Fenstern stand ein üppiger Blumenschmuck auf einem Ständer, alle Möbel waren aus einem warmen, golden schimmernden Holz: von den Bücherregalen an einer Wand über die Schreibtische bis hin zu den Kommoden und den Aktenschränken. Das Büro strahlte Ordnung und Ruhe aus, und ich merkte, wie sich meine Schultern automatisch entspannten.

Eine Verbindungstür in den nächsten Raum stand offen, man konnte mehrere Stimmen hören, die miteinander sprachen.

Mrs. Beckwith legte einen Finger auf die Lippen und eilte zur Tür, um sie hastig zu schließen. »Lord und Lady Fortescue sind gerade im Gespräch mit der Bank«, erklärte sie flüsternd. Dann holte sie aus einer Schublade im Schreibtisch eine Kamera hervor.

Ich wartete in der Mitte des Zimmers und wagte nicht, einen Laut von mir zu geben. Mrs. Beckwith richtete sich auf und sprach dann in ein Walkie-Talkie: »Sheila an Nikki. Wo bist du? Over.«

Das Funkgerät knackte und zischte. »Nikki an Sheila. Beim Köpfeabschneiden auf der Terrasse. Warum? Over.«

»Bin auf dem Weg zu dir. Gartentour für einen Neuankömmling. Over.«

»Oh, verdammt ...«

Mrs. Beckwith schnitt den Rest von Nikkis Kommentar ab, schob sich das Walkie-Talkie wieder an den Gürtel ihres Rocks und merkte, dass ich die Augenbrauen hochzog.

»Nikki Logan, unsere Hauptgärtnerin«, erklärte sie. »Machen Sie sich ihretwegen keine Gedanken. Hunde, die bellen, beißen nicht. Passen Sie nur auf ihre Gartenschere auf. Los, wir gehen sie suchen.« Sie drückte mir die Kamera in die Hand und sprintete los. »Kommen Sie.«

Dieses Mal ging es nicht zurück zum Angestellteneingang, sondern zum Ende des Flurs und dort durch eine schwere Holztür. Wir betraten ein Zimmer, das ich wiedererkannte. Er war auch für die Öffentlichkeit zugänglich.

»Oh, ich liebe diesen Raum«, flüsterte ich.

Er war groß und quadratisch, hatte tiefrot gestrichene Wände und wahrscheinlich die Größe des gesamten Erdgeschosses von Weaver's Cottage. Trotz seiner Größe strahlte er etwas gemütlich Heimeliges aus. Überall standen kleine Tische, und um den riesigen Kamin waren bequem aussehende rote Sessel aufgestellt. Eine Unzahl von Familienfotos hingen an den Wänden: von viktorianischen Sepia-Aufnahmen bis zu jüngeren Bildern von Hochzeiten, Partys und Urlauben.

Ich finde immer, dass Familienfotografien wie Teile eines großen Puzzles sind, das unser Leben einfängt. Wenn man die Teile richtig zusammensetzt, hatte man das Puzzle gelöst.

In unserem Wohnzimmer befanden sich nur zwei gerahmte Schnappschüsse von Mum und mir, irgendwo vergraben in den Tiefen des Alkovens neben dem Kamin, sowie eine Aufnahme der Hochzeit meiner Großeltern mütterlicherseits. Bei meinem Puzzle fehlten noch einige Teile, so viel war klar.

Mrs. Beckwith lächelte mich an. Um ihre Augen zeigten sich Lachfalten. »Den Roten Salon? Ich auch. Sind Sie hier einmal an Weihnachten gewesen?«

»Ja«, sagte ich. »Mit meiner Mutter.«

Mum und ich besuchten Wickham Hall immer an Weihnachten; es gehörte zu unseren kleinen Traditionen. Wir bestellten in dem Café Mince Pies und Glühwein und gingen dann ins Herrenhaus, um uns die Weihnachtsdekorationen anzusehen. An den Festtagen war dieser Raum sogar noch gemütlicher, geschmückt mit Girlanden aus Efeu und Mistelzweigen. Auf dem Kaminsims standen Kerzen, im Kamin loderte ein heimeliges Feuer, und ein richtiger Christbaum stand in der Ecke.

Dieses Jahr würde ich tatsächlich jeden Tag hierherkommen können, falls ich dazu Lust hatte.

Eine Frau in der Uniform der Touristen-Guides, die feinen grauen Haare zu einem Knoten zusammengefasst, sprang von einem hohen Hocker herab, der neben der Tür stand. »Jemand Neues, Sheila?«

»Guten Morgen, Marjorie«, begrüßte Mrs. Beckwith sie. »Ja, das ist Holly Swift, Pippas neue Assistentin.« Als ich einen Schritt vortrat, um die Hand der älteren Dame zu schütteln, fuhr sie fort: »Marjorie ist für unser Team von Fremdenführern verantwortlich.«

»Hallo, meine Liebe. Wenn Sie irgendwann einmal die besonders ausführliche Tour für die Angestellten möchten, lassen Sie es mich wissen«, sagte Majorie und tippte sich an die Nase. »Ich zeige Ihnen gern alle meine Lieblingsorte.«

»Ich suche nach Dingen, die im neuen Kalender auftauchen können.« Ich wedelte mit der Kamera. »Deshalb komme ich sicher bald darauf zurück.«

»Vielleicht schon nach dem Mittagessen«, schlug Mrs. Beckwith vor und führte mich in Richtung der Terrassentüren. »Als Erstes kommt die Gartentour. Schade, dass es heute so hässliches Wetter ist.«

Ich schaute durchs Fenster. Das Wetter war tatsächlich nicht das beste. Seit meiner Ankunft hatte sich der Himmel verfinstert, und das Nieseln war zu einem stärkeren Regen geworden. Ich zog mir die Strickjacke enger um die Schultern, während Mrs. Beckwith die Tür öffnete und zu einem der Regenschirme griff, die daneben in einem Ständer standen. Als ich auf die mit Moos bedeckten Steinplatten am äußersten Rand einer breiten Terrasse trat, entdeckte ich auf der anderen Seite eine Gestalt mit einem breitkrempigen

Lederhut, knielangen kakifarbenen Shorts und Wanderstiefeln. Er oder sie schnippelte an einem Busch aus pinkfarbenen Blüten in einer Pflanzvase herum, die auf einer Steinbalustrade thronte.

»Ich überlasse Sie hier den fähigen Händen unserer Hauptgärtnerin, Holly«, sagte Mrs. Beckwith, während sie mir den Regenschirm an den Arm hängte und mir auf die Schulter klopfte. »Machen Sie heute Vormittag gleich einige Bilder. Es ist immer interessant zu sehen, was einem neuen Mitglied unseres Teams so ins Auge sticht. Außerdem müssen wir uns wirklich um die Fotos für den Kalender kümmern.«

»Das mache ich gern«, meinte ich glücklich. Von dem Wetter einmal abgesehen, fand ich es eine sehr schöne Art, meinen ersten Vormittag zu verbringen, durch Wickham Halls wunderbare Gärten laufen und all das fotografieren zu dürfen, was mir auffiel.

Die Person mit dem Lederhut winkte uns zu und beobachtete mich dann, die Arme in die Hüften gestemmt, wie ich den Schirm aufspannte, um mich und die Kamera vor dem Regen zu schützen. Ich lief über die Terrasse und trat neben der Balustrade zu ihr. »Oh, ich liebe Geranien«, sagte ich und roch an den Blumen, die sie gerade bearbeitete. Um Nikkis erdige Hand zu schütteln, musste ich mir erst einmal den Schirmgriff unters Kinn klemmen. »Und die Farbe! An einem düsteren Tag wie heute scheint sie geradezu zu glühen. Sie haben etwas so Munteres, nicht wahr? Es freut mich übrigens, Sie kennenzulernen. Ich bin Holly Swift, Pippas neue Assistentin.«

Ich bin keine besonders gute Gärtnerin, aber Mum entwickelt manchmal auf einmal Begeisterung dafür. Deshalb auch die Töpfe vor unserer Haustür. Geranien sind eine der wenigen Blumenarten, die ich überhaupt erkenne.

Die Hauptgärtnerin von Wickham Hall warf mir einen verärgerten Blick zu. »Nikki Logan. Und das sind Pelargonien«, erwiderte sie und schnitt genüsslich eine weitere abgestorbene Blüte ab.

»Oh.« Ich stand etwas beschämt da und rückte dann näher, um so zu tun, als ob ich wüsste, wovon ich sprach. »Sieht aber ähnlich aus.«

»Nur für das ungeübte Auge.«

Hunde, die bellen, beißen nicht, wiederholte ich innerlich.

»Genau das habe ich«, meinte ich lachend. »Total ungeübte Augen. Ich lerne allerdings schnell, und wenn Sie Zeit haben, mich herumzuführen, dann würde ich gern ein paar Fotos für den neuen Kalender machen.«

Nikki holte tief Luft und warf einen misstrauischen Blick auf meine Kamera. Sie schien jedoch bereit zu sein einzulenken. »Einverstanden. Wenn Sie leuchtende Farben für Ihre Bilder wollen, dann kommen Sie mal mit.« Sie ließ die Gartenschere in einen Korb voller verwelkter Blätter und verblühter Blütenköpfe fallen und wischte sich die Hände an den Shorts ab.

»Danke«, sagte ich und lief neben ihr her. »Meine erste Aufgabe ist ein Bild für das Cover. Wenn Sie einen Vorschlag haben, wäre ich Ihnen sehr dankbar.«

»Und ich dachte, *ich* hätte viel zu tun«, murmelte sie und rollte mit den Augen. Doch in ihrer Stimme schwang eine leichte Belustigung mit, und falls das Nikkis Olivenzweig war, den sie mir damit reichte, dann nahm ich ihn gern an.

Ich hatte mich innerlich auf einen weiteren gehetzten

Lauf durch das Anwesen eingestellt. Doch im Gegensatz zu Mrs. Beckwith führte mich Nikki langsam die Stufen hinab in die angelegten Gärten. Sie untersuchte jede Pflanze, nannte ihren lateinischen Namen und blieb alle paar Minuten stehen, um etwas verblühten Lavendel abzureißen oder Unkraut herauszuziehen.

»Es ist wie Hausarbeit, nur in einem größeren Rahmen«, sagte sie.

»Stimmt«, antwortete ich und dachte an den immer weniger werdenden Platz in unserem Wohnzimmer.

Wir liefen an einer breiten Blumenrabatte entlang, die neben einer niedrigen Hecke verlief. Hier blühten Blumen in allen Farbschattierungen: Duftige Gartenwicken rankten sich um gedrehte Weidenstöcke, zarte Rosen schlangen sich anmutig um Metallbögen, und der Flieder versprühte seinen lieblichen Duft. Nikki, die den Regen gar nicht zu bemerken schien, fuhr fort, im Vorübergehen Blätter abzuzupfen, Pflanzen wieder hochzubinden oder die Ranken der Kletterpflanzen zu befestigen.

»Also«, sagte ich, entschlossen, so viel wie möglich von ihr zu erfahren, solange ich die Gelegenheit dazu hatte, »können Sie mir vielleicht sagen, wie ein typischer Tag im Garten für Sie aussieht, Nikki?«

»Ha! Einen typischen Tag gibt es nicht. Genau das liebe ich auch an dieser...«

In diesem Moment rutschte ich auf einem nassen Blatt aus, gab einen Schrei von mir und fasste nach Nikkis Baumwollhemd. Während ich mit dem rechten Bein nach vorn rutschte, blieb das linke stehen. »Aua, oh, Entschuldigung!«

Nikki lachte laut auf und riss mich wieder hoch.

»Und ich dachte immer, dass ich keinen Spagat hinbekomme«, schnaubte ich ebenfalls lachend und rieb meinen Oberschenkel.

»Ein Ratschlag: Haben Sie hier immer ein paar feste Schuhe zur Hand – Turnschuhe, Gummistiefel, was auch immer. Diese zierlichen kleinen Dinger werden keine fünf Minuten überstehen«, sagte sie und schüttelte den Kopf über meine neuen weißen Ballerinas.

»Danke für den Tipp«, sagte ich. Insgeheim war ich froh, dass mein kleines Missgeschick offenbar das Eis zum Schmelzen gebracht hatte. »Ich hatte nicht erwartet, heute draußen zu sein.«

»Machen Sie davon ein Bild«, schlug Nikki vor, als wir an das Ende des Formalen Gartens kamen. »Es ist ein Formschnittelefant, an dem wir seit ein paar Jahren arbeiten. Sehen Sie ihn?«

Ich knipste ein paar Bilder, während sie erklärte, dass Lady Fortescue ein großer Freund von Formschnitthecken sei und wie es ihr, Nikki, gelungen sei, die neu entstehenden Zweige so zu schneiden, dass sie den Rüssel bildeten, und wie sie sich im Jahr zuvor immer darüber geärgert habe, wenn Besucher meinten, es sehe aus wie ein Nilpferd.

»Und noch ein letztes Bild mit Ihnen«, bat ich sie und blickte durch den Sucher.

Nikki tat mir den Gefallen. Sie nahm den Hut ab und zeigte so ihre kurzen honigfarbenen Haare. Sie grinste zu dem Elefanten hoch, als ich das Bild machte.

»Haben Sie schon immer in Herrenhäusern gearbeitet?«, wollte ich wissen, als ich ihr einen Kiesweg entlang zu einer bewaldeten Gegend folgte.

»Nein. Meine letzte Stelle war in der Villa eines Millionärs in der Nähe von Windsor«, sagte sie. »Total geschmacklos, aber der Garten war atemberaubend. Die Villa gehörte Will Simpson, einem früheren Musiker bei der Achtziger-Jahre-Band Role Play.«

Ich nickte. »Hatte die nicht sogar gerade eine Comeback-Tour?«

»Genau. Zwanzig Konzerte. Total ausverkauft. Ich war auf vier davon.«

»Wow. Dann sind Sie also ein großer Fan?«

»O ja.« Ihre Augen leuchteten.

»Und warum sind Sie von dort weg?«, fragte ich und blieb stehen, um ein Bild von einer Rose zu machen, die wild über einen alten Baumstumpf wuchs. »Klingt doch eigentlich nach Ihrem Traumjob.«

»Die Dinge haben sich verändert. Es blieb mir nichts anderes übrig, als zu gehen.« Sie zuckte mit den Achseln, führte mich von dem Weg und durch den nassen Rasen. »Die schwierigste Entscheidung, die ich jemals treffen musste. Aber zum Glück ging damals gerade der frühere Gärtner der Fortescues in Rente, und sie erinnerten sich daran, meinen Garten auf der Chelsea Flower Show gesehen zu haben. Also riefen sie mich an. Das war vor fünf Jahren. Und ich habe es nie bereut, Will – ich meine die Simpsons – verlassen zu haben. Es war die richtige Entscheidung.«

»Sie hätten jedenfalls zu keinem herrlicheren Ort kommen können«, fand ich. Mir fiel auf, dass sie ein wenig traurig klang. »Es muss sehr befriedigend sein, seinen Garten der Öffentlichkeit zeigen zu können.«

»Das ist es. Da haben Sie recht.« Nikki grinste. »Und die Fortescues und die Angestellten hier sind tolle Leute.«

»Das ist gut zu wissen«, sagte ich. »Pippa scheint wunderbar zu sein, wobei ich sie natürlich bisher nur ganz kurz kennengelernt habe.«

»Sie ist toll. Hier entlang.« Sie zeigte auf eine Gruppe hoher Bäume mit breiten Stämmen.

»Ich will nicht neugierig sein«, begann ich vorsichtig, »aber ist bei Pippa alles in Ordnung?«

»Nicht wirklich.« Nikki schüttelte den Kopf und presste die Lippen aufeinander. »Sie ist am Samstagmorgen aufgewacht und musste feststellen, dass ihr Mann mit dem Au-pair durchgebrannt ist.«

»Was? Gott, die arme Pippa! Und die armen Kinder.« Pippa tat mir sooo leid – vor allem, wenn ich daran dachte, wie begeistert sie noch am Freitag von ihrer Familie gesprochen hatte.

Nikki nickte finster. »Ich könnte mich so was von aufregen über dieses Au-pair! Verheiratete Männer sollten absolut tabu sein. Ohne Ausnahme. Und was ihn betrifft…« Nikki schürzte die Lippen. »Hoffentlich schneidet Pippa in diesem Moment allen seinen Anzügen die Ärmel ab. Schauen Sie mal hier…« Sie kniete sich hin und bat mich, dasselbe zu tun, damit ich besser sehen konnte. »Sie haben Glück, ich war mir nicht sicher, ob noch welche übrig sind. Was halten Sie von denen?«

Ich folgte ihrem Zeigefinger. Zwischen dem Gras wuchs der leuchtendste blaue Mohn, den ich jemals gesehen hatte. Seine hauchzarten Blütenblätter hatten eine so intensive Farbe, dass sie beinahe unwirklich schienen.

»Die sind ja fantastisch«, flüsterte ich und hob die Kamera. »Ein echtes Himmelsblau.«

»Großartig, nicht wahr? Das ist blauer Scheinmohn aus dem Himalaja. Ich werde nie vergessen, als ich sie in meinem ersten Jahr zum ersten Mal hier entdeckte. Es war fast so, als hätte ich einen geheimen Schatz gefunden. Die Leute kommen teilweise von überall hierher, allein um sie zu sehen.«

Ich musste über den Stolz in ihrer Stimme lächeln.

In dem Fall war es wohl das Beste, so viele Bilder wie möglich aufzunehmen, während der Mohn noch blühte. Nikki ließ mich die Fotos aus verschiedenen Blickwinkeln knipsen. Ich holte sie dann beim Blätterfischen am großen Brunnen wieder ein, der den Beginn der Kaskade bis zum Hirschpark hinunter bildete.

»Gehört das alles hier zu Ihren Aufgaben?«, fragte ich und ließ den Blick über die vielen Hektar Land um uns herum schweifen.

Sie nickte. »Ich bin zuständig für die Formalen Gärten, die wilde Blumenwiese, den Küchengarten, in dem Sachen für das Café wachsen, den Irrgarten, die Polytunnel und natürlich die Gewächshäuser. Ich züchte Pflanzen für das Haus und ein paar für den Laden ... Kurz gesagt, kümmere ich mich um alles, was keine Kuh, kein Pferd und keine Rehe draufstehen hat.«

»Wow«, sagte ich. »Das ist für eine Person aber eine große Verantwortung.«

»Im Lauf der Jahre wurde dieser Ort zu meinem Leben.« Sie ließ eine Handvoll feuchter Blätter auf den Boden fallen und tauchte ihre Hand wieder ins Wasser. »In gewisser Weise auch zu meiner Familie. Und natürlich habe ich Angestellte und eine fantastische Gruppe Freiwilliger.« Sie schaute sich um. »Ich soll Sie als Nächstes zum Café bringen, damit Sie dort die Leute kennenlernen. Ich pflanze heute aus, aber eine halbe Stunde hätte ich noch, wenn Sie gern einen kurzen Rundgang machen würden.«

»Ja, sehr gern«, erwiderte ich.

Ich musterte sie heimlich, während sie sich die Hände an ihren Shorts abwischte. Mrs. Beckwith hatte recht: Unter der rauen Schale lag ein weicher Kern, und ich hatte das Gefühl, als ob wir, auch ohne dass ich etwas über das Gärtnern wusste, gut miteinander auskommen würden.

Wie versprochen näherten wir uns eine halbe Stunde später dem Coach House Café. Zum Glück hatte der Regen aufgehört, die Wolkendecke war aufgerissen, und der blaue Himmel zeigte sich, sodass das Gras bereits im Sonnenschein dampfte.

»Das war ein wunderbarer Rundgang«, sagte ich zu Nikki, als wir den Vorplatz betraten. »Ich bin schon oft durch die Gärten gelaufen, aber ich wusste bisher nicht, wie viel Planung und Pflege in beinahe jede Pflanze hier gesteckt wird.«

»Ein dankbares Publikum ist immer etwas Schönes.« Nikki strahlte. »Sie können jederzeit wiederkommen.«

Allein im Freien zu sein hatte mir gutgetan. Vielleicht sollten Mum und ich öfter mal rauskommen, um die Spannung etwas abzubauen, die sich unweigerlich aufbaute, wenn wir drinnen wegen ihres Zeugs aneinandergerieten …

»Sie finden Jenny Plum in der Küche.« Nikki legte ihre Hand auf meine Schulter und lenkte mich in Richtung Café. »Durch diesen Eingang, dann nach der Schwingtür suchen, auf der ›Nur für Personal‹ steht, und da wird sie irgendwo sein. Sie können sie nicht verfehlen.«

»Okay. Und danke noch einmal, Nikki.«

»Na klar.« Nikki lächelte. »Und vergessen Sie den blauen Scheinmohn nicht. Ich finde, der würde sich ganz prächtig auf dem Cover des nächstjährigen Kalenders machen. Meinen Sie nicht?« Sie zwinkerte mir zu und schlenderte dann davon, die Hände in den Taschen vergraben.

Der Mohn würde tatsächlich ein eindrucksvolles Cover abgeben. Ich scrollte durch die Bilder auf der Kamera. Was für eine großartige Idee – die mir auch noch ein paar Pluspunkte bei meiner neuen Bekannten einheimsen würde. Eine Win-win-Situation! Ich lächelte, als ich die Türen zum Café aufstieß. Lord Fortescue würde sehr zufrieden mit mir sein.

Kapitel 4

Das unwiderstehliche Aroma von frisch Gebackenem ließ mir das Wasser im Mund zusammenlaufen. Ich war schon immer gern hier gewesen. Der schlichte Scheunenstil hatte etwas ausgesprochen Einladendes, die Bedienung war freundlich und das Essen ein Gedicht. Auch heute war das Café voller Gäste, die Tee und Kuchen sowie andere Leckereien genossen. Geräusche von klirrendem Geschirr und Stimmengewirr erfüllten die warme, etwas feuchte Luft. Ich ließ meinen Schirm in einen Ständer neben der Tür gleiten und wollte gerade durch die Schwingtür fürs Personal treten, als diese schwungvoll von einer Kellnerin aufgestoßen wurde, die in jeder Hand einen voll beladenen Teller trug. Hastig sprang ich beiseite.

»Tut mir leid«, sagte sie, als sie sich zu mir umdrehte und mich mit einem so breiten Lächeln bedachte, dass es beinahe hinter ihren rosigen Wangen zu verschwinden schien. »Jetzt hätte ich Sie beinahe mit Tomatensuppe übergossen. Oh, Sie sind das! Wir haben uns doch schon heute Morgen im Empfang getroffen. Ich erinnere mich an Ihr schönes Kleid.«

Ich erkannte in ihr die Kellnerin von einigen Stunden zuvor. »Finde ich da drinnen irgendwo Jenny Plum?«

Die Frau wies mit dem Kopf in Richtung Küche. »Ja, Sie können sie gar nicht verfehlen.«

Was wohl so auffallend an Jenny Plum sein mochte, überlegte ich und trat diesmal mit mehr Vorsicht durch die Schwingtür.

Die Küche war ein riesiger Raum, von dem im Moment allerdings nur etwa ein Viertel benutzt wurde. Die hohen Ziegelwände waren weiß gestrichen. Oberhalb der Edelstahlarbeitsflächen, der riesigen Öfen und Herde hingen gewaltige Abzugshauben. Sie unterteilten die Küche in drei Gänge. Der einzige Hinweis auf das Alter des Gebäudes war die Reihe von Bleiglasfenstern an einer Seite.

»Hallo?« Ich wagte mich zu einer kleinen Gruppe von drei Leuten, die in der Nähe der Tür schnippelten, rührten und Teller stapelten. »Ich suche Jenny.«

Ein junges Mädchen holte gerade ein Blech mit winzigen Küchlein aus dem Ofen und stellte es vorsichtig ab. Sie wollte mir gerade antworten, als die Stimme einer Frau vom anderen Ende des Raumes herüberschallte: »Sind diese Spargel-Tartes fertig, Rachel?«

»*Oui*, Chef!«, rief das Mädchen und hob sie mit einem Pfannenheber vom Blech. »Das ist Jenny«, fügte sie mit leiserer Stimme an mich gewandt hinzu. »Im hinteren Eck.«

Ich dankte ihr und ging auf den Gang zu. Dort entdeckte ich eine Frau, die, in einen weißen Nebel gehüllt, über einer Arbeitsplatte emporragte. Sie war auffallend groß und hatte leuchtend auberginefarbene Haare, von denen einige ihrem Haarnetz entschlüpft waren. Sie war tatsächlich jemand, den man nicht übersah.

Ich steuerte also auf sie zu, als ich einen Mann bemerkte, der Mitte zwanzig sein musste und eine schmal geschnittene dunkelgraue Hose und spitze Schuhe trug. Er saß auf einem Hocker und lehnte mit den Ellbogen auf der Arbeitsplatte, auf der Jenny etwas mit einem winzig kleinen Nudelholz machte. »Offenbar hat heute die *Neue* angefangen«, knurrte der Mann mit unüberhörbarer Feindseligkeit.

»Ach, Andy. Jetzt lass gut sein!« Jenny drohte ihm mit dem Nudelholz. »Pippa wird ihre Gründe gehabt haben, sich für sie zu entscheiden.«

Für mich. Sie redeten über mich! Meine Nackenhaare stellten sich auf, und ich blieb ruckartig und wie angewurzelt stehen.

»Mehr Puderzucker«, verlangte Jenny.

Andy hob einen Metalldeckel hoch und überschüttete das, womit sie gerade beschäftigt war, mit einer großen Ladung Puderzucker. Erneut stieg eine weiße Wolke in die Luft.

Was mache ich jetzt? Sollte ich mich umdrehen und wieder gehen – oder so tun, als hätte ich nichts gehört? Sollte ich Andy vielleicht sogar mit seiner Äußerung konfrontieren?

»Tut mir leid, Jenny. Aber es ergibt einfach keinen Sinn.« Er richtete sich auf, lehnte sich mit einer Hüfte an die Theke und zog seinen Pferdeschwanz ein wenig enger. Dann verschränkte er die Arme. Ich konnte sein Gesicht nicht sehen, aber seiner Körpersprache und dem Tonfall nach zu urteilen, war er voller Vorwürfe. »Ich meine das ernst. Ich habe die Erfahrung, das Auftreten, die Redegewandtheit ... Der Job hätte gerechterweise mir gehört.«

»Nur hat er das offensichtlich doch nicht getan, was?« Jenny lachte, wobei ihre schmalen Schultern vor Heiterkeit zuckten.

Ach, was soll's. Ich konnte nicht den ganzen Tag hier

herumstehen, und es würde noch peinlicher werden, wenn man mich beim Lauschen erwischte. Ich räusperte mich lautstark, und die beiden drehten sich zu mir um.

»Hi«, sagte ich und trat zwischen sie. »Ich bin Holly Swift.«

Jenny und Andy warfen sich einen Blick zu, ehe Jenny mir ihre zuckerbedeckte Hand entgegenstreckte. »Leider nicht ganz sauber.«

Ich war mir nicht sicher, ob sie damit ihre Finger oder die seltsame Situation meinte, in der wir uns befanden. Doch ich nahm dennoch ihre Hand. »Freut mich, Sie kennenzulernen«, sagte ich und wandte mich dann Andy zu, von dem ich hoffte, dass auch er mir die Hand geben würde.

Er schob seine Hände jedoch unter seine Achseln und schaute mich nur finster an. »Dieser Job war mehr oder weniger mir versprochen«, knurrte er.

Jenny schnaubte belustigt. »Du brichst mir das Herz, Sonnenschein, ganz ehrlich. Also, jetzt verschwinde lieber wieder in deinem Laden und falte ein paar teure Decken zusammen, okay? Hier, nimm das mit«, fügte sie noch hinzu und legte etwas in seine Hand. »Marzipanzitrone, als Zeichen der bittersüßen Wirklichkeit.«

»Wie auch immer«, murmelte er und stolzierte aus der Küche, ohne mich eines weiteren Blicks zu würdigen.

Ich atmete hörbar aus. »Scheint nicht mein größter Fan zu sein.«

»Momentan nicht, nein.« Jenny machte ein bedauerndes Gesicht. »Tut mir leid, dass Sie das mit anhören mussten.«

»Ist schon in Ordnung«, meinte ich leichthin. Allerdings störte es mich schon, dass Andy nicht gut auf mich zu sprechen war. Ich versuchte immer, mit allen Kollegen zurechtzukommen. »Besser vorgewarnt als unwissend. Ehrlich gesagt tut er mir fast ein bisschen leid.«

»Eine gute Einstellung. Und er muss Ihnen nicht leidtun. Wie ich schon zu ihm sagte: Pippa wird ihre Gründe gehabt haben.«

Ich lächelte sie dankbar an und sah dann zu, wie sie sich wieder dem essbaren Kunstwerk zuwandte, das sie gerade herstellte. Sie nahm erneut das winzige Nudelholz in die Hand, rollte etwas Marzipan aus und schnitt es in der Form eines Einhorns aus. Das hob sie vorsichtig mit einem breiten Messer hoch und legte es zwischen zwei andere, die sich bereits auf einem großen Kuchen befanden.

»Das sieht fantastisch aus. Was ist das?«

»Das?« Sie wischte sich mit dem Unterarm über das Gesicht und lächelte. »Das ist eine Marzipantorte – ein elisabethanischer Nachtisch, die damalige Version des Marzipans. Jetzt muss nur noch der Glitzer dazu.«

Ich beobachtete, wie sie schimmerndes, essbares Blattgold aus einem Päckchen nahm und sorgfältig einen Schild auf die Torte legte.

»Das ist das Familienwappen, nicht wahr?«, fragte ich, während sie mit einem kleinen Pinsel das Horn eines Einhorns glatt strich.

»Genau. Ich hoffe, das nächste Herrenhaus, für das ich arbeiten werde, hat ein leichteres Wappen.« Sie grinste.

»Wie viel würde mich ein Stück davon kosten?« Ich dachte sehnsüchtig an meine Mittagspause. »Ich wette, Blattgold ist nicht gerade billig.«

»Tut mir leid, aber das ist nicht fürs Café bestimmt.« Jenny sah mich entschuldigend an. »Das ist das Hauptstück für einen Vortrag, den ich später für das Women's Institute über elisabethanische Zuckerbankette halte. Ich bringe die Torte jetzt hoch. Sie können mich begleiten, wenn Sie Lust haben.«

»Sehr gern. Könnte ich davon dann auch ein paar Aufnahmen für den Kalender machen, wenn ich schon einmal hier bin?«

Ihre Augen weiteten sich. »Für den Kalender? Aber natürlich, mit dem größten Vergnügen. Geben Sie mir noch einen Moment!«

Ich wartete, während sie ihrem Küchenpersonal ein paar Anweisungen gab, Rachels Küchlein probierte und die Marzipantorte in eine Schachtel tat. »Schaffen Sie das?«, fragte sie und legte mir im nächsten Augenblick drei schwere Kuchenschachteln in den Arm, ohne meine Antwort abzuwarten. »Gehen wir.«

Wir verließen die Küche durch eine Tür, die direkt in das Hauptgebäude führte. Dort kamen wir an einer Gruppe ausländischer Touristen vorbei, die gerade Fotos von den Buntglasfenstern im Gang machte, geleiteten eine alte Dame zum Ausgang, die sich verlaufen hatte, und gingen schließlich in den zweiten Stock hinauf.

»Halten Sie Ihren Vortrag denn nicht in der Küche?« Ich war ganz außer Atem, als wir die letzte Treppe hinaufstiegen, und versuchte verzweifelt, den Turm aus Schachteln in meinen Armen nicht fallen zu lassen.

Jenny schüttelte den Kopf und öffnete schwungvoll eine Tür. »Tada! Ich benutze die Lange Galerie.«

Ich folgte ihr, stellte die Schachteln auf einem kleinen Tisch ab und pfiff leise. »Wow!« Langsam drehte ich mich einmal um die eigene Achse, um den herrlichen Raum ganz auf mich wirken zu lassen. »Das ist ja riesig. Einfach toll.«

Auf der einen Seite befanden sich hohe Koppelfenster mit jeweils einer tiefen, gepolsterten Fensterbank davor. Die Lange Galerie lag in der Mitte des Gebäudes, sodass man von hier aus einen eindrucksvollen Ausblick auf die Kieseinfahrt und das Pförtnerhaus am anderen Ende hatte. Die gegenüberliegende Wand war voller Alkoven, in denen Kunstgegenstände standen, die durch Glasscheiben vor übereifrigen Besuchern geschützt wurden.

Jenny nahm ihr weißes Haarnetz ab, und eine wahre Fülle glatter Haare fiel ihr auf die Schultern. Ich hatte ja bereits ein paar Strähnen gesehen, aber diese Masse war wahrhaftig spektakulär.

Jenny machte scherzhaft einen Knicks. »Würde mir Miss Holly denn die Freude machen, einer kleinen Führung zu folgen?«

Daraufhin liefen wir untergehakt durch den Raum, was für einen Außenstehenden sicher sehr lustig ausgesehen hätte: Jenny, eine dunkelrothaarige Bohnenstange, die ihre Schürze so zur Seite hielt, als ob sie ein langes Ballkleid trug, und ich, die ich ihr kaum bis zur Schulter reichte und in meinen verdreckten Ballerinas neben ihr hersprang, um mit ihren großen Schritten mithalten zu können.

»So mache ich das auch immer mit den Frauen vom Women's Institute. Sie lieben es, so zu tun, als wären sie georgianische Damen, die ihre täglichen Leibesübungen absolvieren. Und hier«, sagte sie, als wir an einen schmalen Tisch mit Geschirr und Besteck kamen, »werde ich meine Leckereien platzieren, wenn wir die Stühle aufgestellt haben.«

Pippa hatte recht, dachte ich, während ich Jenny half, dreißig Stühle für die Besucherinnen aufzustellen, *dieser Job verlangt einem auch körperlich einiges ab.* So häufig würde ich wahrscheinlich nicht mehr joggen gehen müssen. Worüber ich mich definitiv nicht beschweren würde. Das hier war eine wesentlich erfreulichere Art, fit zu bleiben.

»Sind Sie für das Catering aller Veranstaltungen verantwortlich?«, erkundigte ich mich und zupfte einen kleinen Faden von einem der Goldbrokatstühle.

»Ja. Wir haben an den meisten Tagen nur wenig Personal für das Café. Aber wenn es eine große Veranstaltung gibt, dann sind alle da.« Jenny lief zum anderen Ende der Galerie zurück, um die Kuchenschachteln zu holen. »Haben Sie jemals bedient?«

Ich nickte. »Ja, im Vorlegeservice, als ich noch studiert habe.«

Jenny begann das Zuckerbankett aufzubauen, während ich ein paar Aufnahmen von ihren Pasteten und Keksen machte.

»Manchmal brauchen wir am Wochenende ein paar Hände mehr, falls Sie interessiert sind? Es macht Spaß und gibt natürlich Extrageld. Ich würde mich freuen, wenn Sie bei uns mitmachen würden.«

Unerwarteterweise verspürte ich auf einmal einen Kloß im Hals. Ich war erst seit ein paar Stunden hier und hatte bereits das Gefühl dazuzugehören. Mein Leben mit Mum seit der Uni hatte mich immer mehr isoliert. Enge Freundschaften vermied ich inzwischen aus Scham. Wem hätte ich denn schon Weaver's Cottage zeigen können? Letzten Endes hatte ich nur noch Esme. Doch eine Gruppe freundlicher Kollegen würde vieles leichter machen.

Jenny sah mich fragend an, und ich merkte, dass sie auf eine Antwort wartete.

»Ich bin im Servieren zwar vielleicht etwas eingerostet,

aber ich würde gern immer mal wieder aushelfen«, sagte ich glücklich. »Solange ich rechtzeitig Bescheid weiß, um etwas Vorlauf zu haben.«

Jenny stellte die Marzipantorte auf einen Kuchenständer in der Mitte des Buffets und trat dann stolz einen Schritt zurück, um sie zu bewundern. Ich machte währenddessen ein paar weitere Aufnahmen.

»Haben Sie familiäre Verpflichtungen?« Sie nickte wissend.

»Nein, nein, aber ...«

»Einen Freund?« Sie zwinkerte mir zu, und ich spürte, wie meine Wangen zu glühen begannen.

»Das auch nicht. Ich plane nur gern im Voraus.« Ich zuckte mit den Achseln.

Ich nahm meinen Kalender mit meinen Listen überallhin mit. Ich hatte eine Liste aller Sommerurlaube, die ich jemals verbracht hatte, eine mit der Nummer eins der Musikcharts an meinen Geburtstagen seit meiner Geburt. Auch wenn Esme sich lustig darüber machte, dass ich, seitdem ich achtzehn war, fein säuberlich stets mein Gewicht notierte, so verließ sie sich gleichzeitig doch darauf, dass ich die Geburtstage, Hochzeiten, wichtigen Feiern und bevorstehenden Konzerte und Partys im Blick hatte.

»Nun, ich werde mein Bestes tun, früh genug Bescheid zu geben«, sagte Jenny.

»Die Marzipantorte sieht herrlich aus«, meinte ich. Ich zeigte ihr das Bild der Torte auf dem Kameradisplay, und in ihre Augen trat ein träumerischer Ausdruck.

»Essen ist eine großartige Art und Weise, über die Vergangenheit zu lernen, und zugleich ein so wichtiger Bestandteil dessen, was wir hier auf Wickham Hall machen.« Sie seufzte, schlang sich die Haare hinter den Ohren zu einem Knoten zusammen und beugte sich vor, um das Bild genauer studieren zu können. »Jeder kann der Öffentlichkeit ein Herrenhaus zugänglich machen. Aber wo ist der Spaß dabei, wenn man sich nur staubige Möbel und Gemälde von alten Männern in Strumpfhosen ansehen kann? Ich liebe die Geschichte des Essens. Es ist wie eine Geheimtür in die Vergangenheit. Und selbst wenn man nur eine Tasse Tee und etwas Süßes im Café zu sich nimmt, versuchen wir es zu etwas Erinnerungswürdigem zu machen. Das unterscheidet Wickham Hall von den anderen Herrenhäusern.«

»Das finde ich auch.« Ich nickte zustimmend und zeigte dann auf ein zartes Plätzchen, das am Rand eines Tellers lag. »Kann ich vielleicht Ihre offizielle Vorkosterin sein?«

Sie kräuselte belustigt die Nase. »Warum nicht? Das ist ein Prinzenplätzchen, und Sie können es gern haben ...«

Ich biss hinein und schloss die Augen, als ein zarter Geschmack nach Rosen meinen Mund erfüllte. »Köstlich!«

»... solange Sie meine Marzipantorte auf das Cover des Kalenders setzen.«

Ich riss die Augen auf, als mir ein Brösel in die Luftröhre geriet. »Nun«, hustete ich und trommelte mir auf die Brust, »ich kann es gern vorschlagen.«

Zusammen mit Nikkis blauem Scheinmohn ...

»O mein Gott!«, rief Jenny, als sie einen Blick auf die Uhr warf. »Ich sollte Sie ja schon vor einer halben Stunde zu Andy in den Souvenirladen bringen.«

»Zu Andy?« Ich grinste und strich mir die Keksbrümel vom Kinn. »Das wird sicher interessant.«

Kapitel 5

Es stellte sich heraus, dass Andy bereits in seiner Mittagspause war, als ich im Souvenirladen eintraf, sodass mich stattdessen die auffallend kleine Edith Nibbs durch das Geschäft führte. Sie erzählte mir, dass sie seit fünfzig Jahren in Wickham Hall arbeitete – zuerst als Reinigungskraft, dann als Touristen-Guide und inzwischen zwei Stunden während der Mittagspause im Souvenirladen.

»Das ist bisher meine Lieblingsstelle«, erklärte sie und wickelte eine große, filigrane Sturmlaterne in Seidenpapier ein. Wie viele weitere Jobs plante Edith denn noch innezuhaben, ehe sie in Rente ging?

»Danke«, sagte sie zu der Frau, die ihre erworbenen Schätze in eine große Tasche packte. »Wenn Sie nächste Woche wiederkommen, werden wir sicher wieder Sonnenblumentöpfe haben. Auf Wiedersehen.«

»Es muss wunderbar sein, hier zu arbeiten«, sagte ich und lehnte mich an die Verkaufstheke. »Sie verkaufen ein paar herrliche Dinge.«

»Das stimmt. Es ist ein echtes Schatzkästchen. Das meiste kauft Lady Fortescue ein. Sie hat ein gutes Auge. Ich muss mich immer zusammenreißen, nicht mehr als eine Sache pro Monat für mich selbst zu kaufen«, gab sie zu und machte es sich auf einem niedrigen Stuhl hinter der Kasse bequem, sodass nur noch der obere Teil ihres weißen Haarknotens zu sehen war.

»Kann ich mir vorstellen.« Meine Augen weiteten sich, als ich das Preisschild an einem Luxuspicknickkorb aus Weidenholz las. »Was verkauft sich denn am besten, Edith?«

»Ab November werden uns die Weihnachtsdekorationen nur so aus den Händen gerissen.« Sie lachte. »Da können wir gar nicht genügend hierhaben. Aber im Rest des Jahres würde ich sagen, sind es die duftenden Dinge dort drüben.«

Edith stand auf, und ich folgte ihr zu einem Tisch in der Mitte des Ladens. Darauf war eine Pyramide aus Fläschchen, Kerzen und Schachteln aufgebaut, durchsetzt von kleinen Töpfen mit duftenden Kräutern. »Das ist ja wunderbar dekoriert.«

»Das macht alles Andy«, erklärte Edith und testete die Erde in einem der Töpfchen. »Braucht mal wieder einen Schluck Wasser.«

Ich zog eine Augenbraue hoch. Hinter dem sauertöpfischen Äußeren verbarg sich offenbar ein ausgesprochen begabter junger Mann.

»Diese Serie wird extra für Wickham Hall in Stratford angefertigt«, fuhr Edith fort und reichte mir eine Testflasche mit Raumspray in der Duftnote Rosmarin und Bergamotte. Ich sprühte das Spray in den Raum. »Das riecht toll!«

»Rosmarin und Bergamotte wurden vermutlich auch zur Zeit Elisabeths I. miteinander gemischt.« Edith strahlte und hielt mir einen Zerstäuber hin. »Ich stelle mir immer vor, dass ursprünglich Wickham Hall so gerochen hat. Nichts ruft eine wertvolle Erinnerung so leicht hervor wie ein Geruch, nicht wahr?«

»Das stimmt.« Ich nickte. »Wie der Duft nach Kokosöl im Urlaub oder der von Zimt an Weihnachten.«

»Genau.«

Ich werde Mum so etwas zu Weihnachten kaufen, dachte ich, während ich nach der Kamera griff und anfing, ein paar Bilder zu machen. Vielleicht würde sie ja endlich einmal Lust haben, ein wenig aufzuräumen, wenn unser Cottage nach Wickham Hall roch.

Der Rest des Tages verflog im Nu, und nach mehreren befriedigenden Stunden an Pippas Schreibtisch, wo ich die Papiere in eine Art Ordnung gebracht hatte, stellte ich zu meiner Verblüffung fest, dass es bereits an der Zeit war, nach Hause zu gehen. Oder vielmehr Zeit, Esme zu besuchen, die mich gebeten hatte, ihr alles haarklein zu erzählen, wenn ich Feierabend hatte.

Ich war gerade auf dem Weg aus dem Büro, als das Telefon auf Pippas Schreibtisch klingelte.

»Veranstaltungsbüro von Wickham Hall«, meldete ich mich und suchte auf dem Schreibtisch nach etwas zu schreiben.

»Oh, Holly, es tut mir so leid, dass ich Sie heute so im Stich gelassen habe«, erklang die Stimme meiner Chefin. »Hat sich jemand um Sie gekümmert? Wussten Sie, was Sie tun sollen? Sie haben doch nicht schon wieder gekündigt, oder?«

»Es war alles gut, Pippa«, beruhigte ich sie und ließ meinen Blick über ihren deutlich übersichtlicheren Schreibtisch wandern. Ich hatte zudem eine Art Notizwand an die Wand gebracht, wo ich alle bevorstehenden Termine aufgeschrieben hatte, und eine Liste mit einigen der besonders schönen

Bilder für den Kalender angefertigt. »Ich hatte einen ziemlich produktiven Tag und habe ständig etwas Neues dazugelernt.«

»Ich wusste, dass Sie die Richtige für die Stelle sind«, seufzte sie erleichtert.

»Und ich bin so froh, dass Sie sie mir gegeben haben«, entgegnete ich und lehnte mich auf ihrem Schreibtischstuhl zurück.

»Aber ich sollte Sie doch eigentlich einarbeiten. Ich fühle mich so schrecklich! Haben Sie ... Haben Sie von meinem ...?«

»Nikki erwähnte, dass Sie einen familiären Notfall haben«, sagte ich sanft. »Bitte, machen Sie sich keine Sorgen um mich. Tun Sie einfach das, was Sie tun müssen.«

»Danke. Ich bin jetzt für einige Tage mit meinen Kindern bei meinen Eltern in Somerset, bis ... Na ja. Jedenfalls können Sie mich gern jederzeit anrufen. Ich gebe Ihnen am besten meine Handynummer, und falls Sie irgendwelche Fragen haben sollten ...«

Ich konnte im Hintergrund Kinder kreischen und lachen hören. Gut.

»O ja, da gibt es etwas«, sagte ich. »Zaras Hochzeit. Ich weiß nicht, wo ich anfangen soll. Ich habe noch nie zuvor eine Hochzeit organisiert.«

»Das ist kein Problem«, versicherte mir Pippa. »Lady Fortescue und Miss Zara haben alles unter Kontrolle, auch wenn Zara in Bath lebt.«

»Gott sei Dank!« Ich atmete erleichtert auf, denn ich hatte bereits nachmittags eine Stunde damit verbracht, irgendwelche Hochzeitslisten zu suchen. »Ich dachte –«

»Nein!«, kreischte sie so plötzlich, dass ich zusammenzuckte. »Matilda, komm sofort von dem Baum herunter! Freddy, los, geh und hilf deiner Schwester. Danke. Nein, nein, nicht an den Füßen ziehen. Warten Sie bitte einen Augenblick, Holly.«

Ich schmunzelte, während ich wartete.

»Tut mir leid«, sagte sie einige Minuten später ein wenig atemlos. »Wo waren wir stehen geblieben? Ach ja. Vergessen Sie nicht: Wir kümmern uns um die öffentlichen Veranstaltungen. Die Hochzeit ist privat. Allerdings erwartet man von uns, dass wir an dem Tag der Hochzeit arbeiten und dafür sorgen, dass keine Paparazzi sich unerlaubt Zugang zum Grundstück verschaffen. Die können nämlich ganz schön hinterhältig sein, das kann ich Ihnen sagen. Also – wissen Sie über das morgige Treffen Bescheid?«

Einige Minuten später legten wir auf, nachdem sie mir noch ein paar Anweisungen gegeben hatte. Ich suchte nach meinem Kalender und trug Zaras Hochzeit mit Monsieur Philippe Valois ein, ehe ich sie rot unterstrich. Eine High-Society-Hochzeit! Ich konnte es kaum erwarten, Esme davon zu erzählen. *Wie wird wohl Zaras Kleid aussehen*, fragte ich mich. Und wie um alles in der Welt ging man mit Paparazzi um?

Esme saß im Schneidersitz auf dem Boden und beugte sich gerade über einen Berg aus Taft, als ich am späten Nachmittag an die Scheibe des Geschäfts klopfte.

Sie und ihre Mutter hatten bereits mehrere Preise für die Inneneinrichtung ihres Ladens gewonnen. Die Kleider hingen in reich verzierten französischen Kleiderschränken ohne Türen, üppige Kronleuchter ließen den Raum erstrahlen, und jede der großen Umkleidekabinen war mit einer anderen ungewöhnlichen Tapete ausgekleidet. Das Ganze wirkte sehr luxuriös. Nur einige wenige wussten, dass die Lampen aus einem einfachen Baumarkt stammten, die Tapeten aus einer Restekiste und die Schränke von einer Hotelinsolvenz.

»Holly!«, rief Esme, warf den Stoff beiseite und sprang auf, als ich eintrat. »Schau nur, wie hübsch du in deinem persönlich ausgewählten Kleid aussiehst! Wie ist es gelaufen? Hast du ihr mit deinen To-do-Listen den Atem geraubt?«

Ich umarmte sie lachend. »Meine Chefin war gar nicht da, aber ich habe den Eindruck, dass sie es nicht ganz so genau nimmt, wenn es um Listen und Bürokram geht. Jedenfalls fand ich alles großartig. Dieser Ort hat eine solche Ausstrahlung! Oh, und die Lange Galerie ...« Ich seufzte sehnsüchtig. »Wenn man die Augen schließt, kann man sich vorstellen, wie dort die ganzen Vorfahren der Fortescues gelebt haben. Für die heutige Familie muss es toll sein, eine so enge Verbindung zu ihrer Familientradition zu haben.«

»Das freut mich für dich.« Sie drückte mir den Arm. Esme war der einzige Mensch, mit dem ich alles teilte. Sie war auch die Einzige, die wusste, dass ich mich manchmal verloren fühlte, weil ich niemanden außer meiner Mum hatte. »Ich habe allmählich begonnen, mir Sorgen um dich zu machen, die ganze Zeit so eingesperrt in eurem Häuschen. Ich hatte mir schon überlegt, ob ich dir vielleicht einen Job anbieten soll, aber ...« Sie brach ab und beugte sich herab, um den Stoff, die Schere und die Dose mit Stecknadeln aufzuheben, die noch auf dem Boden verstreut lagen.

»Aber was?«, hakte ich nach und folgte ihr in den winzigen Raum hinter dem Laden. »Esme, was ist los?«

Ich lehnte mich an den Türrahmen und sah ihr zu, wie sie alles zusammenräumte. Der winzige Raum diente nicht nur als Lager, sondern auch als Schneideratelier, und jeder Millimeter war vollgestellt mit Schachteln voller Knöpfe, Bänder, Stoffbahnen sowie Bryonys Nähmaschine und ihrem Nähkasten.

»Ach, wahrscheinlich nichts«, meinte Esme und schenkte mir ein etwas schiefes Grinsen. »Aber die Bank will uns wegen unseres Überziehungskredits sprechen und ... und Mum geht es nicht gut. Sie hat Schmerzen. Sie meint, es würde am Alter liegen, aber ich bin mir da nicht so sicher. Was ist, wenn sie wie Gran wird?«

Mir sank das Herz. Bryony hatte am Samstag erwähnt, dass ihre Finger wehtaten. Wenn man wusste, dass Esmes Großmutter an rheumatoider Arthritis litt und im Rollstuhl saß, konnte man verstehen, dass sich Esme Sorgen machte.

Ich nahm sie in die Arme. »Arme Bryony, das wusste ich gar nicht. Hast du deshalb am Samstag den Saum für mich hochgenäht?«

Sie nickte. »Mum findet Änderungen momentan zu schmerzhaft. Ich mache das ja nicht so gern, aber es bringt Geld ein, das wir dringend brauchen.«

»Esme, das tut mir so leid. Wenn ich irgendwie helfen kann, dann lass es mich wissen.«

»In dem Fall«, meinte meine beste Freundin und zwinkerte mir zu, »könnte mir ein Eis schon weiterhelfen. Komm, ich muss zuerst noch ein Paket bei der Post abholen, aber dann kannst du mich zu zwei Kugeln Kokoseis einladen.«

Eine halbe Stunde später hatte Esme ein weiches, in braunes Papier eingewickeltes Paket abgeholt, und wir schlenderten zu ihrem Wagen zurück, während wir an unseren schnell schmelzenden Eiskugeln leckten. Ich warf ihr verstohlen einen Blick zu. In ihrem rotorangenen Sommerkleid, mit der hellbraunen Haut, die in der spätnachmittäglichen Sonne golden schimmerte, und mit den Korkenzieherlocken sah sie wie eine exotische Blume mitten in der Hauptstraße von Henley aus. In ihren Augen zeigte sich dennoch ein Hauch von Traurigkeit, der mir signalisierte, dass sie sich mehr Sorgen um ihre Mutter und den Laden machte, als sie zugeben wollte.

»Also, dein Geburtstag«, sagte ich, entschlossen, ihre Laune zu heben. »Nicht mehr lange hin. Hast du schon irgendeine Idee, was du tun möchtest?« Ich drehte mein Himbeereis so, dass ich es in eine hübsche runde Kugel leckte, während ich Esme aus dem Augenwinkel betrachtete.

»Ach, können wir den diesmal nicht einfach ignorieren?«, stöhnte sie, während sie den Mund voller Kokoseis hatte. Sie biss immer große Stücke von ihrem Eis und hatte schon fast die Waffel erreicht.

»Nein«, sagte ich bestimmt. »Das ist dein Dreißigster. Ich weiß was. Warum kümmere ich mich nicht um ein paar Eintrittskarten für diesen neuen Salsa-Club in Stratford? Vielleicht lernen wir ja ein paar schnittige Latinos kennen. Komm schon, Es, wir sollten etwas planen.«

Wir hatten inzwischen ihr winziges grünes Retro-Cabrio erreicht, und ich nahm ihr das Paket ab, während sie mit ihrem Eis jonglierte, um an die Schlüssel in ihrer Handtasche zu gelangen.

Die alten cremefarbenen Ledersitze knarzten wohlig unter uns, als wir einstiegen. Ich ließ das Paket auf Esmes Schoß fallen.

»Du und deine Pläne«, lachte Esme. Sie schob sich das Ende ihrer Eiswaffel in den Mund und wischte sich die Finger an einer Papierserviette ab. »Du weißt doch, dass ich eher der spontane Typ bin. Viel aufregender.«

Hm, dachte ich und verbarg mein Lächeln hinter meiner Waffel. Deshalb war sie auch immer lange vor Monatsende pleite und musste mich um Geld anpumpen.

»Hör auf, dich rausreden zu wollen, Esme Wilde. Wir feiern, ob du willst oder nicht.«

Sie rollte mit den Augen und schob den Schlüssel ins Zündschloss. »Ich werde darüber nachdenken, okay?« Dann riss sie die Klebestreifen von dem Packpapier ab. Aus dem Paket fiel ein Stück zusammengefaltete, elfenbeinfarbene Spitze heraus. »Sieh dir das an!«, meinte sie und strich mit einem Finger darüber. »Hast du schon jemals so etwas Zartes gesehen?«

Ich kicherte. »Mehr Stoff! Was wird deine Mutter dazu sagen?«

»Stoff?!«, rief Esme empört aus. »Das sind fünf Meter handgearbeitete, alte *Spitze*! Ich weiß noch nicht, was ich damit mache, aber ich konnte einfach nicht widerstehen. Also, hast du noch Lust auf einen Wein oder ein Bier?«

»Lust schon«, erwiderte ich, »aber morgen lerne ich Lord und Lady Fortescue kennen und möchte ihnen meine Pläne für den nächsten Kalender vorstellen.«

»Die da wären?«

Ich presste die Lippen aufeinander und lächelte geheimnisvoll. »Noch hab ich nicht alles ausgeklügelt, aber es wird auf jeden Fall großartig werden.«

Am nächsten Morgen meldete ich mich um zehn Uhr bei Mrs. Beckwith für das Treffen, auf das mich Pippa am Tag zuvor telefonisch vorbereitet hatte.

»Gehen Sie gleich hinein, Holly«, sagte Mrs. Beckwith und lächelte, während sie mein marineblaues Etuikleid musterte, von dem ich hoffte, dass es angemessen war. »Ihre Ladyschaft wird sofort da sein.«

Ich blieb in der Tür von Lord Fortescues Büro stehen und schaute hinein; in diesem Zimmer war ich bisher noch nicht gewesen. Es war groß und rechteckig und blickte auf den Privatgarten der Fortescues hinaus. Die Bleiglastüren, die auf die Terrasse führten, standen offen, Sonnenlicht durchflutete den Raum. Nikki und Andy hatten schon an einem ovalen, polierten Holztisch Platz genommen, während ein stirnrunzelnder Lord Fortescue hinter dem großen Schreibtisch unterm Fenster saß und telefonierte.

Nikki klopfte auf den leeren Stuhl neben sich, und ich setzte mich. »Danke«, flüsterte ich. Ich war froh, ein freundliches Gesicht zu sehen, und vermied es bewusst, Andy anzusehen. »Warum sind Sie hier?«

»Wegen der Blumen für die Hochzeit«, sagte Nikki. »Ich muss gefühlt über jede neue Blüte berichten, die für Zaras Bukett gedacht ist.«

Auch heute trug sie wieder ihre Shorts und dazu eine kakifarbene Steppweste mit zahlreichen Taschen, die gut in einen Dschungel gepasst hätte. Sie fasste in eine der Taschen. »Hier, ich habe Ihnen eine blaue Scheinmohnblüte mitgebracht.« Sie grinste, als sie mir das zarte Blätterwerk reichte. »Sie können sie pressen und als Erinnerung an Ihren ersten Tag in Wickham Hall aufbewahren.«

»Vielen Dank!« Ich strahlte sie an und legte die Blüte zwischen die Seiten meines Kalenders. Dann wandte ich mich Andy zu, der demonstrativ damit beschäftigt war, seine Fingernägel zu inspizieren, seitdem ich das Zimmer betreten hatte. Am besten war es wohl, dass ich den Stier bei den Hörnern packte. »Andy?« Ich lehnte mich über Nikki und streckte ihm meine Hand entgegen. »Tut mir leid, dass ich Sie gestern verpasst habe. Aber Edith hat mir Ihren fantastischen Souvenirladen gezeigt. Ich bin von der Serie der Wickham-Hall-Duftprodukte ganz begeistert.«

Andy zog die Augenbrauen hoch und erwiderte meinen Händedruck mit schlaffer Hand. »Freut mich, dass es Ihnen gefällt. Ich kümmere mich persönlich um die Serie und arbeite dafür eng mit einem Hersteller vor Ort zusammen.«

Edith hatte mir zwar gesagt, dass sich Lady Fortescue um all das kümmerte, aber ich nickte dennoch enthusiastisch und ignorierte das leise Schnauben, das aus Nikkis Richtung ertönte.

»Sie haben wirklich ein Auge für Qualität«, sagte ich. »Und warum sind Sie heute Morgen hier?«

»Um die letzten Dinge hinsichtlich der Weihnachtsdekorationen für das Herrenhaus zu besprechen, *die* wichtigste Zeit hier in Wickham Hall«, erklärte er hochmütig.

»Im Juni?«, fragte ich überrascht.

»Natürlich im Juni. Wir starten mit der Planung im Januar.« Er schnalzte geringschätzig mit der Zunge. »Und weshalb wollen sie mit Ihnen sprechen?«

»Wegen des Wickham-Hall-Kalenders.« Ich gestattete mir ein kleines Lächeln.

Auch wenn es Eigenlob war, so musste ich doch sagen, dass ich stolz auf meine Idee war, die ich am Abend zuvor noch fertig ausgearbeitet hatte. Jetzt mussten nur noch meine Kollegen damit einverstanden sein.

Andy beugte sich vor und durchbohrte mich mit seinem durchdringenden Blick. »Ich hoffe, Sie zeigen den Souvenirladen auf dem Cover«, sagte er mit eindringlich leiser Stimme.

Nikki zog die Augenbrauen hoch. »Also wirklich. Geht's noch?«

»Wir sind immerhin der profitabelste Teil des ganzen Anwesens«, murmelte er und zuckte mit den Achseln. »Das ist doch sonnenklar.«

»Ha!« Sie gab ihm einen Stoß mit dem Ellbogen zwischen die Rippen. »Das sehe ich aber anders.«

Andy lehnte sich zurück, weil ihn Nikkis herausfordernder Blick möglicherweise dann doch etwas einschüchterte. »Gewinn bei einer Tasse Tee? Fünfzig Pence. Gewinn bei einer Mohairdecke? Hm.« Seine Augen wanderten von einer Seite zur anderen. »Riesig.«

»Es geht nicht ausschließlich um Profit«, flüsterte Nikki und wandte sich an mich. »Die Gärten sind ebenso Teil des Erbes wie das Gebäude selbst. So etwas hat keinen Preis.«

»Das stimmt«, erwiderte ich diplomatisch. »Alle Bereiche des Anwesens sind gleich wertvoll, weshalb keiner von ihnen auf dem Cover zu sehen sein wird.«

Andy blinzelte mich abschätzig an, und Nikki gab ein Schnauben von sich.

Zum Glück musste ich nichts weiter erklären, denn in diesem Moment legte Lord Fortescue endlich auf und kam mir mit ausgestreckter Hand entgegen. »Und Sie müssen unsere Neue sein, äh ...?«

»Holly Swift.« Ich stand auf, und er schüttelte mir lebhaft die Hand.

»Ausgezeichnet, ausgezeichnet«, sagte er und nickte. »Also gut, fangen wir an.« Er klatschte in die Hände. »Ist Beatrice irgendwo zu sehen, Sheila?«, rief er seiner Sekretärin zu.

In diesem Moment betrat Lady Fortescue den Raum. In ihrer zarten Seidenbluse, der perfekt sitzenden Hose und spitzen, hochhackigen Schuhen war sie der Inbegriff von Eleganz. Ihre dunklen Haare hatte sie hochgesteckt, und ihr Blick schoss durchs Zimmer, bis er an mir hängen blieb. Ich lächelte höflich, während sie am Kopfende des Tisches Platz nahm. »Gütiger Himmel, Hugo!« Sie schnalzte liebevoll mit der Zunge. »Ich bin mir nicht sicher, ob die Familie unseres zukünftigen Schwiegersohns dich auch in Bordeaux gehört hat. Willst du es nicht noch etwas lauter versuchen?«

»Was?« Er zwinkerte seiner Frau zu und setzte sich dann ebenfalls.

»Lord Fortescue ist etwas schwerhörig«, erklärte sie belustigt lächelnd. »Obwohl er das natürlich rigoros leugnet.«

»Das habe ich gehört«, brummte er missbilligend.

»Gut, dann wollen wir mal anfangen. Sie müssen Pippas neue Assistentin sein«, sagte sie und streckte mir die Hand entgegen. Sie hatte lange schlanke Finger und einen Ring mit dem größten Diamanten, den ich jemals gesehen hatte.

»Das stimmt. Ich bin Holly Swift, ich möchte ...«

»Sie möchten uns etwas zum Kalender fürs nächste Jahr sagen«, beendete sie den Satz für mich. »Schon irgendwelche Ideen?«

Und los geht's ...

Ich räusperte mich und schaute in die Notizen, die ich mir gemacht hatte. »Verborgene Schätze«, sagte ich geheimnisvoll. »Das ist das Thema für den Kalender.«

»Hä?«, höhnte Andy.

Lady Fortescue sah mich neugierig an. »Sprechen Sie weiter.«

Ich holte tief Luft und erklärte ihnen, dass mir an meinem

ersten Tag in Wickham Hall besonders die vielen verborgenen Schätze auf dem Landsitz ins Auge gestochen waren, von den Blumen im Garten – hier lächelte ich Nikki an – über das Schatzkästchen voll schöner Dinge im Souvenirladen – ich nickte Andy zu – bis zu dem Blattgold, das für die elisabethanischen Torten in der Küche verwendet wurde. Für die PR war das Motto selbst Gold wert; man konnte es immer weiterführen: wertvolle Erinnerungen, Schatzsuchen, vielleicht eine Schatzkisten-Dekoration im Schaufenster des Ladens …

»Und wer würde sich besser als Gesicht des Kalenders in Ihrem dreißigsten Jahr als Herren von Wickham Hall eignen als Sie, Lord und Lady Fortescue? Ich dachte, das Coverfoto könnte ein wunderbar informelles Bild von Ihnen beiden sein und ein kleiner Beitrag über Ihre liebsten Schätze von Wickham Hall könnte dem Kalender vorangestellt werden.«

Lord Fortescue nickte nachdenklich. Lady Fortescue lächelte, was mich ermutigte weiterzusprechen: »Und da das dreißigste Jubiläum traditionell das Perlen-Jahr ist, dachte ich, dass wir damit auch etwas machen könnten!?«

»Da bin ich dabei«, meinte Nikki. »Ich plane bereits ein perlweißes Thema für die Gartenschau während des Sommerfestes.«

Ich strahlte sie dankbar an. »Und was ist mit Ihnen, Andy?«, fragte ich und bedachte ihn mit einem unschuldigen Lächeln. »Ich weiß, dass Sie den Souvenirladen vorn auf dem Kalender sehen wollten. Aber was meinen Sie?«

Er rutschte peinlich berührt auf dem Stuhl hin und her. »Ich kann mir da schon was überlegen. Denke ich jedenfalls.«

Lady Fortescue seufzte wehmütig und legte eine Hand auf

den Arm ihres Mannes. »Oh, Hugo, das ist eine hinreißende Idee. Ich bin mir sicher, dass uns einige wunderbare Schätze einfallen werden.«

»Mein Vogelversteck. Das ist zum Beispiel ein verborgener Schatz«, meinte Lord Fortescue. »Auch wenn ich nicht möchte, dass man erfährt, wo sich das befindet.«

»Am besten wäre etwas, womit Sie gerade fotografiert werden, Lord Fortescue.«

»Wirklich schade wegen meines Perlenarmbands«, sagte Lady Fortescue. »Das wäre bei dem Motto perfekt gewesen. Erinnerst du dich noch daran, Hugo? An das, was ich verloren habe?«

»Nein.« Er zog ein kariertes Taschentuch heraus und putzte sich damit die Nase. »Aber du hast doch Schachteln voller Schmuckstücke, nicht wahr?«

»Ich fand damals, dass ich mit dem Armband geradezu wie diese Madonna aussah«, meinte sie und blickte träumerisch aus dem Fenster.

»Oh, ich liebe Madonnas Sachen aus den Achtzigern«, beeilte sich Andy zu sagen. »Die ganze Spitze und der Schichtenlook...«

Lady Fortescue brachte ihn mit einem kühlen Blick zum Schweigen, ehe sie mir ein Lächeln schenkte. »Verborgene Schätze«, wiederholte sie. »Das gefällt mir. Gut gemacht, Holly. Ich glaube, wir beide werden sehr gut miteinander auskommen.«

Nikki gab mir unter dem Tisch einen kleinen Stupser.

»Danke, Lady Fortescue«, erwiderte ich und bemühte mich, meine Begeisterung nicht allzu stark zu zeigen. »Das hoffe ich sehr.«

Kapitel 6

Für die restliche Woche schmiss ich mich voller Elan in die Arbeit. Ich lernte, wie die Dinge funktionierten, während bereits von Pippa organisierte Veranstaltungen stattfanden oder ich mich in das einfand, was sie für neue Projekte schon vorbereitet hatte. Ich machte in ihrer Abwesenheit, so gut ich konnte, weiter. Ich gab Presseerklärungen für das Sommerfest heraus, mailte Ausstellern die nötigen Informationen und kümmerte mich fast stündlich um eine Million verschiedener Probleme. Doch am Freitag war Pippa immer noch nicht zurück. Auch in der Woche darauf kam sie nicht wieder, und ich begann mir etwas Sorgen um sie zu machen. Ich erkundigte mich bei Jenny und Nikki, ob sie Neuigkeiten hätten. Doch keiner hatte das Geringste von ihr gehört.

An meinem zweiten Freitagnachmittag begann ich mich gerade innerlich auf das Wochenende einzustellen, als Mrs. Beckwith in mein Büro trat. »Haben Sie einen Moment?«, fragte sie und ließ sich auf dem leeren Stuhl nieder.

»Natürlich.« Ich lächelte und sprang auf, um den Wasserkessel anzuschalten. »Ich bekomme nicht viele Besucher. Tee?«

Mrs. Beckwith sah sich im Zimmer um, während ich uns

einen Tee machte. »Wie ich sehe, haben Sie hier etwas aufgeräumt.«

»Ja«, sagte ich und goss etwas Milch in den Tee. »Ich hoffe, Pippa wird nicht beleidigt sein, aber ich funktioniere einfach besser in einer ordentlichen Umgebung. Zu viel Zeug, das herumliegt, und ich fühle mich klaustrophobisch.«

Ich musste an den Streit denken, den ich am Abend zuvor mit Mum geführt hatte, als ich nach Hause gekommen war und sie dabei ertappte, wie sie gerade einen Koffer voll alter Kleidung unter mein Bett schieben wollte. Ich hätte nicht viel dagegen eingewendet, wenn es sich um Winterklamotten von ihr gehandelt hätte. Aber es waren die alten Anzüge meines Großvaters! Es gab ein Zimmer im Haus, das bisher nicht bis zur Decke vollgestopft war mit ihren Sachen – und das war mein Zimmer. Ich hatte den Koffer herausgezerrt und auf den Flur gestellt, während sie mich anschrie, selbstsüchtig zu sein. Ich wusste genau, dass dieser Koffer wahrscheinlich von nun an für immer auf dem Flur stehen bleiben würde.

»Ich komme gleich zum Wesentlichen«, sagte Mrs. Beckwith, als ich die Becher auf den Schreibtisch stellte.

»Ja?«, fragte ich nervös.

»Pippa wird sich den Rest des Monats freinehmen.« Sie nippte an ihrem Tee und sah mich aufmerksam an.

»Den ganzen *Monat!*« Ich atmete tief durch, während ich im Kopf überschlug, wie viele Veranstaltungen in diesen Zeitraum fielen, die ich allein organisieren musste.

Es schien fast täglich ein Event zu geben – von Busladungen voller Touristen über Schulklassen bis hin zu Gartenführungen. An diesem Vormittag hatte ich bereits eine Anfrage wegen Weihnachten gehabt. Und dann war da natürlich noch Zaras Hochzeit in zwei Wochen. O Gott, jetzt sah es ganz so aus, als müsste ich mich allein um die Paparazzi kümmern.

Ich holte tief Luft. Alles gut. Ich würde das schaffen. Das Büro war inzwischen aufgeräumt, und langsam hatte ich den Eindruck zu wissen, was ich tat. Zumindest hatte ich keinen mich betrügenden Ehemann und vier kleine Kinder, um die ich mich kümmern musste.

»Wie geht es Pippa?«, fragte ich.

»Na ja, das Au-pair scheint wieder zurück in Deutschland zu sein. Allein. Und Pippa bat um etwas Urlaub, damit sie und ihr Mann in Ruhe alles besprechen können.« Sie lehnte sich vor. »Lord und Lady Fortescue sind einverstanden gewesen. Sie sind wirklich großzügig ihren Angestellten gegenüber. Das wären nicht viele Arbeitgeber. Aber sie sind davon überzeugt, dass die Familie an erster Stelle stehen sollte.«

»Wenn Sie ihnen bitte von mir ausrichten könnten, dass ich die Stellung halte, bis Pippa wiederkommt«, sagte ich entschlossen und löschte innerlich bereits die Liste, die ich gerade getippt hatte – mit dem Titel »Dinge, die ich mit Pippa besprechen muss«.

»Danke Ihnen, meine Liebe. Das habe ich den Herrschaften schon mehr oder weniger so erklärt«, erwiderte sie und stellte ihren Becher auf den Tisch. »Und Lady Fortescue ist begeistert von dem Kalender.«

»Wirklich?« Ich spürte, wie meine Wangen vor Stolz glühten.

Sie nickte. »Und ich muss sagen, ich habe mich auch sehr darüber gefreut, etwas beitragen zu dürfen.«

Der Kalender kam sehr gut voran. Alle hatten zugestimmt mitzumachen, als ich sie gebeten hatte, mir ihre liebsten verborgenen Schätze auf dem Anwesen zu zeigen – nicht nur Mrs. Beckwith, sondern auch Marjorie, die Fremdenführerin, Pam, die Haushälterin, und Jim, der Sicherheitswachmann. Selbst Andy hatte seinen Zorn auf mich heruntergeschluckt und das Schaufenster des Ladens für das Kalenderthema dekoriert.

»Ich glaube, die holländischen Teller aus dem siebzehnten Jahrhundert, die Sie vorgeschlagen haben, Mrs. Beckwith, werden auf der März-Seite bestimmt wunderbar aussehen.«

»Ach, nennen Sie mich doch Sheila.«

»Danke ... Sheila«, erwiderte ich und versuchte, nicht allzu angetan zu klingen. *Ich durfte sie mit dem Vornamen ansprechen – ich war offenbar auf dem richtigen Weg.*

»Jetzt mache ich lieber weiter. Miss Zara kommt übers Wochenende nach Hause und ...«

Bevor sie den Satz zu Ende sprechen konnte, steckte Jenny den Kopf durch die Tür. »Tut mir leid, Sie unterbrechen zu müssen, meine Damen!«, sagte sie. »Ich will Sie nicht aufhalten, aber ich wollte wissen, ob Sie Samstagabend Zeit hätten, auf Zaras Junggesellinnenabschied zu bedienen, Holly?«

»Also morgen?«, fragte ich enttäuscht. Morgen war Esmes Geburtstag. Ich hatte erfolglos versucht, sie zum Salsatanzen zu überreden. Letztlich hatten wir uns darauf geeinigt, bei ihr Pizza zu essen und einen Film anzusehen.

»Oh, es wird ein wunderbarer Abend«, rief Sheila aus und legte eine Hand auf ihre Brust. »Zara gibt ein zwölfgängiges französisches Menü.«

»Die Bedienungen werden wie Jojos aus der Küche rein- und rauslaufen. Ich brauche jemanden, der nicht den Überblick verliert. Wie Sie«, fügte Jenny hinzu. »Bitte?«

»Ich würde das liebend gern tun«, erwiderte ich geschmeichelt. »Aber ich habe mich schon für den Abend verabredet und kann da nicht mehr absagen.«

»Es wird auch VIP-Gäste geben. Sicher, dass ich Sie nicht überreden kann?« Jennys Augenbrauen verschwanden beinahe unter ihrem Haarnetz, so hoch zog sie diese.

»Tut mir leid«, entgegnete ich und schüttelte den Kopf. »Ich muss mich morgen Abend um meinen eigenen VIP-Gast kümmern.«

Sheila stand lachend auf. »Sie sind sehr begehrt, Holly. Wie ich sehe, passen Sie ausgezeichnet hierher.«

Die beiden gingen, und ich lächelte glücklich vor mich hin, während ich die letzten Dinge erledigte. Was für ein wunderbarer Satz, um damit ins Wochenende zu gehen.

Am Samstagabend packte ich zwei Flaschen Prosecco, meine Übernachtungstasche und Esmes Geschenke zusammen (ein Buch über Vintage-Mode und zwei Karten für das Londoner Victoria and Albert Museum, um dort die Chanel-Ausstellung zu besuchen) und streckte noch kurz den Kopf ins Zimmer meiner Mutter, um mich zu verabschieden. »Tschüss, Mum, bis morgen … Oh, brauchst du Hilfe?«

Sie kämpfte gerade mit der Tür des riesigen Eichenschranks, der früher einmal ihren Eltern gehört hatte. »Das verdammte Ding lässt sich nicht schließen«, schnaufte sie. »Die Scharniere funktionieren nicht mehr richtig, glaube ich. Wahrscheinlich muss ich sie mal wieder ölen.«

»Lass mich mal.«

Der Boden in ihrem Zimmer war von schwarzen Müllsäcken bedeckt, und ich merkte, wie es mir kalt den Rücken herunterlief, als ich über sie stieg, um zu dem Schrank zu gelangen. Kein Wunder, dass sie Großvaters Koffer hier raushaben wollte. Ich war überrascht, dass sie überhaupt noch Platz zum Schlafen fand.

Sie trat beiseite. Ich öffnete die Tür, und eine halbe Tonne Stricksachen fiel heraus. »Mum ...« Ich rollte mit den Augen. »Das hat nichts mit den Scharnieren zu tun. Du kannst da nicht immer noch mehr reinstopfen!«

Sie nahm ein Glas Wein, das zwischen Bergen von Sachen auf ihrem Schminktisch stand. »Ach, fang jetzt nicht damit an, Schatz. Ich bin schon angespannt genug«, erwiderte sie und ließ sich auf das Bett sinken, um dort einen großen Schluck Wein zu trinken. »Heute Abend ist Grahams Abschiedsfeier – er geht in Rente –, und die Partner sind auch eingeladen. Das bedeutet, dass ich mit dem einzigen anderen Alleinstehenden, den es gibt, zusammengesetzt werde. Und Keith redet ununterbrochen über seine Sammlung von signierten Fußbällen. Ich meine, warum? Wen interessiert das?«

»Dann solltet ihr doch viel miteinander zu reden haben, oder?«, gab ich zurück und warf ihr einen wütenden Blick zu. »Du kannst ihm ja von *deiner* unbegreiflichen Begeisterung für alten Plunder erzählen.«

Ich bedauerte meine Worte sofort.

Mum sprang auf und fing an, mit einer Bürste wie eine Wilde ihre welligen Haare zu bürsten. »Ich will dich nicht aufhalten. Geh nur zu Esme«, sagte sie, ohne mich anzusehen.

Ich unterdrückte einen Seufzer und bahnte mir einen Weg durch das Gerümpel zu ihr. »Mum«, sagte ich sanft und legte meine Hände auf ihre Schultern. »Es tut mir leid. Es macht mich nur so hilflos, dich so zu sehen.«

Sie leerte ihr Glas und stellte es neben die alte Schmuckschatulle ihrer Mutter. Ich hatte meine Großmutter nie kennengelernt. Sie starb, als Mum noch klein war, und Mum war bei ihrem Vater aufgewachsen. Jetzt öffnete sie die Schatulle und holte ihr Perlenarmband heraus. Es war ihr Lieblingsschmuckstück, sie hatte es schon viele Jahre. Das Armband hatte einen Diamantverschluss in S-Form und drei Reihen Perlen. Sie sackte etwas in sich zusammen. »Ich weiß, Schatz. Du bist ein gutes Mädchen. Die meisten Töchter würden nicht hierbleiben ...«

Ich drehte Mum zu mir, sodass sie mich ansehen musste. »Ich bleibe aber hier«, sagte ich mit einem Lächeln. »Wenn du mich loswerden willst, musst du mich schon rauswerfen. Warte, ich helfe dir damit.«

Sie hielt mir ihr Handgelenk hin, damit ich das Armband für sie zumachen konnte. Der Verschluss klickte, und die Diamanten funkelten verführerisch im Licht der Lampe. Ich drehte es auf ihrem Arm herum. In dem Moment fiel mir auf, dass ich gar nicht wusste, woher sie es hatte. »Es ist ein wunderschönes Armband, Mum. Gehörte das Großmutter?«

»Nein, meine Liebe. Das war ein Geschenk. Ich habe es kurz vor deiner Geburt bekommen.« Sie wandte sich ab und nahm wieder die Haarbürste zur Hand. »Was ist übrigens in Wickham Hall los? Während du unter der Dusche warst, sind zwei Hubschrauber vorbeigeflogen.«

»Das hat wahrscheinlich etwas mit Zara Fortescue zu tun.« Ich zuckte mit den Achseln, froh, dass wir uns wieder vertrugen. »Sie feiert heute ihren Junggesellinnenabschied.«

»Und da treffen Leute mit dem Helikopter ein?« Mum runzelte die Stirn.

Ich zog die Augenbrauen hoch. »Hm. Ja, es hieß, ein paar VIPs würden auch kommen.«

Jetzt fiel mir ein, dass Jim mit ein paar stämmig aussehenden Kerlen in dunklen Anzügen und schwarzen Sonnenbrillen zusammengestanden hatte, als ich am Abend zuvor nach Hause gegangen war. Vielleicht war das Extra-Sicherheitspersonal für die Party? Einen Moment lang bedauerte ich nun doch, heute nicht dort sein zu können, um Jenny unter die Arme zu greifen.

»Wie auch immer«, sagte ich und gab Mum einen flüchtigen Kuss auf die Wange. »Ich muss los. Mein stiller Abend auf dem Sofa wartet. Viel Spaß mit Keith!«

Zehn Minuten später parkte ich vor Esmes Wohnung. Sie winkte mir von ihrem Fenster im zweiten Stock zu und wartete dann an der Wohnungstür, als ich die Treppe heraufkam.

»Alles Gute zum Geburtstag!« Ich grinste und stellte meine Taschen ab, um sie in die Arme zu nehmen. »Wie fühlt es sich an, dreißig zu sein?«

»Oh, erinnere mich nicht daran«, stöhnte sie. »Dreißig ist uralt. Ehrlich, Holly, ich schwöre dir, eine riesige Falte ist von einer Nacht auf die andere auf meiner Stirn erschienen.«

»Unsinn.« Ich lachte. »Du hast die schönste Haut der Welt.«

Esmes Vater war aus Trinidad, und sie hatte seine Augen- und Haarfarbe und die Locken geerbt, während von ihrer Mutter der Teint und das herzförmige Gesicht stammten. Ich war natürlich voreingenommen, aber ich fand, sie sah hinreißend aus.

»Danke.« Sie grinste. »Hält mich aber nicht davon ab, mich alt zu fühlen. Aber wie geht es dir, Fremde? Seitdem du in königlichen Kreisen verkehrst, bekomme ich dich ja gar nicht mehr zu Gesicht. Bin ich dir nicht mehr gut genug, oder was?«

»Wohl kaum königlich«, lachte ich. Obwohl Lord Fortescue so etwa an fünfundachtzigster Stelle in der Thronfolge stand. »Und außerdem bist du heute die Geburtstagskönigin. Ich habe hier was für dich.«

Wir gingen in ihre Küche. Sie freute sich riesig über ihre Geschenke, während ich die erste Flasche Prosecco entkorkte. »Auf dich!«, sagte ich und reichte ihr ein Glas. »Alles Gute zum Geburtstag.«

»Mmm«, erwiderte sie und kicherte, als ihr die Kohlensäure in die Nase stieg. »Auf einen Abend mit Patrick Dempsey, Pizza Peperoni und viel Prosecco!«

Wir leerten die erste Flasche, während wir *Verwünscht* ansahen, und wollten gerade mit *Verliebt in die Braut* anfangen, als die Pizza eintraf.

»Wie läuft es im *Joop*?«, fragte ich und räumte einen Platz auf dem Couchtisch frei, während Esme Teller und Servietten holte.

Sie klappte die Pizzaschachtel auf, legte ein großes Stück dampfende Pizza auf einen Teller und reichte ihn mir. »Wir sind zu dem Banktermin gegangen, und es ging nur um Gewinnmargen, Prognosen, Gewinn und Verlust«, stöhnte sie. »Was kümmert mich all das? Ich liebe Mode und nicht dieses ganze Geldzeug.«

»Kein Wunder, dass *Joop* so verschuldet ist«, tadelte ich sie und biss die Spitze des Pizzastücks ab. »Ein Geschäft erfolgreich zu führen ist doch genauso wichtig wie die Kleider selbst. Eigentlich sogar noch wichtiger.«

»Ja, ja.« Sie rollte mit den Augen. »Das Hauptproblem ist

der Cashflow. Unsere Sachen sind ziemlich teuer, weil wir viel Kleidung für besondere Gelegenheiten verkaufen. Unsere Lieferanten geben uns ein Sechzig-Tage-Darlehen. Wir müssen also nach zwei Monaten zahlen, ob wir die Sachen verkauft haben oder nicht. Ein großes Risiko also. Aber egal – heute ist mein Geburtstag. Reden wir nicht davon.«

Sie griff nach der Fernbedienung für den DVD-Spieler. Doch ehe sie auf Play drücken konnte, stand ich auf. »Noch mehr Prosecco?«

»O ja, warum nicht?«

Ich holte die zweite Flasche aus dem Kühlschrank und öffnete sie. »Und wie geht es deiner Mutter? Besser?«

Sie seufzte, während sie mir ihr leeres Glas hinhielt. »Sie ist noch nicht einmal zu einem Arzt gegangen.«

Ich lächelte sie mitfühlend an. »Und weiß dein Vater Bescheid?«

Esmes Vater arbeitete im IT-Bereich und war immer wieder lange Zeit beruflich im Ausland. Er war seit Ende Mai für acht Monate in Dubai, was es für Bryony sehr einfach machte, ihm Dinge nicht zu erzählen.

Esme schüttelte den Kopf. »Nein. Sie will nicht, dass er sich Sorgen macht. Sie ist so stur.«

Ich legte zwei weitere Stücke Pizza auf unsere Teller. »Das kenne ich. Mum ist ja genauso. Manchmal bin ich es so leid, immer stark sein zu müssen, immer der Elternteil in unserer Beziehung zu sein, dass ich am liebsten nur noch schreien würde.« Ich merkte, wie sich meine Brust zusammenzog, und mir Tränen in die Augen schossen. »O Gott, Es, tut mir leid.« Ich lachte unsicher. »Ich weiß gar nicht, wo das jetzt herkam. Und noch dazu an deinem Geburtstag. Komm, schauen wir uns den Film an.«

Esme stellte ihren Teller ab und nahm mich in die Arme. »Du bist wundervoll. Vergiss das nie. Du bist die beste Freundin und die beste Tochter, die man sich wünschen kann. Und wenn Weinen hilft, dann weine halt. Und es wird auch wieder andere Zeiten geben. Wir müssen nur einen Weg finden, bis dahin durchzuhalten.«

Mein Handy klingelte in meiner Tasche im Flur. Ich stand auf, um es zu holen. Mums Nummer stand auf dem Display. Mein Magen verkrampfte sich, als ich einen Blick mit Esme austauschte. Es war dreiundzwanzig Uhr. Mum rief normalerweise nie so spät bei mir an. »Mum?«, fragte ich, als ich abhob. »Ist alles okay?«

»Ja, außer dass ich Keiths Geschichte mit anhören musste, wie er beinahe auf eBay einen Fußball ersteigert hat, den David Beckham unterschrieben hat, und er ihn nur deshalb nicht bekam, weil sein WLAN zu langsam war.«

Ich atmete auf. »Gut. Ich dachte schon, es gäbe ein Problem.«

»Ein Problem? Nein, Schatz. Ich dachte nur, du würdest gern den neuesten Klatsch erfahren.«

»Immer doch!« Ich setzte mich wieder auf das Sofa, grinste Esme an und stellte das Handy auf Lautsprecher, sodass wir beide zuhören konnten.

»Du hast mir doch von dem Junggesellinnenabschied auf Wickham Hall erzählt...«

Esme gab mir einen Stoß in die Rippen. »Davon hast du mir ja gar nichts gesagt.«

»Man hat mich gefragt, ob ich bedienen will, aber ich habe abgelehnt. Keine große Sache.«

»Es war aber eine große Sache«, entgegnete Mum. »Die Herzogin von Cambridge war da! Alle in Henley reden davon. Offenbar ist sie gerade wieder mit dem Hubschrauber abgeflogen.«

»Kate???«, riefen Esme und ich gleichzeitig.

»Kate Middleton, die Frau unseres zukünftigen Königs?«, fragte ich atemlos.

»Holly, warum hast du nichts gesagt?« Esme sah mich fassungslos an.

»Ich hatte keine Ahnung, dass sie hier sein würde.« Ich zuckte mit den Achseln. »Jenny sprach nur allgemein von ein paar VIPs.«

»Jedenfalls dachte ich, das könnte euch interessieren«, warf Mum ein. »Ich muss los. Tschüss!«

Esme und ich starrten uns ungläubig an. Beide von uns hatten einige Jahre zuvor voll Interesse die königliche Hochzeit im Fernsehen angeschaut und den danach folgenden kometenhaften Aufstieg von Kate zur Modeikone genau verfolgt. Esme hatte sogar ein ganzes Skizzenbuch angelegt, zu dem sie ausschließlich durch Kates Hochzeitskleid inspiriert worden war.

»Kate Middleton in Wickham Hall.« Ich seufzte, denn es tat mir nun doch leid, die ganze Aufregung verpasst zu haben.

»Ich frage mich, was sie anhatte«, meinte Esme. Sie hielt inne und drehte sich zu mir. »Ich kann einfach nicht glauben, dass du das wegen meines Geburtstags abgesagt hast!«

Ich schaute aufs Handy, das ich immer noch in der Hand hielt. »Dein Geburtstag stand zuerst in meinem Kalender, und ich wollte dich nicht allein lassen.«

Esme schüttelte den Kopf. »Holly Swift. Ich hätte das total verstanden. Und ich hätte auch gut und gerne einen Abend allein auf dem Sofa mit Patrick Dempsey ausgehalten.«

Sie griff nach der Flasche und schenkte unsere Gläser erneut voll. »Das nächste Mal, wenn sich eine solche Gelegenheit bietet, musst du mir versprechen, sie auch zu nutzen. Selbst wenn etwas anderes schon in deinem Kalender stehen sollte.«

Ich begann zu protestieren, aber sie brachte mich mit einem strengen Blick zum Schweigen. »Ich weiß, wie gern du alles im Voraus planst. Du fühlst dich dadurch sicher. Aber manchmal muss man auch loslassen und sich mitreißen lassen.« Sie hob ihr Glas. »Denn manchmal passieren magische Dinge. Vor allem dann, wenn man es am wenigsten erwartet.«

»Okay, okay. Stoßen wir auf diese magischen Momente an.« Ich lächelte und prostete ihr zu.

Hatte sie recht? Würde etwas Magisches passieren, wenn ich es am wenigsten erwartete? Wenn es überhaupt geschehen würde, *dann* in Wickham Hall. Es war genau der richtige Ort dafür.

»Wollen wir jetzt den Film anschauen und den Prosecco weitertrinken?«, meinte Esme und griff nach der Fernbedienung.

»Was immer du willst, Geburtstagskönigin.«

Kapitel 7

Die Sonne brannte bereits auf Wickham Hall herab, als ich am folgenden Montagvormittag mein Auto auf dem Angestelltenparkplatz abstellte. Vor der Arbeit hatte ich noch ein paar Aufträge in der Druckerei abgeben müssen, und als ich schließlich eintraf, befanden sich bereits Besucher auf dem Anwesen. Gierig sog ich die duftende Sommerluft ein, als ich auf den Ostflügel zusteuerte.

Nach den hektischen ersten Wochen hatte ich endlich das Gefühl, die Dinge im Büro in den Griff bekommen zu haben. Ich war hinsichtlich der kleineren, täglichen Veranstaltungen deutlich entspannter und vermochte mich jetzt auf das dreitägige Sommerfest zu konzentrieren, das Wickham Halls wichtigstes Event und sein größter Kassenschlager war. Mein Herz begann zu rasen, wenn ich nur daran dachte, dass es bereits in sechs Wochen stattfinden sollte.

Das Sommerfest war mir gut bekannt; schließlich hatte ich es mein ganzes Leben lang über besucht. Als ich klein war, hatte sich meine Mutter sogar derart dafür begeistert, dass wir Karten für jeden Tag gekauft hatten. Inzwischen hatte sie sich zum Glück in dieser Hinsicht etwas beruhigt, aber ich verbrachte noch immer mindestens einen Tag mit ihr auf dem Festgelände. In diesem Jahr würde es für mich natürlich ganz anders werden. Ich würde eine von jenen sein, die mit dem Klemmbrett unter dem Arm, einem Walkie-Talkie in der Hand und gerunzelter Stirn von einem Ende des zwei Hektar großen Anwesens zum anderen liefen und dabei verzweifelt versuchten, nicht den Überblick zu verlieren.

Ich hole tief Luft. Ein Tag nach dem anderen. Mein Kalender platzte vor Aufgaben, die ich vorher noch bewältigen musste.

»Morgen, Jim!«, rief ich, als ich mich dem Sicherheitswachmann näherte, der mit einer Tasse Tee in der Hand neben dem Haupteingang in der Sonne saß. »Herrlicher Tag, nicht wahr?«

Ich hatte eine Schwäche für Jim. Er musste Mitte siebzig sein, strotzte aber immer noch vor Energie. An diesem Tag trug er weite grüne Shorts, eine Fleeceweste und eine NYC-Baseballkappe.

»Guten Morgen, junge Dame.« Er stand auf und zog die Kappe. »Haben Sie eine Minute für eine kleine Extrarunde, ehe Sie hineingehen?«

Ich widerstand meinem Wunsch, auf die Uhr zu schauen, und nickte. »Klar.«

»Es wird Ihnen bestimmt gefallen.« Er zwinkerte mir zu, schüttete den Rest seines Tees in einen Lavendelstrauch und stellte die Tasse ab.

Ich lief mit ihm durch den Garten auf eine Gruppe hoher Bäume zu, wo der üppig verzierte Marmorbrunnen seine Wasserfontäne in einen runden Teich ergoss.

Jim blieb unter dem Kronendach stehen und legte einen Finger auf die Lippen. »Jetzt müssen Sie ganz still sein, um sie nicht zu verscheuchen«, flüsterte er geheimnisvoll.

»Okay«, flüsterte ich zurück.

»Kommen Sie.« Er bedeutete mir, ihm zu der niedrigen Mauer um den Teich herum zu folgen. »Schauen Sie. Dort drüben auf der anderen Seite des Brunnens: ein Sumpfhuhn und seine Küken.«

Wir gingen in die Hocke und sahen einen schwarzen Vogel mit rotem Kopf und gelbem Schnabel, der eine Schar piepsender schwarzer Küken zum Wasser hinunterführte.

Wie süß!«, flüsterte ich. »Das sieht so aus, als würden sie ihre erste Schwimmstunde bekommen.«

»Sie kommen jeden Morgen zum Wasser hinunter, um dort etwas zu plantschen. Sehen Sie, wie flauschig die Küken noch sind?«

Ich nickte.

»Sobald sie ihre härteren Federn bekommen, werden sie von den Eltern aus dem Nest geworfen. Das hier ist Überlebenstraining.«

»Woher wussten Sie, dass sie hier sein würden?«

»Ich weiß alles, was auf dem Anwesen so vor sich geht.« Er tippte sich an die Nase und grinste. »Ich beobachte die Tiere seit sechzig Jahren. Da bemerkt man so einiges.«

Ich sah zu, wie Jim in seine Tasche fasste und eine Kamera herausholte. Ich nahm an, dass er etwa zehn Jahre jünger war, als mein Großvater nun gewesen wäre. Auf einmal überkam mich eine gewisse Melancholie um das, was ich nie hatte erleben dürfen.

»Haben Sie Enkel, Jim?«, fragte ich.

Er schüttelte den Kopf. »Ich und meine Betty, uns wurden leider keine Kinder geschenkt. Wäre wunderbar gewesen, Kinder hierherzubringen.« Er lächelte, aber in seinem Blick lag ein Hauch Traurigkeit.

»Nun, jetzt haben Sie ja mich hierhergebracht«, sagte ich und wählte ihn insgeheim bereits als meinen Adoptiv-Großvater aus. »Und Sie haben mich auf eine Idee gebracht.«

»Freut mich, wenn ich behilflich sein konnte.« Er lachte heiter.

Wir schwiegen beide. Jim machte ein paar Bilder, und ich überlegte, ob ich ihn dafür gewinnen könnte, einen Rundgang für Kinder durch den Park zu übernehmen. Es gab bereits viel zum Thema Gärten, doch wurde dabei fast gar nicht auf die Natur und ihre Tiere eingegangen. Und Jim würde bestimmt großartig sein. Das war auf jeden Fall ein Projekt, das ich bei meinem nächsten Treffen mit Lord und Lady Fortescue ansprechen sollte.

Ich stand einen Moment lang da und schaute der gefiederten Familie beim Planschen zu.

»Froh, dass Sie mitgekommen sind?«, fragte Jim dann und schob seine Kamera wieder in die Tasche.

»Auf jeden Fall.« Ich nickte. »Danke, Jim.«

Wir gingen zum Eingang für die Angestellten zurück, und Jim nahm seine abgestellte Tasse. »Noch eine Warnung: Ich würde an Ihrer Stelle heute möglichst wenig in Erscheinung treten«, sagte er und zog eine Grimasse. »Lady Fortescue hat eine ihrer Launen.«

»Wirklich?« Ich sah ihn erstaunt an. »Weshalb?«

»Seine Lordschaft ist in der Hundehütte.« Er lachte leise und tat so, als würde er trinken. »Offenbar hat er am Samstagabend ein paar zu viel gekippt.«

Ich schüttelte mich. »O je. Danke für den Hinweis. Dann gehe ich ihr lieber aus dem Weg.«

»Gut. Ich schaue mir jetzt mal die neuen Zäune an. Wir hatten in letzter Zeit Probleme mit Wilderern, darum haben wir jetzt überall an den Stellen Elektrozäune errichtet, wo der Hirschpark bis an die Autostraße heranreicht. Das wird sie lehren, es lieber bleiben zu lassen!«

Ich nahm mir vor, Jims Rat zu folgen und an diesem Tag nicht weiter aufzufallen. Hastig eilte ich die Treppe zum Veranstaltungsbüro hinauf. Ich hatte sowieso viel zu tun, weshalb das sicher kein Problem sein würde.

Oder vielleicht doch. Die Tür zu meinem Büro stand offen, und drinnen warteten bereits drei angespannt wirkende Gestalten: Lord und Lady Fortescue saßen auf den beiden Stühlen, während Sheila neben ihnen nervös von einem Fuß auf den anderen trat.

Mir verkrampfte sich der Magen. Was um Himmels willen war geschehen?

»Da ist sie ja. Gott sei Dank«, rief Lady Fortescue aus, noch ehe ich den Mund aufmachen konnte. Sie sprang hoch und begann durch das Büro zu tigern. Ihre Haare, normalerweise makellos frisiert, hingen in schweren Strähnen auf ihre Schultern. Und sie hatte keinen Lippenstift aufgetragen. Das allein sprach Bände.

Lord Fortescue wirkte ebenfalls mitgenommen. Er presste eine Hand an die rechte Schläfe und sah aus, als ob er sich ein paar Tage nicht rasiert hatte. Wenn er am Samstagabend etwas zu viel getrunken hatte, dann konnte er doch nicht immer noch darunter leiden, oder?

»Holly, wir müssen leider eine Pressekonferenz einberufen«, erklärte Lady Fortescue. »Und zwar noch heute Vormittag. Spätestens heute Mittag.«

»Ein Sturm im Wasserglas«, protestierte Lord Fortescue. »Je weniger wir sagen, desto schneller wird das vergessen. Es wird alles ...«

Seine Frau brachte ihn mit einem Blick zum Schweigen. »Dafür ist es jetzt zu spät, Hugo. Und hör bitte auf, Unsinn zu reden.«

»Holly, meine Liebe«, sagte Sheila und zupfte nervös an ihrer Kameebrosche, »wir müssen die Presse anrufen und sie zum Gespräch hierher einladen. Könnten Sie das bitte gleich erledigen?«

Ich warf einen Blick auf meinen übervollen Kalender. »Natürlich. Aber darf ich fragen, welchen Anlass es dafür gibt?«

Lady Fortescue verschränkte die Arme. »Der Anlass ist Krisenmanagement. Hugo hat aus Versehen verlauten lassen, dass wir uns darauf freuen, in fünf Jahren von unserer aktiven Rolle zurückzutreten.«

»Oh, ich gratuliere! Das wusste ich nicht.« Lächelnd blickte ich von ihr zu Lord Fortescue und dann zu Sheila hinüber.

»Nun, ich auch nicht«, sagte Lady Fortescue scharf. »Und ich bin noch keineswegs bereit, in die zweite Reihe zu treten.«

»*Ich* schon«, gab ihr Mann zurück.

»Ich verstehe«, sagte ich. Das tat ich zwar nicht wirklich, aber es schien mir die einzig vernünftige Antwort zu sein.

»Den Erben für einen Besitz wie Wickham Hall zu benennen ist gewöhnlich ein ziemlich formeller Akt«, erklärte Sheila leise. »Es verlangt nach einem Statement mit offiziellen Fotos und allem Möglichen.«

Lady Fortescue gab ein heiseres Räuspern von sich. »Es wird jedenfalls auf keinen Fall in einem Pub kundgetan, wenn man bereits zu viel hinter die Binde gekippt hat und ehe man sich *mit dem Erben* abgesprochen hat«, schnappte sie.

Lord Fortescue sackte derart in sich zusammen, dass sein Hals kaum mehr zu sehen war. Der Arme.

Ich räusperte mich. »Wer ist denn Ihr Nachfolger?«

Lord Fortescue strich sich nervös die Haare glatt. »Nun ja ...«

»Ich bin draußen im Garten, mich abkühlen«, verkündete Lady Fortescue und stürmte aus dem Büro.

Im Zimmer ließ schlagartig die Anspannung nach.

»Lord Fortescue, warum gehen Sie nicht in Ihr Büro zurück, trinken einen starken Kaffee und versuchen Benedict anzurufen, während ich Holly alles erkläre?«, schlug Sheila mit beruhigender Stimme vor.

Benedict? Dann war also Lord und Lady Fortescues Sohn der Erbe? Ja, das ergab Sinn.

»Einverstanden«, erwiderte Lord Fortescue und trottete davon.

Sheila wartete, bis er außer Hörweite war, und seufzte dann auf. »Was für ein Theater.«

Eine halbe Stunde später war ich von Sheila eingehend informiert worden, hatte der Lokalpresse gemailt und bereitete die wichtigste Pressemitteilung meiner bisherigen Laufbahn vor.

Lord Fortescue war offenbar in den *Fox & Hounds* geflohen, während der Junggesellinnenabend seiner Tochter im vollen Gange war. Irgendwann hatte er dort erklärt, dass er und Lady Fortescue gedachten, Wickham Hall in fünf Jahren an ihren Erben zu übergeben. Irgendjemand nutzte die Gelegenheit, mit diesem »Knüller« ein paar Pfund zu verdienen, und rief die *Stratford Gazette* an. Die sich daraufhin bei Sheila gemeldet hatte.

»Das ist ein denkbar schlechter Zeitpunkt«, hatte Sheila

erklärt. »Jetzt sollte sich die Presse ausschließlich auf Zaras Hochzeit konzentrieren. Eine solche Ablenkung können wir gar nicht brauchen. Aber wenn wir keine Pressekonferenz abhalten und eine offizielle Erklärung herausgeben, wird man uns bald gar nicht mehr in Ruhe lassen.«

»Aber schon mittags?«, hatte ich gefragt. »Ich kann bis dahin zwar die Presseerklärung verfassen, aber die Journalisten haben ja kaum Zeit, rechtzeitig hierherzukommen.«

Sheila hatte freudlos gelächelt. »Genau. Je weniger, desto besser. Lord Fortescue kann sagen, was er zu sagen hat in puncto Wickham Hall, das in sicheren Händen bleiben wird, bla, bla, bla – und dann können Sie mit Ihrer Erklärung alles im Keim ersticken. Die meisten Journalisten verkaufen ihre Artikel sowieso an mehrere Zeitungen, wie Sie wahrscheinlich wissen. Es wird also schnell genug die Runde machen, da können Sie Gift drauf nehmen.« Sie ging zur Tür und seufzte. »Ich hoffe nur, dass wir Benedict erreichen, ehe es die Presse tut.«

»Weiß er denn von Lord Fortescues Plänen?«

Sheila lehnte sich mit der Hüfte an den Türrahmen und verschränkte die Arme vor der Brust. »Sagen wir mal so: Es ist kompliziert. Sie wissen doch, wie es in Familien so sein kann.«

Oh ja, dachte ich.

Sie warf einen Blick über ihre Schulter in den Flur hinaus, der offenbar leer war. »Zara kann das Anwesen nicht übernehmen, da sie in ein französisches Weinimperium einheiratet, womit nur noch Benedict übrig bleibt. Und er fühlt sich, glaube ich, etwas gefangen.« Sie warf einen Blick auf ihre Armbanduhr. »Mein Gott, ich muss weiter! Wir treffen uns in etwa einer Stunde.«

Ich blickte aus dem Fenster. Es war ein perfekter Sommertag, und der Park sah herrlich wie nie zuvor aus. Ein junges Paar schlenderte Hand in Hand durch die Gärten, Kinder rannten lachend durch den Irrgarten. In der Ferne konnte ich Nikki sehen, die mit einer Gruppe von Leuten sprach. Möglicherweise machte sie gerade eine ihrer Gartenführungen. Dieses Anblicks würde ich garantiert nie müde werden. Garantiert nie.

Ich wandte mich wieder meinem Laptop zu. »Gefangen, was? Der arme Kerl«, murmelte ich ironisch vor mich hin.

Gegen Mittag hatte ich eine kurze Erklärung formuliert und ausgedruckt, Jenny gebeten, den drei Journalisten, die eingetroffen waren, ein paar Erfrischungen zu reichen, und einen Plan B entworfen. Dieser Plan beinhaltete die Hilfe von Jim und Pam, der Haushälterin, sowie Lord und Lady Fortescue selbst. Ich hoffte, dass ich ihn nicht brauchen würde, aber für alle Fälle hatte ich was in petto. Jetzt befand ich mich auf dem Weg zur Bibliothek, um dort den Raum für die Pressekonferenz vorzubereiten.

Die Bibliothek war wunderbar – nicht zu groß, sondern so konzipiert, dass man sich zwischen den smaragdgrünen Wänden herrlich geborgen fühlte. In der Mitte einer Wand gab es einen großen Steinkamin, viele Hunderte ledergebundener Bücher und einen kleineren Schrank, der mit neueren Taschenbüchern vollgestopft war. Auch der Geruch in diesem Raum hatte etwas Beruhigendes – eine Mischung aus Kaminfeuer, Leder und alten Büchern.

Ich hatte gerade ein paar Sessel mit einem kleinen Tischchen aufgestellt, als ich Schritte auf dem Korridor vernahm. Sheila und Lady Fortescue tauchten zuerst auf, gefolgt von einem weiterhin deutlich geknickt wirkenden Lord Fortescue. Lady Fortescue hatte ihre übliche Haltung wiedergefunden und sah in ihrem schwarz-weißen Seidenkaftan wie immer höchst elegant aus.

Sheila nahm mich am Arm und führte mich in eine Ecke der Bibliothek, damit wir nicht mehr in Hörweite der Fortescues waren. »Wir haben gerade mit der *Times* telefoniert«, erklärte sie. »Sie werden morgen einen Artikel veröffentlichen und möchten dafür Benedict interviewen. Doch bisher ist es keinem von uns gelungen, ihn zu erreichen. Zumindest scheint er nur in seinem Atelier in London zu sein und nicht in einer anderen Zeitzone.«

Ich zog die Augenbrauen hoch und fragte mich, wie häufig das wohl schon passiert war. »Sollen wir der Presse wirklich etwas mitteilen, ehe seine Eltern überhaupt mit ihm gesprochen haben?«

»Lady Fortescue will versuchen, ihn jetzt über FaceTime zu erreichen.«

Tatsächlich saß Lady Fortescue bereits in einem der Sessel und hatte ein iPad auf dem Tischchen aufgebaut.

»Das könnte etwas knapp werden, meinen Sie nicht?«, flüsterte ich und spürte, wie ich vor Aufregung zu schwitzen begann. Draußen im Korridor näherten sich hörbar mehrere Leute.

Tatsächlich traten einen Augenblick später die drei Journalisten – eine rothaarige Frau, ein wieselartiger junger Mann und ein stämmiger Fotograf – in die Bibliothek. Sie hatten gerade Platz genommen, da flackerte Lady Fortescues iPad, und ein FaceTime-Video öffnete sich.

»Mum, was willst du?«, knurrte eine männliche Stimme, die ein wenig benebelt klang. »Ich bin die ganze Nacht auf gewesen. Bin gerade erst ins Bett gekommen.«

»Benedict!«, keuchte Lady Fortescue, während Sheila einen Satz nach vorn tat und das iPad umwarf – doch nicht ehe ich und vermutlich alle anderen in der Bibliothek einen nackten Oberkörper, einen zerzausten dunklen Lockenkopf und etwas wirr dreinblickende braune Augen gesehen hatten, die aus einem Chaos aus weißem Bettzeug herausblickten.

Die drei Mitglieder der Presse lachten amüsiert, was meine Befürchtung nur bestätigte: Der Honourable Benedict Fortescue war gerade mehr oder weniger splitternackt auf einer Pressekonferenz aufgetreten.

Lord Fortescue war aschfahl, was einen hübschen Gegensatz zu den knallroten Wangen seiner Frau bildete.

Holly, Zeit für Plan B.

Ich klatschte so laut in die Hände, dass der wieselartige Mann erschrocken zusammenzuckte. »Danke, meine Damen und Herren Journalisten«, sagte ich und fragte mich im selben Moment, ob man die Presse bei solchen Gelegenheiten überhaupt so ansprach. Zumindest hatte es den gewünschten Effekt: Alle im Raum starrten jetzt mich an.

»Lord und Lady Fortescue haben eine Presseerklärung für Sie vorbereitet, um Sie über die Nachfolgepläne auf Wickham Hall zu informieren ...«

»Einen Augenblick mal«, grunzte das Wiesel. »Ich bin nicht hier herausgefahren, um eine Presseerklärung in die Hand gedrückt zu bekommen. Die hätte ich mir auch zuschicken lassen können.«

»Natürlich nicht«, stimmte ich zu. »Ich ... Wir haben extra für jeden von Ihnen eine maßgeschneiderte Presseführung konzipiert.« Ich verteilte rasch meine Presseerklärung. »Martha?« Ich lächelte die Dame von der *Stratford Gazette* an. »Ich habe Pam, die persönliche Haushälterin von Lady Fortescue, gebeten, Sie einen *exklusiven* Blick auf das Hochzeitskleid der Honourable Zara Fortescue werfen zu lassen.«

»Wirklich?«, freute sich Martha und sprang auf. »Du meine Güte, das ist... Nun... Vielen Dank!«

»Natürlich nur unter der Bedingung, dass Sie jegliche Details und Bilder des Kleides bis nach der Hochzeitsfeier zurückhalten werden.«

Sie nickte eifrig. »Selbstverständlich.«

Ich gab Sheila ein Zeichen, dass sie Pam anrufen sollte, und bemerkte dabei Lady Fortescues Blick. Ihre Augen funkelten, und sie nickte knapp. Puh.

Damit wandte ich mich an das Wiesel. »David, ich dachte, Sie könnten den Leiter unseres Sicherheitsdienstes interviewen. Das könnte ein Knüller für Sie werden. Wilderer haben Jagd auf unsere Hirsche und Rehe gemacht. Sie finden ihn an der Kasse am Eingang. Er heißt Jim Badger.«

»Oh, wow! Richtige Wilderer? Mit Gewehren?« David nickte. Das Grinsen auf seinem Gesicht zeigte deutlich, dass er die Geschichte tausendmal interessanter fand als die, wer in fünf Jahren einmal Wickham Hall übernehmen würde. Er eilte zur Tür und blieb dann stehen. »Gibt es dann irgendwelche Geweihe, die man sich nehmen kann?«

»Um Himmels willen, nein!«, empörte sich Lord Fortescue.

»Tut mir leid.« David wurde rot und verschwand in dem Moment, in dem Pam erschien und eine strahlende Martha wegführte, um ihr das Hochzeitskleid zu zeigen.

»Und was kann ich tun?«, wollte Neil, der Pressefotograf wissen. »Ich brauche ein Bild, sonst bin ich völlig umsonst hierhergekommen.«

»Für Sie habe ich etwas *ganz* Besonderes«, sagte ich und sah ihn an. »Lord und Lady Fortescue feiern ihr dreißigjähriges Jubiläum auf Wickham Hall, und ich dachte, Sie könnten ein Erinnerungsfoto von ihnen am Fuß der Haupttreppe machen.«

Neil schien das für eine ausgezeichnete Idee zu halten, und Sheila begleitete ihn nach draußen, damit er sein Stativ aufbauen konnte.

Ich atmete erleichtert auf und vermochte kaum, ein zufriedenes Lächeln zu unterdrücken. Das war erstaunlich gut gelaufen.

Lady Fortescue zog ihren Mann aus seinem Sessel hoch und hakte sich bei ihm unter. »Holly, das war brillant«, strahlte sie mich an. »Großartig, dass Sie das so schnell organisiert bekamen.«

Ich tat so, als hätte ich es mit links gemacht. »Das war nichts. Ich dachte mir nur, wir sollten einen Plan B haben, falls es Ihnen nicht gelänge, mit Ihrem Sohn zu sprechen.«

»Es ist immer das Beste, im Voraus zu planen«, meinte Lord Fortescue zufrieden. »Ausgezeichnet, ausgezeichnet.«

»Und du«, sagte Lady Fortescue und gab ihm einen Kuss auf die Wange, »darfst nie mehr allein in den *Fox & Hounds*. Klingt das auch nach einem guten Plan?«

So, ein Brand gelöscht, dachte ich und atmete erleichtert auf, während ich in mein Büro zurückkehrte. *Was kommt wohl als Nächstes?*

Kapitel 8

Ich blickte aus einem Koppelfenster im Großen Saal, wo Zara und Philippes Hochzeitsfrühstück in wenigen Stunden serviert werden sollte. Der Himmel hatte jene seltene azurblaue Färbung – dieselbe Schattierung wie Nikkis geliebter blauer Scheinmohn –, die einen perfekten Sommertag für eine Hochzeit versprach. Selbst die zarten Wolken am Horizont sahen so aus, als wären sie dort extra zur Zierde befestigt worden.

Auch der Rest war perfekt: Die Terrasse draußen war mit Tischen und Stühlen vollgestellt. Weiter oben hingen Hunderte Lichterketten, im Licht fast nicht zu erkennen; sie würden angehen, sobald die Dunkelheit hereinbrach. Ein schmiedeeiserner Pavillon war auf dem Rasen für eine Jazzband aufgestellt worden, und daneben befand sich ein Festzelt mit einem hölzernen Tanzboden, einer DJ-Ausrüstung, die jeden angesagten DJ zum Sabbern gebracht hätte, sowie genügend Flaschen Champagner, um sicherzustellen, dass die Party prickeln würde – mit den besten Wünschen vom Weingut des Bräutigams.

Im Inneren des Großen Saals hatten Nikkis Gärtner wahre Wunder vollbracht und eine riesige Bandbreite an verschiedenen Blumen herbeigezaubert: Rosen in Pastellschattierungen waren mit duftendem Schleierkraut und Efeuranken durchsetzt und schmückten jede nur erdenkliche Oberfläche – in Glasschalen auf den Fenstersimsen, in Girlanden an dem großen weißen Kamin und in Glasvasen auf dem Eichentisch, der sich über die ganze Länge des Saals erstreckte. Weitere Blumen, die ich beim besten Willen nicht hätte benennen können, quollen aus allen Ecken des Raums.

Für das Hochzeitswochenende war Wickham Hall für die Öffentlichkeit geschlossen, dennoch drängten sich unzählige Leute auf dem Anwesen, die hin und her rannten und alle möglichen Dinge durch die Gegend schleppten – von Möbeln über Essen und Blumen bis hin zu Foto- und Filmausrüstungen. Es war unmöglich, sich nicht von der Geschäftigkeit anstecken zu lassen.

Ich eilte aus dem Großen Saal den Korridor entlang zur Treppe, während ich überlegte, was ich als Nächstes tun konnte. Ich war mit Presseerklärungen und einer Handvoll offizieller Fotografien von Zara und Philippe bewaffnet. Doch bisher hatte man keinen Journalisten entdeckt, der im Gebüsch darauf lauerte, einen Schnappschuss zu machen.

Am Vormittag zuvor hatte mich Lady Fortescue zu sich gebeten und genaue Anweisungen erteilt, was ich im Fall des Eindringens von Paparazzi tun sollte. Zuerst sollte ich den Sicherheitsdienst rufen. Jim hatte für den Tag der Hochzeit auf dem ganzen Grundstück Verstärkung platziert. Als Nächstes sollte ich den Journalisten die offizielle Presseerklärung zur Hochzeit geben und über die anglofranzösische Verknüpfung zweier großer Dynastien sprechen. Und schließlich durfte ich auf keinen Fall das Thema Nachfolger auf Wickham Hall oder Benedict erwähnen – von dem übrigens seit dem FaceTime-Fiasko niemand etwas gesehen oder gehört hatte.

Lady Fortescue hatte unser Treffen beendet, indem sie mir zwei Fünfzig-Pfund-Scheine reichte. »Für Sie, Holly. Ein kleines Extra für Ihre harte Arbeit. Ich dachte, Sie möchten vielleicht ein neues Outfit für die Hochzeit?«

Mein Herz schwoll vor Stolz. Nach der Arbeit schaute ich bei *Joop* vorbei, um mir ein neues Kleid auszusuchen, das ich dann bei Esme ließ, damit sie es für mich kürzte.

Ich warf einen Blick auf meine Armbanduhr. Es war elf. Jetzt war wahrscheinlich ein guter Zeitpunkt, um mein Kleid abzuholen. Mit etwas Glück war ich rechtzeitig zurück, um Zara in ihrem Hochzeitskleid zu sehen, ehe sie zur Kirche fuhr.

Zaras und Philippes Hochzeit fand in der kleinen Kirche von St. John statt, die sich direkt neben dem Herrenhaus befand. Schon bald würde Zara am Arm von Lord Fortescue diese Kieseinfahrt entlanglaufen. *Wie wunderbar, all das direkt vor der Tür zu haben,* dachte ich seufzend und schaute die Einfahrt entlang, vorbei an dem makellosen Rasen und den in Form geschnittenen Hecken. Wie es wohl wäre, all das sein Zuhause nennen zu dürfen?

»Wie sehe ich aus?«, unterbrach eine Stimme von oben meine Überlegungen.

Ich drehte mich um und schaute hoch zum Westflügel, in dem sich die Privatgemächer der Fortescues befanden. Zara winkte mir aus einem offenen Fenster zu. Sie rauchte eine Zigarette, hatte die Haare in riesigen Lockenwicklern aufgerollt und das Gesicht mit einer kalkweißen Gesichtsmaske beschmiert.

Ich winkte lachend zurück. »Etwas blass! Kommen Sie doch für ein paar Minuten in die Sonne heraus!«

»Kann nicht, muss mich verschönern!« Sie begann die Gesichtsmaske abzuziehen und kreischte dann auf. »Aua! Ich glaube, ich habe mir Haut abgezogen. Denken Sie, Philippe heiratet mich auch, wenn die Hälfte meines Gesichts fehlt? O Mist, Mum kommt!« Sie zog eine Grimasse, drückte panisch ihre Zigarette aus und warf die Kippe in das Gebüsch unter ihr, als Lady Fortescue auch schon am Fenster neben ihr erschien.

Noch immer über Zaras Mätzchen lachend, lief ich die Kieseinfahrt weiter runter, durch das Tor und über den Weg zum Angestelltenparkplatz hinüber.

Zara war ein paar Tage zuvor in Wickham Hall eingetroffen, und ich war sofort ihrem Charme erlegen. Sie war so hinreißend wie ihre Mutter, hatte aber die hellen Haare und Augen ihres Vaters ebenso wie sein Temperament und das herzliche Lächeln. Sie war herrlich nervös und voller Aufregung über ihre baldige Heirat, und ihr Glück hatte etwas Ansteckendes.

Philippe war zwei Abende zuvor zu einem großen offiziellen Abendessen in Wickham Hall gewesen, das zu Ehren der Familie Valois gegeben wurde. Ich hatte ihn nicht gesehen, aber Sheila und Jenny, die ihn kurz kennenlernten, hatten nur Gutes über ihn zu berichten. Seine Mutter war offenbar Engländerin, und er hatte hier studiert, sodass er perfektes Englisch sprach. Doch seine schwarzen Haare und dunklen Augen waren zweifelsohne französisch.

Zehn Minuten später hatte ich das Glück, einen Parkplatz direkt vor der Boutique meiner Freundin zu ergattern.

Bryony öffnete die Tür, gab mir einen Kuss auf beide Wangen und zog mich ins Innere des Ladens. »Wie laufen die Hochzeitsvorbereitungen?«, wollte sie wissen.

»Bisher problemlos«, erwiderte ich und klopfte abergläubisch auf die weiß gestrichene Holztheke.

»Keiner der Gäste hat sein Outfit hier bei uns gekauft«, beschwerte sich Bryony, zupfte an ihren goldenen Locken und stemmte die Arme in ihre geschwungenen Hüften.

»Ich kann gern ein paar eurer Visitenkarten mitnehmen«, schlug ich vor. »Und sie unauffällig auf den Tischen liegen lassen.«

»Oh, das ist lieb. Danke«, sagte sie, nahm einen Stapel von der Theke und reichte ihn mir.

»Deine Ringe«, stellte ich fest und betrachtete überrascht ihre ringlosen Finger. »Die sind ja alle verschwunden.«

Bryony war Glamour pur. Sie schreckte nie vor leuchtenden Farben, knalligem Lippenstift oder auffallenden Accessoires zurück, und normalerweise glitzerten ihre Finger an beiden Händen vor Ringen.

Sie rieb sich etwas beschämt die Hände. »Meine Gelenke sind so angeschwollen gewesen«, meinte sie seufzend. »Deshalb wollte ich sie lieber abnehmen, solange es noch geht. Meiner Mutter musste zum Schluss der Ehering abgeschnitten werden. Hat ihr fast das Herz gebrochen.«

Bryony tat mir schrecklich leid. Offensichtlich begann sie wirklich unter Arthritis zu leiden, wie Esme befürchtet hatte.

Ich lächelte. »Dann musst du dir stattdessen eine dieser Maniküren gönnen, bei denen sie so kleine Glitzersteine in den Nagellack einsetzen.«

»O ja! Das würde mich wieder funkeln lassen.« Sie strahlte. »Geh nur nach hinten, Schätzchen. Ich glaube, sie ist mit dem Kleid schon fertig.«

Als ich das hintere Zimmer betrat, blickte Esme auf. »Was

meinst du?« Dann ließ sie ein Stück Stoff durch die Luft wirbeln, das ich als mein neues Kleid wiedererkannte.

Ich hatte ein weißes und marineblaues Kleid mit einem U-Boot-Ausschnitt und einem weiten, gestreiften Rock ausgewählt, das an der Taille mit einem blauen Ripsband zusammengefasst wurde. Leider hatte der obere Teil meine zierliche Figur noch kleiner wirken lassen, weshalb Esme angeboten hatte, es umzunähen.

»Wunderbar!«, sagte ich und klatschte in die Hände. »Kann ich es anprobieren?«

»Natürlich.« Sie reichte mir das Kleid. »Aber ich garantiere dir, dass es passt. Esmes Maßband irrt sich nämlich nie.«

Sie hatte selbstverständlich recht. Es saß perfekt. Ich wirbelte durch die Umkleidekabine und betrachtete mich aus allen Blickwinkeln.

»Danke, Esme«, sagte ich und nahm sie in den Arm. »Du bist ein Genie.«

»Stich aber nicht die Braut aus«, warnte sie mich.

Ich schüttelte den Kopf. »Keine Chance. Zara trägt das schönste Brautkleid, das ich jemals gesehen habe. Sie hat es gestern heimlich in die Küche gebracht, damit Jenny und ich es uns anschauen können.«

Esme verschränkte die Arme. »Ich würde alles dafür geben, auf der Hochzeit sein zu dürfen.«

»Ich mache ein paar Fotos von dem glücklichen Paar für dich«, versprach ich.

Sie brachte mich zur Tür und reichte mir das Kleid, das ich vorher angehabt hatte, in einer *Joop*-Tasche. »Ich werde dich daran erinnern, denn ich will jedes Detail von dem Kleid sehen.«

In der Ferne läuteten die Kirchenglocken und erinnerten

mich daran, dass ich losmusste. »Du meine Güte, jetzt aber schnell!« Ich gab Esme einen Kuss auf die Wange. »Noch mal vielen Dank!«

»He!«, rief sie mir hinterher. »Morgen früh arbeite ich an einem Ballkleid. Komm doch dann mit den Bildern vorbei!«

»Klingt gut.« Ich grinste. »Bis morgen!«

Als ich in Wickham Hall eintraf, waren bereits die ersten Gäste angekommen, und der Privatparkplatz der Fortescues füllte sich allmählich. Ich entdeckte Nikki, die ein Tablett in den Händen hielt und in ihrem lockeren Leinenkostüm so schick aussah, wie ich sie bisher noch nie gesehen hatte.

Sie pfiff anerkennend, als ich auf sie zusteuerte. »Wow, Holly, in dem Kleid sehen Sie wie eine blonde Audrey Hepburn aus.«

»Und Sie erst«, lachte ich und zupfte an ihrem Ärmel. »Ich glaube, das ist das erste Mal, dass ich Sie in richtigen Klamotten sehe.«

»Ich dachte, ich gebe mir lieber Mühe, wenn ich schon die Ansteckblumen verteilen soll. Was meinen Sie? Gut, oder? Andy hat die meisten gemacht.«

Auf dem Tablett in ihren Händen lagen unzählige exquisite Rosen in den gleichen Farben, wie ich sie bereits im Großen Saal gesehen hatte – rosa, gelb, weiß und pfirsichfarben. Sie waren alle jeweils mit etwas Schleierkraut und Farn verziert und die Stiele mit elfenbeinfarbener Spitze umwickelt.

»Herrlich«, sagte ich. »Mit den ganzen Blumen haben Sie wirklich fantastische Arbeit geleistet, Nikki. Mit allem.«

»Danke. Oh, entschuldigen Sie mich, mehr Gäste. Bis nachher.«

Ich ließ sie Blumenanstecker für eine makellos gekleidete, vierköpfige Familie auswählen und betrat das Herrenhaus.

»Holly, da sind Sie ja!« Die extravaganten Federn auf ihrem Hut zitterten, als Lady Fortescue die Haupttreppe herunter eilte, während sie ihre Spitzenhandschuhe anzog. »Ist alles in Ordnung? Gibt es irgendwelche Probleme?«

»Ganz und gar nicht, Lady Fortescue.«

»Nehmen Sie trotzdem das hier.« Sie reichte mir ein Walkie-Talkie, das auf einem Beistelltisch lag. »Ich bin mir sicher, dass das Sicherheitspersonal alles unter Kontrolle hat. Aber man kann ja nie wissen.«

»Bitte versuchen Sie sich keine Sorgen zu machen und genießen Sie den Tag, Lady Fortescue. Sie sehen übrigens wundervoll aus«, sagte ich und klemmte das Walkie-Talkie an mein Ripsband.

»Danke, Holly, obwohl ich mich in Zaras Gegenwart und der ihrer hinreißenden Brautjungfern uralt fühle. Jetzt ist es nicht mehr so, als ob ich erst vor fünf Minuten selbst die Braut auf Wickham Hall gewesen wäre. Oh, da kommen sie!«

Wir beide blickten die breite, geschwungene Treppe hinauf, als sieben Mädchen, nervös kichernd und in langen Satin-Kleidern in unterschiedlichen Pastelltönen, die Stufen herabkamen.

»Oh, seht ihr fantastisch aus!«, rief Lady Fortescue. »Wunderbare Mädchen«, murmelte sie mir zu. »Ich hoffe, dass eine von ihnen vielleicht zu meinem Sohn passen könnte.«

Ich presste die Lippen aufeinander, um ein Lächeln über Lady Fortescues Kuppeleiversuche zu unterdrücken. Bisher hatte ich Benedict nicht kennengelernt, aber was ich so von ihm gehört hatte, konnte ich mir kaum vorstellen, dass er von der Einmischung seiner Mutter sonderlich angetan sein würde.

Ein Fotograf in einem dunkelgrauen, schicken Anzug tauchte zwischen den Mädchen auf und joggte dann die Stufen hinunter. »Okay. Wenn Sie sich bitte in zwei Reihen aufstellen könnten. Die Kleineren nach vorn!«

Die Brautjungfern rangen lachend miteinander um die erste Reihe, während sie von dem geduldigen Fotografen immer wieder ermahnt wurden. »Das ist toll. Und jetzt vielleicht Sie einmal mit den Brautjungfern, Lady Fortescue?«

In diesem Moment wurde eine Tür im Flur geöffnet, und Lord Fortescue trat heraus. Seine feinen silbergrauen Haare wirkten noch feucht, doch in seinem Cutaway sah er ausgesprochen elegant aus. Er strahlte vor Stolz, als er seine Frau erblickte. »Beatrice«, sagte er, nahm ihre Hände und küsste sie auf die Wange. »Du siehst noch schöner aus als bei unserer eigenen Hochzeit.«

Vor Rührung musste ich lächeln. Er hätte keine bessere Bemerkung machen können.

»Oh, Hugo.« Sie lachte und lief vor Freude ein wenig rot an. »Also, unsere Tochter ist angezogen und bereit. Sie sieht wie die perfekte Braut aus, auch wenn sie sich natürlich darüber beschwert, dass das Kleid zu eng ist und sie nicht laufen kann. Ich habe ihr gesagt, dass es schon klappen wird, solange sie sich konzentriert.«

Auf einmal wurde mir bewusst, dass ich mich gar nicht um meine Aufgabe kümmerte, ungewünschte Journalisten zu vertreiben. Ich musste dringend los. Doch in diesem Moment glitt Zara zum Geländer im ersten Stock. Ich konnte meinen Blick nicht von ihr abwenden. Sie sah atemberaubend aus.

Ihre langen blonden Haare waren zu einem Nackenknoten zusammengerollt und mit einem Handband aus Perlen, seidenen Rosenknospen und Spitze befestigt worden. Das elfenbeinfarbene Kleid war umwerfend in seiner Schlichtheit. Das Oberteil bestand gänzlich aus Spitze mit einem V-Ausschnitt und Flügelärmeln. Der Rock hingegen war ein langer Schaft aus Satin.

»Hier kommt die Braut«, zwitscherte Zara und streckte die Arme aus. Ihre Brautjungfern drehten sich zu ihr um und klatschten. Eine steckte sogar die Finger in den Mund und stieß einen anerkennenden Pfiff aus.

»Mein Liebling!«, rief Lady Fortescue und tupfte sich die Augen mit einem Papiertaschentuch ab. »Oh, wie wunderschön du bist! Schau nur, Hugo!«

»Danke, Mummy«, grinste Zara. »Und bitte nicht weinen. Zumindest nicht bis zum ›Ja, ich will‹. Oder dir bleibt keine Wimperntusche für die Fotos übrig.«

Lord Fortescue öffnete den Mund, um etwas zu sagen, aber es kam nichts heraus. Seine Augen sahen verdächtig feucht aus, und ich glaubte, er würde jeden Moment vor Stolz platzen.

»Also gut.« Lady Fortescue sammelte sich. »Die Brautjungfern sind fertig, sie und ich können also in die Kirche. Hugo, du und Zara kommt dann in zwanzig Minuten oder so nach.«

»Gut. So machen wir das. Irgendein Zeichen von ...?« Er zog die Augenbrauen hoch.

Lady Fortescue schüttelte den Kopf. »Angeblich auf dem Weg. Ruf ihn doch bitte noch mal an, okay? Kommen Sie, meine Damen, hier entlang.«

Die Brautmutter und die Brautjungfern verließen aufgeregt plaudernd das Haus durch den Vordereingang, während Lord Fortescue in sein Zimmer zurückeilte. Einen Moment lang herrschte Ruhe. Dann gab der Fotograf Zara ein paar Anweisungen. Mit vorsichtigen Schritten kam sie die Treppe herunter.

»Sie sehen wunderschön aus, Zara«, sagte ich. »Wie fühlen Sie sich?«

»Ich bin wahnsinnig nervös!«, antwortete sie und fächelte sich mit der Hand Luft zu. »Glauben Sie, ich kann noch eine Zigarette riskieren?« Sie schaute sich um, ob ihr Vater sie gehört hatte.

»Lieber nicht«, meinte ich lachend.

»Garantiert nicht«, sagte der Fotograf und bat sie, die letzten Stufen herunterzukommen. »Ich möchte eine formellere Aufnahme mit der ganzen Treppe im Hintergrund machen.«

»Sehe ich so aus, als würde ich wie ein Pinguin watscheln?«

»Sie sehen hinreißend aus.« Er zwinkerte ihr zu und trat einen Schritt zurück. »Jetzt lassen Sie den Strauß etwas sinken, sodass es nicht mehr ganz so aussieht, als ob Sie ein Mikrofon in der Hand hielten.«

»Die Brautjungfern, Zara, sind das Freundinnen oder Verwandte oder beides?«, fragte ich und holte mein Handy aus der Handtasche, um ebenfalls ein paar Bilder zu machen.

»Sie sind aus dem Netballteam meiner Uni«, erwiderte sie und tat so, als würde sie den Blumenstrauß wie einen Ball in die Luft werfen. »Ich hab Center gespielt, weil ich die Kleinste und Wendigste bin und springen kann ... Aua!«

Der Fotograf und ich hechteten nach vorn, um Zara noch aufzufangen, als sie bei ihrer Netball-Darstellung ins Stolpern geriet. Aber wir waren nicht schnell genug. Ihr Fuß verfehlte die unterste Stufe – und man hörte ein lautes Reißgeräusch, als ihr Kleid vom Saum bis zum Oberschenkel aufriss. Einen Moment lang sah ich einen blassen Knöchel in einem seltsamen Winkel verdreht, ehe Zara in einem schneeweißen Berg aus Stoff landete.

O mein Gott. Warum um alles in der Welt hatte ich die Brautjungfern erwähnen müssen? Das war alles meine Schuld. Einen Augenblick lang befürchtete ich, mich vor Entsetzen übergeben zu müssen.

»Zara, alles in Ordnung? Es tut mir so leid!« Ich kniete mich neben sie, zog ihr hastig den Schuh aus und fragte mich im selben Moment, ob das eine so gute Idee war. Die Wahrscheinlichkeit, ihn wieder an den Fuß zu bekommen, war nämlich gering, wenn man ihren rasch dicker werdenden Knöchel betrachtete.

»Nicht Ihre Schuld«, flüsterte sie, das Gesicht schmerzverzerrt.

Der Fotograf ging neben uns in die Hocke. »Er ist wahrscheinlich nur verstaucht.«

»Nur?«, rief sie und umfasste ihren Knöchel mit beiden Händen. »Es tut wahnsinnig weh!«

Wir betrachteten das zerrissene Kleid und das entblößte Bein samt Spitzenstrumpfband, das durch den Riss zu sehen war, und sie begann hysterisch zu lachen.

»Wenigstens können Sie jetzt darin laufen«, sagte ich, weil ich verzweifelt versuchte, etwas Positives an der Situation zu finden.

Wir sahen einander erneut an und lachten so, wie man lacht, wenn man weiß, dass etwas Furchtbares passiert ist, das ganz und gar nicht zum Lachen ist.

Sekunden später kam Lord Fortescue aus dem Salon gestürzt. »Grundgütiger«, flüsterte er heiser und fiel neben seiner Tochter auf die Knie. »Beatrice wird uns umbringen.«

Das Lachen blieb uns im Hals stecken.

»Holly, das Kleid ist ruiniert«, jammerte Zara und sah auf einmal sehr blass aus. »Was machen wir jetzt?«

Ich betrachtete erneut den zerrissenen Stoff und ihren geschwollenen Fuß. Verzweifelt drückte ich ihre Hand, während mein Herz wie ein kleiner Vogel in meiner Brust wild und heftig schlug.

Wie um Himmels willen sollte ich die Braut jetzt rechtzeitig in die Kirche bringen?

Kapitel 9

Denk nach, Holly, denk nach. Wir brauchen einen Plan und zwar sofort!

»Okay«, sagte ich, während ich wie eine Verrückte überlegte. »Keine Sorge. Ich weiß genau, was wir jetzt tun müssen.«

Irgendwie.

»Eis.« Ich wandte mich an den Fotografen. »Laufen Sie den Korridor hinunter, letzte Tür auf der rechten Seite. Jemand dort wird Ihnen helfen. Gefrorene Erbsen wären auch gut.«

Mir schoss der Gedanke durch den Kopf, dass es im Zuhause eines Lords möglicherweise keine Gefriertruhe mit gefrorenen Erbsen gab. Aber egal, er würde sicher etwas Entsprechendes finden.

»Eis. Gute Idee.« Er legte seine Kamera beiseite und stand auf. »Möchten Sie das mit einem Brandy?«

»Ja, bitte!«, riefen Zara und ihr Vater im Chor, während der Fotograf davonjoggte.

Ich wandte mich an Lord Fortescue. »Haben Sie einen Erste-Hilfe-Kasten?«

»Natürlich.« Er ging und rief nach Sheila.

Ich bat Zara, ihre Zehen und ihren Knöchel zu bewegen,

und wir stellten fest, dass höchstwahrscheinlich keine schlimmere Verletzung vorlag.

»Wenn man mal von meinem Kleid absieht«, meinte Zara kleinlaut. »Ich weiß, dass ich gelacht habe, aber es ist kein bisschen lustig. Die Leute in der Kirche werden bald unruhig werden, und so kann ich ja wohl kaum vor den Altar treten. Wenn ich überhaupt laufen kann.« Ihre Unterlippe begann zu zittern. Sie tat mir unglaublich leid.

»He, keine Panik«, beruhigte ich sie und nahm ihre Hand. »Ich habe eine Freundin, die ist eine Zauberin mit Nadel und Faden, und ich bin mir ganz sicher, dass sie sich Ihr Kleid liebend gern aus der Nähe ansehen würde.« Hastig holte ich mein Handy heraus und wählte Esmes Nummer.

Sie hob sofort ab.

»Diese alte Spitze, die du gekauft hat? Meinst du, dass du damit etwas flicken ...« Ich zögerte. Zaras Kleid stammte aus einer Luxusboutique in Mayfair. Von Flicken wollte sie möglicherweise in diesem Moment nichts hören. »Ähm, ich meinte, könntest du damit noch letzte Änderungen an einem Brautkleid machen?«

»Äh, ja. Klar.«

Ich musste innerlich über die Überraschung lächeln, die in ihrer Stimme lag.

»Dann bring sie nach Wickham Hall, samt Bändern und allem Brautmäßigen, was du so finden kannst. Oh, und natürlich deine Nähsachen. Und bitte so schnell wie der Wind!«

Esme sagte, sie würde in wenigen Minuten da sein.

Lord Fortescue kam mit Sheila zurück, und auch der Fotograf eilte auf uns zu. Er hatte Brandy und ein Geschirrtuch voller Eiswürfel dabei. Ich hob Zaras Bein hoch und legte vorsichtig das Tuch mit dem Eis auf den geschwollenen Knöchel.

»Okay, für den Moment lassen wir das so ruhen. Und bitte nicht zu viel und schnell den Brandy trinken«, sagte ich und betrachtete das Glas in Zaras Hand. »Sie sind schon wacklig genug auf den Beinen.«

Ich eilte durch ein Seitentor auf den Friedhof. Der moosbewachsene Pfad, der zwischen den Grabsteinen bis zur Kirche führte, würde mich auf kürzestem Weg zu Lady Fortescue bringen, um ihr alles zu erklären. Es würde einfach zu lange dauern, den Weg außenrum zu nehmen, wie es die Gäste getan hatten.

So schnell ich konnte, rannte ich mit klopfendem Herzen den Weg entlang. Gehörte es nicht eh zu einer richtigen Hochzeit dazu, dass sich die Braut etwas verspätete? Wenigstens würde ich die Mutter der Braut mit konkreten Plänen beruhigen können, wie wir die Situation retten konnten. Ich erreichte das Ende des Friedhofs. Aus der Kirche drangen Orgelmusik und das Plaudern der dort versammelten Hochzeitsgäste. Am Hauptportal angekommen holte ich tief Luft.

Auf einmal bemerkte ich im Augenwinkel eine Bewegung. Hinter den Steinputten eines besonders aufwendig gestalteten Grabsteins sah ich den oberen Teil eines dunklen Lockenkopfs.

Was zum Teufel...?

Ich hielt inne und starrte dorthin. Mein Puls pochte wie verrückt, als auf einmal ein weißes T-Shirt beiseitegeworfen wurde und auf der Steinbibel landete, die sich auf dem benachbarten Grab befand.

Ich schlich näher und entdeckte hinter dem Stein einen Mann, der auf einem Bein hüpfte, während er versuchte, eine

Jeans auszuziehen. In dem langen Gras zwischen den Grabsteinen lag etwas, das verdächtig nach einem Kleidersack und einem Zylinder aussah.

Mich ergriff Panik, denn mir wurde sogleich klar, was hier los war. Ich konnte zwar keine Kamera sehen, aber offensichtlich war das ein Paparazzo, der versuchte, sich als Hochzeitsgast zu verkleiden. Und das auch noch auf einem Friedhof! Die Security-Männer waren damit beschäftigt, ungewollte Besucher vom Herrenhaus abzuhalten. Es war mir bisher gar nicht in den Sinn gekommen, dass dieses skrupellose Pack auch versuchen könnte, hier einzudringen.

»Entschuldigen Sie!«, rief ich und zog mir dabei das Walkie-Talkie von dem Band um meine Taille. Ich musste sofort den Sicherheitsdienst informieren. Dummerweise schien sich das Band meines Kleides so verdreht zu haben, dass ich das Gerät nicht abbekam. »Was denken Sie, was Sie hier machen?«

Der ungebetene Hochzeitsgast wirbelte herum, inzwischen nur noch in Boxershorts gekleidet, wobei ein Fuß noch in der Jeans steckte. Dunkelbraune Augen funkelten mich unter einem dunklen Lockenkopf hervor an.

Er grinste. »Kann man sich nicht mal in Ruhe umziehen?«

»In Ruhe?«, gab ich zurück. Obwohl mich dieser Eindringling verärgerte, ließ mich sein Körper ganz und gar nicht unberührt. War das ein winziges Tattoo ein paar Zentimeter über seiner linken Brustwarze? O Gott. Jetzt lief ich auch noch knallrot an. »Hier kann man wohl kaum erwarten, sich ungesehen umziehen zu können!«, fügte ich hinzu und wies auf die Grabsteine um uns herum.

»Nun, die Anwohner haben sich bisher noch nicht beschwert.« Er zwinkerte mir zu und schien nicht im Geringsten zerknirscht zu sein. Er öffnete den Kleidersack, nahm eine Hose von einem Kleiderbügel und zog sie an. »Sie hingegen starren mich ziemlich unverfroren an«, fügte er hinzu.

Dummerweise konnte ich tatsächlich nicht anders, als der dunklen Linie von Härchen zu folgen, die über seine definierten Bauchmuskeln verlief.

Ich schüttelte mich entschlossen.

Er beugte sich herab, um in ein Paar elegante Schuhe zu schlüpfen. Ich hörte ihn leise lachen.

»Ich mache hier nur meinen Job, wie Sie höchstwahrscheinlich auch, Mr. ... Oh, verdammt!« Das Band um meine Taille wollte das Walkie-Talkie nicht freigeben. Wütend riss ich daran. »Mann!«, murmelte ich durch zusammengebissene Zähne, wobei ich merkte, wie ich sekündlich immer wütender und röter wurde. Endlich löste sich das Walkie-Talkie. »Wer sind Sie eigentlich, und woher kommen Sie?«

»Woher ich komme?«, neckte er. Ich warf ihm einen seitlichen Blick zu. Jetzt lachte er frei heraus, und zwischen seinen vollen Lippen blitzten weiße Zähne auf.

»Genau. Von welchem Schmierblättchen...« Ich brach ab; zu spät erinnerte ich mich daran, dass mich Lady Fortescue ja gebeten hatte, jeden auf Wickham Hall willkommen zu heißen – ganz gleich, wie wenig willkommen er oder sie in Wahrheit sein mochte.

»Ich bin Ben.« Er holte ein Hemd aus dem Kleidersack und begann es anzuziehen. »Und ich ... Äh, ich arbeite für ein exklusives Hochglanzmagazin namens *Werben & Erben*, falls Sie schon mal davon gehört haben oder sich das notieren möchten.«

Ich sah ihn finster an. Es war offensichtlich, dass er sich über mich lustig machte.

Er steckte das Hemd in die Hose, und ich bemühte mich, nicht zuzusehen, wie seine Hand in seinem Bund verschwand. Als er aufblickte, bemerkte er, dass ich ihn weiter anstarrte. »Kommen Sie bloß auf keine Ideen«, sagte er und zog eine Augenbraue hoch. »Ich muss jetzt auf eine Hochzeit.«

Was?! Mir klappte die Kinnlade herunter.

»Auf keine Ideen?«, empörte ich mich, als ich endlich wieder sprechen konnte. »Ich bin schon auf eine Idee gekommen, falls es Sie interessiert: Ich rufe die Leute vom Sicherheitsdienst an. Das tue ich.« Ich versuchte so grimmig wie möglich dreinzublicken und presste dann, ohne ihn aus den Augen zu lassen, einen Knopf auf meinem Funkgerät. »Sicherheit? Holly Swift an den Sicherheitsdienst?«

Leider erhielt ich als Antwort nur ein lautes Knacken, das mich erschreckt zusammenzucken ließ. Mein Blick huschte wieder zu dem reuelosen Eindringling.

Also gut, ich gebe es zu: Er war wirklich nicht von schlechten Eltern. Der Cutaway, den er inzwischen trug, unterstrich seine breiten Schultern, das strahlend weiße Hemd betonte den dunklen Teint, und sosehr es mir auch gegen den Strich ging, so ließ ihn sein freches Lächeln nur noch attraktiver erscheinen.

Er blickte auf und grinste. »Noch keine Bodyguards? Und Sie arbeiten hier?«

Ich nickte mit geröteten Wangen.

»Super. Können Sie dann die für mich reinigen lassen, während ich hier bin?« Er hob seine Kleidung auf und warf sie mir entgegen. Bei näherer Betrachtung erkannte ich, dass sie mit Farbklecksen übersät war. »Ich fahre am Montag nach London zurück. Bis dahin brauche ich sie wieder. Wenn Sie so nett wären.«

»Waschen Sie Ihre schmutzige Kleidung selber!«, fauchte ich ihn an und schleuderte die Sachen augenblicklich wieder zurück. Sie landeten auf den Steinputten zwischen uns, und einen Moment lang starrten wir einander finster an. Das heißt, das stimmt so nicht: Ich starrte finster, während seine Schultern zu zucken begannen.

Plötzlich machte mich das Klappern von Absätzen darauf aufmerksam, dass wir nicht mehr allein waren. Ich drehte mich um und entdeckte Lady Fortescue, die so rasch dahergerannt kam, wie es ihr eng geschnittenes Kleid erlaubte. »Holly! Was ist mit Za... Benedict! Liebling.« Sie eilte dem fremden Mann mit ausgestreckten Armen entgegen.

Benedict. Nicht Ben. Benedict – Nachfolger auf Wickham Hall. Den ich gerade so wütend zurechtgewiesen hatte. *Bitte! Kann jemand die Szene zurückspulen, wo ich ihm seine schmutzigen Klamotten an den Kopf geworfen habe?!* Das Blut wich mir aus dem Gesicht und schien sich in meinen Füßen zu sammeln. Ich wünschte mir, der Erdboden würde mich verschlucken.

Lady Fortescue küsste ihren Sohn, rieb ihm den Lippenstiftabdruck ab, den sie auf seiner Wange hinterlassen hatte, und blickte dann auf den Kleiderhaufen, der neben dem Grab lag. »Oh, bitte.« Sie sackte sichtlich in sich zusammen. »Jetzt sag bloß nicht, du hast dich erst hier draußen umgezogen.«

»Nur um Zeit zu sparen«, protestierte er mit funkelnden Augen. »Und ich dachte, ich würde allein sein.«

Ich schaue mir einfach meine Schuhspitzen an, dachte ich, *bis mein Gesicht wieder eine normale Farbe angenommen hat.*

»Oh, Benedict.« Sie seufzte und blickte dann zu mir. »Wie ich sehe, hast du schon Holly Swift kennengelernt, die neue Assistentin von Pippa.«

Benedict Fortescue warf mir ein wissendes Lächeln zu. »Es freut mich, Sie kennenzulernen, Holly. Schön, einen Namen zu dem Gesicht zu haben, wo Sie doch quasi schon die Kronjuwelen gesehen haben.« Er unterstrich seine Worte, indem er sich betont über die Hose strich.

Meine Augen weiteten sich. Benedict schnaubte belustigt, während ich mich mit brennenden Wangen an seine Mutter wandte. »Lady Fortescue, ich wollte Sie gerade holen. Zara hatte einen Unfall.«

Wenn man die Tochter eines Lords ist, scheint es kein Problem zu sein, seine Hochzeit ein Weilchen aufzuschieben. Lady Fortescue hatte Zara nach oben gebracht, damit sie sich dort auszog. Esme war in der Zwischenzeit mit all ihren nötigen Utensilien eingetroffen, während Sheila und ich einige der Bediensteten dazu veranlassten, Servierwagen mit Getränken zur Kirche hinüberzurollen, damit dort Philippe und die Hochzeitsgäste mit einem kühlen Getränk in der Sonne vor der Kirche bequem warten konnten.

Eine Stunde später trug Zara ihr umgeändertes Kleid und stand ohne Schuhe am Fuß der Treppe. Esme kniete vor ihr und zupfte am Saum des Rocks.

»Fertig!« Sie lehnte sich zurück. »Und? Wie fühlt es sich an?«

»Ich glaube, es gefällt mir fast noch besser als zuvor. Schau, Mum!« Zara drehte sich einmal um die eigene Achse, was durch ihren geschwollenen Knöchel allerdings ein wenig unbeholfen wirkte.

Sie hatte darauf bestanden, den schenkelhohen Riss in ihrem Rock nicht wieder ganz zuzunähen, sondern stattdessen einen kniehohen Schlitz zu lassen und einen weich fallenden Überrock aus Spitze anzubringen. Der Symmetrie wegen hatte Esme daraufhin auf der anderen Seite einen weiteren kleinen Schlitz angebracht.

»Die Spitze wurde in Frankreich handgeklöppelt«, meinte Esme stolz. »Ihr zukünftiger Ehemann sollte also nichts dagegen haben.«

Lady Fortescue legte den Arm um die Taille ihrer Tochter. »Du siehst wunderschön aus, mein Liebling.«

Sie wandte sich zu Esme, die ihre Dinge wieder in ihrem Nähkästchen verstaute. »Und wem haben wir für diesen Noteinsatz zu danken?«, fragte sie und streckte Esme ihre behandschuhte Hand hin. »Bei der ganzen Panik haben wir uns noch gar nicht vorgestellt.«

Esme stand auf und schüttelte Lady Fortescue die Hand. »Ich bin Esme Wilde, meiner Familie gehört die Boutique *Joop*«, sagte sie und wirkte ungewöhnlich zurückhaltend.

»Sie ist außerdem meine beste Freundin«, fügte ich hinzu.

»Wieder einmal hat uns Ihre schnelle Reaktionsfähigkeit aus einer Misere geholfen, Holly. Ich danke Ihnen beiden«, sagte Lady Fortescue mit einem Lächeln.

Die Kirchenglocken läuteten. Lady Fortescue zuckte zusammen. »Du meine Güte! Was stehen wir hier noch herum? Rasch, wir müssen uns beeilen, ehe der arme Philippe glaubt, man habe ihn versetzt.« Sie küsste Zara auf die Wange und rannte mit ihren hohen Absätzen durch die Tür.

Zara schaute auf ihre Füße und dann zu mir. Ich wusste, was sie dachte: Sie würde ihren Fuß niemals in den Schuh bekommen.

»Hier«, sagte ich und schlüpfte aus meinen flachen weißen Ballerinas. »Probieren Sie die an.«

»Oh, wie herrlich.« Zara schloss seufzend die Augen. »Sie können stattdessen meine tragen.«

»Natürlich.« Ich nickte und zog ihre bedenklich hohen weißen Satinpumps an.

Die Braut streckte ihre Hände aus und fasste nach meiner und nach Esmes Hand. »Danke. Für alles. Sie beide waren echte Lebensretterinnen.«

»Zara, Liebling. Wir müssen jetzt wirklich los«, murmelte Lord Fortescue und reichte ihr den Arm. »Diese französischen Gäste gehen sonst bald auf die Barrikaden.«

Esmes Schultern begannen zu zucken, und ich gab ihr einen sanften Stoß zwischen die Rippen.

»Daddy!«, kicherte Zara. »So was kannst du doch nicht sagen.«

Lord Fortescue rollte mit den Augen. »Du weißt doch, wie ich das meine.«

Zara trat einen Schritt vor, knickte aber sofort ein, wobei sie vor Schmerz einen Schrei ausstieß. »Aua! Ich befürchte, ich kann nirgendwohin und schon gar nicht zum Altar geführt werden.«

In dem Moment kam Jim atemlos dahergeeilt. Er nahm seine Sicherheitsdienstkappe ab und tupfte sich die Stirn mit einem Taschentuch ab. »Wollten Sie etwas von mir, Holly?«, fragte er, wobei seine Augen hoffnungsvoll funkelten. »Ist die Presse bei uns eingebrochen?«

Lord Fortescue richtete sich ruckartig auf und legte schützend den Arm um Zara. »Die Presse, sagen Sie?«

»Nein, nein«, beteuerte ich hastig und hoffte, dass niemandem meine roten Wangen auffielen. »Das ist schon eine Weile her. Falscher Alarm.«

Zum Glück, dachte ich. Wenn Benedict tatsächlich ein

Eindringling und nicht Lord Fortescues Sohn gewesen wäre, hatte ich keine Ahnung, wie es mir gelungen wäre, ihn eine Stunde lang festzuhalten. Mich vielleicht auf ihn setzen? Keine unangenehme Vorstellung ...

Mein Gott, Holly. Jetzt reiß dich zusammen!

»Falscher Alarm? Oh.« Jim wirkte enttäuscht. »Freut mich, das zu hören. Übrigens«, wandte er sich mit hochgezogenen Augenbrauen an Esme, »ist das Ihr Wagen, der da illegal vor dem Eingang geparkt ist, Miss?«

Esme war wie abgesprochen bis vor den Haupteingang gebrettert, um so schnell wie möglich hierherzugelangen. *Zwar kaum der Mädchentraum-Rolls-Royce, aber besser als nichts,* dachte ich, als mir ein Gedanke kam. »Das ist der Hochzeitswagen«, platzte ich heraus. »Warum fahren Sie nicht bis zur Kirche, Lord Fortescue?«

»Nun, ich ...« Er strich sich nachdenklich über das Kinn.

»Gestatten Sie mir, als Ihr Chauffeur einzuspringen, Eure Lordschaft«, schlug Jim vor. Er streckte die Brust heraus und presste seine Kappe dagegen.

»In meiner ollen Ka... Aua, das tat weh«, schrie Esme auf, als ich sie zwickte.

»Großartige Idee, Holly. Schon wieder.« Lord Fortescue strahlte mich an und führte Zara zur Tür. »Jetzt ganz langsam, meine Liebe.«

»Warten Sie einen Moment! Komm mit, Esme!«, rief ich und griff nach ein paar Resten ihrer elfenbeinfarbenen Spitze. Wir rannten nach draußen, wobei ich in Zaras hohen Schuhen eher humpelte, und banden große Schleifen um die Seitenspiegel von Esmes mitgenommenem MG Midget.

Lord Fortescue half Zara auf den winzigen Rücksitz und

ließ sich dann auf dem Beifahrersitz nieder. Esme reichte Jim den Schlüssel.

»Das war unwirklich«, sagte sie zu mir, als der Wagen über den Kiesweg rollte. »Und du … Du warst voll in deinem Element, wie du so organisiert, delegiert und Entscheidungen getroffen hast.«

»Ich weiß«, seufzte ich zufrieden. »Ich glaube, ich habe wirklich den besten Job der Welt.«

Kapitel 10

Zum Glück war das Kleiderdesaster die einzige Katastrophe des Tages. Sobald Zara am Arm ihres Vaters die Kirche betrat, verlief die Hochzeit ohne weitere Schwierigkeiten.

Esme und ich hatten uns auf die Suche nach einem Glas Champagner gemacht. Doch gerade als ich ihr von meiner Friedhofsbegegnung mit dem Bruder der Braut erzählen wollte, war Jim wieder mit Esmes Wagen zurückgekommen. Esme war ins *Joop* zurückgebraust und ich in Zaras hochhackigen Schuhen in die kleine Kirche gestolpert.

Drei völlig harmlose Fotografen waren dort inzwischen aufgetaucht, und wir beobachteten zu viert aus respektvoller Entfernung, wie das glückliche Paar eine halbe Stunde später durch das Kirchentor trat, umringt von Freunden und Familie.

Die Menge warf händevoll pastellfarbenes Konfetti, und Zara lachte, als Philippe sie auf seine Arme nahm und hochhob. Sie sah so glücklich und strahlend aus, dass ich ganz überwältigt war.

Als die Gäste am Nachmittag schließlich Platz genommen hatten, um das Hochzeitsessen zu sich zu nehmen, war es Zeit für mich, nach Hause zu gehen. Ich warf gerade noch einmal einen Blick in den Großen Saal, als mein Handy klingelte.

»Pippa«, sagte ich leise. »Ich habe gerade an Sie gedacht.« Obwohl mir mein Job Spaß machte, war ich froh, die Verantwortung ab Montag wieder mit ihr teilen zu können. Ich schlich mich auf Zehenspitzen zur Tür, um durch einen Spalt in den Saal blicken zu können. Am anderen Ende des Raums und des langen Haupttischs war ein kürzerer Tisch quer gestellt worden. Dort in der Mitte saßen Zara und Philippe, steckten die Köpfe zusammen und sahen einander lächelnd in die Augen. Überall war Gelächter und das Klirren von Champagnergläsern und Silberbestecken zu hören, und der Duft von Nikkis herrlichen Blumengestecken hing in der Luft.

»Hallo, Holly.« Pippas Stimme klang gedämpft.

»Die Hochzeit ist wunderbar. Sie sollten das glückliche Paar sehen. Die beiden haben nur Augen füreinander.« Während ich redete, setzte ich mich auf eine dunkle Eichenbank im Korridor. »Ich kann Ihnen nächste Woche die Fotos zeigen. Ich freue mich schon so, dass Sie wiederkommen.«

Pippa stöhnte. »Ich komme aber leider nicht wieder. Mein Mann und ich lassen uns scheiden. Er behält das Haus, und ich ziehe für eine Weile wieder zu meinen Eltern. Also...« Ihre Stimme zitterte. »Entschuldigen Sie. Ich bin erbärmlich, nicht wahr?«

»Oh, Pippa, ganz und gar nicht! Mir tut das Ganze so leid«, beruhigte ich sie. Ich fühlte mich schrecklich. Da plapperte ich so gedankenlos über das glückliche Paar... »Meiner Meinung nach sind Sie unglaublich stark.«

Sie hatte bei unserer einzigen Begegnung mit so viel Wärme von ihren Kindern und dem alten Pfarrhaus gesprochen, in dem sie lebte, dass mir fast das Herz brach, wenn ich daran dachte, dass sie das alles verlieren sollte.

Ich musste ihr versprechen, sie jederzeit anzurufen, falls

ich irgendwelche Probleme mit dem bevorstehenden Sommerfest hatte. Dann legten wir auf.

Einen Moment blieb ich noch auf der Eichenbank sitzen und lauschte Lord Fortescue, der gerade seine Rede als Brautvater hielt. »All meine wichtigen Erinnerungen stehen auf die eine oder andere Weise in Zusammenhang mit Wickham Hall. Beatrice und ich haben hier unsere Hochzeit gefeiert, und ich erinnere mich noch genau daran, als wir vor dreißig Jahren mit dir, Zara, als kleinem Mädchen und deinem Bruder Benedict hierher zurückkamen. Jetzt stehe ich als stolzer Vater an diesem Tisch, während du mit Philippe ein neues Leben in Frankreich beginnen wirst. Ich weiß, dass du immer stolz darauf warst, Wickham Hall dein Zuhause nennen zu dürfen, doch nun ist es an der Zeit, ein eigenes Heim aufzubauen – und dafür wünsche ich dir alles Glück der Erde. Auf Zara und Philippe!«

»Auf Zara und Philippe!«, wiederholten die Gäste, und ich stimmte stumm in diesen Wunsch mit ein, während ich mich auf den Weg zur Eingangstür machte.

Tränen brannten mir in den Augen, als ich in die Nachmittagssonne hinaustrat und zum Parkplatz für die Angestellten hinüberlief. War ich stolz darauf, Weaver's Cottage mein Zuhause nennen zu können? Denn falls dem nicht so war, musste ich daran endlich etwas ändern.

Als ich einige Minuten später in der Mill Lane parkte, rutschte mir das Herz in die Hose. Mum war im Vorgarten und versank dort bis zu den Knöcheln in Aludosen.

Als ich aus dem Auto stieg, winkte sie mir fröhlich zu. »Wie war die Hochzeit?«, fragte sie und strich sich mit dem Unterarm die Haare aus dem Gesicht.

»Perfekt«, erwiderte ich leise und versuchte mein Herzklopfen zu ignorieren. »Das Ganze war perfekt.«

»Wunderbar.« Eine Sekunde lang musterte sie mich fragend, ehe sie eine leere Dose aufhob, diese flach drückte und in einen Müllbeutel warf. »Jede Dose ein Penny, Holly. Stell dir das vor. Nur für den Müll von anderen Leuten. Ich will fünftausend Dosen sammeln und das Geld dem Obdachlosenheim in Stratford spenden.«

»Jetzt sind es also Aludosen?« Ich schluckte.

Es gab immer einen triftigen Anlass, immer etwas, das ihre Zeit derart in Anspruch nahm, dass sie den Zustand ihres eigenen Hauses weiterhin ignorieren konnte. Ich liebte sie normalerweise für ihre Selbstlosigkeit, aber in diesem Moment war es mir zu viel.

»Heute Nachmittag habe ich zwanzig Stück gesammelt.« Sie blickte auf, als ich das Gartentor öffnete. »Sie lagen auf dem Weg neben dem Kanal. Ehrlich, ich verstehe nicht, wie die Leute so etwas machen können.«

Ich sah mich in unserem Vorgarten um. Unter dem Wohnzimmerfenster standen schwarze überquellende Müllsäcke, während acht große, leere Blumentöpfe, die sie aus dem Secondhandladen mitgebracht hatte, neben dem Weg zum Haus lagen. Und jetzt die Dosen. Ich hatte das Gefühl, auf einer Müllhalde zu leben.

Ich dachte an die Kieseinfahrt von Wickham Hall – die gepflegten Rasenflächen, die perfekt geschnittenen Formhecken, die makellosen Blumenbeete –, und mir schnürte es den Hals zu.

Mum folgte meinem Blick, wandte sich dann hastig ab und beugte sich tief über die Aludosen zu ihren Füßen.

»Mum?«, sagte ich, da ich wollte, dass sie mich ansah.

»Dieses Chaos. Mrs. Fisher hat mich letzte Woche schon wieder darauf angesprochen.«

»Wir müssen uns um andere kümmern, denen es weniger gut als uns selbst geht, Holly. Das ist unsere Aufgabe als Menschen.«

Und was war mit uns selbst? *Mit mir?* Konnte sie denn nicht begreifen, dass ihr Verhalten unser beider Leben schwer einschränkte? Es hatte Auswirkungen auf meine Freundschaften und Beziehungen. Immer wenn ich jemandem näherkam, zog ich mich irgendwann zurück, aus Angst und Scham darüber, dass er herausfinden könnte, wie ich wohnte. Meinen letzten Freund, mit dem es etwas Ernsteres war, hatte ich auf der Uni, vor acht Jahren. Wann würde ich die Chance haben, mir ein eigenes Zuhause aufzubauen, wie Zara es jetzt tat?

Etwas in mir flippte aus, und ich merkte, wie meine Knie zu zittern begannen. Ich hatte mein Limit erreicht. Jetzt war es mir endgültig nicht mehr möglich, weiterhin wegzuschauen und so zu tun, als wäre nichts. »Mum«, wiederholte ich entschlossen. »Wir müssen über deinen Sammelzwang reden.«

»Sammelzwang?« Sie sah mich ausdruckslos an. Allerdings bemerkte ich ein leichtes Zucken ihres Auges. »Ach, Liebling, du machst aus einer Mücke einen Elefanten. Ich räume das jetzt schnell auf und dann ...«

Tränen strömten mir über die Wangen, und ich schüttelte den Kopf. »Ich kann nicht mehr. Ich kann einfach nicht mehr. Es tut mir leid. Ich weiß, dass es dich jedes Mal aufregt, wenn ich darüber rede, aber wir müssen endlich sprechen. Wenn ich das Gefühl hätte, dass du dabei glücklich bist, würde ich wahrscheinlich nichts sagen. Aber ich glaube nicht, dass du glücklich bist. Oder irre ich mich?«

Mums Gesicht fiel in sich zusammen, und sie ließ die Schultern hängen. »Oh, Holly.«

»Komm, wir reden drinnen weiter«, meinte ich seufzend. Ich nahm sie an der Hand, führte sie ins Haus und schloss die Tür hinter uns. Wir standen auf dem kleinen Fleck Teppichboden, der zwischen all den Stapeln und Haufen aus Sachen noch frei war, und ich legte meine Hände auf ihre Schultern. Geduldig wartete ich darauf, dass sie mich anschaute. »Mum, ich glaube, dieses Horten kommt, weil du wegen irgendetwas unglücklich bist. Und da nur wir beide in dieser Familie sind, komme ich zwangsläufig zu der Schlussfolgerung, dass ich der Grund sein muss.«

Meine Wangen brannten. Ich hatte gar nicht gemerkt, dass ich das glaubte, bis ich es jetzt gerade ausgesprochen hatte. Die Worte hingen wie eine dunkle Regenwolke zwischen uns. Aber es stimmte. Ich hörte, wie es in meinen Ohren pochte. Sie war immer alleinerziehend gewesen und hatte mir nie verraten, wer mein Vater war. Vielleicht war ich also tatsächlich der Auslöser für all das?

»Oh, mein Schatz, das darfst du nicht glauben«, sagte sie. »Du bist doch alles, was ich habe, seit Großvater gestorben ist.«

»Was ist es dann, Mum?«, fragte ich flehend.

»Ich behalte einfach gern die Dinge. Sie beruhigen mich.« Sie seufzte und streichelte mir mit einem Finger über die Wange. »Da steckt nichts Böses dahinter.«

»Schau dir das an«, entgegnete ich und versuchte, die Tür zum Esszimmer zu öffnen. »Wir kommen nicht mal in diesen Raum hinein. Das ist nicht beruhigend. Wann ist es uns das letzte Mal gelungen, uns ganz normal zusammenzusetzen und gemeinsam am Esstisch zu essen?«

»Ich mag dieses Zimmer sowieso nicht«, sagte sie und schielte hinein. »Es geht nach Norden und bekommt nie die Sonne ab. Mit einem Tablett auf den Knien im Wohnzimmer ist es doch viel gemütlicher.«

Bitte, Gott, gib mir Kraft. Ich spürte, wie der Frust einer Flutwelle gleich in mir aufstieg, und zwang mich dazu, ruhig zu bleiben.

»Das Licht ist das Geringste unserer Probleme, Mum. Das Zimmer ist voller Müll«, sagte ich leise. »Man kann den Tisch kaum erkennen, von den Stühlen mal ganz abgesehen. Ich meine, brauchst du wirklich noch Großvaters altes Angelzeug? Oder jede Zeitung und Zeitschrift, die du jemals gekauft hast? Oder meinen Kinderwagen? Mein Gott, Mum.«

»Das ist kein Müll. Alles davon hat einen Erinnerungswert für mich.«

»Was würde Großvater dazu sagen, wenn er dich jetzt so sehen könnte?«, fragte ich. »Er hat dir das Haus vererbt, als er starb. Was würde er von alldem halten?«

»Er wäre wahrscheinlich enttäuscht. Aber vermutlich hatte er schon lange vorher aufgehört, auf mich stolz zu sein. Es ist also im Grunde egal.«

»Es ist nicht egal, weil ...« Ich holte tief Luft. Mein Herz pochte wie wild. »Es ist nicht egal, weil ich nicht länger in Weaver's Cottage leben kann. Ich kann so nicht leben, Mum.«

Sie starrte mich mit einer Mischung aus Entsetzen und Angst an.

Meine Worte schienen den ganzen Sauerstoff aus dem Haus gesogen zu haben, und in meinem Kopf begann es, schmerzhaft zu pochen. »Ich brauche frische Luft«, sagte ich und stolperte von der Diele in die Küche und von dort in den Garten hinaus.

Dieser war zum Glück gänzlich frei von Mums Sachen. Er hatte schmale Beete mit Sommerblumen, und obwohl er sicher nicht Nikkis hohen Ansprüchen genügt hätte, so war er doch hübsch und tausendmal entspannender als das Innere des Hauses.

»Holly?«, rief Mum erschrocken und folgte mir hastig ins Freie.

Ich ließ mich auf der Gartenbank nieder, die unter den ausladenden Ästen eines Apfelbaums stand, stützte meine Ellbogen auf meinen Knien ab und hielt mir mit beiden Händen den Kopf.

Mum setzte sich neben mich und begann meinen Rücken zu streicheln. »Es tut mir leid, mein Schatz. Ich könnte es nicht ertragen, wenn ich dich verjagen würde. Du bist doch das Wertvollste und Wunderbarste in meinem Leben.«

Ich richtete mich auf und sah sie an. »Dann hilf mir, das zu verstehen. Bitte.«

Wir schauten uns einen Moment lang an, und ich beobachtete, wie ein fleckiger Schatten von den Blättern des Baums über ihr Gesicht tanzte. Ich kannte dieses Gesicht so gut, und doch hatte ich auf einmal das Gefühl, meine Mutter im Grunde überhaupt nicht zu kennen.

Schließlich strich sie ihren Rock glatt und nahm meine Hand. »Ich habe dir das nie erzählt, weil ...« Sie hielt inne, um tief Luft zu holen. »Nun, ich schäme mich so für das, was in dem Sommer passiert ist, ehe du zur Welt gekommen bist.«

»Oh, Mum.« Mein Herz schlug wie verrückt, und ich drückte fest ihre Hand. »Ich werde dich bestimmt nicht dafür verurteilen.«

In ihren Augen standen Tränen. »Ich war damals siebzehn,

mein Leben hatte gerade erst begonnen. Und dann lernte ich einen Mann kennen und verliebte mich in ihn.«

»Meinen Vater?«, flüsterte ich.

»Wir waren beiden auf dem Sommerfest von Wickham Hall und ...« Sie senkte den Blick und starrte auf ihren Schoß. »Ich dachte, wir würden unser Leben lang zusammenbleiben. Doch am Abend, nachdem wir uns geliebt hatten, küssten wir uns zum Abschied und ... Ich habe ihn nie mehr wiedergesehen. Neun Monate später bist du auf die Welt gekommen.«

Ich spürte, wie sich mir die Nackenhaare aufstellten. Ich war in Wickham Hall gezeugt worden?

»Wer war er?« Ich starrte sie ungläubig an. »Ist es jemand, den ich kenne?«

Sie schüttelte den Kopf und presste eine Hand vor den Mund, während ihr die Tränen über die Wangen liefen. »Was musst du jetzt von mir denken!«

»Warum hast du ihn nicht noch mal gesehen?«, wollte ich wissen. Durch meinen Körper schoss das Adrenalin, denn noch nie zuvor hatte sie derart offen mit mir gesprochen.

»Bitte. Ich kann dir nichts weiter erzählen. Nicht jetzt, nur dass ...« Sie nahm mein Gesicht in ihre beiden Hände und sah mich an. Das Leid in ihren Augen tat mir zutiefst weh. »Holly, du bist das Beste, das einzig Gute, was mir in dem Jahr passiert ist. Ich dachte, in jenem Sommer hätte ich alles, und dann ist mir alles, was ich liebte, aus den Händen geglitten. Seitdem will ich nie mehr etwas Wichtiges verlieren. Nie mehr.«

Mir strömten die Tränen über das Gesicht. Ich wischte sie weg und nickte. »Und deshalb behältst du alles? Um es nicht zu verlieren?«, sagte ich mit zitternder Stimme.

Mum nickte. »Mit den Jahren wurde es immer schwieriger, die Dinge loszulassen. Ich weiß, dass du es nicht verdienst, so zu leben. Aber bitte geh nicht. Ich verspreche dir, dass ich mich ändern werde. Ohne dich bin ich...« Sie brach ebenfalls in Tränen aus und sackte gegen mich. »Ich habe doch niemanden sonst.«

»Ist schon okay, Mum«, flüsterte ich und schlang meine Arme um ihre Schultern. »Ich gehe nirgendwohin. Ich liebe dich.«

Dann saßen wir in Gedanken versunken da, umgeben von dreißig Jahren wertvoller Erinnerungen. Ich fragte nicht weiter nach. In meinem Kopf drehte sich sowieso schon alles ob dieser neuen Informationen, und Mum war offensichtlich viel zu aufgewühlt, um noch mehr zu enthüllen.

An diesem Tag hatte ich mehr über die Gründe für ihre Sammelwut erfahren als jemals zuvor. Zwei Dinge waren mir nun klar: Ich war entschlossen, Mum zu helfen, ihr Messie-Syndrom zu überwinden, und ich wollte herausfinden, was genau auf jenem Sommerfest in Wickham Hall passiert war.

Am nächsten Morgen stand ich früh auf. Die Straßen waren noch leer, als ich zu dem einzigen Café fuhr, das an einem Sonntag offen hatte, und dort zwei Bacon-Sandwichs holte. Mum und ich hatten einen emotionalen, aber auch produktiven Abend verbracht. Sie hatte zugestimmt, einen Therapeuten aufzusuchen. Danach räumten wir zusammen den Vorgarten auf, sammelten die ganzen Aludosen ein und brachten sie zum Recyceln.

Es war zwar nur eine kleine Verbesserung, aber der Anfang war gemacht, und ich war stolz auf sie. Und auch stolz auf mich selbst, weil ich sie nicht gedrängt hatte, mir endlich zu sagen, wer mein Vater war.

Was ich jetzt brauchte, war ein Gespräch mit Esme. Und zwar bei einem Frühstück mit zwei großen Tassen Tee.

Ich stieß die Tür zum Geschäft auf und entdeckte Esme, die vor einem der langen Spiegel in einer ihrer Umkleidekabinen stand, die Hände verschränkt hatte und dort eine Pirouette drehte.

»Morgen, Esme. Mann, bin ich froh, dich zu sehen.«

»Morgen, Holly.« Sie schenkte mir ein strahlendes Lächeln und quietschte vergnügt, als ich sie kurz umarmte.

»Nette Blumen.« Ich wies mit dem Kopf in Richtung einer Vase mit Rosen, die auf der Verkaufstheke stand.

»Hübsch, nicht wahr?« Sie kicherte und presste geheimnisvoll die Lippen aufeinander. »Du wirst...«

»Frühstück«, sagte ich und wedelte mit der Papiertüte unter ihrer Nase hin und her.

Sie schüttelte den Kopf. »Äh, für mich noch nicht, danke.«

Ich zuckte mit den Achseln und legte die Tüte auf die Theke. »Wie du willst.« Dann machte ich es mir auf der Chaiselongue bequem und klopfte auf den Platz neben mir. »Komm und setz dich zu mir. Ich muss dir so viel erzählen.«

»Ehrlich gesagt«, erwiderte sie und sah mich mit seltsam aufgerissenen Augen an, »bin ich gerade etwas beschäftigt.«

Ich sah mich kurz überrascht im leeren Laden um. Doch ich konnte nicht länger warten. »Du kannst dir nicht vorstellen, was in den letzten vierundzwanzig Stunden alles passiert ist. Zuerst einmal, auch wenn das chronologisch jetzt nicht so ganz stimmt«, ich nahm ein Bacon-Sandwich aus der Tüte, »gab es gestern Abend eine Riesenentdeckung in der Geschichte von Holly Swift. Riesig. Wie sich herausgestellt hat, wurde ich während des Sommerfests von Wickham Hall *gezeugt*. Ja, du hast richtig gehört: gezeugt. Stell dir das nur mal vor. Ist das nicht unglaublich?«

Esme starrte mich fassungslos an.

Ich blies die Wangen auf und schüttelte den Kopf. »Wenigstens konnte ich Mum überzeugen, dass sie eine Therapie machen sollte.«

Esme presste die Lippen aufeinander und sah mich beunruhigt an. »Holly, du solltest jetzt wahrscheinlich nicht ...«

»Ich weiß, ich weiß! Ich werde sie nicht drängen. Aber das ist alles so unglaublich geheimnisvoll, nicht wahr?«, rief ich und riss mein Ketchuptütchen auf. »Sie hat mir allerdings nicht verraten, wer mein Vater ist. Es könnte jeder sein. Sogar der da draußen.« Ich zeigte lachend auf einen alten Mann, der gerade schnittig mit seiner Gehhilfe am Schaufenster vorbeilief.

Ich biss in mein Sandwich. Esme wies mit einer merkwürdigen Kopfbewegung in Richtung Küche.

»Keine Angst, ich kleckere schon nicht«, sagte ich. Der salzige Bacon machte mich durstig. »Ich brauch erst mal einen Tee. Willst du auch einen?«

»Äh, nein, danke.« Esme runzelte die Stirn.

»Alles in Ordnung?«, wollte ich wissen und sah sie fragend an, während ich mein Sandwich auf die Theke legte und nach hinten in den Lagerraum ging.

»Ja«, quietschte sie.

»Außerdem«, rief ich und schaltete den Wasserkocher ein, »hat Pippa gekündigt. So wie es aussieht, werde ich also das Sommerfest allein organisieren, was eine spannende Herausforderung werden sollte. Wobei es mir vielleicht im Blut liegt, wenn man bedenkt, wo ich entstanden bin. Ha!« Ich klapperte mit der Teedose und einem Löffel herum. Einen Moment lang glaubte ich, Esme etwas sagen zu hören, konnte sie aber nicht verstehen, da in diesem Moment das Wasser zu kochen begann.

»Und zum Schluss, aber keineswegs unwichtiger«, fuhr ich fort und setzte mich mit meinem Tee wieder auf die Chaiselongue, »habe ich gestern Benedict Fortescue kennengelernt. Und zwar...« Ich hielt inne und schnaubte belustigt, während ich versuchte, mit Esme Blickkontakt herzustellen, »stand er nackt bis auf seine Boxershorts auf dem Friedhof. Er sah ziemlich gut aus, das muss ich schon sagen. Aber ich habe mich leider total idiotisch benommen, weil ich fälschlicherweise den Sicherheitsdienst auf ihn hetzen wollte. Aber das war echt nicht meine Schuld. Ich meine, welcher Volltrottel zieht sich schon mitten auf einem Friedhof um!«

Esme joggte inzwischen unruhig auf der Stelle und fuchtelte dabei wie wild mit den Armen. »Schhh, äh... Ich weiß nicht, wie ich das sagen soll, aber...«

Tatsächlich musste sie nichts weiter sagen, denn in diesem Augenblick wurde der Riegel der Umkleidekabine hinter ihr ruckartig geöffnet. Die Tür schwang auf und heraus trat –

»Benedict!«, presste ich panisch heraus, sprang auf und schüttete heißen Tee auf meine nackten, in Flipflops steckenden Füße. »Au! Verdammt!«

Esme eilte zu mir, nahm mir die Tasse ab und lief dann in den Lagerraum, um etwas zum Aufwischen zu holen.

Womit sie uns allein ließ.

Meine Wangen fühlten sich noch heißer als meine verbrühten Zehen an.

»Holly Swift.« Benedicts braune Augen funkelten belustigt. Er trug nichts außer einem T-Shirt und Boxershorts. Wieder mal. »Wir müssen aufhören, uns immer wieder so über den Weg zu laufen.«

Ich habe gerade zugegeben, dass meine Mutter in deinem Garten Sex hatte.

»Das sollten wir wirklich.« Ich schluckte.

»Lady Fortescue hat Benedict mit ein paar Blumen von der Hochzeit als Dank hierhergeschickt«, erklärte Esme, die inzwischen vor mir kniete und den verschütteten Tee aufwischte. »Und er hat eine Hose mitgebracht, die geändert werden muss. Ist das nicht nett?«

Ich nickte mechanisch. »Sehr nett.«

Währenddessen überlegte ich verzweifelt, was ich gerade über ihn gesagt hatte. O mein Gott, ich hatte gesagt, dass ich ihn gut aussehend fand. Was beim zweiten Blick durchaus zutraf – mit seinen weichen Locken und den dunkelbraunen Augen. Obwohl er ganz offensichtlich nicht mein Typ war, denn alles, was ich bisher von ihm wusste, wies auf Unzuverlässigkeit und Verantwortungslosigkeit hin. Nicht gerade Eigenschaften, die ich bei einem Freund suchte. Freund? *Freund?* Was dachte ich da eigentlich? Ich stöhnte leise auf.

Esme gab ein schnaubendes Lachen von sich, wie sie da so vor mir auf dem Boden kniete. Nicht gerade hilfreich.

Benedict hob eine Hose vom Boden der Umkleidekabine auf und schlüpfte hinein. »Danke, Esme«, sagte er und trat in ein Paar ziemlich mitgenommen aussehender Chucks. »Ich hole sie dann am Mittwoch ab.«

»Mittwoch ist zu spät.« Die Worte waren draußen, bevor ich sie aufhalten konnte. »Sie fahren doch morgen nach London zurück.«

»Nein, tue ich nicht.« Er grinste und reichte Esme eine beige Leinenhose, deren Saum mit Stecknadeln versehen war. »Kleine Planänderung.« Er schlenderte zur Tür, öffnete sie lässig und drehte sich dann noch mal zu mir um. »Haben meine Eltern das nicht erwähnt? Ich übernehme eine Weile den Job von Pippa. Ich bin Ihr neuer Boss.«

»*Sie?!*« Ich riss den Mund auf.

»Wir treffen uns dann morgen im Büro. Kommen Sie nicht zu spät.« Und mit einem letzten Zwinkern war er verschwunden.

Ich sank auf die Chaiselongue zurück und starrte Esme fassungslos an. »Also«, sagte ich und fuhr mir mit der Zunge über meine ausgetrockneten Lippen, »um noch mal zusammenzufassen: Ich habe gerade vor meinem neuen Chef zugegeben, dass ich ihn attraktiv finde, dass es meine Mutter mit einem Fremden auf dem Sommerfest seiner Familie getrieben hat und dass *jeder* – wirklich jeder – mein Vater sein könnte.«

»Ja, keine schlechte Zusammenfassung.« Esme verbarg ihren Mund hinter der Hand.

»Montagmorgen dürfte ziemlich interessant werden«, stöhnte ich. »Nach all diesen Enthüllungen wird er mich nie im Leben ernst nehmen. Wie, um Himmels willen, soll ich jetzt noch für ihn arbeiten können?«

»Ich mag es gar nicht sagen ...« Esme sah mich zerknirscht an. »Aber du hast ihn auch einen Volltrottel genannt.«

Ich stöhnte und beobachtete, wie Benedict Fortescue in einem verstaubten Schrägheck davonfuhr, wobei er zuerst noch aus dem offenen Fenster herauswinkte. Hatte sich mein Traumjob soeben vielleicht in einen Albtraum verwandelt?

Kapitel 11

Es war der Montagmorgen nach Zaras Hochzeit. Ich war früh aufgestanden und noch vor der Arbeit joggen gegangen. In den letzten Wochen war ich kaum dazu gekommen. Noch immer war ich durch die Ereignisse des Wochenendes ganz durcheinander, und obwohl ich es ungern zugab – ich war auch etwas angespannt ob der Aussicht, mit meinem neuen Boss Benedict in einem Raum zu sitzen.

Wie meist half mir das Joggen, meine Gedanken zu ordnen, und ich fühlte mich wieder in der Lage, eine Strategie zu entwickeln, wie ich mit meinen angespannten Nerven an diesem ersten gemeinsamen Tag umgehen konnte. Ich würde ganz einfach ein Schwan sein. Ein anmutiger Schwan. Gelassen und auf der Oberfläche dahingleitend, während ich unterhalb der Oberfläche wie verrückt paddelte.

Theoretisch sollten die nächsten zwei Wochen auf Wickham Hall ruhig verlaufen. Zara und Philippe waren inzwischen weit weg in den Flitterwochen, während Lord und Lady Fortescue nach Südfrankreich geflogen waren, um sich dort für ein paar Tage zu erholen. Damit blieb nur noch ein Fortescue auf dem Anwesen zurück: Benedict.

Ziemlich unwahrscheinlich, dass der ruhig bleiben wird, dachte ich mit einem sarkastischen Lächeln.

Aber es war erst sieben Uhr. Zumindest würde ich vermutlich zwei Stunden arbeiten können, ehe er auftauchte. Ich hatte Tonnen zu tun und würde ihn vermutlich noch vor unserem ersten Meeting mit dem Rest der Angestellten auf den neuesten Stand bringen müssen, was die Vorbereitungen des Sommerfests betraf. Wenn ich mich nach den peinlichen Enthüllungen im *Joop* gestern dazu überwinden konnte, ihm überhaupt in die Augen zu schauen.

Schwan, Holly, denk an einen Schwan...

Ich rannte die Treppe zu meinem Büro hinauf, bereit, mich auf meine To-do-Liste zu stürzen. Doch ein Geräusch ließ mich abrupt innehalten: Jemand war schon da. Ich hörte, wie Schubladen zugeworfen und offenbar schwere Dinge irgendwohin geworfen wurden. Vor allem hörte ich jedoch eine kriminell schlechte Version von Taylor Swifts *Shake It Off*, die von einer männlichen Stimme laut gesungen wurde.

Ich konnte nicht anders. Ich musste lachen.

Ich hatte keine Ahnung, was Benedict da drinnen machte. Aber zumindest konnte man nicht behaupten, dass er langweilig war.

Ich holte tief Luft, atmete einmal durch, öffnete die Tür und –

»Oh.« Ich schluckte.

Pippas Schreibtisch, den ich so mühevoll aufgeräumt hatte, war total durchwühlt worden.

»Morgen, Miss Früher-Vogel«, begrüßte Benedict mich. »Konnten Sie nicht schlafen? Was ist passiert? Hat Sie Ihr Freund aus dem Bett geworfen, weil Sie zu laut schnarchen?« Er grinste und blies sich die Locken aus dem Gesicht, die ihm über sein linkes Auge herabhingen.

»Ich bin früher gekommen, um schon einmal vorzuarbeiten. Sieht so aus, als hätte ich schon einiges verpasst«, erwiderte ich und versuchte nicht allzu eindeutig auf das Chaos zu starren. Ich sah ihn blinzelnd an. »Und zu Ihrer Information: Ich schnarche nicht.«

»Gut zu wissen.« Er zwinkerte mir zu.

»Haben Sie eigentlich eine Ahnung, wie lange ich gebraucht habe, um in diesem Büro Ordnung zu schaffen?«, fragte ich ruhig.

Dieser Schwan-Plan funktionierte. Ich war ziemlich zufrieden mit mir. Man sah kaum ein Kräuseln auf der Wasseroberfläche. Innerlich wummerte es jedoch so, als ob ich einen Außenbordmotor verschluckt hätte.

»Äh.« Er runzelte die Stirn. »Nein?« Dann zuckte er mit den Schultern. »Jedenfalls gut, dass Sie jetzt hier sind. Nehmen Sie diese Schachtel.« Er hielt mir einen Pappkarton entgegen.

Ich ignorierte ihn. »Ich will ja nichts sagen, Ben... Benedict ...« Ich setzte mich an meinen Schreibtisch. »Wie soll ich Sie eigentlich nennen? Mr. Fortescue?«

»Offiziell heiße ich Right Honourable Mr. Benedict Fortescue. *Sie* können mich aber gern Ben nennen.« Er stellte die Schachtel ab und begann, irgendwelche Papiere und Bücher hineinzuwerfen.

»Wie ich schon sagte«, fuhr ich fort und räusperte mich, »freue ich mich darauf, mit Ihnen ... ich meine, *für* Sie zu arbeiten. Dennoch brauchen wir ein paar Regeln.«

»Tun wir das? Okay, dann zählen Sie mal auf«, erwiderte er mit einem kaum unterdrückten Lachen.

Ich sah mich in meiner ehemaligen Oase der Ruhe um und seufzte innerlich. Es gab nur zwei Orte auf dieser Erde, wo ich das Gefühl hatte, eine gewisse Kontrolle über meine Umgebung zu haben: mein Zimmer zu Hause und mein Büro. Benedict wusste das natürlich nicht, aber es war für mich ziemlich verstörend, dass mein wunderbar geordneter Platz in ein solches Durcheinander gestürzt worden war.

»Erinnern Sie mich daran, Sie nie in die Nähe meines Schlafzimmers zu lassen«, murmelte ich.

»Gehört das zu den Regeln?« Er sah mich mit funkelnden Augen an.

»Sorry, nein ...« Ich spürte, wie meine Wangen heiß wurden. Das hatte ich eigentlich nicht laut sagen wollen. Wieder versuchte ich, mich an dem Bild des Schwans festzuhalten. »Man kann am besten arbeiten, wenn der Arbeitsplatz ordentlich ist. Das ist erwiesen. Bis zum Sommerfest sind es nur noch vier Wochen, und es gibt eine geradezu unüberwindbare Menge an Arbeit zu tun. Darauf sollten wir uns vielleicht zuerst einmal konzentrieren. Und nicht gerade jetzt das Büro neu organisieren.«

Ben schob mit einer Armbewegung einige von Pippas Akten in die Kiste und sah mich über die Schulter belustigt an. »Genug geplaudert«, sagte er dann plötzlich mit ernster Miene. »Ich bin so früh gekommen, um mir mal einen Überblick zu verschaffen, ehe Sie eintreffen. Und jetzt sind *Sie* dabei, hier Unordnung zu stiften. Machen Sie sich wenigstens nützlich.«

»Und wie genau?«, gab ich zurück. »Indem ich alles wieder an seinen richtigen Platz stelle?«

»Hören Sie.« Er seufzte. »Das ist eine laufende Arbeit. Manchmal müssen die Dinge erst einmal schlimmer aussehen, ehe sie sich bessern können.«

Das stimmte. Mum und ich hatten am Tag zuvor begonnen, einige von Großvaters alten Sachen durchzusehen. Das Esszimmer war jetzt ganz offiziell zur Betreten-verboten-Zone geworden.

»Ich wollte nicht, dass wir uns gleich in die Haare kriegen. Ich dachte nur, ein kleiner Frühjahrsputz oder vielmehr Sommerputz wäre nicht schlecht. Reiner Tisch, Tabula rasa und all das.«

Ich verschränkte die Arme und dachte daran, wie makellos das Büro ausgesehen hatte, als ich es am Samstagnachmittag während der Hochzeit verlassen hatte.

»Hören Sie«, sagte er. »Wenn es Sie beruhigt, können wir die Schachteln gern für eine Weile in einer Ecke stapeln, um ganz sicherzugehen. Damit wir nicht doch plötzlich etwas davon brauchen. Einverstanden?«

»Einverstanden.«

»Aber alles, was wir uns nicht zwischen jetzt und Bonfire Night anschauen, wandert ins Feuer. Deal?«

»Das ist im November!«, rief ich.

»Stimmt. Dafür bekommen Sie einen Extrapunkt.« Er reichte mir erneut einen leeren Karton, und diesmal nahm ich ihn.

»Sie bleiben also eine Weile hier?«

Er grinste mich an. »Ist das ein Problem?«

»Ganz und gar nicht.« Ich lächelte.

Schwan, Holly. Denk an den Schwan.

Um acht Uhr hatte ich Durst, mir war heiß, und ich fühlte mich ziemlich verstaubt. Aber dafür waren die lose herumfliegenden Papiere in einer Ecke aufgestapelt, und ich musste zugeben, dass das Büro weniger vollgestopft aussah als zuvor.

Ben hatte mit keinem Wort meine gestrigen Bemerkungen bei Esme erwähnt, und dafür war ich sehr dankbar. Ich wollte gerade vorschlagen, dass ich uns eine Kanne Kaffee machen könnte, als er zur Tür marschierte.

»Kommen Sie«, sagte er und hielt die Tür auf. »Nachdem das Büro jetzt wieder ordentlicher ist, können wir gehen.«

»Wohin?«, fragte ich überrascht, während ich automatisch meine Handtasche nahm.

»Zum Festivalgelände. Bis zum Sommerfest sind es noch vier Wochen, und es gibt eine unüberwindbare Menge an Arbeit, wissen Sie.«

Wir verließen das Herrenhaus und überquerten den Vorplatz in Richtung *Coach House Café*, als eine Harley-Davidson knatternd an uns vorbeifuhr. Eine große Gestalt, von Kopf bis Fuß in Leder gekleidet, saß auf dem Motorrad. Sie verschwand in dem Bereich hinter dem Café, der für Lieferungen reserviert war. Der Motor verstummte.

»Sollten wir uns Sorgen machen – was meinen Sie?«, fragte ich und blickte zu Ben hoch.

Ben schnalzte amüsiert mit der Zunge. »Machen Sie sich jemals *keine* Sorgen?«

Ich war noch dabei, mir eine passende Erwiderung zu überlegen, als der Motorradfahrer vor dem Eingang zum Café erschien. Er hob grüßend eine Hand und nahm dann den Helm ab, sodass eine Mähne von langen, auberginefarbenen Haaren zum Vorschein kam.

»Jenny! Ich wusste gar nicht, dass Sie Motorrad fahren.«

»Guten Morgen, Benedict. Morgen, Holly«, sagte sie grinsend. »Ja, tue ich. Die Harley gehört allerdings meinem Vater.«

Ben sah wehmütig zu der Stelle, wo Jenny das Motorrad

abgestellt hatte. »Ihr Vater ist damit jeden Tag nach Wickham Hall gefahren. Einmal hat er mich sogar darauf mitgenommen. Das werde ich nie vergessen. Danach habe ich ewig auf meine Eltern eingeredet, weil ich auch ein Motorrad wollte. Er war ein guter Mann, Ihr Vater.«

Jenny nickte und seufzte tief. »Das war er.«

»Jennys Vater war jahrzehntelang Chauffeur und Mechaniker hier auf Wickham Hall, bis zur Rente«, erklärte mir Ben, während Jenny ihren Helm beiseitelegte und das Café aufsperrte. »Zu Zeiten meines Großvaters war die Garage voller Autos, von einem Rolls-Royce bis zu einem Aston Martin. Jetzt haben wir alle vernünftige Wagen und Quads, um auf dem Gelände herumzufahren.«

»Oh, ich wollte schon immer mal auf einem dieser Quads sitzen«, sagte ich. »Die fahren ziemlich schnell, oder?«

Benedict nickte. »Meine Freunde und ich sind früher damit gern durch den Park gedüst. Macht echt Spaß, vor allem in der Dunkelheit. Ich nehme Sie mal mit. Ich würde zu gerne sehen, wie Sie sind, wenn Sie aus sich herausgehen.«

Ich wusste nicht, was ich darauf antworten sollte, weshalb ich stattdessen Jennys Helm aufhob und ihn ihr reichte.

»Danke. Kommen Sie heute beide zum Meeting des Festivalkomitees?«, wollte die Köchin wissen, während sie den Reißverschluss ihrer Lederjacke aufmachte.

Das Meeting sollte in dem Zimmer stattfinden, in dem ich auch mein Vorstellungsgespräch gehabt hatte. Gewöhnlich stand Sheila dem Komitee vor, und Nikki, Jenny und Andy sowie jemand von *Radio Henley* und die Sommerfest-Sponsoren waren Mitglieder. Und ich.

»Nur ich«, antwortete Benedict. »Holly hat eine *unüberwindbare* Menge an Arbeit. Wir befinden uns gerade auf dem

Weg zum Festivalgelände. Ich muss mir das mal wieder anschauen. Holly wird mir erklären, was bisher alles passiert ist, und dann sollte ich schon ein paar neue Vorschläge haben, wenn wir uns nachher treffen.«

»*Neue* Vorschläge?«, fragte ich und sah ihn an. »Ich bin mir nicht sicher, ob es eine gute Idee ist, so spät noch etwas Neues vorzuschlagen. Und ich komme mit zu dem Meeting.«

Jenny zwinkerte mir zu. »Dann sehen wir uns alle also später.« Damit verschwand sie leise lachend im Café.

Ben und ich liefen weiter über den Vorplatz und durch den Formalen Garten.

»Es muss unglaublich sein, all das als Kind zur Verfügung zu haben«, meinte ich, während wir zwischen den Bäumen neben der Wasserkaskade dahinliefen, die zum Park hinunterführte.

»Es war großartig«, erwiderte Ben schlicht. »Ich hatte Höhlen und Baumhöhlen, in denen ich mich verstecken konnte, Seile zum Schaukeln ... Einmal haben wir uns eine BMX-Bahn gebaut.«

Wir traten aus der Baumgruppe. Vor uns lag die Parklandschaft, wo in der Ferne rotbraune Rehe und Hirsche grasten. »Ich glaube, ich werde dieses Ausblicks nie müde werden«, meinte ich.

»Es ist schön, hierher zurückzukommen«, stimmte Ben zu. »Zumindest für eine Weile.«

Ich runzelte die Stirn und fragte mich, was er wohl genau damit meinte. Doch bevor ich nachhaken konnte, lief er schon weiter.

Bis wir an einem breiten Pfad anhielten, der zum Fluss hinunterführte, hatte ich Ben bereits begeistert von den

Highlights erzählt, die das diesjährige Sommerfest krönen sollten.

»Schwer, sich das hier vorzustellen, nicht wahr?«, meinte Ben, als wir einen Moment lang dastanden und das Gelände vor uns betrachteten.

Das Festivalgelände war eine zwei Hektar große Gegend aus Wiese, die auf drei Seiten umzäunt werden sollte. An der vierten Seite floss der Fluss. Ein zweites angrenzendes Gebiet würde ebenfalls abgesteckt werden, damit die Aussteller dort ihre Wohnwagen und Zelte aufstellen konnten. Noch wirkte alles unberührt, doch in zwei Wochen sollten die beauftragten Firmen eintreffen, die Festzelte, Ausstellungsstände und Toiletten aufbauen und so das Feld in ein kleines Dorf samt vorübergehenden Straßen und eigener Stromversorgung verwandeln.

»Ich bin hier oft als Besucherin gewesen, aber ich hatte natürlich keine Ahnung, wie viel Arbeit hineingesteckt werden muss.«

Das Festival war eine sehr komplexe Angelegenheit, immerhin wurden in den drei Tagen mehr als zwanzigtausend Besucher erwartet.

»O ja«, sagte Ben und schnipste mit den Fingern, als ob ihm gerade etwas eingefallen wäre. »Ich hatte vergessen, dass das Sommerfest in Ihrem Herzen ja einen besonderen Platz einnimmt.«

»Nimmt es.« Ich nickte. »Ich erinnere mich noch daran, als es in einem Jahr so heiß war…« Ich brach ab, als ich bemerkte, wie er mich grinsend betrachtete. »Oh, *das* meinen Sie. Hören Sie, es tut mir wirklich leid, dass Sie gestern mitbekommen mussten, wie ich Esme mein Herz ausgeschüttet habe.«

Er hielt beide Hände hoch. »Nein, nein. Mir tut es leid. Ich sollte Sie nicht damit aufziehen.« Er sah mir in die Augen. »Sie meinten, Ihre Mutter würde einen Arzt aufsuchen oder so. Ich hoffe, es geht ihr gut.«

Ich nickte und befürchtete, dass mein Schwan dank meiner pinken Wangen eher einem Flamingo ähnelte. »Danke.« Ich räusperte mich. »Also, was das Meeting betrifft ...« Ich hob eine Hand, um meine Augen vor der Sonne zu schützen, aber vor allem, damit Benedict mein Gesicht nicht sehen konnte. »*Radio Henley* hat bereits mit seiner Werbekampagne begonnen. Die Prospekte sind gedruckt, und alle, die bei den Vorzeigegärten mitmachen wollen, haben ihre Bewerbungen eingereicht – einschließlich Nikki. Bitte«, sagte ich, ließ meine Hand sinken und sah ihn an, »bitte halten Sie sich mit neuen Vorschlägen ein wenig zurück.«

»Einverstanden.« Ben nickte.

»Okay.« Erleichtert seufzte ich auf.

»Kommen Sie. Gehen wir ins Büro zurück. Ist Ihnen eigentlich klar, dass es fast neun ist und Sie mir bisher noch keine einzige Tasse Tee gemacht haben?«

»Was!« Vor Empörung klappte mir die Kinnlade herunter.

Er brach in Gelächter aus und legte mir lose den Arm um die Schultern. »Ich mache nur Witze. Gehen wir zu Jenny und sehen mal, ob sie etwas Tee und Toast für uns hat.«

»Das ist gut«, sagte ich gespielt kühl, wobei ich mir selbst nicht sicher war, ob ich damit den Frühstücksvorschlag meinte oder mich auf das Gefühl bezog, als es mir vor Aufregung gerade kalt den Rücken hinuntergelaufen war.

Kapitel 12

Am frühen Nachmittag kehrten Ben und ich ins Büro zurück. Bens erste Sommerfest-Sitzung war ein voller Erfolg gewesen, und ich musste zugeben, dass es in seiner Gegenwart lebhafter zugegangen war als mit seinem Vater.

Allerdings hatten sich meine Aufgaben auch mehr oder weniger verdoppelt. Bisher hatte ich noch keinen Punkt auf meiner Liste abarbeiten können, und das machte mich ein wenig nervös. Vor allem konnte ich nach unserer Büroräumerei kein einziges Dokument finden, das ich brauchte. Inzwischen war auch noch ein Kurier aufgetaucht, den Ben bestellt hatte. Der Mann war mehrmals zwischen Büro und Transporter hin und her gelaufen, um uns ein paar geheimnisvolle große Pakete zu bringen, die Ben noch lebhafter werden ließen: Als der Kurier weg war, riss Ben die Pakete auf, während er unmelodisch vor sich hin summte. Ich tat mein Bestes, nicht auf ihn zu achten, und mich stattdessen auf meine Arbeit zu konzentrieren.

Ich öffnete ein neues Dokument auf meinem Laptop und tippte: *Dreißig Dinge, die man auf Wickham Hall tun kann.* Das war der erste Punkt einer ganzen Liste von Dingen, die ich nun nach dem morgendlichen Meeting meinen bisherigen Aufgaben hatte hinzufügen müssen.

Ben hatte ungeniert meinen Rat ignoriert, zu diesem späten Zeitpunkt keine neuen Vorschläge zu machen. Die erste halbe Stunde des Meetings hatte er damit verbracht, stumm einen Turm aus Untersetzern zu bauen.

Doch gerade als ich dabei war, den anderen meinen Plan für eine Kinderschatzsuche darzulegen, kippte er auf einmal auf seinem Stuhl zurück, verschränkte die Finger hinterm Kopf und blies nachdenklich die Backen auf. »Das klingt alles fantastisch«, sagte er und schenkte den versammelten Komiteemitgliedern ein strahlendes Lächeln.

Es war das Erste, was er von sich gab, und alle anderen starrten ihn überrascht an. Andys Blick war dabei allerdings eher bewundernd gewesen, während Samantha von *Radio Henley* schneller dahinschmolz als ein Maracujaeis in der prallen Sonne.

»Aber ich befürchte, dass wir eine gute Gelegenheit verpassen, das zu feiern, was meine Eltern in den vergangenen dreißig Jahren hier in Wickham Hall erreicht haben.«

»Bei allem Respekt, Benedict«, erklärte Sheila, die dem Komitee vorstand, »Lord Fortescue hat diesen Meetings bisher jede Woche beigewohnt und das dreißigjährige Jubiläum Ihrer Eltern kein einziges Mal erwähnt.«

»Ach, er ist zu bescheiden«, antwortete Benedict und ließ einen Untersetzer von der Tischkante springen, um zu versuchen, ihn aufzufangen. Doch er fiel zu Boden. »Keiner der beiden möchte eine große Sache daraus machen. Es ist also an uns, das für sie zu tun.«

Jenny stimmte zu und verwies darauf, wie viele Leute von dem *Coach House Café* profitiert hatten, das die Fortescues in den frühen Neunzigerjahren hatten einrichten lassen. »Nicht nur die Gäste, sondern auch die Angestellten. Das Café arbeitet eng mit der Fachschule für Hotel- und Gaststättengewerbe in Stratford zusammen. Über die Jahre haben wir Hunderte von jungen Menschen ausgebildet, einschließlich mich«, sagte sie und wickelte eine Haarsträhne um ihren Zeigefinger. »Ich weiß nicht, was ich ohne diesen Ort getan hätte.«

»Und auch die Gartenanlagen verdanken Ihren Eltern sehr viel«, fügte Nikki hinzu und reichte ihr Handy herum, damit wir uns ihre neuesten Bilder ansehen konnten. »Seht nur, wie fantastisch der Irrgarten dieses Jahr ausschaut. Nehmen Sie es nicht persönlich, Benedict, aber Ihr Großvater war mehr an Autos als an Besuchern interessiert, und die Gärten wurden nicht genügend gepflegt, um die Öffentlichkeit herbeizulocken. Der italienische Senkgarten sah angeblich wie das zugewachsene Schloss aus *Dornröschen* aus, was mir so erzählt wurde. Und den Rhododendron konnte man sowieso nur noch als zügellos bezeichnen.«

Ich musste an meine Mutter und jenen Unbekannten denken, der mein Vater werden sollte, und wie sie sich vermutlich in dem zügellos wuchernden Rhododendron vergnügt hatten. Hastig fasste ich nach meinem Glas mit Wasser und nahm einen tiefen Schluck.

»Holly, Ihre Idee mit den verborgenen Schätzen ist natürlich weiterhin großartig. Wirklich einfallsreich«, sagte Benedict nickend. »Aber ich glaube, wir können da noch einen Schritt weitergehen.«

Sheila warf demonstrativ einen Blick auf ihre Armbanduhr. »Und woran hatten Sie so gedacht?«

»So vieles, was Wickham Hall auszeichnet, hat mit meinen Eltern zu tun, und ich finde, das sollten wir auf irgendeine Weise würdigen.« Ben sah mich direkt an, während ich gerade dabei war, aus meinem Terminkalender den Punkt *Schatzsuche-Hinweise anfertigen* zu streichen. »Hat jemand eine Idee, wie wir das tun könnten?«

Andy, der für Ben einen Platz frei gehalten hatte, als wir eintrafen, war auf seinem Stuhl derart nahe an ihn herangerückt, dass ich mich fragte, warum er sich nicht gleich auf Bens Schoß setzte. »Wie wäre es mit einer Reihe von Aktivitäten rund um die Zahl Dreißig? Ich könnte zum Beispiel im Laden eine Reihe von Geschenken zusammenstellen, die alle unter dreißig Pfund kosten.«

»O ja!« Samantha wedelte begeistert mit der Hand. »Wir könnten unsere Zuhörer bitten, bei uns anzurufen und uns ihre Erinnerungen an das Sommerfest zu erzählen, und unter den Anrufern dreißig Paar Eintrittskarten verlosen.«

In der folgenden halben Stunde überschlugen sich alle mit Ideen für Aktivitäten rund um die Zahl Dreißig: Nikki wollte ein Blumenbeet in der Form einer Drei und einer Null aus weißen Geranien anlegen und es am Eingang zur Gartenschau positionieren. Jenny wollte ein besonderes Menü für dreißig Pfund pro Person für das Freiluftrestaurant entwerfen, während mir eine Reihe von Pressemitteilungen unter dem Titel »Dreißig Dinge, die ...« vorschwebten.

Und nun saß ich hier im Büro. Um die erste dieser Pressemitteilungen zu verfassen.

Ich musste zugeben, dass Ben recht hatte: Die Fortescues waren zu bescheiden, um öffentlich auf ihr dreißigjähriges Jubiläum hinzuweisen. Lord Fortescue war es jedenfalls. Also war es unsere Aufgabe, sie angemessen zu würdigen. Es war eine liebevolle Idee von Ben, das vorzuschlagen, und seine Eltern würden bestimmt tief berührt sein, wenn sie erfuhren, dass der Gedanke von ihrem Sohn stammte. Außerdem hatte mir seine Art, wie er über Wickham Hall geredet hatte, deutlich gezeigt, dass er mit diesem Ort sehr verbunden war. So wie ich.

Es gab also etwas, worauf wir uns einigen konnten. Im Gegensatz zu der farbbespritzten Staffelei aus Holz, die er gerade auspackte und offenbar vor dem Fenster in unserem Büro aufbauen wollte. Ich beobachtete, wie er einige Behälter mit Pinseln auf das ausgeräumte Regal oberhalb des Druckers stellte. Hatte er etwa vor, hier drinnen zu malen? Und wann wollte er eigentlich mit der Arbeit anfangen? Bisher hatte ich nur erlebt, dass er wahrlich nicht schlecht darin war, die Dinge weiterzudelegieren.

»Sie sind also ein Künstler?«, fragte ich und wischte die Flocken aus getrockneter Farbe weg, die es auf meinen Schreibtisch geregnet hatte.

»Ja, ich male vor allem Landschaften.« Ben enthüllte eine Leinwand und hielt sie auf Armeslänge von sich weg, um sie besser betrachten zu können. Er legte den Kopf zur Seite, gab einen seltsamen Grunzlaut von sich und lehnte sie dann an die Wand. Ich hätte zu gern gesehen, was sich darauf befand, aber die bemalte Seite war nicht zu sehen.

»Und warum haben Sie dann Pippas Job übernommen?«

»Mum und Dad wollen unbedingt, dass ich mich hier besser auskenne. Sie wissen wahrscheinlich schon, dass ich in fünf Jahren die Nachfolge antreten soll?«

Ich nickte und dachte an unsere fehlgeschlagene Pressekonferenz. »Und Sie wollen das nicht?«

Er runzelte die Stirn, und ich fragte mich, ob ich zu weit gegangen war. »Ich bin noch nicht bereit, diese Verantwortung zu übernehmen«, sagte er schließlich.

»Weshalb sind Sie dann jetzt hier?«

Er grinste ein wenig verlegen, während er eine leere Leinwand auspackte und auf die Staffelei stellte. »Ich habe vergessen, die Pacht für mein Londoner Atelier zu verlängern. Man hat mich rausgeworfen. Inzwischen habe ich zwar ein neues Atelier ausfindig gemacht, aber das wird erst im Januar frei. Deshalb kam mir die Aufgabe hier, ehrlich gesagt, gerade recht.«

Ben wollte nur bis Weihnachten in Wickham Hall bleiben. Was wohl Lord und Lady Fortescue davon halten würden? Was hielt *ich* davon?

»Gut«, meinte ich, weil ich nicht wusste, was ich sonst sagen sollte. »Dass Sie ein neues Atelier gefunden haben, meine ich – nicht, dass Sie dann nach London zurückgehen.«

Oh Mann, jetzt lachte er schon wieder vor sich hin!

»Verstehe.« Zum ersten Mal an diesem Tag setzte er sich hinter Pippas Schreibtisch und zog das Telefon zu sich. Ich atmete erleichtert auf. Endlich sah es so aus, als würde er etwas Konstruktives machen.

Er grinste mich an. »Jetzt hören Sie mal mit dem ständigen Gerede auf. Ich habe nämlich wirklich viel zu tun.«

Ich verdrehte die Augen. »Sie sind so was von un–«

»Unwiderstehlich?«, schlug er vor und durchsuchte, ohne aufzublicken, seine Schreibtischschubladen.

»Nein«, stotterte ich. »Un–«

»Oh, Holly«, unterbrach er mich erneut und sah mich diesmal an, nur um ein gespielt trauriges Gesicht zu machen. »Bitte sagen Sie jetzt nicht unverantwortlich. Das wäre wirklich nicht –«

»Unmöglich«, brachte ich endlich heraus.

Er tat so, als würde er seinen Mund mit einem Reißverschluss verschließen, und ich musste wider Willen lächeln.

Vielleicht wirklich ein bisschen unmöglich, aber auch ziemlich unwiderstehlich.

Eine halbe Stunde später hatte ich aufgegeben, so zu tun, als würde ich arbeiten. Ben lenkte mich einfach zu sehr ab. Nicht weil er seine vollen Lippen schürzte, wenn er sich konzentrierte, oder weil die Nachmittagssonne Schatten auf sein Gesicht warf oder weil mir ein frischer, zitronenhafter Duft jedes Mal in die Nase stieg, wenn er in meine Nähe kam – sondern weil er Probleme mit dem zu haben schien, was er gerade tat, was es auch immer sein mochte. Er murmelte jedenfalls vor sich hin, schnalzte ungeduldig mit der Zunge und knallte das Telefon auf die Ladestation.

»Benedict«, sagte ich schließlich und benutzte bewusst seinen ganzen Namen. Ich klappte meinen Laptop zu und wandte mich ihm zu. »Was genau machen Sie da eigentlich gerade?«

Er hatte das Kinn aufgestützt und trommelte mit den Fingern auf einen leeren Notizblock. »Ich dachte mir, wenn das ganze Team etwas Besonderes für das dreißigjährige Jubiläum meiner Eltern macht, dann sollte ich das auch tun.«

»Gute Idee«, sagte ich, stand auf und ging zur Kaffeemaschine hinüber. »Kaffee?«

»Ja, bitte.« Er streckte die Arme über dem Kopf. »Der weckt mich vielleicht wieder etwas auf. Ich dachte, ich könnte eine Art fotografische Retrospektive anfertigen – ein Blick zurück auf dreißig Jahre Sommerfest. Vielleicht könnten wir die Bilder dann in einem der Festzelte aufhängen.«

»Eine schöne Idee«, sagte ich. »Bisher haben wir noch gar nichts Künstlerisches. Wo liegt also das Problem?«

»Von 1990 an haben wir einen professionellen Fotografen

engagiert. Das ist also in Ordnung, da kann ich Sheila bitten, mir die Bilder zu geben. Sie meinte, sie habe sie auf einer CD. Aber jetzt geht es um die ersten sechs Jahre. Da habe ich so meine Schwierigkeiten, irgendwelche Bilder aufzutreiben.«

»Wie sieht es mit alten Festivalprogrammen aus? Davon muss es doch ein paar auf dem Regal gegeben haben, das Sie heute Morgen ausgeräumt haben.« Meine Mundwinkel zuckten. »Unter den anderen Dingen, von denen Sie behaupteten, dass wir sie nicht mehr brauchen würden.«

Ben warf mir einen amüsierten Blick zu. »Tut mir leid, wenn ich Sie enttäuschen muss, aber das waren alles neuere Programme. Was ich ausfindig machen muss, sind ein paar alte Ausgaben der *Wickham and Hoxley News*. Das war damals das Lokalblättchen, das jedes Jahr über das Festival berichtet hat, bis es von einer größeren regionalen Zeitung geschluckt wurde. Und als ich dort gerade anrief und nach ihrem Archiv fragte, hieß es, dass es das nicht mehr gebe.«

Ich nickte. »Ich erinnere mich. Die Zeitung hat auch über alle unsere Schulaufführungen berichtet.«

Ben schob seinen Stuhl zurück und legte die Füße auf den Schreibtisch. »Wenn ich den Fotograf ausfindig machen kann, der damals für das Blatt gearbeitet hat, könnte der mir wahrscheinlich die Negative geben.« Er fuhr sich mit einer Hand durch seine Haare und zuckte dann mit den Achseln. »Aber wo um Himmels willen soll ich noch dreißig Jahre alte Ausgaben von einer Zeitung herkriegen, die es schon lange nicht mehr gibt?«

Mir kam da eine Idee. Ich stellte ihm eine Tasse mit Kaffee hin. Dann holte ich tief Luft. »Also, hören Sie. Ich habe einen Vorschlag: Wenn Sie mich jetzt eine Stunde lang in

Ruhe arbeiten lassen, dann werde ich sehen, ob ich nicht ein paar Ausgaben dieser alten Zeitung für Sie auftreiben kann. Einverstanden?«

»Wirklich?«, fragte Ben und strahlte mich an. »In diesem Fall lasse ich Sie gern in Ruhe. Ich glaube, für heute habe ich sowieso genug für mein Geld getan.« Er nahm seinen Kaffee und verließ das Büro.

Ich setzte mich und schrieb ungestört die lästige Pressemitteilung zu Ende. Oh ja, ich wusste genau, wo ich Ausgaben der *Wickham and Hoxley News* finden würde, die bis zum Juli 1984 zurückreichten.

In unserem Esszimmer zu Hause.

Ich hatte mich mit Esme nach der Arbeit auf einen Wein verabredet. Sie habe Neuigkeiten, hatte sie erklärt, und müsse dringend mit mir reden. Sie stand bereits an der Theke, als ich eintraf, und nahm gerade eine Flasche Sauvignon Blanc und zwei Gläser entgegen.

Wir ließen uns an einem freien Tisch in einer Ecke nieder. Esme schenkte den Wein ein, während ich aus meinen Schuhen schlüpfte und erleichtert meine Zehen bewegte.

»Hier, bitte. Prost«, sagte Esme und schob mir ein volles Glas hin. Sie kicherte. »Du hättest dein Gesicht gestern sehen sollen, als Benedict Fortescue aus der Umkleidekabine aufgetaucht ist.«

»Bitte erinnere mich nicht daran.« Ich schüttelte mich. »Wenn ich nur an all die Dinge denke, die ich dir erzählt habe ...«

»Und dann stellt sich noch heraus, dass er dein neuer Chef ist. Du hast allerdings recht: Er ist nicht schlecht gebaut. Du Glückliche.«

»Ich bin mir nicht sicher, ob glücklich das richtige Wort ist«, gab ich zurück und leckte mir über die Lippen. »Wobei ich zugeben muss, dass er meine Indiskretion nicht weiter erwähnt hat. Oder vielmehr war er sehr nett, was Mum betraf. Und heute war auch der erste Tag, an dem ich ihn *mit* Hose begrüßt habe. Das war also ein echter Fortschritt.«

Sie schaute mich mit hochgezogenen Augenbrauen über ihr Weinglas hinweg an. »Ach, ich weiß nicht...«

Wir mussten beide kichern.

»Ich glaube, ihr werdet gut zusammenpassen«, meinte Esme nachdenklich. »Yin und Yang, Gegensätze ziehen sich an und all das.«

»Nein. Männer stehen nicht mehr auf meiner Agenda«, gab ich zurück. Und selbst wenn – mir gefiel der verknitterte Künstler-Look nicht. »Von meinem Vater einmal abgesehen.«

»Ich meinte eigentlich als Kollegen«, grinste sie. »Aber erzähl: Hat deine Mutter noch mehr verraten?«

Ich schüttelte den Kopf. »Noch nicht. Aber ich habe das dumpfe Gefühl, dass sie mir vielleicht offener von der ganzen Geschichte erzählen würde, wenn ich zur Wurzel ihrer Sammelwut vorstoßen könnte. Und deshalb hat das für mich momentan oberste Priorität. Außerdem gibt sie sich wirklich Mühe. Was ich toll finde.«

Esmes Augen glitzerten. »Ich bin so stolz auf dich, Holly. Die Art, wie du mit den Steinen, die das Leben dir in den Weg legt, zurechtkommst... Du bist für mich wirklich ein Vorbild. Ich wünschte, ich hätte auch nur die Hälfte deiner Entschlossenheit.« Sie senkte den Kopf und starrte in ihr Glas.

Schlagartig erinnerte ich mich daran, dass wir uns ja eigentlich getroffen hatten, um über ihre Neuigkeiten zu reden. »Das ist sehr lieb von dir, Es«, meinte ich und legte meine Hand auf ihre. »Aber genug von mir. Warum wolltest du mich unbedingt sehen?«

Meine beste Freundin sah mich einen Moment lang eindringlich an. »Mum hat tatsächlich rheumatoide Arthritis. Sie ist heute endlich beim Arzt gewesen.«

Ich drückte ihre Hand. »Das tut mir leid.«

Sie schenkte mir ein schwaches Lächeln. »Es kann noch ewig dauern, bis es ganz ausbricht, und vielleicht wird sie es auch nie so schlimm bekommen wie Großmutter. Aber dennoch müssen wir uns überlegen, was das für das *Joop* bedeutet. Wir sitzen auf ziemlich vielen Sommerklamotten, was bedeutet, dass wir wenig Geld flüssig haben. Gleichzeitig brauchen wir etwas für Mum, womit sie sich sinnvoll beschäftigen kann, nachdem sie jetzt nicht mehr nähen kann. Und ich brauche auch eine neue Herausforderung.«

»Du brauchst einen Plan. Zum Glück hast du ja eine Freundin, die nichts lieber tut, als Pläne zu schmieden.« Ich grinste. »Was bedeutet dir am meisten?«

»Mode«, erwiderte sie sofort und drehte ihre Locken im Nacken zu einem Knoten. »Vintage, Retro, Haute Couture ... Ich würde liebend gern etwas Ausgefalleneres als das machen, was wir so verkaufen. Aber da kommt eben wieder unser Geldproblem ins Spiel.«

Ich nickte nachdenklich. »Du willst das, was ihr in eurer Boutique anbietet, ausweiten, ohne zu viel im Voraus investieren zu müssen.«

»Genau. Und das würde hoffentlich bedeuten, dass ich nicht für den Rest meines Lebens die Hosen von verwöhnten Lords abändern muss, um mich über Wasser zu halten.«

Wir sahen uns an, und ich musste an Ben denken, wie er

in seinen Boxershorts in der Umkleidekabine vom *Joop* gestanden hatte.

In einem Zug trank ich mein Glas leer und schob es über den Tisch. »Ich werde darüber nachdenken. Versprochen«, meinte ich, stand auf und gab Esme einen Kuss auf die Wange. »Aber jetzt habe ich leider eine Verabredung mit 1984.«

Kapitel 13

Am nächsten Morgen traf ich kurz vor neun in Wickham Hall ein. Ich blieb vor dem Büro stehen, hielt die Luft an und lauschte. War Ben bereits da, vor sich hin summend und Farbe auf die Leinwand spritzend? Stille. Und als ich die Bürotür aufmachte, waren da weder Ben noch seine Staffelei.

Die Luft im Zimmer war stickig. Nachdem ich also meinen Stapel Zeitungen auf Bens Schreibtisch abgelegt hatte, stieß ich das Fenster auf und blickte hinaus in die Gärten.

Und dort war er. Hinter den Mustern der eingefassten Beete, am äußersten Rand des Formalen Gartens stand Benedict vor seiner Staffelei und malte. Dabei schaute er nicht in Richtung Herrenhaus, sondern zum Park mit den Hirschen hinüber.

Ohne einen zweiten Blick auf meinen Kalender, auf meine To-do-Liste oder in meine zweifelsohne überquellende Inbox zu werfen, machte ich uns einen Tee und entfloh aus den düsteren und heißen Räumen hinaus in die Schönheit des Gartens.

Ben trug Flipflops, ein T-Shirt und eine kurze Hose. Ein farbverschmierter Lappen hing aus seiner hinteren Hosentasche, und er schien völlig in sich versunken zu sein, wie er da so stand, den Pinsel in der einen und eine Farbpalette in der anderen Hand.

Ich räusperte mich leise, als ich näher kam, um ihn nicht zu erschrecken. »Guten Morgen, Boss. Ich habe Ihnen einen Tee gebracht.«

Ben sah mich an, doch zuerst wirkte er so, als würde er mich gar nicht wahrnehmen. Dann schüttelte er den Kopf und lächelte. »Du meine Güte, wie viel Uhr ist es denn schon?«

»Circa neun.« Ich reichte ihm eine Tasse, und er lächelte dankbar.

»Danke«, sagte er zwischen zwei Schlücken. »Ah. Nektar. Ich war gerade dabei auszutrocknen. Bin schon seit Stunden hier draußen.«

Ich warf einen Blick auf die Leinwand, an der er gerade arbeitete. »Darf ich?«

Ben nickte, und ich trat näher an die Staffelei heran. »Oh, wow!« Ich starrte auf das Bild. »Sie sind ja richtig gut!«

Er lachte und tat so, als müsste er rückwärtsstolpern. »Endlich erkennen Sie meine Talente. Es gibt doch immer wieder Wunder.«

Das Bild bestand zu neunzig Prozent aus Himmel. Unten rosa, durchsetzt von einem leuchtenden Orange, das in ein blasses Silberblau weiter oben überging. Den unteren Rand des Bildes rahmten schemenhafte Baumwipfel, hinter denen sich ein glitzernder Sprühregen erhob und in der Luft auflöste. Die Farben waren so eindringlich, dass ich beinahe glaubte, die Sonne auf meinem Gesicht zu spüren.

»Betrachten Sie mich als schwer beeindruckt«, meinte ich lachend. »Dieser Himmel ist fantastisch.«

»Wissen Sie«, sagte er und schob sich einen Pinsel zwischen die Locken, »ich könnte den Himmel jeden Tag für den Rest meines Lebens malen, und es würde nie das gleiche Bild herauskommen. Und ein Morgenhimmel wie dieser ist sowieso meine liebste Form.«

»Sie waren schon zu Sonnenaufgang hier draußen?«, fragte ich und zog eine Augenbraue hoch. »Sie überraschen mich immer wieder.«

»Wickham Hall ist einer der schönsten Orte zum Malen.« Seine Lippen zuckten belustigt. »Ich wollte heute den oberen Teil der Fontäne einfangen, aber eigentlich bevorzuge ich einen anderen Ausblick.«

Ich unterdrückte ein Lächeln. Was auch immer Ben behauptete, wenn es um die Übernahme von Wickham Hall ging – es war nicht zu übersehen, wie sehr er daran hing.

»Und wo ist Ihr bevorzugter Platz?«, wollte ich wissen, wobei ich mein Gesicht hinter meiner Tasse verbarg.

»Sehen Sie den Hügel da drüben?« Er legte seine Hand auf meine Schulter und drehte mich, sodass ich in Richtung Westen auf den Park von Wickham Hall blickte. In der Ferne entdeckte ich einen Hügel, der fast an der Grenze des Anwesens lag.

Ich nickte.

»Wenn Sie nie auf diesem Hügel gesessen und an einem Sommertag auf den Sonnenaufgang gewartet haben, dann haben Sie noch nicht gelebt.«

»Sonnenaufgänge sind also Ihr Ding, was?«, fragte ich, mir seiner Hand auf meinem Rücken mehr als bewusst.

Er zuckte mit den Schultern und trank einen Schluck Tee. »Ein milchiges Mondlicht auf einem See und ein Himmel voller Sterne können auch etwas Magisches haben. Ich bevorzuge weder das eine noch das andere.«

»Das klingt wirklich magisch.« Ich dachte einen Moment nach. »Ich bin mir nicht sicher, ob ich jemals einen Sonnenaufgang miterlebt habe.«

»Nun, *ich* bin mir sicher, dass sich das ändern lässt.« Er lächelte, trank seinen Tee aus und reichte mir seine Tasse.

»So wie eine Fahrt mit einem Quad?«, gab ich zurück. »Vielleicht eine Quadfahrt zu Sonnenaufgang?«

»Oh, nein.« Er schüttelte gespielt schockiert den Kopf. Dann zog er den Pinsel wieder hinter seinem Ohr hervor. »Beim Sonnenaufgang geht es um Ruhe und Stille und darum, dass man sich eins mit der Welt fühlt.« Und mit diesen Worten wandte er sich wieder seinem Bild zu.

Ich war noch nicht bereit, die warme morgendliche Luft und den Anblick des Gartens hinter mir zu lassen, darum setzte ich mich vor die Staffelei auf die oberste Stufe. Die Hitze des Tages war bereits zu spüren, und ich hob meine Haare aus meinem Nacken.

»Sie sind sehr ablenkend, wenn Sie das tun«, murmelte Ben.

»Oh. Tut mir leid.« Ich stand auf und nahm die Tassen. »Dann gehe ich wieder ins Büro zurück und störe Sie nicht weiter.«

»Nein, nein. Bleiben Sie noch einen Moment und heben Sie Ihre Haare hoch.« Er bedeutete mir, die Tassen wieder abzustellen.

»Warum?« Ich lachte, während ich seiner Bitte folgte. »Ich schwöre, ich habe mich hinter den Ohren gewaschen.«

Ich fuhr mir mit den Händen durch die Haare und zog sie so zusammen, dass sie alle in eine Hand passten. Ben nahm den Pinsel aus seinem Mund und legte ihn auf den Rand seiner Staffelei. »Drehen Sie Ihren Kopf«, murmelte er. Er fasste nach meinem Kinn und drehte mein Gesicht sanft von ihm weg. »Die Linie Ihres Nackens, die blasse Haut unter Ihren Haaren und die kleinen Ohren ... Hat Ihnen schon mal jemand gesagt, dass Sie sehr ungewöhnliche Ohrläppchen haben?«

Auf einmal fühlte sich der Moment sehr intim an, und ich betete insgeheim, dass mein Gesicht nicht so rot war, wie es sich anfühlte. »Nicht dass ich wüsste.« Ich schluckte.

»Am liebsten würde ich Sie malen.« Er lächelte sanft.

»Ich fühle mich geschmeichelt.« Ich ließ meine Haare los. »Es sei denn, Sie geben dem Bild dann den Titel *Mädchen mit seltsamen Ohrläppchen*.«

Er sah mich mit einer Miene an, die ich nicht zu interpretieren vermochte. Also starrte ich auf meine Füße.

Er berührte meine Nasenspitze mit einem Finger. »Ich glaube, Ihnen wird allmählich zu heiß.«

»Sie haben recht.« Ich legte meine Hände auf meine warmen Wangen. »Der Hinweis für mich, in die Tretmühle zurückzukehren. Wir sehen uns später.«

Ich begann in Richtung Herrenhaus zu laufen, blieb dann jedoch stehen, drehte mich um und musste feststellen, dass er mir nachsah.

»Übrigens habe ich ganz vergessen, Ihnen zu sagen, dass ich die Zeitungen auftreiben konnte, die Sie wollten«, rief ich ihm zu.

»Schon?«, rief er zurück. Er ließ seinen Pinsel fallen und kam mir nachgeeilt. »Das nennt man schnell. Kommen Sie, wir schauen nach, ob wir diesen Fotografen von damals ausfindig machen können.«

»Können Sie das nicht allein erledigen?«, fragte ich, da ich an meine To-do-Liste denken musste.

»Klar kann ich das«, meinte Ben und stieß mich mit dem Ellbogen an. »Aber wo soll da der Spaß sein?«

Ich schüttelte grinsend den Kopf. »Auch wieder wahr.«

Ben stürzte sich auf den Stapel der alten Ausgaben von *Wickham and Hoxley News*. Innerhalb weniger Sekunden waren überall auf seinem Schreibtisch Zeitungen ausgebreitet.

»Ich kann es nicht glauben. Sie haben sogar die Festivalausgabe von 1984 gefunden, dem ersten Jahr, in dem Mum und Dad hier waren«, sagte er und blätterte die Zeitung durch. »Wie haben Sie das geschafft?«

Ich zuckte mit den Schultern, als ob es das Normalste der Welt wäre, dreißig Jahre alte Zeitungen aus dem Hut zu zaubern. »Sie haben einfach zu Hause herumgelegen.«

»Die gehören Ihnen?«, fragte er verblüfft.

»Nicht ganz...« Ich überlegte, was ich ihm antworten konnte, ohne seltsam zu erscheinen, als mein Telefon klingelte. Dankbar griff ich danach, während ich Ben entschuldigend ansah.

Es war ein Anruf eines Busreiseunternehmers, der noch einmal die Ankunft einer Reisegruppe für den nächsten Tag bestätigen wollte. Ich machte mir ein paar Notizen und legte auf. Ben war in die *Wickham and Hoxley News* vertieft. Er lachte vor sich hin, las einige Überschriften laut vor und hielt Bilder von den typischen Achtziger-Jahre-Frisuren hoch, damit ich sie auch bewundern konnte.

Rasch verfasste ich eine interne Mail an Nikki, Jenny und Jim, um ihnen die Details der Reisegruppe für den nächsten Tag mitzuteilen. Insgeheim hoffte ich, dass Ben vergessen hatte, was er von mir wissen wollte, wenn ich mit der Mail fertig war.

Tatsächlich stresste mich Mums Messie-Syndrom etwas weniger, seitdem sie endlich zugegeben hatte, dass sie wirklich hortete. Aber trotzdem schämte ich mich weiterhin dafür. Ben war in einem elisabethanischen Herrenhaus aufgewachsen, und ich hätte beim besten Willen nicht gewusst, wie ich ihm erklären sollte, was es für mich geheißen hatte, fast mein ganzes Leben in Weaver's Cottage zu leben.

Als ich klein gewesen war, hatte es mich nicht im Geringsten gestört, in dieser Unordnung zu leben. Alle Familien waren gleich, hatte ich geglaubt: Stapel von ungeöffneten Briefen im Flur, ein Haufen Wäsche auf einem Stuhl, eine Reihe von Dingen neben der Treppe, die nach oben gebracht werden sollten. Es schien nie genügend Platz für alles zu geben, aber dass mein Zuhause anders war, hatte ich lange nicht bemerkt.

Ich musste etwa zwölf Jahre alt gewesen sein, als mir klar wurde, dass Mums Stapel nicht normal waren. Ich sah es in den Mienen von Freunden, wenn sie mich besuchen kamen – in der Art, wie sie einander Blicke zuwarfen, wenn sie sich an den Zeitungstürmen in dem engen Flur vorbeidrängten oder wenn sie sich lange in unserem Wohnzimmer umsahen, da sie unsicher waren, wo sie sich hinsetzen konnten. »Gehen wir in mein Zimmer hoch«, schlug ich meistens vor, wohl wissend, dass sie nichts gegen die sauberen Oberflächen, die wenigen Sachen oder die Sammlung von Postern dort einwenden konnten, die symmetrisch nebeneinander an den Wänden befestigt waren. Doch nach einer Weile kamen keine Freunde mehr zu Besuch, oder ich hörte auf, sie einzuladen.

»Sehen Sie sich das an!«, rief Ben triumphierend und riss mich aus meinen Gedanken.

Er hielt eine Doppelseite mit Fotografien von Wickham Hall hoch. Ich umrundete seinen Schreibtisch und blickte ihm über die Schulter.

»Sommerfest von Wickham Hall 1989. Das gehört zu einer vierseitigen Beilage. Schauen Sie.« Er deutete auf das Bild eines dunkelhaarigen Jungen, der vor einer Wurfbude in die Kamera strahlte.

Ich las den Untertitel. »›Benedict Fortescue freut sich über die Vergnügungen von ...‹ Das sind ja Sie!«, rief ich. »Oh, wie süß Sie damals aussahen!«

Er sah mich gespielt verletzt an. »Sagen Sie bloß, jetzt bin ich nicht mehr süß?«

Ich beschloss, auf die Frage nicht einzugehen, da ich weder Lust hatte, ihm zu schmeicheln, noch, zu lügen.

»Der Fotograf heißt Steve Selby«, las ich unter dem Foto von Ben. »Jetzt müssen Sie nur noch nachschauen, ob er die ganzen frühen Jahre auf dem Festival fotografiert hat – und Bingo!«

Ben grinste. »Das hat er. Ich habe schon nachgesehen. Ich wollte nur, dass Sie bei dem Bild von mir schwach werden.«

Ich verdrehte die Augen und kehrte zu meinem Laptop zurück. »Schauen wir mal, ob wir Mr. Selby googeln können. Aber dann muss ich wirklich ein paar der Pressemitteilungen rausschicken und in der Druckerei anrufen, um zu sehen, ob der neue Kalender schon fertig ist. Und schließlich noch Riesenperlen für Ihre neue, verbesserte Schatzsuche ausfindig machen. Ben?«

Doch er war bereits den Korridor hinunter verschwunden.

Meine Suche nach Steve Selby lieferte Tausende von Treffern. Der wahrscheinlichste Kandidat war ein Dozent am

Hathaway Arts College in Stratford. Wo Esme studiert hatte. Ich holte mein Handy heraus und schrieb ihr eine SMS.

Kennst du einen Steve Selby?

Sie antwortete sofort. Klar, mein alter Fotografie-Dozent. War früher als Pressefotograf für die Lokalpresse tätig. Netter Typ, etwa in Mums Alter.

Treffer! Ich schickte ihr eine Dankesnachricht und als Ben wieder zurückkam, Staffelei und Malzeug im Schlepptau, hatte ich ihm bereits eine Haftnotiz mit Steves Handynummer auf seinen Schreibtisch geklebt.

»Ausgezeichnete Arbeit, Sherlock«, sagte Ben und zog den Zettel von der Schreibtischplatte.

Er rief unter der Nummer an, und nach einer kurzen Unterhaltung legte er wieder auf, erhob sich und rieb sich die Hände. »Er hat in einer Stunde Zeit für uns. Kommen Sie mit?«

Ich sah ihn überrascht an. »Was? Jetzt? Aber...« Ich warf einen Blick in meinen Kalender. Es gab noch Unmengen für das Festival zu organisieren.

»Ja, natürlich jetzt«, erwiderte Ben ungeduldig. »Wenn ich diese Fotoretrospektive wirklich machen will, muss ich sofort anfangen, oder es wird eine Katastrophe.«

Einen Moment lang war ich versucht, ihm zu erklären, dass das ganze Festival eine Katastrophe werden würde, wenn ich nie zu meiner Arbeit käme. Andererseits... *Gib es zu, Holly, du willst mitgehen. Vergiss deine Pläne. Wenigstens dieses eine Mal.*

Er boxte mir spielerisch gegen den Oberarm. »Los, Swift, Sie dürfen sogar die Schwäne am Fluss füttern, wenn wir im College waren.«

»Ich bin nicht mehr acht, falls Ihnen das noch nicht aufgefallen sein sollte«, entgegnete ich.

Er hielt inne und schlug sich dann mit der flachen Hand auf die Stirn. »Man muss acht sein, um Schwäne zu füttern? Warum hat mir das bisher noch niemand gesagt?«

Er legte einen Arm um meine Taille und schob mich durch die Tür, die Treppe hinunter und in die Sonne hinaus.

Kapitel 14

Hathaway Arts College war ein bunt gestrichener moderner Bau, nicht weit von Stratford-upon-Avons berühmtem Swan Theatre, und hatte eine fantastische Lage direkt am Fluss Avon.

»Die glücklichen Studenten«, meinte Ben, während wir dahinliefen. »Meine Schule war so isoliert wie Hogwarts und garantiert doppelt so alt.«

»Und trotz solch harter Schicksalsschläge ist was aus Ihnen geworden«, entgegnete ich zuckersüß.

Das prallt alles an ihm ab, dachte ich, während Ben zielstrebig auf das Hauptgebäude zusteuerte.

»Denken Sie, das könnte er sein?«, murmelte Benedict und wies mit dem Kopf auf einen Mann, der mit einer großen Kamera um den Hals auf uns zukam.

Der Mann streckte eine Hand aus. »Willkommen, willkommen. Ich freue mich sehr, Sie zu sehen.«

Steve Selby wirkte drahtig und energiegeladen, mit einem kurz geschorenen silbernen Bart und grauen Haaren, die er zu einem Zopf zusammengebunden hatte. Hellblaue Augen leuchteten in einem gebräunten, ledrigen Gesicht. Er sah wie jemand aus, der seine Freizeit am liebsten draußen in der Natur verbrachte.

Ben schüttelte seine Hand. »Es ist sehr freundlich von Ihnen, dass Sie uns so schnell treffen können, Steve. Und bitte nennen Sie mich Benedict.«

Ben stellte mich vor, und Steve führte uns in ein Fotoatelier.

Es war ein großer heller Raum mit schwarzen Rollos vor den Fenstern. An einer Wand hing eine übergroße Rolle roten Papiers, und eine hohe Arbeitsbank verlief an einer weiteren Wand des Raums, während Stative, Blitzgeräte, silberne Reflektoren und eine Windmaschine überall verteilt lagen.

»Ihre Studenten können sich glücklich schätzen, Steve«, meinte Ben mit einem anerkennenden Pfeifen. »Sie sind besser ausgestattet als so manches Profistudio in London.«

Steve grinste und verschränkte die Arme vor der Brust. »Das haben Sie recht. Und verdammt viel besser als das Kämmerchen, das ich bei der *Wickham and Hoxley News* hatte. Sie meinten, Sie bräuchten einige alte Bilder von mir?«

Steve wies auf einen kleinen weißen Tisch. Wir beide zogen jeweils einen orangefarbenen Stuhl heraus und setzten uns, während Ben ihm vom Sommerfest, dem Jubiläums-Motto und seiner Idee erzählte.

»Das Sommerfest gehörte zu meinen Lieblingsaufträgen.« Steve lehnte sich zurück und schaute zur Decke. »Dort herrschte immer eine tolle Atmosphäre. Ich war erst Anfang zwanzig, als Ihre Eltern 1984 eintrafen. Ich hatte bereits im Jahr zuvor auf dem Festival fotografiert, aber ich weiß nicht ...« Er zuckte mit den Achseln und lächelte Ben an. »Es herrschte eine neue Begeisterung. Ich möchte den vorherigen Lord Fortescue, Ihren Großvater, wahrlich nicht schlecht machen, aber es war großartig, frisches Blut auf Wickham Hall zu haben. Und Ihre Mutter ...« Er stieß einen bewundernden Pfiff aus. »Was für eine Schönheit!«

Ben und ich sahen uns an. »Kein Kommentar«, meinte Ben grinsend.

»Ich erinnere mich noch, dass sie im ersten Jahr etwas nervös war«, fuhr Steve fort und bot uns Zucker für unseren Kaffee an. »Aber ich vermute, sie musste sich auch an vieles auf einmal gewöhnen: den Einzug in Wickham Hall und dann das Sommerfest mit all seinen Verpflichtungen. Sie und Ihre Schwester waren damals ja noch sehr klein.«

»Stimmt, sie hatte einiges zu stemmen«, sagte Ben. »Und mein Vater war vor allem damit beschäftigt, mit den geschäftlichen Angelegenheiten seines Vaters zurechtzukommen. Er hatte immer gewusst, dass er eines Tages Wickham Hall erben würde. Aber mein Großvater wurde ja so urplötzlich krank und starb, dass gar keine Zeit für eine offizielle Übergabe war.«

Ich setzte mich aufrechter hin. Das hörte ich zum ersten Mal. »Das Ganze jetzt kennenzulernen ist also keine schlechte Idee, nicht wahr?«, murmelte ich und sah Ben an.

Einen Moment verdüsterte sich seine Miene, und ich hätte mir in den Hintern beißen können. Es war nicht richtig, eine Situation zu kommentieren, die ich nicht wirklich beurteilen konnte.

Ich öffnete den Mund, um mich zu entschuldigen, doch er zwinkerte mir zu. »Es hat seine Vorteile, das muss ich zugeben.« Er grinste und holte Mums alte Zeitungen hervor. »Jetzt schauen Sie sich mal an, was die Leute in den Achtzigern getragen haben, Steve. Man könnte es fast verbrecherisch nennen.«

»Oh, super!«, meinte Steve und rieb sich die Hände. »Gehen wir lieber dort hinüber, da haben wir mehr Platz.«

Ich lächelte, als er einen Teil der Arbeitsbank freiräumte, wobei er Stapel von Fotos, eine Schachtel mit Kabeln und Berge von alten Magazinen zur Seite schob. Steve Selby würde sich fantastisch mit meiner Mutter verstehen.

»Du liebe Güte, die habe ich ja schon ewig nicht mehr zu Gesicht bekommen«, sagte er, als Ben und ich die Seiten mit den Berichten zum Sommerfest vor ihm ausgebreitet hatten. Neugierig beugte er sich über die frühesten Ausgaben, strich sich dabei über den Bart und schüttelte den Kopf.

»Und? Haben Sie die Bilder von damals noch?«, fragte ich und drückte unter dem Tisch heimlich die Daumen.

»Ich sollte die Filmrollen ausfindig machen können, ich werfe selten etwas weg. Schon gar nicht Negative. Zum Glück, denn wie Sie vielleicht wissen, brach in den späten Neunzigern in der Zeitungsredaktion ein Feuer aus. Ein Großteil des Archivs ging in Flammen auf. Das waren noch Zeiten vor der Digitalisierung, was?« Er schnalzte mit der Zunge.

Ich blätterte die alten Zeitungen durch, da ich insgeheim hoffte, vielleicht ein Bild von meiner Mutter und mir zu sehen. So unwahrscheinlich war das nicht, denn wir waren oft genug dort gewesen. Aber ich konnte keines entdecken.

Ben streckte seine Arme über dem Kopf aus und ließ seine Schultern kreisen. Ich unterdrückte ein Lächeln: Steve genoss die Reise in die Vergangenheit, während Ben bereits unruhig wurde.

»Kurz danach geschah mit der Zeitung das, was mit vielen kleinen Lokalblättern passiert: Sie wurde von einer größeren aufgekauft. Alte Ausgaben wie diese sind also kaum mehr zu haben. Woher stammen sie? Haben Sie auf Wickham Hall etwa ein Archiv?«

Ben schüttelte den Kopf. »Wir archivieren finanzielle Transaktionen und Ähnliches und, ich glaube, auch historische Dokumente, aber leider keine Zeitungen. Diese hier gehören Holly.«

Die beiden Männer sahen mich fragend an.

»Ja, ich ... Wir hatten sie zu Hause. Meine Mutter, sie ...« Ich wedelte unbestimmt in der Luft herum, während die Worte immer hastiger aus meinem Mund purzelten. »Na ja, sie ist eine Sammlerin. Von Zeitungen. Vor allem von denen, die etwas über die Veranstaltungen auf Wickham Hall geschrieben haben. Wie zum Beispiel das Sommerfest. Und solche Dinge.«

Nervös musterte ich die Mienen von Ben und Steve. Ben wirkte neugierig, und Steve schaute so aus, als hätte er gerade im Lotto gewonnen.

»Wirklich?« Steve stieß einen Pfiff aus. »Was würde ich nicht dafür geben, sie zu sehen? Glauben Sie, Ihre Mutter hätte etwas dagegen, wenn ich sie mal besuchen und mir die Zeitungen anschauen würde?«

»Das würde ich auch gern«, meinte Ben. »Ich möchte mich auch bei ihr dafür bedanken, dass sie uns diese hier geliehen hat.«

Oh mein Gott, welchen Stein hatte ich da ins Rollen gebracht? Ein Besuch bei uns zu Hause war völlig ausgeschlossen. Der letzte Mann, den ich mitgebracht hatte und mit dem ich so halb liiert gewesen war, hatte als Fitnesstrainer im Eden Spa gearbeitet und Simon geheißen. Es war unser zweites Date, wir hatten uns auf einen Drink in Henley getroffen und waren dann noch auf einen Kaffee ins Weaver's

Cottage gekommen. Das Ganze war ziemlich schiefgelaufen. Der Zustand des Hauses hatte ihn sichtlich beunruhigt, obwohl ich versucht hatte, ihn vorher darauf vorzubereiten. Mum war nervös herumgelaufen, hatte Sachen von der Couch geräumt, damit wir uns hinsetzen konnten, und mir war alles grauenvoll peinlich gewesen. Zu einem dritten Date war es nicht gekommen.

»Äh, nun, sie ziert sich da etwas, wenn es um ihre Zeitungen geht«, sagte ich und sah die beiden entschuldigend an. »Ich befürchte, das ist keine so gute Idee.«

Ben verschränkte die Arme und lehnte sich gegen die Arbeitsbank. Auf seiner Miene spiegelte sich jetzt größte Neugier.

Steve hingegen nickte. »Das kann ich verstehen. Aber richten Sie doch bitte Ihrer Mutter aus, dass diese Sammlung, die sie da zu haben scheint, ein kultureller Schatz sein könnte. Jede Zeitung eine Art Schnappschuss des dörflichen – wenn nicht sogar englischen – Lebens während der letzten dreißig Jahre. Sie würde mir eine große Freude bereiten, wenn ich mir die Sammlung einmal ansehen dürfte.«

Das war genau der richtige Ansatzpunkt. Denn trotz ihres Widerwillens, etwas wegzuschmeißen, schämte sich meine Mutter meiner Meinung nach tief in ihrem Inneren für die Horterei. Vielleicht tat es ihr ja gut, so etwas zu hören? Es war jedenfalls den Versuch wert...

»Ich frage sie.« Ich lächelte. »Auf jeden Fall wird sie sich sehr geschmeichelt fühlen, das zu hören.«

»Wunderbar«, antworteten Ben und Steve gleichzeitig.

Ich sah zu, wie Ben ein paar CDs aus seiner Tasche holte und sie durchschaute. Auf einmal blitzte es silbern in meinem Augenwinkel, und eine der CDs segelte auf den Boden.

Ben beugte sich herab, um sie aufzuheben, und rieb sie an seinem Ärmel wieder sauber. »Hoppla. Hoffentlich habe ich sie jetzt nicht verkratzt. Sonst vergibt mir das Dads Sekretärin niemals. 2001, der Beschriftung nach. Können wir uns das mal anschauen?«

»Klar.« Steve nahm ihm die CD ab, blies den Staub weg und schob sie in seinen Laptop.

»Das erkenne ich sofort«, sagte Ben, als er auf den Bildschirm schaute. »Das war die Eröffnung des *Coach House Cafés*. Oh, und da ist ja ein Bild von mir, wo ich mich ziemlich unwohl zu fühlen scheine. Kein Wunder, ich musste ja auch einen Anzug tragen. Da war ich neunzehn.«

Ich lehnte mich vor, um zu sehen, wie er damals ausgesehen hatte. Obwohl ich in Wickham aufgewachsen war, hatten sich unsere Pfade nie gekreuzt: Er besuchte ein Internat, war dann auf der Uni, und auch unsere Freunde waren natürlich aus ganzen anderen Schichten.

Schon damals hatte er verdammt gut ausgesehen. Er hatte die Haare an den Seiten kurz geschnitten und oben lange Locken gelassen. Seinen Arm hatte er um ein hübsches Mädchen mit einer Mähne rotbrauner Haare gelegt und drückte ihr gerade einen Kuss auf die Wange.

»Oh ja, die Freuden und Qualen junger Liebe.« Ben seufzte dramatisch. »Das ist Sasha Jones. Kurz danach brach sie mir das Herz und verließ mich wegen eines Rugbyspielers.«

Ich musterte sein Profil und fragte mich, ob er wohl Single war. Zumindest hatte er zur Hochzeit keine Begleitung mitgebracht, soweit ich das mitbekommen hatte.

Er bemerkte, dass ich ihn ansah. »Ich bin gerade Single«, sagte er, »falls Sie sich das fragen sollten.«

»Tue ich nicht«, stotterte ich.

Steve faltete die Zeitungen zusammen und stapelte sie dem Datum nach aufeinander.

»Sie müssen unbedingt dieses Jahr zum Festival kommen, und zwar als VIP-Gast zusammen mit Ihrer Frau«, erklärte Ben. »Und ich werde natürlich Ihren Namen nennen, wenn ich die Retrospektive zusammenstelle.«

»Das wäre großartig«, erwiderte Steve und schüttelte begeistert Bens Hand. »Aber ich bin nicht verheiratet. Stattdessen würde ich gern einige meiner Studenten mitbringen, wenn ich darf. Es gibt für sie dort sicher viele Möglichkeiten, ein paar interessante Aufnahmen zu machen.«

Ben sah ihn nachdenklich an. »Das bringt mich auf eine Idee. Warum veranstalten wir nicht einen Fotowettbewerb, Holly? Wir bitten die Leute, uns ihre Schnappschüsse zu schicken, und wir wählen den besten aus. Glauben Sie, die *Stratford Gazette* würde da mitmachen?«

Immerhin. Es war mindestens eine halbe Stunde vergangen, seit er seine letzte Idee zur Festivalorganisation geäußert hatte.

»Es wäre schön, wenn wir Steves Studenten anregen könnten, spannende Bilder zu machen. Wie wäre es, wenn wir den Wettbewerb auf sie beschränken?«

»Klar, können wir auch.« Ben zuckte mit den Achseln. »Steve?«

Der Fotograf nickte glücklich. »So etwas macht ihnen immer Spaß. Bis dahin ist das Semester vorbei, weshalb ich es nicht zu einer Pflichtveranstaltung machen kann. Aber vielleicht könnte ich ihnen freien Eintritt versprechen, wenn sie Ihnen ihre Bilder zuschicken?«

»Abgemacht«, sagte Ben und klopfte Steve auf die Schulter. »Wir sollten los. Ich habe Holly versprochen, dass sie noch die Schwäne füttern darf...«

»Oh«, rief Steve. »Jetzt fällt mir gerade etwas ein. Warten Sie noch einen Moment.« Er rannte zu ein paar Regalen und ging dort in die Hocke.

Ben sah mich mit hochgezogenen Augenbrauen an, und ich rollte mit den Augen. »Ich will die Schwäne gar nicht füttern«, flüsterte ich.

Seine Mundwinkel zuckten. »Spielverderberin.«

Wir sahen beide zu Steve hinüber, als er mit einem zufriedenen »Aha!« eine große Ablagebox herauszog, auf der 1984 stand.

Das Jahr, in dem Mum mit mir schwanger wurde. Ich horchte auf und trat zu Steve, um einen Blick auf die Box werfen zu können.

»Ich habe das hier vor ein paar Monaten ins College gebracht, um es einem meiner Studenten zu zeigen, und habe bisher immer vergessen, es wieder mit nach Hause zu nehmen.« Er öffnete die Schachtel. »Hier drinnen sind viele Aufträge, nicht nur Ihr Festival. Aber wenn ich mich recht erinnere, sollte ich hier ein paar Abzüge von Wickham Hall haben... Genau, da sind sie ja.« Steve holte eine Handvoll großer Farbfotos heraus und legte sie vor uns auf die Arbeitsbank. Ich nahm eines von ihnen, um es mir genauer anzusehen.

»Toll!«, rief Ben begeistert. »Die in Farbe sind ja noch viel besser als die schwarz-weißen aus der Zeitung. Stellen Sie sich vor, wenn wir die noch mal deutlich vergrößern, Holly. Dann werden sie fantastisch aussehen, meinen Sie nicht? Holly?«

»Was? Entschuldigung.« Ich sah ihn verständnislos an.

Ich hatte ihm kaum zugehört. In meiner Hand befand sich das Foto einer Gruppe von Moriskentänzern. Hinter ihnen am linken Rand stand ein Mädchen mit welligem blonden Haar und einem hellrosa Rara-Minirock. Sie hatte der Kamera den Rücken zugedreht und hielt mit jemandem Händchen, der nicht mehr mit auf dem Abzug zu sehen war. Mein Herz pochte wie wild, als ich das Bild betrachtete. Das Mädchen war meine Mutter. Ich hätte sie überall und immer erkannt. Sie musste es sein: die Haare, die Größe und die Figur, sogar die Kleidung – alles passte. Was bedeutete, dass derjenige, mit dem sie Händchen hielt, höchstwahrscheinlich mein Vater war.

»Steve«, sagte ich aufgewühlt. »Kann ich mir das ausleihen?«

»Klar.« Er nickte und warf dann einen Blick auf seine Uhr. »Aber jetzt muss ich leider unhöflich sein und mich verabschieden. Mein nächstes Seminar beginnt in fünf Minuten.«

Sobald wir wieder in Bens Wagen saßen, schickte ich Esme eine Nachricht.

Heute Abend Notfalltreffen bei Dir. Okay?

Es kam sofort eine Rückmeldung.

Oh, klingt aufregend. Hat es etwas mit einem Mann zu tun?

Meine Finger schwebten zögernd über meinem Handy, während ich überlegte, wie ich meine Antwort formulieren sollte.

Sagen wir mal, es ist eine Familienangelegenheit. Bis um 19 Uhr. Ich bringe was zum Essen mit.

Kapitel 15

Jenny und Nikki warteten bereits im Büro auf uns, als wir nach Wickham Hall zurückkehrten. Jenny lehnte an meinem Schreibtisch, während Nikki aus dem Fenster in den Garten hinausblickte.

Die Gärtnerin drehte sich zu uns um und verschränkte die Arme vor der Brust. Jenny sprang sofort auf und begann im Zimmer auf und ab zu laufen. Ihre weiße Köchinnenkleidung war mit rosafarbenen Flecken übersät, und einige Strähnen ihrer auberginefarbenen Haare hingen ihr trotz Haarnetz auf die Schultern herab.

»Jenny Plum!« Benedict grinste und rieb sich den Bauch. »Haben Sie mir vielleicht etwas zum Essen mitgebracht?«

»Nein, hab ich nicht«, entgegnete Jenny und funkelte ihn an. »Weil ich ganz und gar nicht zufrieden mit Ihnen bin.«

»Mit mir?« Ben sank auf seinen Stuhl und sah ihr mit verletzter Miene zu, wie sie weiterhin auf und ab tigerte.

»Nun, mit einem von Ihnen jedenfalls«, erwiderte sie und sah nun auch mich wütend an.

Ben und ich tauschten verwirrte Blicke aus.

»Jenny, wir haben keine Ahnung, was Sie meinen«, sagte ich und griff nach dem Wasserkocher. »Bitte erlösen Sie uns aus unserer Unwissenheit.«

»Ich habe gerade die Pläne für das Festivalgelände zu Gesicht bekommen«, erklärte sie. »Mein Freiluftrestaurant dort befindet sich im hintersten Eck, weit weg von allem anderen. Lage, Lage, Lage, Leute!« Sie blieb vor meinem Tisch stehen und schlug mit der Faust auf die Platte. »Wenn wir nicht mitten im Zentrum der Geschehnisse sind, werden wir scheitern. Dann bekommen wir nicht genügend Reservierungen, es wird keine Atmosphäre entstehen, und Leute werden auch nicht kommen.«

Ich fand, dass sie mit ihrer Kritik recht hatte. Doch die Pläne waren bereits gemacht gewesen, als ich in Wickham Hall angefangen hatte, und jetzt war es zu spät, sie noch zu ändern. Es gab keine Möglichkeit, das Freiluftrestaurant irgendwo anders zu platzieren.

Benedict sah mich verständnislos an. Er hatte den Lageplan am Tag zuvor nur kurz bei dem Meeting gesehen. Ich suchte den passenden Aktenordner heraus und breitete den Plan vor ihm auf dem Tisch aus. »Es stimmt. Das Restaurant ist in einer Ecke, aber sonst gibt es nirgendwo einen Platz dafür, Jenny«, sagte ich und zeigte auf die Stelle, wo das Lokal markiert war. »Ich werde sicherstellen, dass viele Schilder und Pfeile darauf verweisen, außerdem setze ich die Reservierungsoption bei Facebook ganz nach oben. Ich habe ebenfalls bereits eine Presseerklärung für Ihr Dreißig-Pfund-Menü verfasst.«

»Jenny, ich weiß von Sheila, dass wir das Restaurant dort haben, weil wir ihm viel Platz geben wollten, damit sich die Gäste noch wohler fühlen«, meinte Ben. »Wir dachten, es wäre gut, dem Ganzen einen exklusiveren Anstrich zu verleihen, so wie bei einem Nobelrestaurant. Ich weiß, dass mein Vater vorhat, dort jeden Tag mit Freunden und Geschäftspartnern zu Mittag zu essen, außerdem hat sich schon herumgesprochen, wie großartig Sie kochen.«

Jennys Augenbrauen verschwanden unter ihrem weißen Haarnetz. »Wirklich?«

Er nickte eifrig. »Oh ja.«

»Freut mich, so etwas zu hören, Benedict. Danke.« Sie seufzte. »Ich möchte einfach, dass es ein Erfolg wird. In diesem Ausmaß haben wir bisher noch nie so ein Freiluftrestaurant aufgezogen.«

»Ich glaube, Sie unterschätzen die Jenny-Plum-Wirkung.« Er grinste und zwinkerte mir dann zu.

Jenny betrachtete einen Moment lang den Lageplan, wobei sie nachdenklich mit dem Finger über die Wege um das Festivalgelände fuhr. »Es ist wahrscheinlich tatsächlich sinnvoll, weil wir dort mehr Platz haben.« Sie nickte. »Und außerdem wollen wir ja auch nicht neben diesen ganzen Essbuden mit ihren Fritten und fettigen Zwiebelringen sein, nicht wahr?«

»Ganz genau.« Ben lächelte sie beruhigend an.

Sie wirkte zufrieden und verließ das Büro, während sie noch etwas über silberne Wärmeglocken und Stoffservietten murmelte. Nun wandten wir uns Nikki zu.

»Versuchen Sie bloß nicht, mich mit einem dieser Benedict-Fortescue-Sprüchen abzufertigen«, knurrte sie.

»Nikki, jetzt kommen Sie schon«, entgegnete Ben mit einem charmanten Lächeln. Er trat einen Schritt auf sie zu und breitete die Arme aus.

»Ich meine es ernst, Benedict. So geht das nicht.« Die Gärtnerin hielt die Hände hoch. »Mir wurde die Liste mit den Losen für die Auktionen zu einem guten Zweck gegeben. Und was muss ich feststellen? Los fünfzehn ist ein

Nachmittag zum Thema Gartendesign mit Nikki Logan. Was haben Sie sich um Himmels willen nur dabei gedacht?«

Er zog die Augenbrauen hoch und zuckte mit den Schultern. »Was ist daran falsch?«

»Dass jeder, der Lust und Geld hat, einen Nachmittag mit mir ersteigern kann!« Sie funkelte ihn finster an. »Ich habe dem nie zugestimmt. Sie können mich nicht einfach an den höchsten Bieter verkaufen, damit ich seinen Garten entwerfe. Zu so etwas sollte ich nicht gezwungen werden. Ich bin ein Profi und lasse mir so was nicht bieten.«

So wütend hatte ich Nikki noch nie erlebt. Sie mochte jemand sein, der laut schimpfte, aber es dann doch nicht so meinte. Aber momentan sah sie ziemlich sauer aus.

Ich warf einen Blick auf Ben und fragte mich, wie er sich diesmal aus der Affäre ziehen würde. Es war tatsächlich seine Idee gewesen. Er hatte mir versprochen, die Lücken auf der Liste für die Auktionslose mit ein paar weiteren Preisen zu füllen. Am besten sah ich später noch mal nach, damit wir nicht weitere solcher Überraschungen erleben würden.

»Du meine Güte, Nikki«, sagte Ben und fuhr sich durch seine Locken. »Bitte regen Sie sich nicht so auf. Das ist alles ein Missverständnis. Auf der Liste sollte stehen: ein Nachmittag zum Thema *Wickham-Hall*-Gartendesign mit Nikki Logan. Es war nichts weiter als eine Tour durch die Gärten geplant, so wie Sie das sonst auch so machen, bloß diesmal mit der Betonung auf die Veränderungen, die Sie hier so veranlasst haben. Das ist alles.«

Nikki dachte einen langen Moment über Bens Worte nach. »Ich soll also den Höchstbietenden auf einer Tour durch die Gärten von Wickham Hall begleiten?« Sie schaute Ben misstrauisch unter ihrer Hutkrempe heraus an.

»Genau«, sagte er. Vorsichtig trat er einen Schritt vor und legte ihr den Arm um die Schultern. »Die Wohltätigkeitsorganisation war begeistert, als sie das hörte. Eine solche maßgeschneiderte Tour wird vermutlich einen wahren Auktionsrausch auslösen.«

Sie trat einen Schritt zurück und runzelte die Stirn. »Ich glaube Ihnen zwar nicht ganz, aber will es dabei belassen. Für den Moment.«

»Puh.« Benedict tat so, als würde er sich den Schweiß von der Stirn wischen.

Nikki ignorierte ihn und wandte sich stattdessen an mich. »Ich habe Tonnen von Salat im Küchengarten – falls Sie etwas möchten.«

Ich bedankte mich bei ihr und erklärte, dass ich abends, ehe ich nach Hause ging, etwas Salat mitnehmen würde. Es freute mich, dass sie offenbar zumindest auf mich nicht sauer zu sein schien.

»Und was ist mit mir?«, fragte Benedict, als Nikki zur Tür ging. »Bekomme ich keinen Salat?«

»Sie können ihn sich selbst pflücken«, rief sie über die Schulter hinweg und verschwand.

Ich lachte, als Ben sich ans Herz fasste und so tat, als müsse er um Fassung ringen.

Wir hörten, wie Nikki in ihren Stiefeln die Treppe hinunterpolterte, und Ben blies sich die Locken aus dem Gesicht. »Puh, das war knapp«, sagte er und nahm die Tasse Tee entgegen, die ich ihm reichte.

»Sie haben das mit beiden echt gut hinbekommen«, meinte ich lächelnd.

»Das war nichts Besonderes«, sagte er und schlürfte an seinem Tee.

»Ich fand das ziemlich beeindruckend«, sagte ich. »Ich könnte mir vorstellen, dass Sie ziemlich gut das Anwesen leiten könnten.«

»Echt?«

Ich nickte. »Sie motivieren die Leute, Sie feuern sie an. Das habe ich schon gestern bei dem Meeting gemerkt.«

Außerdem erlebte ich es an mir. Benedict mochte zwar wie ein Sturm durch das Büro wirbeln, aber ich musste zugeben, dass ich bisher noch keinen einzigen langweiligen Moment gehabt hatte, seitdem er hier erschienen war. Und ich genoss seine Gesellschaft, wie mir allmählich klar wurde.

Ich erwartete, dass Ben seine übliche Haltung selbstbewusster Nonchalance einnehmen und das Kompliment damit lässig abtun würde. Doch er wirkte ziemlich überrascht und ein wenig beschämt. Ich war mir sogar fast sicher, dass er unter seinem Teint rot anlief. Er hatte also eine ernste Seite, und auf einmal mochte ich ihn viel mehr, weil er nicht davor zurückschreckte, sie auch zu zeigen.

Er warf mir einen seitlichen Blick zu und rieb sich den Nacken. »Danke, Holly. Das hat noch nie jemand zu mir gesagt.«

»Lord Fortescue kann gut mit Leuten umgehen. Vielleicht nicht so überschwänglich wie Sie.« Ich sah ihn verschmitzt an. »Aber er hat auch eine gewisse Ausstrahlung. Muss in den Genen liegen.«

»Vielleicht haben Sie recht«, erwiderte Ben nachdenklich. »Wir haben sicher alle etwas von unseren Vätern geerbt, nehme ich an.«

Ich dachte an das Foto, das in meiner Handtasche lag. Allein die Vorstellung jagte mir einen aufgeregten Schauder über den Rücken. »Vermutlich«, murmelte ich und fragte mich, was ich wohl von meinem Vater geerbt hatte.

Genau um neunzehn Uhr klopfte ich an Esmes Tür. Sie machte mir in einem Jumpsuit auf, dessen hellgelbe Farbe fantastisch ihre goldbraune Hautschattierung unterstrich.

»Und? Um welchen Notfall geht es?«, fragte sie und bat mich mit einer Geste einzutreten.

»Zuerst mal Essen.« Ich hielt ein paar Tüten hoch. »Und Wein.«

Ich kochte gerne. Ich fand es entspannend – nur nicht in Weaver's Cottage. Dort war es alles andere als entspannend.

Esme entkorkte den Wein, während ich die kleinen Frühkartoffeln wusch, die Nikki mir zusammen mit dem Salat mitgegeben hatte. Dann stellte ich die Grillpfanne heraus, um darin die Lachsfilets zu braten, die ich besorgt hatte.

»Ich hatte zuerst vor, laufen zu gehen, um den ganzen Wust aus meinem Kopf zu kriegen«, sagte ich und nahm ein Glas mit Rosé von ihr entgegen. »Aber das hier ist viel besser.«

»Nicht zu vergleichen.« Esme lächelte mich an. »Prost.«

Wir trugen unsere Gläser auf ihren winzigen Balkon hinaus und setzten uns dorthin, während die Kartoffeln kochten.

Ich streckte die Beine aus und atmete erst einmal durch. Esme wartete geduldig.

»Ich habe heute deinen früheren Dozenten kennengelernt, Steve. Er möchte zu uns kommen und Mums alte Zeitungen durchschauen. Anscheinend ist es sonst unmöglich, noch diese Uraltausgaben aufzutreiben. Er nannte sie sogar einen kulturellen Schatz.«

»Wirklich? Der alte Schmeichler.« Sie lachte.

»Ein Teil von mir denkt, dass ich das einfach machen sollte. Er schien das ziemlich aufregend zu finden. Und Mum würde es vielleicht etwas Auftrieb geben, vor allem jetzt, nachdem sie zugegeben hat, dass sie in dieser Hinsicht ein Problem hat.«

»Mach das! Unbedingt.« Sie rollte mit den Augen, als sie meine zweifelnde Miene sah. »Hör zu, Holly. Wenn ihm die Zeitungen tatsächlich so viel bedeuten, wird ihn der Zustand eures Hauses überhaupt nicht kümmern.«

»Die Sache ist die«, fügte ich hinzu und biss auf meine Unterlippe. »Ben möchte mitkommen.«

»Du nennst ihn jetzt *Ben*?«, meinte sie grinsend.

Ich achtete nicht auf die Stichelei. »Wir haben uns die letzten Tage echt gut verstanden, und ich will das nicht kaputtmachen.«

Esme klopfte triumphierend auf den Balkontisch. »Du magst ihn, nicht wahr? Ich wusste es!«

»Er ist mein Chef, und ich möchte einfach, dass er mich schätzt. Außerdem finde ich ihn tatsächlich immer netter. Zuerst schien er nichts so richtig ernst zu nehmen und verhielt sich irgendwie verantwortungslos. Wie er sich zum Beispiel benommen hat, als wir die Pressekonferenz wegen seiner Übernahme von Wickham Hall organisiert haben – das war absurd. Oder dass er so spät auf der Hochzeit seiner Schwester aufgetaucht ist ...« Ich schüttelte den Kopf, wenn ich daran dachte, musste aber gleichzeitig lächeln. »Doch heute habe ich eine sensible Seite an ihm erlebt, die mir gefiel.«

Ich stellte das Glas ab und sah Esme an. »Aber wenn er ins Weaver's Cottage kommt und sieht, wie ich lebe, wird er mich in einem anderen Licht sehen.«

»Wenn er so sensibel ist, wie du meinst, wird er das nicht tun.«

Ich schüttelte den Kopf. »Er ist mein Boss und ...«

»Meinst du das ernst? Am Sonntag im Laden knisterte es derart zwischen euch, dass man mit dem Strom den Eiffelturm hätte beleuchten können.«

»Das war meine Verlegenheit und kein Knistern. Ein Riesenunterschied.« Ich stand auf und nahm ihr leer getrunkenes Glas. »Komm, die Kartoffeln sind sicher fertig.«

Wir aßen gerade unsere gebratenen Lachsfilets, als ich die Bombe platzen ließ. »Ich glaube, ich habe heute ein Bild meines Vaters entdeckt.«

»Was?« Esme spuckte vor Verblüffung den Salat wieder aus, den sie sich gerade in den Mund geschoben hatte.

Ich rannte in die Küche, wo meine Handtasche lag, und kehrte mit dem Foto aus Steves Atelier zu ihr zurück.

»Einer der Moriskentänzer?«, fragte Esme fassungslos.

Ich schüttelte den Kopf und zeigte auf das blonde Mädchen hinter den Tänzern. »Schau. Das ist Mum, und sie hält mit einem Mann Händchen.«

Esme kniff die Augen zusammen und hielt das Bild auf Armeslänge von sich weg, um besser sehen zu können. »Bist du dir sicher, dass das dein Vater ist?«

»Zugegebenermaßen ist es nur seine Hand und ein Teil seines Arms. Aber das ist garantiert Mum, und das Foto wurde 1984 gemacht.« Esme schaute noch immer zweifelnd, aber ich klopfte selbstsicher auf die Aufnahme. »Frag nicht, wieso, aber ich weiß einfach, dass das mein Vater ist. Und jetzt will ich herausfinden, wer er genau ist.«

Mein Herz begann erneut wie wild zu pochen, als ich das Bild betrachtete. Seit Mum enthüllt hatte, dass sie sich während des Sommerfests von Wickham Hall in einen Mann verliebt hatte, musste ich immer wieder daran denken. In den neunundzwanzig Jahren meines bisherigen Lebens hatte ich mich nie sonderlich für meinen Vater interessiert. Ich hatte einfach die Tatsache akzeptiert, dass er nicht da war. Doch jetzt, nachdem ich einen winzigen Blick auf ihn geworfen hatte, empfand ich eine Neugier, wie ich sie noch nie erlebt hatte.

»Kannst du sie nicht fragen?«, schlug Esme vor. Sie wandte sich wieder dem Essen zu und zog nun eine Kartoffel durch die Mayonnaise.

Ich schüttelte den Kopf. »Noch nicht.«

Obwohl Mum noch keinen Therapeuten aufgesucht hatte, kam sie bereits ein wenig voran, indem sie ihre gesammelten Sachen nach und nach durchging. Bisher war es ihr gelungen, sich von meinem Kinderwagen, meinen Babyspielsachen und einer Schachtel alter Nylonbettbezüge zu trennen, die uns jedes Mal einen Stromschlag versetzten, wenn wir sie berührten. Doch ich hatte weiterhin nicht das Gefühl, bis zum eigentlichen Kern der Sache vorgedrungen zu sein.

»Ich habe ein wenig online recherchiert. Alle möglichen Dinge können dieses Messie-Syndrom auslösen: ein traumatisches Ereignis, Trauer, Ängste, Stress ...« Ich spießte ein Rucolablatt auf meine Gabel. »Mum hat gesagt, in jenem Sommer 1984 hätte sie alles gehabt, nur um es dann zu verlieren. Sie war außerdem erst siebzehn, die Arme.«

Esme machte ein mitfühlendes Gesicht. »Gab es da nicht noch deinen Großvater?«

»Ich weiß nicht, wann er genau gestorben ist.« Ich runzelte die Stirn. »Aber ich weiß, dass er mich nie kennengelernt hat. Also nehme ich an, dass sie ganz auf sich gestellt war.«

»Allein, ohne Unterstützung und dann auch noch schwanger zu sein muss schon traumatisierend genug sein, um so einen Messie-Mechanismus auszulösen. Könnte ich mir jedenfalls vorstellen«, überlegte Esme und schenkte uns wieder Wein nach.

Ich nickte. »Sie sagte so was wie, dass ihr Vater nicht stolz auf sie gewesen sei. Sie scheint sich für irgendetwas zu schämen. Und das muss der Schlüssel zu alldem sein.« Ich sah Esme an und legte das Besteck auf meinen Teller. »Weiter wollte sie am Samstag nicht reden. Aber ich verstehe nicht, was sie sich vorwirft. Ich meine, sie war schließlich nicht das erste Mädchen mit einer Teenagerschwangerschaft, oder? Und das war in den Achtzigern, nicht in den Fünfzigern. Außerdem sind bei so was immer zwei beteiligt ... Oh Gott.« Ich schlug die Hand vor den Mund, als mir auf einmal ein Gedanke durch den Kopf schoss.

»Was ist los? Holly, du bist ganz weiß geworden!«

»Glaubst du, er war verheiratet?«, flüsterte ich. »Das könnte es sein. Vielleicht hatte sie sich in jemanden verliebt, den sie gar nicht haben konnte. Vielleicht hatte er bereits Kinder. Das würde auch erklären, warum Großvater nicht stolz auf sie gewesen ist. Und vielleicht schämt sie sich auch deshalb so wegen der ganzen Sache.«

»Möglich wäre es.«

Wir schwiegen. Ich dachte über meine Theorie nach, während Esme sich auf ihren Lachs konzentrierte.

»Mir ist noch ein Gedanke gekommen«, sagte ich nach einer Weile. »Mum hat doch immer gesagt, dass Großvater ihr seine Ersparnisse hinterlassen hat. Deshalb musste sie immer nur Teilzeit arbeiten. Aber vielleicht ist dieser Mann ja noch in der Gegend und zahlt ihr Unterhalt, aber Mum darf es mir nicht verraten, weil sie ihm versprochen hat, das Geheimnis für sich zu behalten.«

Esme wickelte stirnrunzelnd eine ihrer Locken um ihren Finger. »Ist da die Geschichte mit den Ersparnissen deines Großvaters nicht viel wahrscheinlicher?«

Ich überlegte. Sie hatte recht: Mit mir ging meine Fantasie durch. »Stimmt. Aber ich wette, dass er aus der Gegend kommt. Mum wollte Wickham nie verlassen. Vielleicht wollte sie ja hierbleiben, um in seiner Nähe zu sein?«

»Du glaubst, sie hatte mit jemandem in Wickham eine Affäre?«, fragte Esme. »Wow, das wäre aber ganz schon riskant gewesen. Dann würde sie ihm ja ständig über den Weg laufen. Wickham ist schließlich nicht groß.«

Ich schluckte. Es würde außerdem bedeuten, dass auch ich ihm schon begegnet sein musste. Und zwar mehr als einmal. War ich das? Ich stöhnte auf. Vielleicht war es wirklich jemand, den ich kannte ...

Esme sah mich an. »Ich glaube das nicht. Wenn sie sagt, sie hätte jemanden auf dem Sommerfest kennengelernt, dann kann es niemand von hier gewesen sein, denn den hätte sie ja schon von früher gekannt. Vielleicht einfach ein Besucher.«

»Ich weiß nicht. Ich finde die Vorstellung nicht allzu prickelnd, dass sich Mum in einen Mann verliebt hat, der sich hier eine Tageskarte und ein Eis zu fünfzig Pence gekauft hat«, gab ich zurück.

Esme kniff die Augen zusammen, während sie nachdenklich mit dem Finger auf ihre Lippe klopfte. »Wir suchen also nach jemandem, der vielleicht hier gearbeitet hat oder zumindest länger als einen Tag hier war.«

»Es gibt Unmengen von Angestellten auf Wickham Hall,

vor allem während des Festivals«, meinte ich. »Und dann natürlich die ganzen Aussteller. Sie treffen drei oder vier Tage vor dem eigentlichen Event ein. Es wäre also genügend Zeit gewesen, einen von ihnen kennenzulernen.«

»Oder es könnte Lord Fortescue sein!« Esme lehnte sich auf ihrem Stuhl zurück.

Ich starrte sie fassungslos an. »Esme! Ich glaube kaum ...«

»*Er* ist verheiratet.« Sie zog eine Augenbraue hoch.

»Ja, aber er ist für Mum zu alt, *und* er liebt offensichtlich Lady Fortescue. Außerdem war es ihr erstes Jahr in Wickham Hall.« Ich schüttelte den Kopf. »Garantiert nicht.«

»Ha.« Sie boxte triumphierend in die Luft. »Da hast du es. Deshalb hat sie ihn vorher nie getroffen. Er war gerade erst nach Wickham gezogen.«

»Das ist grotesk. Außerdem ist er so nett.« Ich schaute Esme trotzig an. »Viel zu nett, um untreu zu sein.«

»Sei dir da mal nicht so sicher«, entgegnete sie. »Er mag vielleicht sehr nett sein, aber ich weiß, wie die Aristokraten so sind. Schließlich habe ich *Downton Abbey* gesehen.«

»Das ist verrückt. Also hör auf damit.« Ich schnappte mir das Foto und warf ihr einen warnenden Blick zu.

»Jetzt beruhig dich.« Esme lachte leise, während sie das letzte Stück Lachs von ihrem Teller kratzte. »Wie sieht es dann mit den Berühmtheiten aus? Wer hatte 1984 seinen Starauftritt dort?«

Jedes Jahr kam ein Promi zum Sommerfest, um mehr Leute anzulocken. Diesmal war es eine bekannte Fernsehgärtnerin. Im Jahr 1984 war es ein Wettermann gewesen.

»Jemand von der BBC«, erwiderte ich. »An seinen Namen kann ich mich jetzt gerade nicht erinnern.«

»Aha«, meinte Esme und grinste. »Das wird er sein. Das

muss er sein. Ich dachte mir immer, dass du eine gute Nachrichtensprecherin sein würdest. Das muss in den Genen liegen.« Sie tat so, als würde sie einen Stapel unsichtbares Papier zusammenschieben. »Wir haben soeben erfahren«, verkündete sie in einem nasalen Tonfall, »dass ein ziemlich attraktiver Mann im *Joop* gesehen wurde, der nichts weiter als ...«

Ich versuchte mit ihr zu lachen, doch auf einmal stellte ich fest, dass ich es nicht konnte. Das war ganz und gar nicht lustig. Schließlich ging es hier um meinen Vater. Ich hatte immer akzeptiert, dass meine Familie nur aus Mum und mir bestand. Doch das hier fühlte sich sehr wichtig an, und es verletzte mich, dass meine beste Freundin das nicht zu verstehen schien.

Ich trank den Rest meines Weins aus, was bei dem Frosch in meinem Hals nicht einfach war, und stand auf.

»Holly? Was ist los?«

»Ich gehe heim«, sagte ich und versuchte, nicht auf das brennende Gefühl in meinen Augen zu achten. »Ich wünschte, ich hätte dir das Bild nie gezeigt. Du nimmst es nicht ernst. Es freut mich, dass du mein Leben so lustig findest, aber aus meiner Sicht fühlt es sich ganz und gar nicht so an.«

»Holly! Das habe ich doch nicht so gemeint!«

Ich ließ Esme mit offenem Mund zurück und lief aus der Wohnung. Mein Herz raste. Sie war komplett auf dem Holzweg. Mum hatte sich wahrscheinlich einfach nur in einen netten Jungen ihres Alters verliebt und sich ein wenig im Gebüsch vergessen. Dieses ganze Gerede und Spekulieren war nicht hilfreich und ... verstörend. Es gab garantiert eine ganz einfache Erklärung, da war ich mir sicher. Und ich würde erst Ruhe geben, wenn ich sie kannte.

Kapitel 16

Es war Mitte Juli, der Himmel so blau wie das Ei einer Wanderdrossel und die Luft so still, dass sich weder ein Grashalm noch ein Weidenzweig bewegte. Ich war in den Gärten von Wickham Hall unterwegs. Ich schlug meinen Kalender auf, während ich um die östliche Fassade des Gebäudes lief, und hakte meine erste Aufgabe ab.

Ich hatte gerade meine Runde auf dem Festivalgelände beendet und aufgeregt festgestellt, dass die meisten Zelte aufgebaut waren – einschließlich des großen Theaterzelts und der Manege. Allmählich war zu erkennen, wie die Anlage konzipiert war. Der Anblick von braun gebrannten Männern mit nackten Oberkörpern und in kurzen Hosen lenkte mich ein wenig ab. Sie waren dabei, den Teer für die zeitweilige Straße zu verteilen, die um das Gelände führte. Muskeln über Muskeln, zumindest bei einigen. Vielleicht war Mum damals ja auch einem Bauarbeiter verfallen?

Ich schob den Gedanken sofort wieder beiseite. Für den Moment wollte ich nicht darüber nachdenken. Ich hatte zu viel zu tun und musste alle meine Sinne beisammenhalten.

Vor dem Herrenhaus herrschte bereits reger Betrieb, ich musste immer wieder den Touristen ausweichen. Das Café verkaufte am laufenden Band Eis und Jennys Spezial-Himbeerlimonade, während Andy stolz verkündet hatte, dass der Verkauf seiner Sonnenschirme im viktorianischen Stil den Gewinn des Souvenirladens in neue Höhen trieb.

Andy stand heute ebenfalls auf meiner To-do-Liste. Mit ihm zu verhandeln gehörte nicht gerade zu meinen Lieblingsaufgaben. Ich beschloss, es sofort hinter mich zu bringen, und steuerte entschlossen auf das Geschäft zu. Dort war es relativ ruhig, da die meisten Besucher erst am Ende des Tages hierherkamen, um ihre Einkäufe zu machen. Andy war gerade dabei, das Schaufenster zum Thema »Bärenpicknick« zu dekorieren.

»Morgen, Andy.« Er schenkte mir ein eisiges Lächeln und fuhr fort, eine winzige Picknickdecke und drei Teddybären aufzubauen. »Wie entzückend! Später kommt noch eine große Gruppe von Kindergartenkindern. Die werden das bestimmt toll finden.«

»Ich hasse es, wenn viele Kinder da sind und hier alles befingern«, murmelte er.

Ich war inzwischen an seine unfreundliche Art gewöhnt, wenn er mit mir zu tun hatte, und gab vor, sie nicht zu bemerken. »Im Büro habe ich dreißig signierte Kopien von Suzanna Merryweathers Buch. Der Verlag hat uns gebeten, sie hier im Laden zu verkaufen. Kann ich sie nachher vorbeibringen?«

Suzanna Merryweather war die Moderatorin der Fernsehsendung *Grüner Daumen*. Sie würde in unserem Theaterzelt öffentlich über das Gärtnern reden. Ich selbst hatte keinen grünen Daumen, aber Mum war von Suzanna Merryweather begeistert, und selbst Nikki, die von Fernsehgärtnern grundsätzlich nicht allzu viel hielt, freute sich darauf, sie kennenzulernen.

»Auf keinen Fall«, entgegnete Andy. »Wir sind bis obenhin voll mit unseren Sommersachen. Bücher nehmen zu viel Platz in Anspruch, und die kauft sowieso keiner.«

Ich schwieg und wartete darauf, dass mir eine diplomatische Antwort einfiel.

Doch in diesem Moment tauchte Edith aus dem Lager auf. Sie trug trotz der Julihitze ein Twinset aus Strick und eine dicke Strumpfhose, sah aber mit ihrem dezenten Make-up und dem makellosen Dutt ganz und gar kühl und gelassen aus. »Habe ich da gerade Suzanna Merryweather gehört?«, zwitscherte sie. »Ich nehme ein Buch. Ich liebe ihre Sendung.«

Ich sah Andy an und widerstand der Versuchung, ihm die Zunge herauszustrecken. Was hatte er eigentlich für ein Problem mit mir? Ich hatte nichts anderes getan, als für die Stelle ausgesucht zu werden, die er für sich gewollt hatte. Und ich tat mein Bestes, ihm bei jeder Gelegenheit mitzuteilen, wie großartig ich seinen Laden fand.

»Okay. Dann schicke ich eines für Edith herüber, und den Rest bauen wir als Büchertisch im Theaterzelt auf.«

»Den Rest wovon?«, fragte Jim, der gerade seinen Kopf durch die Ladentür streckte.

Als ich ihm erklärte, worum es ging, riss er begeistert die Augen auf. »Ich kaufe auf jeden Fall eins und werde sie auch um ein Autogramm bitten, wenn ich sie sehe.«

»Zwei verkauft, bleiben noch achtundzwanzig«, erklärte ich gut gelaunt. »Nicht schlecht. Hoffen wir, dass wir viele weitere Fans wie Sie beide finden, dann gehen die Bücher weg wie warme Semmeln.«

»Also gut, schicken Sie die Dinger rüber«, knurrte Andy. »Sonst wird mir das ewig vorgehalten.«

»Holly, ich wollte Ihnen nur kurz mitteilen, dass ich gleich anfange«, meinte Jim und zwinkerte mir zu.

»Danke, Andy.« Ich nickte ihm kurz zu. Dann folgte ich Jim rasch ins Freie, ehe Andy es sich noch einmal anders überlegte.

Jim sah heute besonders schick aus. Er trug ein Polohemd mit dem Logo von Wickham Hall und eine schmal geschnittene helle Hose. Außerdem schien er sich heute Morgen extra etwas Aftershave aufgelegt zu haben.

»Sind Sie bereit, Jim?«, fragte ich und hakte mich bei ihm unter, während wir uns auf den Weg zum Picknickbereich machten.

»Sobald ich loslege, wird es gehen«, meinte er. »Aber ich bin es nicht gewohnt, vor so vielen zu sprechen.«

»Sie werden das großartig machen«, sagte ich und drückte seinen Arm.

Heute fand der erste Naturlehrgang statt, den Wickham Hall jemals abgehalten hatte. Und wie ich es mir gedacht hatte, war Jim nur allzu bereit gewesen, ihn zu leiten. Zwölf Väter und Mütter mit Vorschulkindern hatten sich inzwischen versammelt und warteten darauf, dass Jim anfing.

Ich platzierte mich am Rand der Gruppe. Jim stellte sich vor, gab jedem Kind einen Aufkleber mit dessen Namen und führte dann den Trick vor, den englische alte Männer so gern machten, indem er so tat, als hätte er sich den Finger abgeschnitten.

Die Kids waren begeistert, auch die Eltern lachten. Jim verteilte Geländekarten und Buntstifte, ehe er die Kinder dazu ermunterte, loszulaufen und den Park zu erkunden. »Also gut, los geht's. Auf in den Wald. Wir werden uns so viele Tiere und Insekten anschauen, wie wir nur finden können.« Ich machte mit meinem Handy ein paar Fotos, um zu dokumentieren, wie sich die Kleinen um ihn scharten.

Da hob ein kleines Mädchen mit braunen Zöpfen und einem gestreiften Kleid die Hand. »Wenn alle Ameisen auf der ganzen Welt hier wären, passen die dann alle unter ein Huhn?«, wollte es wissen.

Ich grinste und überlegte, wie er wohl diese Frage und möglicherweise viele weitere in ähnlicher Manier beantworten wollte.

Die Eltern lachten. Jim beugte sich vor und tat so, als würde er dem kleinen Mädchen die Nase klauen. »Hoffentlich sind die nicht hier, denn das würde dem armen Huhn sicher gar nicht gefallen.« Dann begann er auf der Stelle zu tanzen und hinten auf seine Hose zu schlagen, als würde er von unsichtbaren Ameisen attackiert. Die Kinder jubelten. Genauso, wie ich es vorhergesagt hatte.

Innerlich hakte ich den Punkt »Naturlehrgang überprüfen« auf meiner Liste ab und zog mich ins Café zurück. Ich holte mir ein Kännchen Tee und eine Erdbeertarte und setzte mich draußen an einen Tisch, der in einer schattigen Ecke stand. Theoretisch waren nun alle meine Erledigungen im Freien abgeschlossen, und ich hätte wieder ins Büro zurückgekonnt. Aber Ben hatte an diesem Vormittag seine Staffelei dort aufgebaut, weshalb ich lieber draußen an dem Festivalprogrammheft arbeitete. Ich schenkte mir Tee ein, breitete die Papiere aus, die ich brauchte, und teilte die Tarte in vier Teile. Überrascht schaute ich den Kuchen an. Ohne es zu merken, hatte ich automatisch Esmes Lieblingskuchen bestellt – ein sicheres Zeichen, dass ich im Unterbewusstsein immer noch an der »Wer ist mein Daddy«-Sache zu knabbern hatte.

Es war mehr als eine Woche vergangen, seit Esme und ich uns gestritten hatten. Genau genommen hatten wir uns eigentlich gar nicht gestritten, sondern ich hatte eindeutig überreagiert. Wir bekamen uns selten in die Wolle, und es hatte uns auch diesmal beide ziemlich mitgenommen, sodass wir bereits am folgenden Wochenende alles wieder bereinigt hatten.

Ich hatte mich bei ihr entschuldigt und sie zugegeben, dass sie es mit ihrer Theorie über Lord Fortescue übertrieben und dabei ganz übersehen hatte, was das für Mum und mich bedeuten würde. Letztlich einigten wir uns darauf, dass Mum wahrscheinlich eine Affäre mit jemandem gehabt hatte, zu dem sie einfach den Kontakt verloren hatte. Ich war froh, dass wir uns so schnell wieder vertragen hatten, denn nur ein paar Tage später entschlossen sich Esme und Bryony spontan, *Joop* für zwei Wochen zu schließen – ganz gleich, was das für Gewinneinbußen bedeutete – und nach Dubai zu fliegen, um Esmes Dad zu besuchen. Ich freute mich für sie, nicht zuletzt deshalb, weil das Geschäft meist sieben Tage die Woche geöffnet war und sie dringend einen Urlaub brauchten.

Ich nippte an meinem Tee, konzentrierte mich wieder auf das Programm und markierte mit einem Rotstift jeden Tippfehler. Als ich gerade den Terminplan für den letzten Tag erreicht hatte, fiel ein Schatten auf meinen Tisch, und ein leichter Windstoß ließ meine Blätter rascheln.

Nikki stand vor mir und wedelte sich mit ihrem Sonnenhut Luft zu. »Was machen Sie denn hier? Streit mit Benedict?«, fragte sie grinsend.

»Nein, ganz und gar nicht«, sagte ich fröhlich. »Im Büro wird es um diese Tageszeit nur etwas heiß, wenn wir beide dort sind.«

Nikki lachte und zog einen Stuhl heran, um sich zu mir zu setzen. »Kann ich mir vorstellen.«

Ich merkte, wie ich errötete. »Ich meine, wenn die Sonne mittags so durchs Fenster scheint.«

»Ja, schon klar.« Sie zwinkerte mir zu.

Hastig goss ich mir eine zweite Tasse Tee ein, bis die Farbe auf meinen Wangen wieder etwas nachgelassen hatte.

Tatsächlich fand ich es immer schwieriger, allein mit Ben in unserem Büro zu sein. Das lag nicht nur daran, dass er darauf bestand, ständig das Radio laufen zu lassen oder dass hier und da Farbe von seinen Pinseln auf meinen Schreibtisch spritzte. Es lag noch nicht einmal daran, dass er selbst jetzt, knapp zwei Wochen vor dem Sommerfest, immer wieder neue Vorschläge einbrachte, die er zuerst mit einem »He, wie wäre es, wenn wir...« einführte, um mir dann begeistert zu erläutern, warum wir seine neueste Idee auf jeden Fall und unbedingt ins Programm aufnehmen müssten. Nein, mit all diesen Dingen kam ich mehr oder weniger zurecht.

Mein Problem war mein Herz, das jedes Mal, wenn ich in seine dunklen Augen blickte, die von noch dunkleren Wimpern umrahmt waren, zu flattern begann. Da konnte ich mir noch so oft in Erinnerung rufen, dass er a) mein Chef war und er mich b) nicht anders behandelte als alle anderen Angestellten – es nützte alles nichts. Es fiel mir immer schwerer, das Flattern zu ignorieren.

»... und noch dazu an einem solchen Tag«, sagte Nikki gerade. »Es überrascht mich, dass er da freiwillig im Büro bleibt. Benedict ist wie ich: ein Freigeist, der nicht gern eingesperrt wird. Ich persönlich glaube ja, dass er Wickham Hall als zu erstickend und einengend empfindet.«

So erging es mir immer wieder in Weaver's Cottage. Aber

hier? Ich sah mir die riesigen Gebäude und die Hektar freier Natur an. »Hm. Mir ist das auch schon aufgefallen. Allerdings kann ich nicht begreifen, warum es ihm so geht. Ich bin mir sicher, dass er Wickham Hall liebt, aber es scheint irgendetwas zu geben, was ihn davon abhält, ganz hierzubleiben.«

Nikki zuckte mit den Achseln. »Ich könnte mir vorstellen, dass es etwas mit seinen Eltern zu tun hat. Ich schätze Lady Fortescue sehr, aber sie behandelt ihn wie ein Kind. Familien sind doch nie so, wie sie auf den ersten Blick scheinen, nicht wahr?«

Untertreibung des Jahres.

»Das stimmt«, meinte ich und lächelte gequält. »Wie auch immer – wie laufen denn Ihre Vorbereitungen für das Sommerfest?«

»Der Perlengarten wird fantastisch aussehen.« Sie fasste in ihre Hosentasche und zog den Blütenkopf einer weißen Geranie heraus. »Hübsch, nicht wahr? Das Problem ist nur, dass es dieses Jahr so heiß ist. Die Blumen blühen bereits jetzt wie die Irren, sodass ich nur hoffen kann, dass ich die Blüte noch bis Ende des Monats halten kann. Und dann das Gießen...« Sie rollte mit den Augen. »Sobald wir sie eingesetzt haben, müssen wir alles mit der Hand wässern. Es wird allein ein Vollzeitjob sein, sie vor dem Austrocknen zu bewahren. Apropos Austrocknen – ich habe mir etwas zu trinken verdient. Bis später, Holly!«

Nikki ging ins Café, und ich wollte gerade mit meiner Korrektur fortfahren, als ich sah, wie Ben und Lord Fortescue einander vor dem Gebäude über den Weg liefen.

Lord und Lady Fortescue waren erholt und bester Dinge aus Südfrankreich zurückgekehrt. Ich war froh, dass sie wieder da waren. Wickham Hall wirkte in ihrer Gegenwart noch strahlender, fast so, als würden alle ihr Bestes geben, um den beiden zu gefallen.

Es war das erste Mal, dass ich beobachten konnte, wie Vater und Sohn miteinander redeten, ohne dass jemand anderer mit von der Partie war.

Obwohl ich nicht hörte, was sie sprachen, so war ihre Körpersprache doch eindeutig. Lord Fortescue wirkte verblüfft. Mit einer Hand strich er sich die Haare glatt, die andere hatte er in die Hüfte gestemmt. Ben sah nicht glücklich aus. Er starrte auf den Boden, schüttelte den Kopf, gestikulierte dann mit beiden Armen und verschränkte sie schließlich abwehrend vor der Brust. Lord Fortescue legte eine Hand auf die Schulter seines Sohnes und klopfte ihm beruhigend auf den Rücken, aber Ben wandte sich ab, wobei er meinen beobachtenden Blick bemerkte.

Ich hob eine Hand, und Ben eilte auf mich zu, während Lord Fortescue daraufhin auf den privaten Parkplatz der Familie zusteuerte.

»Hallo«, begrüßte ich ihn, als er sich auf dem Stuhl niederließ, den Nikki gerade erst frei gemacht hatte.

Er lehnte sich vor, stützte seine Ellbogen auf seinen Knien ab und rieb sich mit beiden Händen über das Gesicht. »Eltern«, knurrte er. »Dad weiß, dass ich nicht für diese Rolle geschaffen bin. Dennoch stellt er mir Unmengen von Fragen, die ich nicht beantworten kann, und dann sieht er mich enttäuscht an, als ob ich hier versagen würde.«

Er sah so entmutigt aus, dass ich ihn am liebsten in den Arm genommen hätte. Ich räusperte mich. »Was für Fragen denn?«

Ben seufzte. »Zum Beispiel wie viele Tickets wir bereits für das Festival verkauft haben. Ich meine, selbst in meinen besten Zeiten ist mein Zahlenverständnis miserabel. Ins eine Ohr rein, aus dem anderen wieder raus. Ich sollte es eigentlich wissen, aber ich kann mir so etwas einfach nicht merken.«

»Wir haben achtzehntausend verkauft«, erklärte ich. »Davon dreißig Prozent online. Ich schicke ihm eine Mail. Was noch?«

»Oh, äh ...« Er kniff die Augen zusammen. »Haben wir dafür gesorgt, dass es in den Zelten Rampen für Rollstühle und Kinderwagen gibt?«

»Ja, haben wir.« Ich schaute auf meine Papiere, um mein Lächeln zu verbergen.

»Oh, gut.« Er nickte. »Und er wollte wissen, ob die Sitze im VIP-Bereich im Freien im Schatten sind.«

»Sind sie«, antwortete ich. »Jedenfalls jetzt. Ich bin heute Vormittag dort gewesen und habe die Arbeiter gebeten, noch eine Markise darüber anzubringen. Sie wird vermutlich wie ein Segel aussehen. Ich wollte jedenfalls vermeiden, dass Ihre Eltern einen Sonnenstich bekommen und uns einfach wegkippen.«

Er sah mich an und stieß einen anerkennenden Pfiff aus. »Wie schaffen Sie es, an all das zu denken? Ich könnte Ihnen wahrscheinlich Unmengen von Fragen stellen, und Sie wären in der Lage, alle zu beantworten.«

»Planung. Steht alles da drinnen. Schauen Sie.« Ich schlug den Kalender auf und zeigte ihm die Einträge für den heutigen Tag. Es gab kaum mehr eine Lücke, ich hatte mir überall Notizen gemacht.

Er schüttelte den Kopf und grinste. »Holly Swift, Sie sind ein Schatz. Was würde ich nur ohne Sie machen?«

Bens Lob freute mich wie verrückt, und es war mir nicht möglich, eine flapsige Antwort zu geben.

Zum Glück eilte in diesem Moment Sheila herbei, um mich zu retten. »Da sind Sie!«, sagte sie und keuchte dabei ein wenig, während sie eine schwer wirkende Schachtel auf den Tisch vor uns stellte. »Ich habe Sie überall gesucht, um Ihnen das zu geben.«

»Tut mir leid, Sheila. Ich dachte, ich sollte mal den Gefahren entfliehen, die entstehen, wenn man sein Büro mit einem Künstler teilt.« Ich lächelte und warf Ben einen raschen Blick zu.

»Die neuen Kalender sind da!«, verkündete Sheila. Sie machte die Schachtel auf und reichte jedem von uns ein Exemplar. »Ich dachte, Sie würden sie vielleicht gern begutachten, ehe ich sie in den Souvenirladen bringe.«

»Oh, vielen Dank!« Ich hielt gespannt den Atem an, während ich den Kalender durchblätterte.

Das Titelbild von Lord und Lady Fortescue war fantastisch. Statt einer steifen formellen Pose saß Lady Fortescue an einem der Fenster im Langen Saal. Lord Fortescue stand neben ihr und hatte ihr den Arm um die Schultern gelegt. Die beiden lächelten und betrachteten die Schmuckschatulle, in der sich das Diadem von Lord Fortescues Großmutter befand. Ich schluckte gerührt, als ich las, was unter dem Bild stand: *Lady Fortescues verborgener Schatz: »Dieses Geschenk, ein Erbstück und eine Überraschung von Hugo an unserem Hochzeitstag, gab mir das Gefühl, ein echtes Mitglied der Familie geworden zu sein.«*

Obwohl ich die Worte von Lady Fortescue bereits gelesen hatte, als wir den Kalender zusammenstellten, berührten sie mich erneut.

»Holly, das ist großartig. Wirklich großartig.« Ben streckte die Hand aus und verstrubbelte mir die Haare, als wäre ich ein kleines Kind. »Und anders. Ich glaube nicht, dass der Kalender bisher Menschen gezeigt hat. Oder irre ich mich, Sheila?«

Sie lächelte. »Sonst sind es meist Blumen oder Bilder des Herrenhauses, des Parks oder Ähnliches.«

»Das Team von Wickham Hall, die Menschen – sie bringen das Ganze zum Leben. Gut gemacht, Holly.« Ben sah mich an, und ich erwiderte seinen Blick. Ich versuchte, seine Miene zu deuten, während mein Herz wie verrückt pochte.

Sheila nahm die Schachtel und ging zum Souvenirladen hinüber.

Die Tür des Cafés wurde geöffnet, und Jenny streckte vorsichtig den Kopf heraus. Als sie sah, dass die Luft rein war, trat sie ins Freie. »Ich wollte nur sicherstellen, dass Lord Fortescue nicht in der Gegend ist. Ich möchte, dass es eine Überraschung bleibt. Was meinen Sie?« Sie hielt uns einen Teller mit winzigen Eiern entgegen, die auf einem Cocktailspieß aufgereiht waren, an dessen oberem Ende ein Stück Parmaschinken hing.

»Sehr hübsch«, sagte ich. »Wofür ist das?«

»Ein kleines Amuse-Bouche für unser Dreißiger-Menü. Die Wachteleier sollen Perlen darstellen.«

»Warten Sie einen Moment, dann hören Sie auch mein Urteil«, meinte Ben und schob sich zwei der Eierketten in den Mund.

»Sie sollen sie langsam genießen, Sie Vielfraß!«, schimpfte Jenny.

»Sehr schmackhaft«, verkündete Ben und griff nach der dritten Kette. »Wenn auch etwas klein.«

»He.« Jenny zog den Teller gerade noch rechtzeitig weg. »Holly soll auch probieren.«

Ich biss in ein Ei. »Hm, lecker. Ich glaube, das ist mein erstes Wachtelei.«

»Für mich sind die zu klein«, meinte Ben und versuchte an Jennys Fingern vorbeizugelangen, um sich noch einen Spieß zu schnappen. »Ich persönlich bevorzuge die guten altmodischen Hühnereier.«

»Eigentlich sind Wachteleier die *altmodischen* Eier. Zur Zeit von Elisabeth I. waren sie sehr beliebt«, gab ich zu bedenken und fügte in übertrieben hochnäsigem Tonfall hinzu: »Ich dachte, das wüssten Sie besser als ich, Mr. Fortescue.«

»Wie recht Sie haben, Holly.« Jenny hielt ihm grinsend den letzten Cocktailspieß hin und machte sich dann wieder auf den Weg in die Küche.

Ben wickelte den Parmaschinken von seinem Spieß und schob ihn sich in den Mund. »Jetzt verstehe ich, warum Sie gern hier im Café sitzen«, meinte er lachend.

»Ich versuche, das Programmheft für das Festival fertig zu korrigieren.« Ich blätterte durch die losen Seiten, fand den Abschnitt über das dreißigjährige Jubiläum seiner Eltern auf Wickham Hall und schob ihm das Blatt über den Tisch zu. »Vielleicht könnten Sie das hier für mich durchlesen?«

Er runzelte konzentriert die Stirn. In den Text vertieft, saß er da und bewegte dabei stumm die Lippen. Ich konnte nicht anders – ich begann mir vorzustellen, wie diese Lippen wohl schmecken würden.

Ben schaute auf. »Sie mustern mich.«

»Tut mir leid.« Ich schob mir das letzte Stück Erdbeertarte in den Mund und hoffte inbrünstig, dass mich meine Miene nicht verriet.

»Ja, das ist gut.« Er gab mir die Seite zurück und stand auf. »Lust auf einen Ausflug nach Stratford? Ich will ins College, um bei Steve die Abzüge der Bilder für meine Retrospektive abzuholen.«

Ich zögerte. Es war verführerisch, ein paar Stunden mit ihm abseits von Wickham Hall zu verbringen. Aber die Pflicht rief. »Nein, danke, ich habe zu viel zu tun. Aber könnten Sie Steve bitte ausrichten, dass ich ihm sein Bild zurückgebe, wenn ich ihn auf dem Festival sehe?«

Ich hatte Steves Aufnahme zwar fotokopiert, aber bisher noch nicht Mum gezeigt. Dafür wollte ich den richtigen Moment abwarten. Sie ging inzwischen zu einem Psychotherapeuten. Zuerst war ich hellauf begeistert gewesen, doch wie sich herausstellte, fand sie die Sitzungen bei ihm ziemlich hart und kam jedes Mal emotional erschöpft von ihnen zurück. Der Therapeut gab ihr auch Aufgaben für zu Hause mit. Mum schien momentan jedoch ein paar Rückschritte zu machen, denn im Esszimmer, das wir auszuräumen begonnen hatten, hatten wieder drei volle Tüten gestanden, als ich am Wochenende einen Blick hineingeworfen hatte. Aber sie hatte ja erst angefangen, und ich wollte die Hoffnung so schnell nicht aufgeben.

»Ach, und könnten Sie ihn nach seiner Handynummer fragen?«, fügte ich hinzu, als Ben sich zum Gehen wandte. »Ich werde versuchen, mit Mum einen Termin zu vereinbaren, an dem er sich ihre Zeitungen anschauen kann, wenn er noch interessiert ist.«

»Klar.« Er grinste. »Und versuchen Sie, mich nicht zu sehr zu vermissen, während ich weg bin.«

»Wird schwer werden.« Ich zwinkerte ihm zu. »Aber ich werde mich bemühen.«

Kapitel 17

Eine Woche später wurde ich nachts von einem Geräusch aus dem Erdgeschoss geweckt. Jemand klopfte an die Haustür.

Was zum Teufel ...

Ich stürzte aus dem Bett und zog den Vorhang auf. Adrenalin schoss mir durch die Adern, als ich unten in der Halbdunkelheit eine Bewegung bemerkte. Unter dem Fenster lehnte eine Gestalt an der Mauer des Cottages und ... beugte sich herab, um an den Blumen zu riechen.

Ich riss das Fenster auf. »Ben!«

Er trat einen Schritt zurück, stolperte über einen von Mums Blumentöpfen und fluchte leise. Ein Strahl silbernen Mondlichts erhellte sein Lächeln, als er zu mir hochsah. Ich fragte mich einen Moment lang, ob ich träumte.

»Hallo. Ich habe mir gerade überlegt, ob ich dieses Abflussrohr hochklettern und Sie persönlich wecken soll.«

»Reden Sie nicht so laut. Und warum riechen Sie an unseren Blumen ...«, ich hielt inne und warf einen Blick auf mein Handy, das auf meinem Nachttisch lag, »... um vier Uhr fünfundzwanzig morgens?«

»Ich bin aufgewacht, und da fiel mir ein, dass Sie ja noch nie den Sonnenaufgang gesehen haben und wie unmöglich das ist. Also bin ich hergekommen, um Sie abzuholen und ihn Ihnen an meinem Lieblingsort zu zeigen.«

Oh. Das war vermutlich das Hinreißendste, was mir jemals jemand vorgeschlagen hatte. Ich brauchte einen Moment, um mich zu sammeln.

»Ich dachte schon, es brennt auf dem Festivalgelände«, flüsterte ich.

»Nichts für ungut, Holly. Ich weiß, dass Sie die unglaublichste und weltbeste Planerin sind und all so was, aber wenn es brennen würde, wäre ich nicht als Erstes zu Ihnen gerannt.« Er grinste. »Ich bin schon seit einer halben Ewigkeit hier. Halb Warwickshire wäre inzwischen abgebrannt, wenn ich auf Sie hätte warten müssen.«

Ich lachte leise. »Sorry, ich schlafe immer tief. Weil ich so hart arbeite. Sollten Sie auch mal versuchen.«

Er winkte ungeduldig. »Kommen Sie, ziehen Sie sich an. Die Sonne wartet nicht. Übrigens sehen Sie mit Ihren verstrubbelten Haaren ziemlich niedlich aus.«

Ich streckte ihm die Zunge raus und zog den Vorhang wieder zu. Vor Aufregung war mir ganz anders zumute.

Ich zog Jeans, Kapuzenpulli und Turnschuhe an, ehe ich nach unten rannte, wobei ich zwei Stufen auf einmal nahm. Ich versuchte, so leise wie möglich zu sein, um Mum nicht zu wecken, während ich mir mit den Fingern durch die Haare fuhr. Für eine Haarbürste hatte ich jetzt keine Zeit.

Vor der Haustür blieb ich einen Moment zögernd stehen und sah mich um. In der Diele stapelten sich noch immer Schachteln, während ein Berg von Zeitungen den Eingang zur Küche verstellte. Ich wusste, dass das bereits eine Verbesserung war, doch selbst in diesem Zustand wollte ich Ben unser Haus nicht zeigen.

Ich öffnete die Tür also nur einen Spaltbreit, um mich durchzwängen zu können. Ben versuchte neugierig, an mir vorbei einen Blick ins Innere des Hauses zu werfen. »Ich bin so weit«, sagte ich hastig. »Gehen wir.«

Gerade wollte ich die Tür ins Schloss ziehen, als im Haus auf einmal Licht angemacht wurde und Schritte auf der Treppe ertönten.

»Oh nein! Wir haben meine Mutter geweckt«, zischte ich entsetzt.

Ben sah mich zerknirscht an. »Tut mir leid.«

»Was ist hier los?«, rief eine Stimme. »Wer ist da?«

Ich legte mein Gesicht an den Spalt der Tür. »Nur ich. Ich bin dann mal weg, Mum!«

Mum öffnete die Tür und schrie auf, als sie Ben sah. Dann schoss sie ins Haus zurück, während sie die Arme vor der Brust verschränkte.

Mir sank das Herz. Ben hatte jetzt höchstwahrscheinlich das Chaos im Flur gesehen, und ich spürte, wie ich vor Scham rot anlief.

Meine Mutter streckte erneut den Kopf durch die Tür und sah in die Dämmerung hinaus. »Entschuldigen Sie mein Nachthemd! Mir war nicht klar, dass wir Besuch haben. Kommen oder gehen Sie gerade, Mr. …?« Ohne ihre Brille konnte sie Einzelheiten wie Gesichtszüge in diesem Licht nicht erkennen.

»Das ist Benedict, Mum. Von Wickham Hall. Und wir gehen gerade.«

»Oh, verstehe.« Mums blaue Augen funkelten neugierig.

»Freut mich, Sie kennenzulernen, Mrs. Swift.« Ben streckte ihr die Hand entgegen, und Mum ergriff sie zögernd. »Sind Sie sich sicher, dass Sie beide nicht Schwestern sind?«

»Ich bin eigentlich Ms. Swift, aber Sie können mich gern Lucy nennen.« Mum schenkte ihm ein mädchenhaftes Lächeln und fuhr sich mit den Fingern durch die Haare.

»Oh, Lucy, da fällt mir gerade etwas ein.« Er kramte in seiner Hosentasche und zog dann ein Stück Papier heraus. »Steve Selby hat mich gebeten ...«

Hastig entriss ich ihm das Papier. »Das nehme ich, danke. Sollten wir nicht besser los? Tschüss, Mum!«

Sie sah uns hinterher, wie ich den Weg zum Gartentor hochhastete, gefolgt von Ben. Auf der Straße stand sein ziemlich verbeult aussehender Mini.

»Schwestern?«, sagte ich und zog eine Augenbraue hoch.

Ben drehte den Zündschlüssel und zwinkerte mir zu. »Was soll ich sagen? Flirten ist eben Teil der Standardausrüstung bei mir.«

Wir fuhren in entspanntem Schweigen durch die Dämmerung. Nach ein paar Minuten hielt Ben vor einem alten Metallgatter, das mir noch nie zuvor aufgefallen war. Er sperrte es auf, wir fuhren hindurch, und als er wieder heraussprang, um das Tor zu schließen, erkannte ich, dass wir uns auf Wickham Hall befanden.

»Wir müssen uns beeilen«, sagte er mit einem Blick in den Himmel. Die Dunkelheit löste sich bereits auf, und ein milchig blaues Licht breitete sich aus. Er schaltete in den ersten Gang, und wir zuckelten einen holprigen Weg entlang.

Am Ende des Weges hielt er an. »Die Sonne geht in ein paar Minuten auf.« Wir sprangen aus dem Wagen, und Ben nahm eine Decke vom Rücksitz. Dann rannten wir über das taufrische Gras einen Hügel hinauf, wo er die Decke hinlegte. Atemlos und aufgeregt ließ ich mich neben ihm nieder.

Der Platz war perfekt. Wir befanden uns in dem Park am Rande des Anwesens. Direkt vor uns im Osten lag das Herrenhaus, dessen Terrassen und Gärten von hier aus kaum sichtbar waren. Zu unserer Linken befand sich der Wald, davor bahnte sich der Fluss leise seinen Weg durch die Landschaft. Auch das Festivalgelände mit seinen weißen Zelten konnte man von hier aus gut sehen.

Ben wandte sich mir zu und grinste. Er war ein wenig atemlos. »Wir haben es geschafft.«

»Gerade noch, so wie es aussieht«, gab ich zurück.

Der Himmel war traumhaft schön – weit oben tintenblau bis hin zu einem Grünblau am Horizont. Dazwischen zeigten sich alle nur denkbaren Schattierungen. Hellrosa Wolkenschleier durchzogen das Spektakel, gefärbt von einer noch nicht sichtbaren Sonne. Ich hielt den Atem an, als sich ein goldener Dunst über den Türmchen des Herrenhauses ausbreitete, gefolgt vom Auftauchen der vollkommenen Halbkugel des goldenen Sonnenballs.

»Oh, wie wunderschön!«, sagte ich. »Die ganze Welt scheint zu schlafen, außer Ihnen und mir.« Ich sah Ben an. »Unser geheimer Sonnenaufgang. Vielen Dank ... Ich glaube, ich werde mich jetzt mein Leben lang daran erinnern.«

»Sehr gern.« Sein warmer Blick ließ mein Herz vor Glück anschwellen.

»Es gibt solche Momente«, fügte er hinzu. »Nicht viele. Aber wenn sie passieren, dann muss man mit dem, was man gerade macht, einfach aufhören – wie in Ihrem Fall zum Beispiel laut zu schnarchen.« Er gab mir einen kleinen Stoß mit dem Ellbogen, und ich wich ihm lachend aus. »Um sich ihnen ganz hinzugeben. Um ganz im Moment zu leben. Ich fühle mich nie lebendiger, als wenn ich sehe, wie die Sonne auf diese Weise die Erde weckt.«

Esme hatte im Monat zuvor etwas Ähnliches gesagt. Was war das noch einmal gewesen? Irgendetwas darüber, im Augenblick zu leben, denn dann könne Magisches geschehen. Sie hatte recht gehabt: Hier in dieser morgendlichen Stille mit Ben zu sein hatte etwas Magisches.

»Genau dann kann es magisch werden«, murmelte ich.

»Eben.«

Die Sonne ging nun schnell auf und war bereits fast ganz im Himmel über Wickham Hall zu sehen. Sie hatte ihre Farbe von Orange zu Weiß geändert, umgeben von einem Lichtkranz, der zu hell war, um ihn zu betrachten. Stattdessen sah ich Ben an, dessen Gesicht in Gold getaucht schien. Sein Kinn war dunkel von Stoppeln, seine Augen schimmerten. Zu meiner Überraschung sah er betrübt aus.

Er sah mich an und lächelte wehmütig. »Wenn ich Wickham Hall so sehe, dann wirkt alles so frisch und neu, und ich erkenne so viele Chancen und Möglichkeiten vor mir. Und dann...« Er brach seufzend ab, und ich merkte, wie er in sich zusammensackte.

Nicht zum ersten Mal fragte ich mich, was hinter diesem offensichtlichen Widerwillen steckte, Wickham Hall von seinen Eltern zu übernehmen. »Und dann was?«, hakte ich nach.

Er fuhr sich mit der Hand durchs Haar. »Und dann wacht die Welt auf, und es gibt Pflichten und Erwartungen und feste Strukturen und das alltägliche Einerlei. Und das bin einfach nicht ich.«

»Willkommen in der Welt der Erwachsenen, Ben«, meinte ich trocken. Ich stand auf und breitete meine Arme aus.

»Für die meisten wäre es ein Traum, dies alles ihr Zuhause nennen zu dürfen. Für mich auf jeden Fall.«

Auch er erhob sich und sah mich an. Er presste die Lippen aufeinander und musterte mein Gesicht, als ob er sich überlegen würde, ob er mir etwas anvertrauen konnte.

»Sie haben mein Zuhause gesehen«, fuhr ich leise fort. »Jedenfalls den Flur. Und der Rest des Cottage ist auch nicht besser. Mum kann nichts loslassen, sie muss alles zwanghaft sammeln. Ich lasse keine Leute herein. Den meisten erzähle ich auch nicht davon. Ehrlich gesagt, weiß ich gar nicht, warum ich Ihnen das jetzt sage.«

Er sah mich nur an und ließ mir Zeit, die richtigen Worte zu finden.

»Das hat mein ganzes Leben überschattet, schon seit ich ein kleines Mädchen war. Mum hat gerade erst angefangen, sich Hilfe zu holen, und ich hoffe, dass ...« Ich zögerte und fragte mich, ob ich ihm von dem geheimnisvollen Mann auf dem Foto erzählen sollte. Ich entschied mich dagegen. Für den Moment reichte es, dass er einen Blick auf mein Leben zu Hause hatte werfen können. »Nun, ich hoffe, dass sich die Dinge allmählich bessern.«

Ben legte vorsichtig seine Hände auf meine Arme. »Klingt so, als ob Sie viel zu bewältigen hätten. Und das ist der Therapeut, von dem Sie sprachen?«

Ich nickte.

Ich hielt den Atem an, als er sich vorbeugte und mir einen Kuss auf die Stirn drückte. »Sie sind eine wunderbare Frau, Holly. Das erklärt auch, warum Sie so gut organisiert sind. Und warum Sie beinahe in Schnappatmung verfallen sind, als ich am ersten Tag im Büro ein solches Chaos veranstaltet habe.«

»Ich dachte, ich hätte mich ziemlich gut im Griff gehabt.« Ich grinste. »Kommen Sie. Wir gehen. Ich möchte dringend eine Tasse Tee. Und Sie können mir dabei erzählen, was Sie davon abhält, Ihr Erbe anzutreten.«

Ben hob die Decke hoch, klemmte sie sich unter den Arm, und wir schlenderten den Hügel hinunter zum Auto zurück.

»Verstehen Sie mich bitte nicht falsch. Ich bin durchaus stolz auf meine Herkunft, meine Vorfahren und die Tatsache, dass es den Fortescues gelungen ist, Wickham Hall über die Jahrhunderte zu bewahren, während viele andere Herrenhäuser verkauft werden mussten, um Erbschaftssteuern zu zahlen und Ähnliches. Aber ...«

»Sie mögen es nicht, wenn man Ihnen sagt, was Sie tun sollen«, beendete ich den Satz für ihn.

Ben öffnete die Beifahrertür für mich. »Habe ich Ihnen schon von der Schule erzählt, die ich zu bauen geholfen habe?«

»Nein.«

»Sie befindet sich in einem winzigen Dorf namens Mae Chang in Kambodscha. Ich bin dort als freiwilliger Helfer hin, als ich noch auf der Kunstakademie war. Eine Gruppe von uns baute eine kleine Mittelschule, und seitdem kehre ich immer wieder dorthin zurück. Ich unterrichte dort Kunst. Diese Leute haben fast nichts. Gar nichts, Holly. Können Sie sich das vorstellen?«

Mir fehlten die Worte, und so schüttelte ich nur den Kopf.

»Es mag klischeehaft klingen, und ich weiß auch, dass diese Leute ein hartes Leben führen – wenn die Ernte schlecht ausfällt oder die Gegend überflutet wird, ist es besonders schrecklich –, aber sie haben mir erst richtig beigebracht, was wirklich wichtig im Leben ist. Und für mich ist es die Kunst, die mir wichtig ist.«

»Wichtiger als Wickham Hall und Ihre Familie? Könnten Sie denn nicht beides machen?«

Er schüttelte den Kopf und atmete hörbar aus. »Ich habe das bisher niemandem gesagt ...«

Ich hob fragend eine Augenbraue.

»Letztendlich geht es darum, dass ich große Angst habe.«

»Sie? Angst?« Ich sah ihn ungläubig an. »Das kann ich mir gar nicht vorstellen.«

Er wartete, bis ich mich angeschnallt hatte, und ließ dann den Motor an. »Wenn ich in London bin, in meinem Atelier, oder wenn ich Galeriebesitzer treffe oder mit Freunden ausgehe, dann bin ich Ben Fortescue, der Landschaftsmaler. In meiner Welt fühle ich mich selbstsicher und zufrieden. Aber hier bin ich Benedict, der einzige Sohn von Lord Fortescue.« Er zuckte mit den Achseln. »Und das ist keine leichte Aufgabe. Vor allem wenn es darum geht, ein erfolgreiches Unternehmen wie das unsere zu übernehmen. In gewisser Weise wäre es einfacher, wenn wir rote Zahlen schrieben. Dann würde das zumindest eine Herausforderung darstellen.«

Ben steuerte das Auto in Richtung Henley, wo es ein Café gab, das um diese Uhrzeit schon geöffnet hatte.

Nachdenklich betrachtete ich sein Profil. »Aber Sie werden doch immer ein Künstler sein, oder nicht? Sie würden Ihre Kunst nicht ganz aufgeben.«

»Wenn ich von meinem Vater übernehme, geht es nicht nur um Wickham Hall, um das ich mich kümmern muss. Es sind auch noch andere Geschäftsinteressen, Immobilien und dergleichen mehr. Ich hätte keine Zeit mehr, kreativ zu sein. Ich wäre völlig ausgelaugt.«

»Sie irren sich. Da bin ich mir ganz sicher«, widersprach ich.

Er zuckte mit den Schultern und schaltete das Radio an. Kurz darauf sang er lauthals zu Katy Perry, und ich musste lachen: Ob er es nun zugab oder nicht – er war wie gemacht für die Übernahme von Wickham Hall. Er war charismatisch, besaß eine natürliche Autorität und fühlte sich im Rampenlicht so wohl wie ich mich außerhalb davon. Er musste ja auch nicht in einem Büro herumhocken, wenn er das nicht wollte. Im Grunde brauchte er nur jemanden, der sich um alles Organisatorische kümmerte.

Ich riskierte einen Seitenblick, als er sich auf die Ampel vor uns konzentrieren musste. In meinem Bauch spürte ich ein deutliches Flattern.

Zugegebenermaßen wäre es mir sehr recht gewesen, genau diese Rolle zu übernehmen.

Kapitel 18

Es war der erste Tag des Sommerfests, und wie durch ein Wunder schien das wunderbare Wetter zu halten. Wir stellten uns auf eine Rekordbesucherzahl ein. Die Sanitäter standen bereit, überall auf dem Gelände gab es Getränke und Eisverkäufer, und wir hatten in letzter Minute noch einen großen Picknickbereich mit einer Plane überdacht, um genügend Schatten zu bieten.

Wieder warf ich einen Blick auf meine Armbanduhr. Zwei Minuten vor neun. Dann sah ich mich um: Alles und jeder war an seinem Platz. Gott sei Dank. Neben dem Eingang zum Festivalgelände stand ich gemeinsam mit den Fortescues, Sheila, mehreren Ordnern in Polohemden mit dem Logo von Wickham Hall sowie unserer offiziellen Festivalfotografin. Auf der anderen Seite des extrabreiten weißen Bandes, das Sheila und ich vor den Eingang zwischen zwei Kartenhäuschen gespannt hatten, wartete eine erfreulich große Menge an Besuchern.

»Sind Sie für den großen Ansturm bereit?«, murmelte mir Ben ins Ohr.

»Mehr oder weniger.« Ich nickte und betrachtete noch einmal seinen eleganten Leinenanzug. Das Baumwollhemd war oben offen, und mein Blick wurde von den dunklen

Haaren angezogen, die dort hervorlugten. Ich sah blinzelnd zu ihm hoch. »Sie sehen nicht schlecht aus, wenn Sie sich mal geschrubbt haben«, sagte ich grinsend. »Wobei mir die Farbspritzer in Ihren Haaren fast fehlen.«

»Danke.« Er tat so, als würde er ein paar Staubkörner von seiner Jacke bürsten. »Keine Sorge. In drei Tagen ist alles wieder beim Alten.«

Ich hatte drei neue Kleider – für jeden Festivaltag eins. Heute war meine Wahl auf ein ärmelloses Etuikleid gefallen. »Und was ist mit mir?«, fragte ich und drehte mich einmal um mich selbst.

Er musterte mein Kleid und tat so, als müsste er erst zu einem Urteil kommen. *Geschieht mir recht*, dachte ich. *Wenn ich schon so offensichtlich nach einem Kompliment verlange.*

»Wird schon passen.« Er grinste. »Hören Sie, Holly, ich muss heute meine Thronerbenrolle spielen, Leute begrüßen, mit der Presse reden und all so was. Aber ich werde immer mein Walkie-Talkie bei mir haben. Gewöhnlich muss man am ersten Tag ziemlich viel durch die Gegend rennen. Aber bitte versuchen Sie nicht, jedes Problem allein zu lösen. Versprochen?«

»Roger!«, sagte ich, hielt mir mein eigenes Walkie-Talkie an die Lippen und tat so, als würde ich hineinsprechen. »Ende der Durchsage!«

Er schüttelte den Kopf und bohrte mir freundlich einen Finger in die Seite. »Ich meine das ernst, Holly. Wir sind ein Team.«

»Weiß ich, Boss«, erwiderte ich und lächelte ihn an.

Die Kirchenglocken von St. John schlugen neun Uhr, und die Menge trat einen Schritt vor.

»Die Schere, Sheila?« Lord Fortescue wandte sich zu seiner Sekretärin um, die ihm eine goldene Zeremonienschere reichte. Er räusperte sich hörbar, und die Menge verstummte. »Wie Sie vielleicht wissen, ist es das dreißigste Sommerfest, das Lady Fortescue und ich auf Wickham Hall veranstalten.« Er sah seine Frau liebevoll an und lachte. »Obwohl meine Frau nicht einen Tag älter geworden zu sein scheint.«

Lady Fortescue strahlte. »Ach, Hugo.«

»Ich danke allen wie immer für die sagenhafte Unterstützung. Meine Frau und ich hoffen, dass Sie ein wunderbares Festival erleben – und um Sie nicht länger auf die Folter zu spannen, erkläre ich das diesjährige Sommerfest von Wickham Hall für eröffnet.«

Ich applaudierte ebenso angetan wie alle anderen, als Lord Fortescue mit der Zeremonienschere das perlweiße Band durchschnitt. Die Menschen drängten nach vorn, um als erste Besucher das Festivalgelände zu betreten, während man die Fortescues zu Nikkis Geranienbeet führte, das für die Dreißig-Jahr-Feier angelegt worden war, um dort weitere Aufnahmen von der Familie zu machen.

In der Ferne sah ich Nikki selbst, die mit einer Gießkanne in jeder Hand in Richtung Perlengarten hastete. Ich folgte ihr, um sicherzustellen, dass alles in Ordnung war.

Die Arbeit, die sie und ihre Leute geleistet hatten, war fantastisch. Vor allem das zentrale Stück des Arrangements war atemberaubend: ein bewachsener Springbrunnen in einem pittoresken Teich, in dessen Mitte eine große, offene Fiberglas-Auster mit einer Perle lag. Die Pflanzen, die Nikki dafür gewählt hatte, waren eine ruhige Mischung aus weißen Blüten, silbernen Gräsern und grünen Blättern. Allein sich dort aufzuhalten ließ die Hitze des Sommertages ein wenig kühler erscheinen.

Doch als ich mich Nikki näherte, fuhr ich erschrocken zusammen. Sie wirkte alles andere als ruhig und gelassen. Ihr Gesicht war rot, und ihr T-Shirt klebte an ihrem verschwitzten Oberkörper.

»Nikki?«, fragte ich entsetzt und hielt sie am Arm fest. »Was ist los?«

»Verdammte Katastrophe!«, stöhnte sie und wischte sich mit einem Taschentuch den Schweiß von der Stirn. »Einer meiner freiwilligen Helfer ist nicht gekommen. Hat angeblich eine Lebensmittelvergiftung. Er sollte heute Morgen schon möglichst früh da sein, um das Gießen zu übernehmen. Jetzt lassen die Pflanzen schon alle die Köpfe hängen. Wenn das so weitergeht, wird der Perlengarten wahrscheinlich nicht mal den Vormittag überstehen, von drei Tagen Festivalbetrieb ganz zu schweigen.«

Ich betrachtete die Pflanzen. Erst jetzt fiel mir auf, dass einige von ihnen tatsächlich bereits etwas welk zu wirken begannen.

»Ich habe hier keine Leute, die mir helfen können. Außerdem soll jeden Augenblick Suzanna Merryweather auftauchen – und schauen Sie sich mal an, wie ich aussehe.«

»Hier, geben Sie mir die Kanne«, sagte ich und legte Klemmbrett und Walkie-Talkie auf den Boden. »Das kann ich machen. Sie holen sich jetzt erst mal etwas zu trinken, ruhen sich kurz aus, machen sich frisch und kommen dann wieder, um Suzanna zu treffen. Ihr erster Auftritt im Theaterzelt ist um ein Uhr. Also noch genug Zeit, um ihr die Gärten von Wickham Hall zu zeigen.«

Nikki sah mich zweifelnd an. »Sind Sie sicher?«

Ich lächelte. »Es ist nur Wasser, Nikki. Nicht mal ich kann da einen Fehler machen.«

»Danke, Holly, Sie sind ein echter Schatz.« Sie seufzte erleichtert auf und reichte mir dann eine der schweren Gießkannen.

»Ich schaffe das schon«, rief ich ihr selbstsicher hinterher. Dabei schwang ich die Gießkanne mit meinem rechten Arm so heftig hin und her, dass ich mein neues Kleid prompt mit Erde beschmierte. Verdammt!

Gerade als ich mich herabbeugte, um den Fleck genauer zu betrachten, rief eine mir vertraute Stimme: »Bloß nicht anfassen!«

Ich wirbelte herum, wodurch ich Wasser auf meine Schuhe goss, und stellte fest, dass Mum neben dem Perlengarten stand. In ihrem leuchtend bunten Maxikleid und den Flipflops sah sie ausgesprochen sommerlich aus. »Lass es trocknen, dann kann man die Erde abbürsten«, erklärte sie und stieg über die Seilsperre, die den Garten umgab. »Wenn du jetzt daran reibst, bekommst du den Flecken garantiert nicht mehr raus.«

»Danke, Mum«, sagte ich und gab ihr einen schmatzenden Kuss auf die Wange. »Glaubst du, ich werde jemals damit aufhören, mich darauf zu verlassen, dass du mir schon helfen wirst?«

»Hoffentlich nie, mein Schatz«, erwiderte sie und strich mir mit einem Finger über die Wange. »Außerdem bin ich mir sicher, dass ich mich mehr auf deine Hilfe verlasse als umgekehrt.« Es gab mir einen Stich, als ich die Traurigkeit bemerkte, die in ihrer Stimme mitschwang.

»In dem Fall hätte ich einen Job für dich, wenn du nichts dagegen hast«, sagte ich und reichte ihr eine der beiden Gießkannen.

»Ich bin übrigens ziemlich neidisch, dass du hier auf

Wickham Hall arbeitest. Weißt du das eigentlich?«, gab Mum zu, als wir uns um die Pflanzen kümmerten. »Ich hatte ja immer gedacht, dass *ich* eines Tages hier sein würde.«

»Ehrlich?« Ich sah sie fragend an.

Sie nickte. »Ja. Aber es hat sich dann doch nicht ergeben.« Sie richtete sich auf, strich sich eine Haarsträhne aus dem Gesicht und zuckte mit den Achseln.

»Wieso nicht?«, hakte ich nach, während ich mich fragte, wohin diese Unterhaltung wohl führen würde.

»Man bot mir eine Arbeit als Touristen-Guide an, aber ich musste ablehnen.«

Ich merkte, wie mein Herz schneller schlug. »Warum?«

»Weil man mir nicht genügend Stunden anbieten konnte. Im Winter ist Wickham Hall doch geschlossen. Und ich brauchte ein regelmäßiges Einkommen. Außerdem suchten sie jemanden, der auch am Wochenende arbeitet, und das ging nicht, weil ich ja dich hatte. Deshalb hat es nie geklappt.« Sie seufzte und marschierte zum Wassertank zurück, um mehr Wasser zu holen.

»Wir sind beinahe fertig«, sagte ich, als sie zurückkam. »Ich bin so froh, dass du im richtigen Augenblick gekommen bist. Hoffentlich habe ich dich nicht von etwas abgehalten?«

»Nein, gar nicht, Schatz. Ich habe gerade zugesehen, wie Lady Fortescue ein Geschenk von ihrem Mann ausgepackt hat, da habe ich dich gesehen«, erwiderte sie und beugte sich zu den Bambuspflanzen in der hintersten Reihe des Beets hinüber.

Lord Fortescue hatte einen Schreiner damit beauftragt, für seine Frau eine Bank aus einer Eiche anzufertigen, die vor einiger Zeit auf dem Anwesen gefällt worden war. Eigentlich sollte die Bank an ihrem Lieblingsort im Park aufgestellt werden, doch während des Festivals stand sie auf einem Podest, damit sie zuerst einmal von den Besuchern begutachtet werden konnte.

»Was für eine romantische Idee«, schwärmte Mum. »Ich muss zugeben, dass ich Ihre Ladyschaft ziemlich beneide. Stell dir nur vor: ein Mann, der dich sein ganzes Leben lang liebt, und zwar ›bis dass der Tod euch scheidet‹. Unglaublich, findest du nicht?«

Ich schluckte. Vermutlich war das jetzt nicht der richtige Moment, aber der kam möglicherweise sowieso nie ...

»Ist es dir mit meinem Vater damals auch so ergangen?«

»Mein Gott, Holly. Das kam jetzt aber unerwartet. Das Ganze ist schon so lange her, ich ...« Sie wedelte sich Luft zu.

Ich hatte die Aufnahme dabei, um sie Steve zurückgeben zu können, wenn ich ihn sah. Jetzt zog ich den Umschlag mit dem Foto, der ganz hinten an meinem Klemmbrett befestigt war, heraus und öffnete ihn. Mein Herz pochte, als ich das Bild meiner Mutter reichte. »Ist er das, Mum? Ist das mein Vater?«

Mum riss die Augen auf, als ich auf das Mädchen zeigte, das sie einmal gewesen war. Ihre Unterlippe zitterte, und sie presste eine Hand auf den Mund. »Woher hast du das? Wer hat das gemacht?«

»Ist er das?«, wiederholte ich.

»Ja«, murmelte sie. »Das ist er.«

»Bitte, Mum«, sagte ich mit bebender Stimme. »Ich will die ganze Geschichte hören.«

Sie fuhr sich mit der Zunge über die Lippen und nickte, ohne auch nur einen Moment den Blick von dem Bild abzuwenden. »Gut, ich werde sie dir erzählen. Aber nicht hier.«

»Dann heute Abend, zu Hause?«

Sie rückte ihre Sonnenbrille zurecht. »Ja, heute Abend. Versprochen, Liebling.«

In meinem Bauch kribbelte es, als ich sie in die Arme nahm. In ein paar Stunden würde ich endlich die Wahrheit kennen. Endlich.

»Oh, Holly«, flüsterte sie. »Ich vermisse es, einen besonderen Menschen in meinem Leben zu haben, und ich habe solche Angst, dass ich zu lange gewartet habe.«

Meine wunderbare Mutter. Mir stiegen die Tränen in die Augen.

»Ich glaube, dir ist gar nicht bewusst, wie hübsch du bist«, sagte ich und drückte ihr einen Kuss auf die Stirn.

»Achte gar nicht auf mich. Ich bin eine törichte alte Frau und verderbe dir nur deinen großen Tag.« Sie schniefte und suchte in ihrer Handtasche nach einem Taschentuch.

»Mum, du bist erst siebenundvierzig Jahre alt, und ich würde mich wahnsinnig freuen, wenn du einen Mann kennenlernen würdest.«

»Aber wer will mich denn schon, mein Schatz?«, erwiderte sie und tupfte ihre Augen ab. Dann reichte sie mir ein sauberes Taschentuch. »Der Erdfleck sollte inzwischen trocken sein.«

Ich sah sie aus dem Augenwinkel an, während ich das Kleid sauber rieb. Wir schienen uns allmählich der Wurzel für ihre Sammelwut zu nähern, da war ich mir ziemlich sicher. Vielleicht würde sie sich dann besser fühlen. Und vielleicht würde auch unser Gespräch heute Abend dazu beitragen.

»Entschuldigen Sie?«

Ich blickte zum Eingang des Perlengartens hinüber. Dort

stand ein junger Mann in Baggypants und mit einer Kamera um den Hals.

»Hallo«, sagte ich.

»Haben Sie etwas dagegen, wenn ich hereinkomme und ein paar Nahaufnahmen von der Austernmuschel mache?«

»Nein, gar nicht. Kommen Sie doch bitte.« Ich lächelte.

Er winkte zwei weiteren jungen Leuten zu, die wie er Studenten zu sein schienen, und die drei begannen zu fotografieren.

»Seid ihr vom Hathaway College?«, fragte ich.

Doch noch ehe sie antworten konnten, vernahm ich eine weitere, tiefere Stimme: »Das sind sie. Hallo, Holly. Schön, Sie wiederzusehen.«

Ich drehte mich um und entdeckte Steve, der direkt hinter mir stand. »Steve, ich freue mich, Sie zu sehen!«, sagte ich und senkte dann die Stimme, wobei ich meiner Mutter den Rücken zuwandte. »Bisher hatte ich leider noch keine Gelegenheit, mit meiner Mum wegen der alten Zeitungsausgaben zu sprechen.«

»Ist das wirklich Ihre Mutter?«, fragte Steve ungläubig und starrte Mum begeistert an. »Wow, sie ist aber noch sehr jung.«

Ich hörte, wie einer der Studenten spöttisch lachte, und tat so, als würde ich nicht bemerken, wie Steve daraufhin rot anlief.

»Mum?« Ich drehte mich zu ihr um. »Das ist meine Mutter Lucy«, stellte ich sie Steve vor. »Und das ist Steve. Er ist der Fotograf, der jahrelang für *Wickham and Hoxley News* die Aufnahmen vom Festival gemacht hat. Er interessiert sich für deine Sammlung alter Ausgaben.«

»Meine Zeitungen?« Mum zog überrascht die Augenbrauen hoch.

»Ganz genau, Lucy«, sagte Steve und schüttelte ihre Hand. »Wenn Ihr Archiv so umfangreich ist, wie Holly das meinte, könnten Sie da eine echte Goldquelle haben.«

Ich warf einen Blick auf meine Uhr. »Du meine Güte, ich muss dringend weiter!« Suzanna Merryweather sollte bald eintreffen, und ich wollte da sein, um sie begrüßen zu können, wenn sie mit dem Taxi vorfuhr. Also ließ ich Mum und Steve stehen – die bereits in ein angeregtes Gespräch vertieft waren.

Kapitel 19

Als ich den Eingang zum Festivalgelände erreichte, traf ich dort auf Jim.

»Sie haben doch nichts dagegen, wenn ich hier warte, um ein Autogramm von Suzanna Merryweather zu bekommen, oder?«, fragte er ein wenig beschämt und zog ein Notizbuch aus seiner Tasche. Wie ich inzwischen erfahren hatte, war Jim so begeistert von der Fernsehgärtnerin, dass er drei signierte Ausgaben ihres Buchs erworben hatte – eine für sich und zwei als Weihnachtsgeschenke.

»Natürlich nicht.« Ich grinste und hakte mich bei ihm unter. »Kommen Sie. Wir laufen die Straße hinunter, sie wird bald da sein.«

Damit bahnten wir uns einen Weg durch die Menge. Auf einmal hörten wir vor uns ein Geräusch, und gleich darauf kam ein kleiner Hund zwischen unzähligen Beinen auf uns zugerannt.

»Oh nein.« Jim schnalzte mitleidig mit der Zunge. »Der arme Kerl scheint seine Leute verloren zu haben. Das passiert jedes Mal. Irgendein Hund reißt sich immer von der Leine los und haut ab.«

Der Hund, ein weißbrauner Jack Russell Terrier, sprang an Jim hoch und wedelte mit dem Schwanz. Ich beugte mich herab, um das Namensschildchen zu lesen, das an seinem Lederhalsband hing. »Er heißt Lucky. Sehen Sie die Besitzer irgendwo?«

Jim und ich blickten uns um, konnten jedoch niemanden entdecken, der nach einem Hund zu suchen schien.

»Jim, könnten Sie ihn für mich ins Festivalbüro bringen?«, bat ich ihn. »Sheila kann ihn dort ausrufen lassen, dann werden seine Besitzer schon kommen. Ich trau mich hier nicht weg, falls ...«

Wir beide starrten auf ein schwarzes Taxi, das in diesem Moment neben dem Eingang zum Festivalgelände anhielt.

»Das muss sie sein«, sagte ich.

Jims Gesicht erhellte sich, doch dann sackte er sichtlich in sich zusammen. »Begrüßen Sie Suzanna. Ich kümmere mich um den hier.« Er deutete auf Lucky.

Er tat mir furchtbar leid. Kurzerhand hob ich den Hund hoch, klemmte ihn mir unter den einen und das Klemmbrett unter den anderen Arm. »Kommen Sie, wir begrüßen sie beide. Lucky kann mitkommen. Dann gehen wir gemeinsam ins Büro. Auf die Weise kriegen Sie auch Ihr Autogramm.«

»Großartig!« Jim boxte vor Begeisterung in die Luft.

Wir eilten samt Hund auf das Taxi zu und erreichten es, als Suzanna Merryweather gerade ausstieg.

»Hallo, Suzanna!«, begrüßte ich sie und jonglierte mit Klemmbrett und Hund, während ich versuchte, ihr die Hand zu reichen. »Willkommen auf Wickham Hall!«

Suzanna trug ein schlichtes weißes Sommerkleid aus Baumwolle. Ihr Gesicht wirkte ungeschminkt, die blonden Haare hatte sie zu einem Pferdeschwanz zusammengebunden. Große, neugierige Augen sahen unter einem schweren Pony hervor. Sie strahlte, als sie den Hund sah. »Oh, was bist du für ein hübscher Kerl!«, schmeichelte sie ihm. »Gehört er Ihnen?«

Ich stellte mich, Jim und Lucky vor. Es hatten sich bereits ein paar Neugierige um uns versammelt. Jim erzählte die Geschichte von Luckys plötzlichem Auftauchen.

»Wie wäre es, wenn wir das hier gleich zu unserem ersten Foto des Tages machen? Lucky und ich mit Jim, dem Hunderetter. Was meinen Sie, Holly?«, schlug Suzanna lächelnd vor.

Ich freute mich für Jim. Er hatte rote Ohren und schien sein Glück kaum fassen zu können. Ich ließ die beiden im Festivalbüro zurück, wo sich Sheila um Suzanna kümmerte. Als ich hinaus in die Sonne trat, hörte ich hinter mir gerade noch, wie sich die Besitzer von Lucky nach ihm erkundigten. Also war auch diese Geschichte gut ausgegangen.

Jetzt brauchte ich erst einmal dringend etwas zu trinken, sonst würde mir die Zunge bald ebenso wie dem kleinen Hund heraushängen. Ich machte mich also auf die Suche nach Wasser und hatte auch beinahe den Stand mit den Erfrischungen erreicht, als mir jemand auf die Schulter klopfte.

»Holly!«

Ich drehte mich um und fand mich Jenny gegenüber. Sie trug ein violettes Kleid mit großen Punkten und hatte ihre Haare zur Abwechslung einmal offen.

»Die kenne ich bisher ja noch gar nicht«, sagte ich und zeigte grinsend auf ihre bloßen Beine.

»Ich bin heute im Freiluftrestaurant vorn am Empfang, da brauche ich keine Kochkleidung«, erwiderte sie. Sie verschränkte die Arme. »Wissen Sie eigentlich, dass wir bisher nur acht Reservierungen für das Mittagessen haben?«

Oh.

»Nein, das wusste ich nicht.« Ich seufzte.

»Können Sie das vielleicht ändern? Was meinen Sie?«

»Hm ...« Ich dachte kurz daran, dass mich Ben gebeten hatte, nicht jedes Problem allein lösen zu wollen. Doch dann erinnerte ich mich auch daran, was Pippa bei meinem Vorstellungsgespräch gesagt hatte: Die Fortescues waren das öffentliche Gesicht von Wickham Hall, und genau das war heute Bens Aufgabe.

»Ich gehe gleich mal ins Festivalbüro und drucke noch ein paar Flyer aus, die ich an den Kartenhäuschen auslege«, schlug ich vor. »Das könnte schon helfen.«

»Danke«, sagte sie tonlos.

»Jenny«, sagte ich lächelnd und versuchte, so munter wie möglich zu wirken. »Es ist erst halb zwölf. Es ist noch viel Zeit. Und vergessen Sie nicht, dass Lord Fortescue mit zwei Gästen kommt.«

Jenny zuckte die Schultern. Sie wirkte nicht überzeugt. »Okay. Dann elf. Trotzdem nicht gut.«

»Sobald die Leute, die zufällig vorübergehen, die glücklichen elf Gäste sehen, werden sie sich garantiert um einen Tisch prügeln.«

Sie legte den Kopf zur Seite. »Aber es gibt keine Vorübergehenden«, erwiderte sie mit einem sarkastischen Unterton. »Weil Sie das Restaurant so exklusiv und abseits wie möglich platziert haben. Schon vergessen?«

Ich schluckte. Ich machte den Mund in der Hoffnung auf, dass etwas Sinnvolles herauskam. Doch in diesem Moment knackte mein Walkie-Talkie. »Sheila an Holly. Over.«

»Entschuldigen Sie kurz«, sagte ich zu Jenny. »Sprechen Sie, Sheila.«

»Bitte suchen Sie Jenny und richten Sie ihr aus, dass Lord Fortescue sein Mittagessen leider absagen muss. Sie geht nicht an ihr Funkgerät.«

Ich schnitt eine Grimasse. »Mache ich, Sheila.«

Jenny fuchtelte frustriert mit den Händen. »Na, das ist ja ganz toll. Das ist genau das, was mir jetzt noch gefehlt hat. Dann kann ich genauso gut gleich heimgehen und meine Wachteleier-Häppchen zu belegten Broten verarbeiten.« Sie zeigte mit einem Finger auf mich. »Richten Sie ihm aus, dass ich sein Lieblingsessen gekocht habe – als besondere Überraschung. Wolfsbarsch mit Fenchelgemüse.« Sie entriss mir das Walkie-Talkie und bellte wütend hinein: »Sheila, sag ihm einfach, Wolfsbarsch mit Fenchelgemüse. Over.«

»Er ist nicht hier«, erwiderte Sheila unter Knistern.

Jenny drückte mir das Funkgerät wieder in die Hand und sah mich finster an. Ich suchte noch nach den richtigen Worten, um sie zu beruhigen, als ich Mum in der Ferne sah – immer noch in Begleitung von Steve.

»Mum! Mum!«, rief ich und winkte ihr zu.

Die beiden kamen zu uns geschlendert.

»Du magst doch Wolfsbarsch mit Fenchelgemüse, oder?«, meinte ich und schaute sie verzweifelt an.

»Äh, ja.« Sie warf einen Blick auf Steve.

Auch ich sah Steve an. »Hattet ihr beide vielleicht vor, zusammen zu Mittag zu essen?«

Steve zog die Augenbrauen hoch und schaute meine Mutter fragend an. Sie lächelte und nickte dann.

»Ausgezeichnet. Dann nehmen Sie die beiden doch bitte in Ihre Reservierungsliste auf, Jenny. Das geht auf mich. Danke, Mum.«

Ich bedeutete ihnen, dass sie gehen könnten, was vielleicht etwas großspurig und unhöflich war, aber allmächlich spürte ich den Stress dann doch. »Das sind schon mal zwei. Reicht das?« Ich kam ins Schwanken, fasste mir an den Kopf und stürzte beinahe vor einen der Quads, die regelmäßig durch das Gelände fuhren und den Müll einsammelten.

»Achtung, Achtung, meine Gute.« Jenny fasste mich an den Schultern. »Ich glaube, es ist dringend an der Zeit, dass Sie eine Pause einlegen und etwas aus der Hitze herauskommen. Es tut mir leid, wenn ich etwas mürrisch war, aber, wissen Sie, heute ist der Todestag meines Vaters. Nicht dass das eine Erklärung ist, es ist nur einfach nicht mein Tag.«

»Oh, das tut mir sehr leid, Jenny. Sie müssen sich nicht entschuldigen.« Ich umarmte sie und bemerkte dann zu meinem Entsetzen, wie sich ihre Augen mit Tränen füllten. »Kommen Sie.« Ich zog sie am Arm zu einer Bank in der Nähe, und wir setzten uns.

»Ich vermisse ihn, Holly.« Sie schüttelte den Kopf und wischte sich dann die Tränen ab. »Wir standen uns nahe. Dad und ich haben hier leider nie gleichzeitig gearbeitet. Er ging in Rente, ehe ich in der Küche anfing. Er mochte das Sommerfest sehr und hat nie einen einzigen Tag davon verpasst. Er hätte sich so gefreut zu sehen, wie ich mein eigenes Open Air Restaurant führe.«

Ich nahm ihre Hand und tätschelte sie. »Er wäre sehr stolz auf Sie gewesen. Sie können sich glücklich schätzen, so schöne Erinnerungen an ihn zu haben. Ich habe meinen Vater nie kennengelernt. Ich weiß nicht mal, wer er überhaupt war.«

Jenny sah mich verblüfft an. »Oh, das ist aber traurig, Holly. Das tut mir sehr leid.«

»Seltsamerweise ist das Einzige, was ich von ihm weiß,

die Tatsache, dass er vor dreißig Jahren hier war. Auf dem Festival.«

Jenny drückte meine Hand. »Ich bin mir sicher, er wäre auf Sie auch sehr stolz gewesen.« Sie stand auf und ging zu dem Restaurant zurück.

Ich holte das Foto aus dem Umschlag und betrachtete es einige Sekunden lang. Das hoffte ich auch.

In der kommenden Stunde war ich ununterbrochen auf den Beinen: Ich druckte ein paar einfache Flyer für Jennys Restaurant aus und legte sie an den Kartenhäuschen aus; ich brachte Suzanna zu Nikki, damit sie diese auf eine Gartentour begleitete, und setzte mich mit enttäuschten *Grüner-Daumen*-Fans auseinander, die keine Karten mehr für das erste öffentliche Gespräch mit Suzanna bekommen hatten; ich brachte außerdem drei verlorene Handtaschen zu ihren Besitzerinnen, zwei Kinder zu ihren Eltern sowie einen Teddybär zu seinem Jungen zurück. Und in der ganzen Zeit schaffte ich es gerade einmal, mich für drei Minuten hinzusetzen und zwei Schluck Wasser zu trinken.

Um Viertel vor eins traf ich ein wenig nervös am VIP-Zelt ein, wo mir mitgeteilt wurde, dass Ben seine fotografische Retrospektive gerade Lord und Lady Fortescue zeigte.

Im hinteren Bereich des Zelts waren große Wände aufgestellt worden. Auf ihnen waren im Stil einer Collage vergrößerte Aufnahmen von 1984 angebracht worden. Ben hatte viele Stunden damit verbracht, sie anzuordnen, und ich wusste, wie zufrieden er mit dem Ergebnis war. Der Miene seiner Eltern nach zu urteilen, waren auch sie begeistert.

Ich hielt mich im Hintergrund und wartete auf eine geeignete Gelegenheit zu unterbrechen, während Ben den beiden erzählte, wie er die ganzen Bilder aufgetrieben hatte.

»Großartig, Benedict!« Lord Fortescue strahlte.

»Schatz, das ist wirklich wundervoll!«, rief Lady Fortescue und presste ihre Fingerkuppen auf ihre Lippen. »Du hättest deinen Einsatz für die Familie nicht besser demonstrieren können.«

»Es ist eigentlich *euer* Einsatz, den ich damit feiern wollte, Mum«, erwiderte Ben. »Ihr beide hattet eine Vision für Wickham Hall, und die habt ihr realisiert.«

»Aber dafür brauchten wir Jahre, Benedict – dreißig Jahre«, meinte Lord Fortescue. »Das ist nicht über Nacht passiert. Du wirst deine Persönlichkeit hier auch einbringen, genau wie das alle Fortescues gemacht haben.«

»Nein, Dad«, widersprach Ben und schüttelte heftig den Kopf. »Ich könnte mit euch nie mithalten.«

»Unsinn«, erklärte sein Vater. »Das Ganze hier kann dringend frischen Wind brauchen.«

»Ich glaube, das geht vielleicht etwas weit, Hugo«, meinte Lady Fortescue. »Ich liebe es, die Dame des Hauses zu sein.«

»Nein, nein.« Lord Fortescue schüttelte nun seinerseits den Kopf. »Uns würde es guttun, endlich ein Leben fernab von der Öffentlichkeit führen zu können. Benedict muss dazu nur...«

»Dad, lass uns das heute bitte nicht besprechen«, unterbrach ihn Ben. Er fuhr sich nervös mit der Hand durch seine Haare.

Ich hielt das für einen guten Moment, mich zu Wort zu melden, und räusperte mich.

»Hallo, Holly.« Lady Fortescue lächelte. »Sie sehen so aus,

als würden Sie das Festival genießen. Sie haben ganz rote Wangen.«

»Oh, ja, Lady Fortescue, sehr.« Ich berührte mein Gesicht, das ziemlich verschwitzt war. »Ich wollte fragen, ob Lord Fortescue vielleicht mitkommen könnte. Es ist Zeit für die Auktion.«

Sheila hatte mir geraten, ihn persönlich abzuholen, anstatt ihn wissen zu lassen, um wie viel Uhr er dort sein sollte. Es war eine ehrenvolle Tradition, dass der Lord die ersten Versteigerungen selbst machte.

»Grundgütiger!«, murmelte Lord Fortescue in dem Moment, den Blick auf sein Handy gerichtet, und fuhr sich mit der Hand durch die Haare.

»Was ist los, Hugo?«, fragte Lady Fortescue liebevoll.

»Ein Wiedehopf!« Er blickte sich um. Auf seiner Miene spiegelte sich größte Euphorie wieder. »Ich kann es nicht glauben! Ein Wiedehopf, Beatrice! Heute ist wirklich ein ganz besonderer Tag.« Er umfasste ihr Gesicht und küsste sie auf beide Wangen.

Ben verdrehte die Augen und sah mich an. »Was für ein Hopf?«, fragte er. Ich grinste.

»Ich habe gerade eine Nachricht von einem anderen Vogelbeobachter bekommen. Anscheinend ist ein Madagaskar-Wiedehopf in diese Richtung unterwegs.« Er steckte das Handy wieder in seine Tasche. »War wahrscheinlich auf dem Weg nach Süden und hat sich verflogen. Gut, ich gehe.« Er eilte auf den Zeltausgang zu, während er vor sich hin murmelte. »Oh«, sagte er und drehte sich noch mal zu uns um. »Nichts verraten. Das soll niemand erfahren. Wir wollen schließlich nicht, dass auf einmal die halbe Welt mit ihren Ferngläsern hier bei uns aufkreuzt.«

Ich sackte in mich zusammen. Auf einmal übermannte mich eine heftige Müdigkeit. »Aber die Versteigerung...«

»Kommen Sie.« Ben fasste mich an den Schultern und bugsierte mich an den Rand des Zelts, weg von den Gästen der Fortescues. »Alles in Ordnung?«

»Ihr Vater sollte in ein paar Minuten als Auktionator auftreten. Was soll ich denn jetzt der Wohlfahrtsorganisation sagen?« Ich presste meine Hand auf mein erhitztes Gesicht.

Ben zuckte die Schultern. »Dann mache ich das eben. Kann doch nicht so schwer sein.«

Vor Erleichterung hätte ich ihn küssen können. »Danke«, sagte ich mit schwacher Stimme. »Mein Gott, mir ist so heiß. Können wir vielleicht rausgehen?«

»Natürlich.« Er sah mich stirnrunzelnd an, ehe er mich hinausführte.

»Sie sind mein Lebensretter«, meinte ich schwach, nachdem wir das Zelt verlassen hatten.

Er stieß mich mit dem Ellbogen an. »Ich wusste es ja. Eines Tages würde ich diese harte Schale knacken.«

»Meine?«, fragte ich. Mir war auf einmal ganz seltsam zumute. Die Menschen um mich herum schienen immer wieder zu verschwimmen und klangen so, als wären wir plötzlich unter Wasser. »Ich bin doch so weich wie... wie...«

Und dann wurde alles schwarz.

Kapitel 20

Ich weiß nicht. Sie hat gerade noch geredet und dann ... Hitzeschlag ... Den ganzen Tag auf den Beinen ... Sanitäter ... Kann jemand etwas Wasser holen?

Stimmen erklangen gedämpft, als würden sie über viele Kilometer hinweg zu mir durchdringen. Jemand schüttelte mich sanft, und ich stöhnte. Ich wollte nicht aufwachen. Doch dann drang eine Stimme durch die vielen unterschiedliche Geräusche zu mir durch. »Holly? Holly, können Sie mich hören?«

Als ich die Augen aufschlug, lag ich auf dem Boden. Um mich herum standen Leute, die mich besorgt anstarrten.

»Hallo.« Ben grinste erleichtert, und ich versuchte, ebenfalls zu lächeln. »Sie haben mir aber einen gehörigen Schreck eingejagt.« Er kniete neben mir und hielt meine Hand.

»Was ist passiert?«, krächzte ich.

»Sie haben einen Blick auf mein markantes Kinn geworfen und sind in Ohnmacht gefallen.«

Ich gab einen Laut von mir, der irgendwo zwischen Lachen und Schluchzen lag.

Ben wandte sich an das Meer aus Gesichtern, das sich noch immer über mir befand. »Ich glaube, es geht ihr wieder gut. Bitte treten Sie etwas zurück, damit sie atmen kann.«

Die Menge löste sich auf, und Ben suchte auf dem Boden nach meinem fallen gelassenen Walkie-Talkie und dem Klemmbrett. »Glauben Sie, dass Sie einen Arzt oder einen Sanitäter brauchen?«

Ich schüttelte den Kopf. »Nein, ich glaube nicht. Bringen Sie mich bitte nur irgendwohin, wo es kühler ist. Und ruhiger«, flüsterte ich und hielt mir die Stirn.

Ben grinste. »Es gibt da einen netten Pub in Portobello Road...«

Ich setzte mich leise lachend auf, wodurch mir sofort wieder schwindlig wurde. »Oh, oh, mir wird wieder schwarz vor Augen.«

Ben zuckte zusammen. »Sorry. Halten Sie durch, ich bringe Sie gleich von hier weg.«

Er half mir langsam aufzustehen und führte mich zur Seite, sodass die Leute mich nicht mehr anstarren konnten. Schlagartig erinnerte ich mich an die bevorstehende Versteigerung. »Sie müssen los. Die Auktion fängt gleich an«, murmelte ich mühsam. Mein Mund war derart trocken, dass ich kaum sprechen konnte.

»Glauben Sie etwa, ich lasse Sie hier allein zurück, wenn Sie so grün um die Nase sind?«, gab er mit sanfter Stimme zurück und wies mit dem Kopf auf den Kinderschminkstand. »Sie sehen so aus, als hätten Sie sich als Kermit der Frosch schminken lassen.«

Jemand reichte mir eine Flasche Wasser, die ich dankbar annahm. »Grün?«

Er nickte. »Ich würde an Ihrer Stelle mein Geld zurückverlangen, denn es scheint nachzulassen.«

»Gut.« Ich trank einen Schluck Wasser und atmete langsam aus. »Es geht wieder. Ich kann sogar reden.«

»Ausgezeichnet. Übrigens könnte ich sowieso nirgendwohin, wenn Sie mich so festhalten.«

Ich schaute auf meine Finger, die tatsächlich weiße Abdrücke auf seinem Handgelenk hinterließen, und lockerte sie. »Tut mir leid.«

»Und vergessen Sie die Versteigerung. Der Mann von der Wohlfahrtsorganisation kümmert sich selbst darum. Oh schauen Sie, da wartet bereits Ihre Kutsche.«

Ein Quad hatte neben uns gehalten. Ein Müllsammler sprang herunter und reichte Ben den Schlüssel.

»Danke, Kumpel. Ich lasse ihn dann oben am Haus stehen. Okay?«

Der Fahrer nahm die Tüten mit Müll vom Quad herunter, und Ben half mir auf den hinteren Sitz, während er sich selbst ans Steuer setzte. Wir fuhren langsam durch die Menge auf den Ausgang zu, wobei Ben immer wieder hupte, damit die Leute beiseitetraten und uns durchließen. Ich hatte die Arme lose um ihn geschlungen und sog den mir inzwischen vertrauten Zitrusduft ein, während ich mich allmählich zu entspannen begann.

Immer weiter entfernten wir uns von den Geräuschen des Festivals. Die Fontäne des Springbrunnens sprudelte glitzernd vor uns in den Himmel; ich saß schweigend da und genoss die Fahrt. *Das ist schon besser*, dachte ich und legte meine Wange an Bens Rücken, *schon viel, viel besser.*

Ben würde mich wahrscheinlich am Haus abliefern und sofort wieder zu seinen Pflichten auf dem Festival zurückkehren müssen. Ich merkte, dass ich das eigentlich nicht wollte. Zumindest noch nicht. »Könnten wir vielleicht nicht gleich zum Haupthaus?«, fragte ich über seine Schulter hinweg. »Sondern stattdessen zum Senkgarten fahren?«

»Klar.«

Ben lenkte den Quad in eine andere Richtung. Wir fuhren am Irrgarten und an der Wildblumenwiese vorbei und hielten schließlich am Rand des Senkgartens. Am weitesten vom Herrenhaus entfernt strahlte mein Lieblingsplatz in den Gartenanlagen eine große Ruhe aus. Selbst heute, während Tausende von Besuchern nach Wickham Hall kamen, war es hier ausgesprochen friedlich. Nur ein oder zwei Grüppchen von Gästen spazierten die Wege entlang und unter den blumenbewachsenen Bögen hindurch.

»Sie sehen wieder viel besser aus«, meinte Ben und half mir von dem Ledersitz. »Ihre Sommersprossen sind zurück. Eine Weile waren sie unter dem ganzen Grün verschwunden gewesen.«

»Danke, Dr. Fortescue.« Ich lächelte.

Er runzelte die Stirn. »Sie haben mir wirklich Sorgen gemacht.«

Er sah tatsächlich beunruhigt aus, und ich beugte mich spontan vor, um ihn zu umarmen. Erst dann fiel mir ein, dass er mein Chef war – er musste sich Sorgen um mich machen. Das gehörte zu seinen Aufgaben. Der Gedanke stimmte mich ein wenig traurig.

Ich trat einen Schritt zurück. »Es geht mir wieder gut. Ich bin nur die ganze Zeit in dieser Hitze herumgerannt und habe zwischendurch nichts getrunken. Mein Fehler.«

Ich drehte mich um und schlenderte zu den breiten Steinstufen hinüber, die zu der schattigen Kühle des Senkgartens und einem Kiesweg führten. Ben folgte mir. Meine Knie waren noch etwas weich, und als wir eine Eichenbank erreichten, ließ ich mich dort sofort darauf fallen.

Ben setzte sich neben mich, fasste nach meinem Handgelenk und tat so, als würde er meinen Puls fühlen. »Ich spiele noch eine Weile den Doktor. Ich will ganz sichergehen, dass es Ihnen wieder gut geht, ehe wir uns ins Getümmel stürzen. Einverstanden?«

Sein übliches Grinsen war einem ernsten Blick gewichen, und ich nickte langsam. Zum Glück war er kein echter Arzt, denn mein Puls raste, und meine Knie waren noch weicher geworden, seitdem sich sein fester Oberschenkel an mein Bein schmiegte.

So nahe war ich seit einer halben Ewigkeit keinem Mann mehr gekommen. Innerlich bebte ich auf eine sehr gute Weise, und ich verspürte ein Prickeln in meinem Bauch, das ich schon sehr lange nicht mehr gehabt hatte.

»Nun, das scheint wieder in Ordnung zu sein«, meinte Ben und ließ mein Handgelenk los. »Mein Mund ist etwas trocken geworden. Hätten Sie was dagegen …?«

Er zeigte auf meine Wasserflasche, und ich reichte sie ihm. Ich starrte auf den Flaschenrand und fragte mich, ob er ihn abwischen würde, ehe er trank.

Tat er nicht.

Meine Lippen hatten diese Flasche berührt. Oh mein Gott, was dachte ich da? Ich merkte, wie ich rot wurde.

»Das waren jetzt zwei Wünsche, die ich Ihnen erfüllt habe: einen Sonnenaufgang erleben und eine Fahrt auf einem Quad.« Er zog zufrieden eine Augenbraue hoch und nahm noch einen Schluck Wasser.

»Ein richtiger Flaschengeist, was? Wenn ich an Ihrer Lampe reibe, erfüllen Sie mir dann auch noch einen dritten Wunsch?«

Lag das an dem Sonnenstich – oder hatte das tatsächlich gerade etwas anzüglich geklungen?

Ben verschluckte sich. Vielleicht war es nicht nur mein Eindruck gewesen.

Ich nahm ihm die Flasche ab, hielt sie mir ebenfalls an den Mund, um zu trinken, und schüttete mir dabei ein paar Tropfen über mein Kinn. Ben beugte sich zu mir und wischte sie mir mit dem Daumen weg. Eine seiner Locken, die wie ein Korkenzieher aussah, fiel ihm ins Auge, und ohne nachzudenken, strich ich sie zurück.

Wir waren nur wenige Zentimeter voneinander entfernt. Und berührten gegenseitig unsere Gesichter. Was passierte hier gerade?

»Haben Sie denn einen dritten Wunsch?«, fragte er leise.

Wir senkten beide unsere Hände und sahen einander an. Mir stockte der Atem.

Ich kannte Ben erst seit einem Monat. Und doch hatte sich so viel geändert. Ich hatte das Gefühl, eine lebendigere, intensivere Version meines Selbst zu sein, wenn er in meiner Nähe war.

Auf einmal wusste ich, wie mein dritter Wunsch lautete: Ich wünschte mir, ich hätte den Mut, ihn zu küssen. Oder dass er mich küsste. Aber das würde natürlich nicht passieren. Er war nur nett zu mir, weil ich ohnmächtig geworden war. Ich musste vielleicht einfach öfter mal das Bewusstsein verlieren. Vielleicht sollte ich mir das wünschen … eine tägliche Ohnmacht in Bens Arme.

»Erde an Holly!« Ben grinste.

Ich stand auf und zog ihn ebenfalls hoch, um den Moment zu durchbrechen, ehe ich gedanklich auf noch gefährlicheres Terrain geriet. »Wir sollten allmählich wieder zum Festival zurück.«

»Kommen Sie schon. Was ist Ihr dritter Wunsch?«, ließ er

nicht locker, nahm meinen Arm und hakte ihn bei sich unter. »Und nein, sollten wir nicht. Dr. Fortescue ist strikt dagegen.«

Ich schaute auf unsere untergehakten Arme.

»Falls Ihnen auf einmal schwarz vor Augen wird.« Er schenkte mir ein schiefes, fast schüchternes Lächeln, und ich merkte, wie ich innerlich vor Freude bebte.

»Hm, mein dritter Wunsch?«, überlegte ich laut. *Deine Lippen auf meinem Mund. Und zwar jetzt.* Das sollte ich besser für mich behalten. Könnte den Montagmorgen im Büro ein kleines bisschen unangenehm machen. Ich musste mir etwas anderes ausdenken. »Ich verrate Ihnen meinen, wenn Sie mir Ihren verraten.«

»Abgemacht.« Er grinste mich frech an. »Sie zuerst.«

Wir liefen auf einen überdachten Gang zu, der von Tausenden von blauen Blütentrauben überwachsen war. Die Glyzinien waren atemberaubend schön, doch momentan war ich nicht so recht in der Lage, darauf zu achten, denn Bens Arm berührte meinen. In meinem Bauch flatterten Hunderte von Schmetterlingen.

Entschlossen riss ich mich aus meinen Träumen. Was tat ich da? Ein Kribbelgefühl bei Ben? Er befand sich derart weit außerhalb meiner Reichweite, dass es geradezu lächerlich war.

»Holly?« Bens Stimme klang erneut besorgt. »Sie werden doch nicht schon wieder ohnmächtig, oder?«

»In einem Himmelbett schlafen«, platzte ich heraus. »In Wickham Hall in einem Himmelbett aufwachen. Das war immer mein Traum, als ich noch ein kleines Mädchen war. *Das* ist mein dritter Wunsch.«

Wir hatten das Ende des Glyziniengangs erreicht. Ben

blieb stehen und drehte sich zu mir. »Sie erwarten aber einiges von Ihrem Flaschengeist.« Seine dunkelbraunen Augen funkelten mich an. »Aber das lässt sich machen.«

Etwas in seiner Stimme ließ mich erneut zutiefst erröten. Mir wurde auf einmal klar, dass ich ihn mehr oder weniger darum gebeten hatte, mal in Wickham Hall übernachten zu können.

Er muss mich für verrückt halten.

»Danke, dass Sie sich um mich gekümmert haben. Aber ich muss jetzt wirklich zum Festival zurück«, stotterte ich und zog meinen Arm aus seinem.

Er fasste nach meiner Hand und zog eine Augenbraue hoch. »Nicht so schnell, Miss Swift. Sie kennen meinen Wunsch noch nicht.«

Ich atmete tief aus und versuchte, nicht allzu nervös zu wirken. Ich lächelte. »Natürlich. Wie unhöflich von mir.«

Er trat einen Schritt näher und schob eine meiner Haarsträhnen hinter mein Ohr. »Ich wünsche mir, dass Sie mit mir zu Abend essen. Am Samstag.«

»Abendessen?« Ich schluckte. *Ein Abendessen, um das Ende des Festivals zu feiern oder im Sinne eines Dates?* »Warum?«

Er lachte leise, scharrte ein wenig mit den Schuhen auf dem Boden und schenkte mir dann das hinreißendste, schüchternste Lächeln, das ich jemals gesehen hatte. Ich schmolz dahin und stand in großer Versuchung, seine Lippen mit Wünschen drei, vier, fünf und möglicherweise sechs zu bedecken.

»Ich mag Sie. Sehr sogar. Und alles, was ich bisher von Ihnen weiß, hat mich nur noch neugieriger gemacht. Und deshalb würde ich Sie gern besser kennenlernen. Außerdem ...« Er hielt inne und sah mich aufmerksam an. »... sind Sie bei allem so aufrichtig und entschlussfreudig, was ich sehr ... anziehend finde.«

»Es ist sehr nett von Ihnen, Ihre Angestellte zu einem Abendessen einladen zu wollen, aber das ist wirklich nicht nötig ...«

Er atmete tief durch und sah mich stirnrunzelnd an. »Ich will nicht ... Das hat nichts damit zu tun, dass Sie bei uns angestellt sind, sondern ausschließlich damit, dass Sie ... dass *du* eine tolle Frau bist.«

Mein Herz setzte einen Moment lang aus. *Abendessen also als Date. Weil ich eine tolle Frau bin.* Ich glühte regelrecht vor Freude.

»Ben«, sagte ich aber sanft und versuchte, nicht auf meine Aufregung zu achten. »Das schmeichelt mir. Aber wären Lord und Lady Fortescue denn glücklich, wenn sie wüssten, dass du mich um ein Date bittest?«

Er öffnete den Mund, und da war es: ein winziges Zögern – so winzig, dass ich es beinahe übersehen hätte. Aber es war da, und mir sank das Herz. »Das hat nichts mit meinen Eltern zu tun.«

Ich lächelte ihn traurig an und begann auf den Seerosenteich zuzulaufen. Ben machte einen Satz und drehte mich um, sodass ich ihn ansehen musste. Seine Augen bohrten sich in meine.

»Holly. Die meisten Frauen, die ich kennenlerne, sind vor allem an der Tatsache interessiert, dass ich einmal Wickham Hall erben werde, nicht an mir. Was meinem Ego nicht gerade schmeichelt.«

Ich lächelte. »Das kann ich mir vorstellen. Aber sicherlich hast du auch Frauen kennengelernt, die nicht so waren.«

Er überlegte. »Stimmt. Meine letzte Freundin, Sam, war nicht an Wickham Hall interessiert, aber sie interessierte sich auch nicht für Kunst, und da ich mich nicht besonders für Pferde begeistern kann, hatten wir uns nach einem halben Jahr nichts mehr zu sagen.«

Ich sah ihn an. »Ich kenne mich in der Kunst auch nicht sonderlich gut aus. Aber deine mag ich.«

»Da siehst du es. Du hast ein Auge für wahres Talent.« Er grinste und fasste nach meinen Fingern.

»Zwischen uns liegen Welten«, erinnerte ich ihn.

Er führte meine Hände an seine Lippen und drückte einen federleichten Kuss auf meine Finger. »Holly, können wir das nicht für einen Moment vergessen? Lass uns einfach Holly und Ben sein.«

Ich hielt inne und sah ihn an. Es war nicht meine Absicht gewesen, meinen Chef anziehend zu finden. Aber es schien trotzdem passiert zu sein, und vielleicht war das ein weiterer dieser magischen Momente, auf die ich mich einfach einlassen sollte. Und vielleicht war ich auch etwas hart, was Lord und Lady Fortescue betraf. Vielleicht würden sie auch sehen, was Ben in mir sah, und sich für ihn freuen.

»Holly?«, fragte er.

»Ich bin immer nur Holly«, erwiderte ich schlicht und zuckte mit einer Schulter.

»Du bist viel mehr als nur Holly«, murmelte er. »Ich war davon ausgegangen, dass ich die Arbeit hier hassen würde, weil es nur langweilige Orga-Fragen zu klären gäbe. Aber du hast es erträglich für mich gemacht. Mir macht es sogar Spaß, und ich glaube … Nun, du bringst das Beste in mir zum Vorschein, und ich bin mir sicher, dass meine Eltern dafür ewig dankbar sein werden. Sag also nicht ›nur Holly‹.«

Ich schluckte. Mehrmals.

Er sah mich eindringlich an, senkte den Kopf zu mir herab, und ich merkte, wie ich schneller zu atmen begann.

Wir würden uns küssen, wir würden uns *tatsächlich* küssen. Wie war es so weit gekommen? Vor einer Minute hatte ich noch auf die Hindernisse hingewiesen, die uns im Weg standen, und jetzt ...

Ehrlich gesagt, war es mir egal, wie seltsam der Montagmorgen im Büro sein würde. Bis Montag war es sowieso noch ewig hin, und das hier war ... sehr, sehr real. Ben nahm mein Gesicht sanft in seine Hände, und ich schloss die Augen, während die Kluft zwischen uns verschwand. Für einen wunderbaren, herzzerreißenden Bruchteil einer Sekunde berührten meine Lippen seine, und wir erlebten den süßesten Kuss aller Zeiten.

Ein Knacken und Krachen in den Büschen hinter uns jagte mir im nächsten Augenblick jedoch einen solchen Schreck ein, dass ich aus Bens Armen sprang. Ich presste meine Hand auf mein wild pochendes Herz – keine Sekunde zu früh: Lady Fortescue tauchte zwischen den dicht wachsenden Rhododendronbüschen auf. Ihre Augen schossen von ihrem Sohn zu mir, sie zog die Brauen hoch und zog die Wangen ein. »Was treibt ihr beiden hier?«

»Ben wollte gerade ...«

Lady Fortescue sah mich streng an. »Ben*edict*, Holly. Er heißt *Benedict*.«

»Verzeihung«, erwiderte ich. »Benedict wollte gerade ...«

»Ich habe Holly hierhergebracht, damit sie etwas zur Ruhe kommt, Mum«, erklärte Ben und trat einen Schritt zu mir heran. »Und sie nennt mich Ben, weil ich sie darum gebeten habe.« Er nahm meine Hand und drückte sie. Mein

Gesicht war nun sicher röter als die Blüten der Rhododendronbüsche.

Lady Fortescue richtete sich zu ihrer vollen Größe auf. Ich erwartete beinahe, dass sie rufen würde: »Der Kopf muss ab!« Stattdessen schürzte sie einen Moment lang die Lippen und wandte sich dann an mich. »Und wie geht es Ihnen, Holly? Ich habe gehört, dass Sie ohnmächtig geworden sind.«

Tatsächlich war mir gerade auch etwas schwindlig gewesen, weil ich einen der großartigsten Küsse aller Zeiten erlebt hatte, ehe sie dieses Ereignis so abrupt unterbrochen hatte. Aber ich nahm nicht an, dass es das war, was sie hören wollte.

»Schon viel besser, Lady Fortescue.« Ich lächelte. »Ich werde gleich wieder an die Arbeit gehen.«

»Und du, Mum?«, fragte Ben ein wenig barsch. »Warum treibst du dich im Gebüsch herum?«

»Von Herumtreiben kann wohl kaum die Rede sein, Liebling«, gab sie zurück. »Ich suche nach meinem Armband.«

»Oh nein«, sagte ich erschrocken. »Sollen wir Ihnen bei der Suche helfen? Wo haben Sie es denn verloren?«

»Nein, nein. Aber danke für das Angebot.« Sie seufzte. »Es ist im Grunde eine sinnlose Suche. Ich glaube, ich lasse es auch lieber bleiben. Am besten setze ich mich in den Pavillon und trinke einen Tee. Und Sie können gern wieder an Ihre Arbeit gehen, Holly.« Sie warf mir einen scharfen Blick zu, drückte Ben einen Kuss auf die Wange und ging dann über den Kiesweg davon.

»Glaubst du, wir hätten darauf bestehen sollen, ihr bei der Suche behilflich zu sein?«, fragte ich, sobald sie außer Hörweite war.

Ben verdrehte die Augen. »Nein. Wie sie schon sagte: Es wäre reine Zeitverschwendung. Sie redet von einem Perlenarmband, das sie vor dreißig Jahren hier irgendwo im Garten verloren hat.« Er trat einen Schritt näher und legte seine Hände um meine Taille.

»Sie muss es sehr gemocht haben, wenn sie jetzt noch danach sucht. War es ein Familienerbstück?«, fragte ich.

Noch während ich die Frage stellte, hatte ich bereits jegliches Interesse an einer Antwort verloren. Es sah nämlich ganz so aus, als ob Ben vorhätte, dort weiterzumachen, wo wir so unhöflich unterbrochen worden waren. Ich hatte dagegen nichts einzuwenden.

»Nein, glaube nicht«, murmelte er und beugte sich zu mir herunter. Ich spürte, wie meine Knie weich wurden. »Mein Vater hat es ihr geschenkt. Ebenso wie er ein ähnliches seiner Mutter und seiner Tante geschenkt hat.« Er lachte leise. »Typisch Dad, allen Frauen in seinem Leben das Gleiche zu schenken. Vielleicht kamen die im Dutzend billiger oder so.«

Ich konzentrierte mich auf Bens Lippen und legte den Kopf zurück, um ihn ein wenig zu ermutigen. »Vielleicht hat ihm einfach der Stil gefallen. Wie sah das Armband denn aus?«

Warum redete ich immer noch über Lady Fortescues Armband, wenn ich doch eigentlich endlich wieder diesen Mund küssen wollte?

Ben zuckte mit den Achseln. »Ach, drei Reihen Perlen und ein Diamantverschluss in Form eines S. Ich habe es ja nie gesehen, aber sie hat dieses Ding so oft beschrieben, dass ich es fast zu kennen glaube.«

Irgendwo in meinem Bauch begann sich ein Eisklumpen zu bilden und ließ meinen ganzen Körper erstarren.

Ben zog mich näher an sich. »Wie auch immer – wo waren wir stehen geblieben?«

Ein Perlenarmband mit einem Diamantverschluss in der Form eines S? Das klang ganz nach dem Armband, das Mum etwa um die gleiche Zeit geschenkt bekommen hatte! Ein Schauder lief mir über den Rücken. Unwillkürlich zuckte ich zusammen.

Oh, nein. Oh Gott, nein …

Ich schluckte verzweifelt, während mich eine Welle der Übelkeit überrollte und ich mich aus Bens Armen befreite. Auf einmal wusste ich, woher Mums Armband in Wirklichkeit stammen musste.

»Holly?« Ben runzelte die Stirn und versuchte mich an der Hand festzuhalten.

»Es tut mir leid, Ben, ich muss … Ich … Mir geht es nicht gut.« Ich stolperte einige Schritte rückwärts, weg von ihm.

»Holly, warte! Ich fahre dich.«

Ich drehte mich um und begann zu rennen. »Nicht nötig. Geht schon. Morgen ist sicher wieder alles in Ordnung.«

»Und was ist mit meinem Wunsch? Unserer Verabredung am Samstag?«, rief er mir hinterher.

Seine Worte trafen mich wie ein Regen aus Pfeilen, die mich gnadenlos mitten ins Herz trafen.

»Ich kann nicht«, rief ich. »Bitte, lass mich einfach.«

»Das ist doch verrückt. Komm zurück!«, hörte ich ihn rufen.

Er hatte recht: Es war verrückt. Aber ich blieb nicht stehen und drehte mich auch nicht um. Ich achtete nicht auf ihn, sondern rannte und rannte.

Allen Frauen in seinem Leben.

Mum musste eine dieser Frauen in Lord Fortescues Leben gewesen sein.

Mir war übel, und ich war verwirrt, vor allem aber unendlich traurig. Doch ich hielt nicht an, ehe ich nicht das Ende von Wickham Halls langer Einfahrt erreicht hatte. Ich musste Mum zur Rede stellen. Sie musste mir endlich die ganze Geschichte erzählen, denn ich konnte keine Minute länger mehr auf die Wahrheit warten.

War ich Lord Fortescues Tochter? Und was noch wichtiger war: Hatte ich gerade meinen Bruder geküsst?

Kapitel 21

Ich lief nach Hause. Unser Cottage war nur eine Viertelstunde zu Fuß von Wickham Hall entfernt. Doch an diesem Nachmittag kam es mir wie die längste Reise vor, die ich jemals unternommen hatte.

Ich war nach meiner Ohnmacht noch etwas wackelig auf den Beinen und musste mich konzentrieren, um alles, was ich bisher wusste, in meinem Kopf zu ordnen.

Ich hatte Mum vor Kurzem gefragt, woher ihr Armband stammte. Sie hatte mir erklärt, sie habe es als Geschenk bekommen, kurz bevor ich auf die Welt gekommen war. Ich wurde im April 1985 geboren. Wer sollte meiner Mutter, die damals ein siebzehnjähriges Mädchen gewesen war, ein Perlenarmband mit Diamanten geben, wenn nicht ein wohlhabender Lord?

Ich lief die Wickham High Street entlang und verglich mein Aussehen mit dem Seiner Lordschaft: braune Augen – Treffer. Blonde Haare – Treffer. Zugegebenermaßen waren seine inzwischen silbergrau geworden, früher aber waren sie blond gewesen, wie ich von Fotos wusste. Und wenn ich jetzt so darüber nachdachte, konnte man sogar eine Ähnlichkeit zwischen Zara und mir feststellen.

Und Benedict. Ich rieb mir über die Stirn. Einen Moment

lang hatte ich im Senkgarten geglaubt, dass da etwas ganz Besonders beginnen würde. Oh Gott. Ich hielt einen Moment lang inne und lehnte mich an einen Briefkasten, während eine Welle der Übelkeit in mir aufstieg.

Was auch immer als Nächstes passieren mochte – ich hatte nicht vor, den Fortescues irgendwelche Probleme zu machen. Wenn sich meine schlimmsten Ahnungen bestätigen sollten, blieb mir nichts anderes übrig, als in Wickham Hall zu kündigen und zu verschwinden. Ich würde alle gefährlichen Gefühle für Ben verdrängen. Irgendwann würde ich schon vergessen, wie er unerwartet in mein Leben geplatzt war und mich mit Spaß, Chaos, Lärm und seinem unwiderstehlichen Charme mitgerissen hatte. Vielleicht würde ich sogar vergessen, wie atemberaubend er ausgesehen hatte, als er mich gefragt hatte, ob ich mit ihm ausgehen würde.

Vielleicht.

Ich seufzte, lang und innerlich bebend.

Sobald Weaver's Cottage vor mir auftauchte, hastete ich darauf zu. Meine Knie waren butterweich, vor meinen Augen drehte sich alles, und mein Magen verkrampfte sich vor Qual.

Meine Handtasche hatte ich im Festivalbüro gelassen. Ich hob also einen Blumentopf mit Geranien hoch, nahm den Ersatzschlüssel, der darunter lag, und sperrte die Tür auf. Vor Erleichterung, in den kühlen, vollgestopften Flur treten zu können, brach ich beinahe erneut zusammen.

Ich ging kurz in die Küche, um ein Glas Wasser zu trinken. Dann stolperte ich die Treppe hinauf zu Mums Zimmer und setzte mich an ihren Schminktisch. Mein Herz raste, als ich ihre Schmuckschatulle betrachtete.

Da lag es, ganz unten: das Perlenarmband. Ich nahm es

heraus, legte es in meine Hand und schloss die Finger darum.

Lord Fortescue hatte mindestens drei solcher Armbänder erworben: eines für Lady Fortescue, eines für seine Mutter und eines für seine Tante. War es möglich, dass er ein viertes für die siebzehnjährige Lucy Swift gekauft hatte? Nur Mum kannte die Wahrheit, und sie würde wohl erst spät nach Hause kommen.

Ein Gefühl unendlicher Müdigkeit überkam mich. Ich nahm mein Wasserglas und schleppte mich in mein Zimmer.

Manchmal verpasst einem das Leben wahrlich einen solchen Kinnhaken, dass man glaubt, sich nie mehr davon zu erholen...

Ich schloss die Augen und versuchte nicht an den verwirrten Ausdruck auf Bens Gesicht zu denken, als ich so plötzlich den Senkgarten verlassen hatte und davongerannt war.

Das Geräusch des Schlüssels in der hölzernen Haustür riss mich aus dem Schlaf. In meiner Hand hielt ich noch immer das Armband.

Ich hatte keine Kraft, um nach meiner Mutter zu rufen, und wartete stattdessen darauf, dass sie mich fand. Ein paar Minuten war sie unten beschäftigt, dann hörte ich, wie sie fröhlich summend nach oben kam.

Mein Herz hämmerte vor Anspannung, als sie den Treppenabsatz erreichte.

»Mum?«, rief ich.

»Holly! Mein Gott, du hast mir jetzt aber einen Schrecken eingejagt!« Sie streckte den Kopf in mein Zimmer. »Ich dachte, du wärst noch... Oh je, mein Schatz, was ist mit dir?« Sie durchquerte das Zimmer, setzte sich an mein Bett und legte ihre Hand auf meine Stirn. »Du bist sehr heiß. Seit wann liegst du denn schon hier?«

Ich zuckte schwach mit den Schultern.

»Ich habe ja fast erwartet, dass so etwas passieren würde, seit du angefangen hast, in Wickham Hall zu arbeiten.«

»Wirklich?«, ächzte ich und sah sie blinzelnd an.

»Du arbeitest zu viel«, tadelte sie mich kopfschüttelnd. Sie setzte sich an den Rand meines Betts und strich mir die Haare aus dem Gesicht. »Ich weiß, dass du eine Perfektionistin bist, Liebes, aber so hart zu arbeiten tut der Seele nicht gut. Was...« Sie brach ab, als ich meine Finger öffnete und das Perlenarmband in ihren Schoß legte.

»Woher hast du das, Mum? Erzähl mir die ganze Geschichte. Und bitte, ich muss die Wahrheit wissen.« Ich wünschte mir inbrünstig, dass wir diese Unterhaltung bereits vierundzwanzig Stunden früher gehabt hätten, bevor Ben und ich...

Mum drückte die Perlen an ihre Wange und sackte sichtbar in sich zusammen, als sie mich ansah. »Ich hätte es nicht behalten dürfen.«

Ich hielt den Atem an und betrachtete sie, während sie sich neben mir wand. »Warum hast du es dann getan?«

»Es war das Einzige, was mir von ihm geblieben ist. Ich...«

»Von wem?« Mein Mund war trocken, und ich nahm noch einen Schluck Wasser. »Mum, ich weiß, dass es schwer für dich ist. Aber du verstehst nicht. Ich muss das wissen. Noch heute Abend, bevor...« Ich schüttelte den Kopf und schluckte. *Bevor ich weitere Fehler mit einem Mann mache, der mein Halbbruder sein könnte.*

Sie legte ihre Hände an ihre Wangen und stöhnte auf. »Ich hatte solche Angst davor, dass es herauskommen würde.«

»Wer hat dir das gegeben?«, hakte ich nach und zog ihre Hände von ihrem Gesicht.

Ihre blauen Augen sahen unglücklich aus, und sie tat mir unendlich leid. Liebevoll nahm ich ihre Hände in die meinen und wartete.

»Die Wahrheit ist die: Ich habe es im Gebüsch am Rand des Senkgartens in Wickham Hall gefunden. Der funkelnde Verschluss ist mir ins Auge gestochen.«

»Du hast es *gefunden*?« Ich starrte sie an. »Es war also kein Geschenk?«

Sie schüttelte den Kopf. »Holly, ich war siebzehn und hatte noch nie zuvor so ein wunderschönes Armband gesehen. Perlen waren zu der Zeit sehr in Mode. Aber selbst damals wusste ich natürlich, dass das keine nachgemachten waren, nicht so wie die billigen Dinger, die wir in der Schule trugen. Ich wusste, dass ich es eigentlich hätte abliefern sollen, aber Antonio ...«

»Antonio?« Ich setzte mich ruckartig auf.

»Ja.« Mum nickte mit geröteten Wangen. Sie strich den Rock ihres Kleides glatt und räusperte sich. »Antonio war meine erste Liebe. Dein Vater.«

Ich sah sie misstrauisch an. In neunundzwanzig Jahren hatte ich kein einziges Mal den Namen Antonio gehört.

»Mum.« Ich holte tief Luft, um ruhig sprechen zu können. »Lord Fortescue hat solche Armbänder für seine Frau, seine Mutter und seine Tante gekauft. Bist du dir sicher, dass er nicht auch dir eins geschenkt hat?«

Sie runzelte die Stirn. »Liebling, ich glaube, du warst

etwas zu lange in der Sonne. Wieso um alles in der Welt sollte er das tun?«

»Weil...« Ich schüttelte den Kopf. Alle möglichen Gedanken schossen kreuz und quer durch meinen Kopf, und ich vermochte nicht mehr klar zu denken. Ich erinnerte mich an die Unterhaltung, die ich mit Esme geführt hatte. War das der Grund, warum Mum Wickham nie hatte verlassen wollen?

Ich betrachtete ihr hübsches Gesicht, das mich jetzt verwirrt ansah.

Welchen Grund hätte sie, nach all den Jahren noch zu lügen?

»Warum hast du bisher nie etwas von Antonio erzählt?« Meine Schläfe begann schmerzhaft zu pochen, und der Kopf tat mir weh.

Mum schloss einige Sekunden lang die Augen. Ich hielt den Atem an. Ich wollte sie nicht mehr bedrängen, aber meiner Meinung nach hatte ich lange genug auf ihre Geschichte gewartet. Nach einer Weile nahm sie meine Hand und streichelte sie zärtlich. »Holly, du bist das Wertvollste in meinem Leben, und ich bereue nichts. Auch wenn du nicht geplant warst, habe ich dich immer mit jeder Faser meines Körpers, mit jedem Herzschlag geliebt, seitdem du in mein Leben getreten bist.«

Ich drückte ihre Finger, und sie lächelte. In ihren Augen standen Tränen.

»Als du noch klein warst, fiel es mir nicht schwer, dich zu beschützen. Aber dann kam es mir so vor, als würde ich plötzlich über Nacht zu einer jungen Mutter mit einer wunderschönen Teenagertochter werden, und ich wollte auf keinen Fall, dass du meinem Beispiel folgst. Ich hatte immer Angst, dir die Geschichte zu erzählen, weil ich befürchtete, du könntest mich dafür verachten oder meinem Beispiel folgen.«

»Welchem Beispiel genau?«

Sie schaute mich an. Ich konnte deutlich den Schmerz und das Leid in ihren Augen sehen. »Mich auf den ersten Blick zu verlieben und mich jemandem hinzugeben, den ich kaum kannte, was dazu führte, dass ich aus Versehen schwanger und dann alleinerziehende Mutter wurde.«

»Aber was ist falsch daran, sich zu verlieben?«, fragte ich. Sobald ich das gesagt hatte, sah ich Bens Gesicht vor mir. Ich berührte Mums Arm. »Wenn Antonio mein Vater ist und du so in ihn verliebt warst, wo ist er dann jetzt? Warum bin ich ihm nie begegnet?«

Mum seufzte und senkte den Blick. Gedankenverloren spielte sie mit dem Perlenarmband in ihrem Schoß. »Gute Frage. Es ist so stickig hier drinnen. Wollen wir nicht nach draußen in den Garten gehen? Ich verspreche, dir alles genau zu erzählen.«

Ich war mir zwar nicht sicher, ob mich meine Beine nach unten tragen würden, aber ich nickte trotzdem. Fünf Minuten später saßen wir mit zwei Gläsern Eiswasser auf der Bank im Garten.

»Was auch immer passiert sein mag«, sagte ich leise, »ich werde dich garantiert nicht verurteilen. Ich liebe dich, das weißt du doch, oder? Aber ich will endlich die Wahrheit wissen.«

»Okay«, erwiderte Mum und holte bebend Luft. Ich lehnte meinen Kopf an ihre Schulter. Während die Sonne langsam über den Dächern unterging und den Himmel leuchtend rot färbte, erzählte Mum ihre Geschichte.

Die Sommerferien hatten begonnen, und sie hatte die Tage

vor dem Beginn des Festivals von Wickham Hall mit Freundinnen verbracht. Die Mädchen hatten in der Sonne gelegen und ihren Spaß auf dem Dorfplatz gehabt. Ihre Welt änderte sich jedoch für immer, als eines Morgens Antonio auftauchte und die Mädchen nach Wechselgeld für die Telefonzelle bat, weil er seine Mutter in Italien anrufen wollte. Seine Mama vermisse ihn, hatte er in schlechtem Englisch erklärt und seinen Blick auf Mum gerichtet.

Mum sah ihn erst am ersten Vormittag auf dem Festival von Wickham Hall wieder. Er entdeckte sie als Eisverkäuferin an einem Stand und schlug ihr vor, sich mit ihm zum Mittagessen zu treffen. Seine Familie hatte ein Ledergeschäft in Italien, und er und sein Vater verbrachten die Sommermonate damit, von einer Grafschaftsschau zur nächsten zu reisen, um dort ihre Geldbeutel, Gürtel und Taschen zu verkaufen. Antonio hatte ihr die Hand geküsst, ihr erklärt, dass sie das schönste Mädchen sei, dem er jemals begegnet wäre, und dass sie ihm das Herz geraubt habe. Mum war natürlich hin und weg.

In den folgenden zwei Tagen verbrachten sie jede freie Minute miteinander. Sie spazierten durch die Gärten von Wickham Hall, saßen vor dem Wohnwagen seines Vaters oder tranken gemeinsam unten am Fluss eine Flasche Wein, stets ohne sich auch nur einen Augenblick lang loszulassen. Mum hatte noch nie zuvor ein solches Glück erlebt. In der letzten gemeinsamen Nacht legte Antonio unter einem sternenklaren Himmel bei den Rhododendronbüschen eine Decke aus, und sie liebten sich, wobei sie sich flüsternd versprachen, einander für immer treu zu bleiben.

Als es allmählich heller wurde, standen sie auf, um zu gehen. Mum musste zum Cottage zurück und sich herrichten, damit sie um neun Uhr wieder rechtzeitig die Arbeit auf dem Festival antreten konnte. Und gerade, als sie sich zum Abschied küssten, sah sie das Armband auf dem Boden glitzern. Antonio hatte sie noch einmal geküsst und gemeint, sie solle es als Erinnerung an ihre erste gemeinsame Nacht behalten. Mum hatte genickt und es in die Tasche gesteckt, wobei sie insgeheim wusste, dass sie diese Nacht sowieso nie mehr vergessen würde.

Es war der dritte und letzte Tag des Festivals. Am Abend sollten Antonio und sein Vater ihre Sachen packen und weiterziehen. Doch er und Mum wollten noch den Nachmittag miteinander verbringen, sich verabschieden, Adressen austauschen und ein Wiedersehen für den Herbst vereinbaren.

Mum schlich sich leise ins Cottage und hoffte inständig, dass ihr Vater ihr nächtliches Ausbleiben nicht bemerkt hatte. Doch als sie die schmale Treppe hinaufhastete, hörte sie, wie er nach Luft rang. Sie stürzte in sein Zimmer und fand ihn dort, wie er sich an sein Herz griff, die Augen vor Entsetzen weit aufgerissen.

Die Fahrt im Krankenwagen, das unendlich lange Warten auf dem Flur des Krankenhauses, das Perlenarmband, das sie wie einen Talisman festhielt, während sie von einem schrecklichen Gefühl der Schuld erfasst wurde …

Und dann war es vorbei.

Ihr Vater erholte sich nicht mehr von dem heftigen Herzinfarkt und starb, sodass Mum mit siebzehn Jahren mutterseelenallein in der Welt zurückblieb. Als sie schließlich später auf Wickham Hall eintraf, von Trauer ausgehöhlt und zitternd vor Erschöpfung, war niemand mehr da. Keine Wohnwagen, keine Zelte, nicht einmal irgendein Fetzen Papier oder Abfall. Die Gegend war völlig geräumt worden, und es gab nicht einmal die kleinste Erinnerung an Antonio oder ihre gemeinsame Nacht. Er war verschwunden, ohne die geringste Spur zu hinterlassen. Sie hatte keine Adresse, kein Foto von ihm, nichts... Sie kannte nicht einmal seinen Nachnamen.

Obwohl sie vor Schmerz wie betäubt war, verbrachte sie die Wochen nach der Beerdigung ihres Vaters damit, Antonio zu suchen. Sie kaufte jede nur erdenkliche Zeitung und jedes Magazin, die sie finden konnte und die über das Festival berichteten. Verzweifelt suchte sie nach einem Bild von ihm, einem Namen, irgendetwas, das sie mit ihm in Verbindung bringen würde. Den ganzen August über reiste sie durch England, besuchte Jahrmärkte und Grafschaftsschauen, wo sie sich bei den Händlern erkundigte, ob sie einen italienischen Jungen mit goldenen Haaren und braunen Augen kannten, der mit seinem Vater Lederwaren verkaufte. Doch er blieb verschwunden.

»Und dann kam der September, und ich ging wieder in die Schule, um das Abitur zu machen...« Mum seufzte. »Ich war fast achtzehn und besaß das Cottage. Man erlaubte mir also, hier wohnen zu bleiben. Im Oktober merkte ich dann, dass ich schwanger war.«

Ich streckte die Hand aus und wischte ihr mit dem Daumen die Tränen von den Wangen. »Mum«, flüsterte ich, »ich hatte keine Ahnung, dass Großvater in dem Sommer gestorben ist. Es tut mir leid, dass du das alles so jung und ganz allein durchleben musstest.«

»Es zerriss mich fast vor Schuldgefühlen – weil ich meinen Vater in der Nacht allein gelassen hatte, in der er einen Herzinfarkt erlitt, weil ich nicht mehr aufgetaucht war, um mich von Antonio zu verabschieden, und als du geboren wurdest, fühlte ich mich schuldig, weil ich dir keine richtige Familie bieten konnte.«

»Das stimmt doch nicht, Mum.« Ich legte einen Arm um sie und zog sie an mich. Ihre Schultern zitterten, während sie lautlos weinte. »Du hast Großvater ins Krankenhaus gebracht, das war das Wichtigste. Und du warst bei ihm. Es war nicht deine Schuld. Und wegen mir brauchst du dir sowieso keine Sorgen machen. Ich habe mich doch nicht schlecht entwickelt, oder? Und was meinen Vater betrifft ...« Mir fehlten die Worte. Die ganze Geschichte war zutiefst tragisch, und ich merkte, wie sich mein Hals zuschnürte und mir die Stimme versagte.

»Antonio war bestimmt unglaublich verletzt, als ich nicht aufgetaucht bin, Holly. Ich habe an dem Tag niemanden darüber informiert, wo ich war, nicht einmal meinen Chef am Eisstand. Vielleicht hat Antonio geglaubt, ich würde absichtlich nicht mehr kommen, um ihm aus dem Weg zu gehen?!« Sie sah mich mit großen Augen an, und ich schüttelte den Kopf, weil ich nicht wusste, was ich sagen sollte. »Er ist nicht nach Wickham Hall zurückgekommen. Kein einziges Mal. Mein größtes Leid war die Vorstellung, dass er dich nie in seinem Leben hat haben können.«

Ich atmete langsam aus, während sich die einzelnen Teile des Puzzles zusammenfügten. Ich hatte einen italienischen Vater namens Antonio. Wie ich gehofft hatte, war Mum tatsächlich in einen Jungen in ihrem Alter verliebt gewesen. Einen hinreißenden Jungen. Erleichterung breitete sich wie Sonnenstrahlen an einem regnerischen Tag in mir aus. Auf einmal wurde mir noch etwas anderes klar ... »Ich glaube, du hast gerade den eigentlichen Grund für deine Sammelwut gefunden, Mum.«

Sie nickte. »Ich habe so viel in so kurzer Zeit verloren, das ich es danach nicht mehr ertragen konnte, mich von irgendetwas zu trennen. Ich weiß, es klingt verrückt. Aber diese Zeitungen, die Dinge, die ich aufbewahrt und gesammelt habe, sind meine Erinnerungen. Es begann mit den Ausgaben der *Wickham and Hoxley News* im Sommer 1984. Obwohl ich keine Bilder von Antonio hatte, gab es in ihnen wenigstens Aufnahmen von dem Festival, die meine Erinnerungen lebendig hielten. Und dann die Sachen von deinem Großvater – ich konnte einfach nichts wegschmeißen, was mich an ihn denken ließ. Ich wollte nicht noch mehr verlieren.«

Ich zog sie an mich und hielt sie fest. Auf einmal tat es mir schrecklich leid, dass ich so oft so wütend und frustriert gewesen war, weil sie nicht in der Lage zu sein schien, sich von den Dingen zu trennen. Jetzt endlich verstand ich die tiefe Traurigkeit, die dahintersteckte.

»Holly«, murmelte sie. »Es tut mir leid, dass du dein ganzes Leben lang damit geschlagen warst. Ist das Zusammenleben mit mir furchtbar gewesen?«

Ich dachte an die peinlichen Situationen über die Jahre, wenn ich Leuten die Tür öffnete und das Entsetzen in ihren Mienen miterleben musste, sobald sie die Müllhalde in unserem Flur sahen. Ich schluckte. »Nein, Mum. Aber ich finde, es ist an der Zeit, diese Dinge hinter uns zu lassen. Meinst du nicht?«

Sie nickte, und wir saßen eine Weile schweigend da. Die Sonne war inzwischen untergegangen, und eine kühle Brise jagte mir eine Gänsehaut über den Rücken.

»Ich bin so froh, dass wir endlich geredet haben, Mum.« Ich lachte verlegen. »Ich war bereits in ziemlicher Panik, weil ich mir eingeredet habe, Lord Fortescue wäre mein Vater.«

»Oh, Holly.« Sie kicherte. »Du hattest schon immer eine lebhafte Fantasie.«

Wir sahen einander an und lachten.

»Esme hat vermutet, dass du eine Affäre mit dem Meteorologen von der BBC gehabt haben könntest, der in dem Jahr auf dem Festival auftrat.«

»Igitt, ja, ich erinnere mich an ihn.« Sie schüttelte sich. »Senffarbener Pullunder und die Haare über die Glatze gebürstet.«

Ich lachte, als ich Mums angewiderte Miene sah. »Lady Fortescue sucht das Armband übrigens noch immer«, sagte ich dann sanft tadelnd.

»Wirklich?« Mum biss sich auf die Unterlippe. »Ich hatte vor, es zurückzugeben. Ehrlich. Aber es ist damals so viel passiert, dass ich es völlig vergessen habe. Außerdem erinnerte es mich an meinen letzten Tag mit Antonio.«

»Heiße ich deshalb mit zweitem Namen Pearl?«

Sie nickte.

»In dem Fall«, sagte ich und lehnte mich an sie, »hast du ja eine Erinnerung, und die wird garantiert nicht verschwinden.«

»Du hast recht. Ich sollte es zurückgeben.« Sie nickte entschlossen. »Aber wie?«

Ich umarmte sie. Der Wind ließ mich erneut zittern. »Überlass das mir. Ich kriege das schon hin.«

Kapitel 22

Der zweite Tag des Sommerfests begann, und wieder strahlte die Sonne so hell und heiß wie in den Wochen zuvor.

Ich wachte mit dröhnenden Kopfschmerzen auf und schaffte es gerade noch, einen Schluck Wasser zu trinken, ehe ich ins Badezimmer stürzte und mich übergab.

»Junge Dame, Sie gehen heute nirgendwohin«, verkündete meine Mutter und betrachtete besorgt das Fieberthermometer, nachdem sie es mir aus dem Mund gezogen hatte.

So kam es, dass ich die nächsten achtundvierzig Stunden schweißgebadet zu Hause verbrachte. Immer wieder das Bewusstsein verlierend, hielt ich Mums Hand und schlief so viel wie seit Jahren nicht mehr.

Ich verpasste den Rest des Festivals, und als ich am darauffolgenden Montag wieder ins Büro ging, war es bereits Anfang August. Ben war abgereist. Das Büro war leer und seine Hälfte des Raums ungewöhnlich aufgeräumt. Die Staffelei, die Kiste mit den Farben und die Leinwände waren ebenso verschwunden wie das kleine Radio, das er normalerweise laut laufen ließ.

Ich schluckte meine Enttäuschung hinunter und setzte mich an meinen Schreibtisch. Fünf Sekunden später machte mein Herz einen Satz. Unter die Klappe meines Laptops war ein Brief geschoben, der in einer derart krakeligen Schrift geschrieben war, dass er nur von einer Person stammen konnte.

Liebe Holly,
wenn du meinen sorgfältig platzierten Brief liest, bedeutet das, dass du wieder vollständig zu Kräften gekommen bist und dich mithilfe deines hochgeschätzten Kalenders auf deinen Posteingang stürzt. Von deiner Mutter habe ich von deiner Verfassung erfahren – ich habe ja schon so manche Zurückweisung erlebt, aber von allen Entschuldigungen, warum jemand kein Date mit mir möchte, gewinnst du den ersten Preis!
Ich ziehe mich jetzt jedenfalls eine Weile zurück, um meine Wunden zu lecken und allmählich neuen Mut zu sammeln, um dich erneut zu bitten, mit mir auszugehen (siehe rot markiertes Datum im Kalender). Meine Staffelei und ich werden den Elementen der Orkney-Inseln trotzen und dort nach ein paar windumtosten Landschaften suchen.
Du hast also Zeit, dir eine neue Ausrede zu überlegen, warum du meinen sagenhaften neuen Vorschlag für ein Date ausschlagen willst – und diesmal bitte eine plausiblere Ausrede als bloße Erschöpfung und Sonnenstich.
Wir sehen uns im September,
Dein
Ben
PS: Ich habe dein Klemmbrett verwendet, während du nicht da warst, damit es nicht vereinsamt.

Ich lehnte mich auf meinem Stuhl zurück und strahlte wie ein Honigkuchenpferd. Er hatte also bereits ein neues Date geplant. Ben – *geplant*? Unglaublich. Obwohl er das Festival ohne mich hatte über die Bühne bringen müssen und es zu keinem Date gekommen war, sah es ganz so aus, als hätte er noch nicht aufgegeben. Und das trotz meines komischen Verhaltens nach unserem Kuss.

Puh.

Ich nahm meinen Kalender zur Hand und blätterte ihn durch. Als ich den Eintrag für den letzten Samstag im September fand, musste ich laut lachen. In ein großes Herz aus rosa Wachsmalkreide hatte Ben *Den ganzen Tag freihalten für Date mit unwiderstehlich attraktivem Mann* geschrieben.

Ich warf einen Blick auf meinen Schreibtisch, der sich in meiner Abwesenheit in einen riesigen Eingangskorb verwandelt zu haben schien.

Ich begann leise vor mich hin zu summen, um mich von der Stille abzulenken, die Bens Abreise hinterlassen hatte. So gut es ging, versuchte ich mich auf meine Arbeit zu konzentrieren und nicht über Ben auf den Orkneys nachzudenken.

Drei Stunden später hatte ich einen Terminplan für die kommenden zwei Wochen erstellt, eine letzte Pressemitteilung zum Erfolg des Sommerfestes verfasst und an die örtliche Presse gemailt. Nach derart intensiven Stunden hatte ich mir nun wirklich etwas frische Luft und angenehme Gesellschaft verdient! Ich klappte den Laptop zu und ging in die Gärten hinaus, um Nikki zu suchen.

Das Wetter war umgeschlagen, und es war während des Wochenendes kühler geworden. Nikki war gerade draußen mit einem Lastwagenfahrer beschäftigt, der riesige Säcke mit Blumenzwiebeln lieferte. Ich setzte mich auf die Bank, um auf sie zu warten. Sie verabschiedete sich von dem Lieferanten und wandte sich dann mir zu. Grinsend zeigte sie auf die vollen Säcke. »Lust auf ein wenig Schlepperei?«

»Sind die alle schon für den Frühling?« Ich keuchte, als wir die letzten Säcke reinbrachten.

»Ja. Diese Blumen sind die ersten Anzeichen neuen Lebens auf Wickham Hall. Wenn die Landschaft im Februar dringend einen Schub braucht, dann beginnen sie, ihre leuchtenden Köpfe zu recken.«

»Neues Leben«, sagte ich nachdenklich. »Ich glaube, ich sollte dieses Jahr auch ein paar Zwiebeln für unseren Garten besorgen.« Ich hoffte, dass im kommenden Frühjahr ein Großteil des Schrotts aus Weaver's Cottage verschwunden war und es Mum deutlich besser ging.

»Ich habe große Pläne für diese Gärten«, meinte Nikki. »Wickham Hall soll nächstes Jahr *das* Reiseziel für die Frühjahrsblüte werden. Ich habe zwanzigtausend Zwiebeln gekauft, die zwischen jetzt und November gesetzt werden müssen.«

»Mit der Hand?«, fragte ich beeindruckt.

Sie nickte. »Ich werde ein paar Freiwillige brauchen. Das ist ziemlich anstrengend für den Rücken.«

»Und ich hatte schon angenommen, jetzt käme allmählich eine ruhigere Zeit.« Mir kam ein Gedanke. »He, vielleicht könnten wir eine Pflanzparty veranstalten? Die Öffentlichkeit dazu einladen, mit ihren Spaten zu kommen und …«

Ich brach ab, als ich bemerkte, wie Nikki die Augenbrauen hochzog. »Und dann setzen die Leute sie nicht tief genug in die Erde und trampeln mir durch die Blumenbeete?« Sie schüttelte sich. »Nein, danke. Warum konzentrieren Sie sich nicht lieber darauf, für nächstes Frühjahr Besucher hierherzulocken, um die Blumen zu sehen, während sich die

Profis um die Bepflanzung kümmern?« Sie lachte. »Die Arbeit mit Benedict muss auf Sie abgefärbt haben. Das klingt fast nach einer seiner bekloppten Ideen.«

»Er hat keine bekloppten Ideen«, verteidigte ich ihn sofort. »Er ist einfach nur kreativ und einfallsreich, und falls das auf mich abfärbt ...« Ich brach schleunigst ab.

Nikki zog erneut die Augenbrauen hoch und grinste. Sie trank einen großen Schluck aus ihrer Flasche Mineralwasser und wischte sich dann mit dem Handrücken über den Mund. »Benedict war am Samstag hier. Er hörte gar nicht mehr auf, sich Vorwürfe zu machen. Es sei seine Schuld gewesen, dass Sie krank geworden sind. Er habe Ihnen zu viel Arbeit überlassen ... und so weiter und so fort.«

Ich verbarg ein Lächeln. »Was für ein Quatsch«, sagte ich, freute mich aber insgeheim darüber, dass er sich offenbar Sorgen um mich gemacht hatte. »Ich bin durchaus in der Lage, viel zu arbeiten. Ich habe einfach nur zu viel Sonne abbekommen, das ist alles.«

Nikki sah mich einen langen Moment an, bis ich mich unter ihrem Blick unwohl zu fühlen begann. Dann ließ sie sich auf einem der Säcke mit den Blumenzwiebeln nieder. »Habe ich Ihnen jemals erzählt, wo ich vorher gearbeitet habe, ehe ich hierherkam?«

»War das nicht für Will Simpson von Role Play?«, fragte ich stirnrunzelnd. Der plötzliche Themenwechsel überraschte mich.

Sie nahm einen weiteren Schluck Wasser und nickte. »Habe ich auch erzählt, warum ich dort weggegangen bin?«

»Nicht genau«, erwiderte ich.

Sie schüttelte den Kopf. »Ich hatte mich verliebt. Und zwar Hals über Kopf. Aber Will war verheiratet, und ich hatte nicht vor, zwischen ihn und seine Frau zu kommen. Deshalb blieb mir nichts anderes übrig, als loszulassen. Ehe etwas geschah, was wir beide vermutlich bitter bereut hätten.«

Ich nickte. Jetzt fiel mir auch wieder Nikkis Empörung über die Affäre von Pippas Ehemann ein.

Sie zog ihr Portemonnaie heraus und reichte mir ein verknittertes Foto. Es zeigte Nikki, die sich auf einen Spaten lehnte, mit kurzen, drahtigen Haaren, einem offenen Lächeln und ihrer üblichen Uniform aus kurzer Hose und Hemd. Neben ihr stand ein großer, schlanker Mann mit hellblonden Haaren und einem Hemd, das bis zur Taille offen war. Er hatte lässig den Arm um ihre Schultern gelegt.

»Sie sehen sehr glücklich aus, Nikki. Und hat er das Gleiche für Sie empfunden?«

Ich gab ihr das Bild zurück, und sie strich zärtlich mit dem Daumen darüber. »Das weiß ich nicht. Zwischen uns ist nie etwas passiert. Er war viel zu nett, um seine Frau zu betrügen. Aber er hatte angefangen, viel Zeit mit mir im Garten zu verbringen, und unsere Freundschaft wurde immer tiefer. Letztlich war es zu schwer für mich, meine Gefühle zu verbergen. Ich habe ihn zu sehr geliebt, um bleiben zu können.«

»Ich finde, Sie haben sich großartig verhalten, Nikki«, sagte ich und strich ihr über das Knie.

»Danke, Holly«, erwiderte sie mit einem wehmütigen Lächeln. Sie packte das Bild wieder weg. »Ich glaube, er ist der einzige Mann, den ich jemals wirklich geliebt habe. Jetzt bin ich mit den Gärten hier verheiratet. Und es gibt schlimmere Beziehungen, das können Sie mir glauben.« Sie hob die Schultern und seufzte.

Ich holte tief Luft, weil ich mir nicht sicher war, ob ich

eigentlich die Antwort auf meine nächste Frage hören wollte. »Warum erzählen Sie mir das jetzt alles?«

Sie musterte mich einen langen Moment, als ob sie versuchte, meine Gedanken zu lesen. »Weil ich miterlebt habe, wie sich die Freundschaft zwischen Ihnen und Benedict entwickelt hat. Das erinnert mich sehr an Will und mich. Der Unterschied ist der, dass keiner von Ihnen andere Verpflichtungen hat. Mein Rat wäre also: Wenn Sie die Chance auf Glück haben, dann greifen Sie danach, und halten Sie sie fest, so gut Sie können. Ich konnte meinen Mann nicht bekommen, aber Sie hält nichts davon ab, Ihren zu kriegen. Nun, nichts außer...« Sie schenkte mir ein bekümmertes Lächeln.

»Lady Fortescue«, beendete ich den Satz für sie.

Sie nickte.

»Mir war bisher nicht klar, dass es so offensichtlich ist. Das mit Ben und mir, meine ich.« Ich lächelte ein wenig verlegen.

Nikki lachte. »Für mich schon.«

Ich spürte, wie sich meine Wangen röteten. »Zwischen uns ist nichts passiert.« Außer dem flüchtigsten aller Küsse. »Aber glauben Sie, Lady Fortescue würde Theater machen, wenn es doch so wäre?«

»Soll ich ehrlich sein?« Nikki schnaubte. »Sie hat ein gutes Herz, aber sie ist auch ein Snob.«

Ich seufzte traurig. Die Tochter einer Teilzeitkraft in einem Wohltätigkeitsladen und eines italienischen Händlers war für Ihre Ladyschaft wahrscheinlich nicht gerade die passende Partnerin für ihren einzigen Sohn.

Nikki versetzte mir einen Stoß mit dem Ellbogen. »Aber davon lassen Sie sich ja wohl hoffentlich nicht abhalten, oder?«

Ich erinnerte mich an die Miene von Lady Fortescue, als sie Ben und mich im Senkgarten entdeckt hatte. Sie hatte alles andere als begeistert gewirkt.

Ich hob trotzig das Kinn. »Nein, auf keinen Fall. Wenn es Ben nicht stört, dass ich keine reiche Erbin bin, wird es mich garantiert auch nicht stören.«

»So ist es recht.« Nikki klopfte mir anerkennend auf den Rücken. Sie nahm eine Schere von ihrem Schreibtisch und wies dann mit dem Kopf in Richtung Tür. Ich folgte ihr nach draußen in den Küchengarten. »Sie sind sicherlich nicht hergekommen, um mit mir über unser Liebesleben zu reden. Was kann ich also für Sie tun?«

»Nun...« Ich zögerte und schob automatisch eine Hand in meine Tasche, wo sich meine Finger um Lady Fortescues Perlenarmband legten. Wahrscheinlich war es eine verrückte Idee, aber da mir nichts anderes einfiel... »Sie kennen doch sicher die Geschichte von Lady Fortescues Armband, das sie vor vielen Jahren im Senkgarten verloren hat, oder?«

Nikki warf mir einen amüsierten Blick zu und schob sich ein Basilikumblatt in den Mund. »Klar. Die habe ich schon gehört.«

»Glauben Sie, es würde sich lohnen, die Erde in der Gegend noch mal umzugraben, wenn Sie zum Beispiel die Blumenzwiebeln setzen, um zu sehen, ob Sie es finden könnten?« Ich sah sie mit unschuldiger Miene an. Ich würde das Armband im Garten vergraben und würde es dann bei ihrer nächsten Umgrabaktion auf jeden Fall finden.

Sie lachte leise und schüttelte den Kopf. »Hat sie Sie jetzt auch schon damit angesteckt? Man hat die Gegend bereits mehrmals umgegraben. Rhododendron wuchert wild, weshalb wir ihn etwa alle fünf Jahre ausgraben und stark zurückschneiden müssen. Sonst erstickt er die anderen Pflanzen. Ich erinnere mich noch gut daran, wie Ihre Ladyschaft mit Adleraugen zusah, als wir das letzte Mal dort gruben, für den Fall, dass wir das Armband finden sollten.«

Mir sank das Herz. Damit konnte ich meine Idee also vergessen. Ich musste mir etwas anderes überlegen. Außerdem würde Nikki vermutlich Verdacht schöpfen, wenn das Schmuckstück jetzt nach unserem Gespräch auf einmal im Garten auftauchen würde.

»Na ja, war nur so ein Gedanke. Vergessen Sie es«, sagte ich betont ungezwungen. Ich wandte mich zum Gehen. »Und danke, dass Sie mir Ihre Geschichte erzählt haben, Nikki. Und für Ihren Rat.«

Kapitel 23

Es war Feiertag, und obwohl Wickham Hall für Besucher geöffnet hatte, gab es keine besonderen Veranstaltungen, sodass ich endlich mal einen Tag freihatte. Ich trug bereits einen Bikini unter Shorts und ärmellosem Top und packte eine Tasche mit den wichtigsten Dingen, um den Tag mit Esme in der Sonne zu verbringen. Dann ging ich hinaus, um mich von Mum und Steve zu verabschieden.

Steve schien seit einiger Zeit ständig da zu sein. Ich hatte ganz und gar nichts dagegen. Mum blühte in seiner Gegenwart sichtbar auf, und es führte mir vor Augen, wie einsam sie vor Steve gewesen war. Was mich besonders freute, war die Tatsache, dass ihn ihre ganzen angesammelten Sachen nicht im Geringsten zu stören schienen. Er war geschieden, und seine Exfrau hatte den Großteil des Hausrats mitgenommen, als sie ausgezogen war. Steve mochte unser »gemütliches Cottage«, wie er es nannte. Ich war überglücklich, dass er so freundlich und sensibel Mum gegenüber war und ihr zurückhaltend angeboten hatte, ihr zu helfen, einige der Kisten aus dem Esszimmer zu entsorgen. Wenn es so weiterging, bestand keine schlechte Chance, dass wir dieses Jahr tatsächlich das Weihnachtsessen dort drinnen abhalten konnten.

Jetzt saßen sie gemeinsam auf der Terrasse und tranken

einen ersten Kaffee. Steve hatte seinen Arm auf die Rückenlehne von Mums Stuhl gelegt, den er diskret zurückzog, als er mich bemerkte.

»Habt einen schönen Tag!«, meinte ich. »Und macht bloß keine Dummheiten! Mach ich ja auch nicht!«

Schön wär's, dachte ich trocken. Ben war inzwischen seit beinahe einem Monat weg, und ich hatte nichts von ihm gehört. Mum folgte mir in die Küche. Sie lächelte. Ich kannte dieses Lächeln. Es bedeutete: *Ich werde gleich etwas sagen, was wir beide etwas unangenehm finden könnten.* Meist ich mehr als sie.

»Tut mir leid, wenn ich euch aufgezogen habe«, sagte ich. »Ich hoffe, es war Steve nicht unangenehm. Oder dir.«

»Nein, nein.« Sie schüttelte den Kopf und strich langsam mit einem Finger über die Arbeitsplatte, die deutlich ordentlicher aussah, als sie das noch vor Kurzem getan hatte. Ich wartete. Mit einem unangenehmen Gefühl.

»Holly«, begann sie und hielt dann inne. Sie schaute in den Garten hinaus und zog dann die Tür zu, sodass Steve nicht mehr zu sehen war.

»Was hältst du von ihm, von Steve?«, flüsterte sie und spielte mit der Sonnenbrille, die in ihren dichten, blonden Haaren steckte.

»Ich finde ihn sehr nett.« Ich zog sie in eine Umarmung. »Aber eigentlich ist es doch egal, was *ich* denke. Wie geht es *dir* denn mit ihm?«

»Es gibt mir das Gefühl, etwas Besonderes zu sein.« Sie lehnte sich etwas zurück, um mich besser ansehen zu können. »Er gibt mir das Gefühl, die alten Dinge hinter mir lassen zu können. Aber es geht mir zu schnell, ich ...« Sie hielt inne und zog die Oberlippe zwischen ihre Zähne.

»He«, sagte ich und trat ebenfalls einen Schritt zurück, um ihr besser in die Augen sehen zu können. »Du weißt doch, wie du vor dich hin summst, wenn du glücklich bist?«

Sie nickte.

»Nun, du summst jetzt sehr viel und außerdem ...« Ich zögerte, da ich den Moment nicht zerstören wollte. Dann drückte ich ihr einen Kuss auf die Wange und beschloss, es zu wagen. »Die Küche sieht viel besser aus, und ich habe auch bemerkt, dass die Mülltonne voll ist. Hast du angefangen, etwas auszumisten?«

Wieder nickte sie. »Steve stolperte oben auf der Treppe über etwas, was da herumlag, und da dachte ich mir, ich sollte besser wirklich endlich mal aufräumen, ehe einer von uns einen schlimmeren Unfall hat.«

Ich lächelte. »Da siehst du es! Du wirfst nie was weg, wenn es dir nicht gut geht. Dann muss das ein gutes Zeichen sein. Oder nicht?«

Sie spielte mit ihren Fingern. »Es ist nur so, dass er so ein paar Bemerkungen gemacht hat. Angedeutet hat, dass er ... Du weißt schon. Und ich glaube, ich bin noch nicht so weit.« Sie sah mich an, und zwei rote Flecken zeigten sich auf ihren Wangen.

Ich kämpfte gegen das Bedürfnis an, mir die Finger in die Ohren zu stecken und »Lalalala« zu singen, und nahm stattdessen ihre Hand. Ich war nicht sicher, ob ich schon bereit war, meiner Mutter in dieser Hinsicht einen Ratschlag zu geben. »Sprich weiter«, sagte ich trotzdem und schluckte.

Sie holte tief Luft und lächelte mich etwas angespannt an. »Steve glaubt, dass die Bücherei von Henley an meiner Sammlung alter Zeitungen interessiert sein könnte. Er nimmt an, dass sie sehr dankbar wären, wenn ich sie ihrem Archiv stiften würde. Als einen Beitrag zur Lokalgeschichte.«

»Mum!«, rief ich mehr als erleichtert. »Das ist ja fantastisch.«

»Aber das sind meine Erinnerungen, es ist meine Sammlung«, fuhr Mum leise fort. »Wenn ich sie weggebe…« Sie brach ab und seufzte tief. »Er hat wahrscheinlich recht.«

Ich lachte. »Für einen furchtbaren Moment dachte ich, du würdest mir sagen wollen, dass er … Du weißt schon …«

»Oh, Liebes!« Sie lachte amüsiert und drückte mir einen Kuss auf die Wange. »Das haben wir doch schon lange hinter uns. Warum glaubst du, war Steve *oben* im ersten Stock, als er gestolpert ist?«

Ich beeilte mich, mir meine Sachen zu schnappen und schnellstens das Weite zu suchen. Manche Dinge wollte man einfach nicht über seine Mutter wissen.

Kurze Zeit später war ich auf dem Weg zu Esme. Als ich ankam, begrüßte sie mich mit einer ihrer rippenbrechenden Umarmungen, die mir beinahe den Atem raubten.

»Ich habe dich so vermisst!«, meinte ich. »Ich kann nicht glauben, dass wir beide so viel um die Ohren hatten, dass wir uns so lange nicht gesehen haben. Ich habe dir Unmengen zu erzählen.«

Sie ließ mich los. »Geht mir genauso. Lass uns gleich rausgehen«, schlug sie vor. Sie hakte sich bei mir unter, und wir marschierten gemeinsam nach draußen in den Gemeinschaftsgarten.

»Also, welche Neuigkeiten gibt es über Benedict, den knackigsten aller Bosse?«, fragte Esme, sobald wir in unseren Bikinis auf den Handtüchern lagen.

Ich riss die Chipstüte auf und reichte sie ihr. Sie nahm eine Handvoll, schob sich einen in den Mund und zog fragend die Augenbrauen hoch, während sie auf meine Antwort wartete.

»Immer noch unerlaubt von der Truppe entfernt«, erwiderte ich düster und wurde mir auf einmal bewusst, was ich meiner besten Freundin alles erzählen musste. »Ich glaube, er wollte dem Druck seiner Eltern entkommen, weil sie ihn weiterhin bedrängen, Wickham Hall zu übernehmen. Ich glaube nicht, dass sie von seinem Verschwinden begeistert sind.«

Und ich vermisste seine fröhliche Gegenwart mehr, als ich zugeben wollte.

»Das tut mir natürlich wahnsinnig leid. Der arme Kerl«, meinte Esme spöttisch. »Richte ihm doch bitte aus, dass ich Wickham Hall gerne nehme, wenn er es nicht will.«

Ich dachte an den magischen Morgen, als wir gemeinsam den Sonnenaufgang über den Dächern seines elisabethanischen Hauses betrachtet hatten, und an sein sorgenvolles Gesicht, als er sich vorgestellt hatte, die ganze Verantwortung von seinem Vater übernehmen zu müssen.

»Hm, so habe ich bis vor Kurzem auch reagiert. Aber inzwischen bin ich mir nicht mehr so sicher, ob es so einfach ist.«

»Das liegt daran, dass du scharf auf ihn bist«, erwiderte sie süffisant. »Ach, kann ja nicht sein: Männer interessieren dich erst wieder, wenn du deinen Vater gefunden hast.«

»Dieser Vorsatz hat sich etwas geändert, seit wir uns das letzte Mal gesehen haben.« Ich grinste. »Mein Vater hat jetzt einen Namen und eine Nationalität. Und meine Mutter hat einen neuen Freund.«

»Was?« Esme klappte die Kinnlade herunter. »Krass. Was habe ich denn noch alles verpasst? Du bist nicht etwa auch schon verheiratet?!«

»Nein, keine Sorge.«

Und dann erzählte ich Esme alles. Ich begann bei Mum und Antonio und endete mit dem Perlenarmband.

»Ich bin Halbitalienerin. Ist das nicht unglaublich?«

Sie stieß einen leisen Pfiff aus. »Und diese unglaubliche Geschichte hat deine Mutter die ganzen Jahre über für sich behalten.«

Ich nickte.

»He, wir sollten nach Italien fahren!« Esme setzte sich abrupt auf. Sie griff nach ihrem Kleid und zog es sich über den Kopf. »Um diesen mysteriösen Antonio zu suchen. Etwas Google-Detektivarbeit und ich bin mir sicher, dass wir ein paar Hinweise finden werden.«

»Ich glaube nicht, dass es so einfach sein wird, einen Italiener namens Antonio ausfindig zu machen, der vor dreißig Jahren mal in England war.« Ich grinste sie an. »Das ist genauso verrückt wie deine Idee, ich könnte Lord Fortescues Tochter sein.«

»Ich meine das ernst«, sagte sie und schob ihre Sonnenbrille hoch, um mich eindringlich anzusehen. »Du musst doch bald mal Urlaub nehmen können. Und du würdest es für deine Mutter tun. Du weißt schon: Dann könnte sie das Thema vielleicht endlich zu einem Abschluss bringen.«

»Ich kann nicht einfach verschwinden, jedenfalls nicht, während Ben nicht da ist«, gab ich zurück. Ich hatte natürlich auch schon daran gedacht, Antonio zu suchen, war mir aber noch nicht sicher, ob das so eine gute Idee war. Mum ging es momentan so gut. »Ich denke vielleicht im Frühling noch mal darüber nach«, meinte ich. »Es besteht schließlich kein Grund zur Eile.«

Außerdem würde es etwas sein, worauf ich mich freuen konnte, falls Ben Wickham Hall nach Weinachten verließ und in sein Atelier in London zurückkehrte. Auf einmal merkte ich, wie mir bei der Vorstellung das Herz in die Hose rutschte.

Auch Esmes Gesicht wirkte auf einmal nicht mehr so fröhlich. »Das passt. Möglicherweise weiß ich im Frühling sowieso nicht, was ich mit meiner Zeit anfangen soll. Leider.«

»Wieso?« Ich runzelte die Stirn.

Sie richtete sich auf, schlang die Arme um ihre Beine und legte das Kinn auf die Knie. »Dad hat Mum überzeugt, *Joop* zu verkaufen. Er möchte, dass sie nicht mehr arbeitet und sich um ihre Gesundheit kümmert. Da der Laden sowieso nicht gut läuft, hat sie widerstrebend eingesehen, dass es wahrscheinlich das Beste ist.«

»Oh, das tut mir leid.« Mein Herz verkrampfte sich für sie. Und für Bryony. Sie hatten beide so viel in das *Joop* gesteckt, und es wäre wirklich traurig, wenn sie das Geschäft jetzt tatsächlich aufgeben müssten.

»Wie geht es dir mit dem Ganzen?«, fragte ich vorsichtig.

Sie starrte auf ihre Füße und schüttelte den Kopf. »Schlecht«, sagte sie leise. »Ich habe mein ganzes Arbeitsleben bisher in dem Laden verbracht. Ich kenne nichts anderes, und ich liebe es dort.«

Ich stand von meinem Handtuch auf und setzte mich neben sie, um einen Arm um ihre Schultern legen zu können. »Vielleicht ist das auch die Gelegenheit für dich, etwas Eigenes zu machen. Du hast doch gesagt, dass du weg von diesen Alltagsklamotten möchtest. Vielleicht könntest du ja wirklich etwas Trendigeres machen? Lass uns eine Liste mit Möglichkeiten aufschreiben, sodass du einen Plan entwickeln kannst.« Ich zog meine Tasche zu mir und griff automatisch nach Stift und Papier. Das war meine Stärke: Planen.

Doch Esme stöhnte nur auf und winkte ab. »Igitt, Planen, nicht jetzt, Holly. Nicht, während die Sonne scheint. Ich will das momentan langsam angehen. Einen Tag nach dem anderen. Außerdem kennst du mich. Ich bin in diesen Geschäftsdingen echt schlecht. Ich werde nie so organisiert sein wie du und alles in meinen Kalender schreiben – wann ich meinen nächsten Friseurtermin habe und wie viel ich an jedem meiner Geburtstage wiege und so.«

Ich schleuderte einen Flipflop nach ihr, insgeheim froh, dass sie wieder fröhlicher wirkte. »Das stimmt nicht, das mache ich doch gar nicht.«

Sie zog eine Augenbraue hoch.

»Jedenfalls nicht mehr«, gab ich zu. »Die Arbeit mit Ben hat mich in diesen Dingen wesentlich entspannter gemacht.«

Esme hob den Flipflop auf und deutete damit auf mich, während sie mich von schräg unten ansah. »Holly Swift, du magst diesen Kerl wirklich, nicht wahr?«

Ich zögerte einen Moment lang und seufzte dann verträumt. »Ja.«

Sie warf einen Blick auf ihre Uhr, zog ein Gesicht und nahm dann die Weinflasche aus dem Kühlkasten. »Na ja, irgendwo auf der Welt ist es jetzt sicher Zeit für einen Wein.«

Sie goss uns beiden ein Glas ein, und wir stießen an.

»Wie soll ich das also machen, mit Ben und mir? Was meinst du? Ich brauche deinen Rat.«

Esme setzte sich mit verschränkten Beinen hin und dachte einen Moment nach. »Okay, jetzt hör mal Tante Esme gut zu.

Plane nicht jeden Schritt, versuche nicht alles im Voraus zu erfahren, sondern entspann dich und lass dich treiben. Genieße die Jagd.« Ihre Augen funkelten. »Das ist das Schönste daran.«

»Er hat mich geküsst«, erzählte ich aufgeregt. »Und mich um ein Date gebeten. Ende September. Ich weiß nicht, wohin es geht, aber es ist ein Samstag, und er meinte, ich solle mir den ganzen Tag frei halten.«

»Wow, Holly! Ich kann nicht glauben, dass du mir das erst jetzt erzählst!«, rief sie. »Los, komm schon!« Sie sprang auf und stopfte unsere Sachen in die Taschen.

»Wohin denn?«, fragte ich lachend. »Das Date ist doch erst in ein paar Wochen!«

»Ich nehme das mit dem Nicht-Planen wieder zurück. Es gibt keine Zeit zu verlieren. Wir werden dieses Date bis ins letzte Detail planen. Du, Holly Swift, wirst ihn *umhauen*.«

Kapitel 24

Als es auf Ende September zuging, war Ben immer noch nicht nach Wickham Hall zurückgekehrt, und ich leitete das Veranstaltungsbüro weiterhin allein. Er hatte sich kein einziges Mal bei mir gemeldet. Nicht einmal. Allmählich begann es mich zu wurmen. Nicht nur das – ich besaß auch weiterhin Lady Fortescues Armband und hatte gehofft, dass ihm vielleicht eine Möglichkeit einfallen würde, es zurückzugeben, ohne dass sie es bemerkte. Bisher hatte sich keine Gelegenheit ergeben, es irgendwo zu deponieren, und je länger ich es hatte, desto unruhiger wurde ich.

Da ich es nicht länger aushielt, wartete ich, bis ich wusste, dass Lord und Lady Fortescue mit dem Bürgermeister von Stratford und unserem örtlichen Parlamentsabgeordneten im Großen Saal zu Mittag aßen, und suchte dann Sheila auf.

Ich fand sie, wie sie auf den Knien in der untersten Schublade eines Aktenschranks in Lord Fortescues Privatbüro wühlte. »Ich wusste es.« Sie schnalzte mit der Zunge, als sie sich mit zwei britischen Pässen in der Hand wieder erhob. »Er hat geschworen, er hätte sie nicht. Seine Lordschaft hat mich in der hintersten Ecke nach diesen hier suchen lassen.«

»Planen die Fortescues wieder eine Reise?«, wollte ich

wissen und sah zu, wie Sheila ihre Lesebrille aufsetzte, die an einer Kette um ihren Hals hing, und die Ablaufdaten in den beiden weinroten Pässen kontrollierte.

»Gott sei Dank, noch ein Jahr gültig.« Sie atmete erleichtert auf. »Nein, nicht bis Weihnachten. Sie verbringen einen Teil der Tage zwischen den Jahren bei Zara und Philippe auf ihrem Chateau. Aber sie reisen erst am zweiten Weihnachtstag ab. Sie würden Benedict schließlich nicht an Weihnachten allein lassen wollen.«

Ich presste die Lippen aufeinander, um nicht zu lächeln. Sie sprach von dem zweiunddreißigjährigen Benedict. Aber dennoch waren das gute Nachrichten ...

»Dann kommt er also zurück?«, hakte ich nach, wobei mir auffiel, dass ich vielleicht etwas verzweifelt klang.

Sheila warf einen Blick auf die Tür, um sicherzustellen, dass uns niemand zuhörte, und zog ihre Strickjacke über ihrer Brust zusammen. »Er hat versprochen, bald zurück zu sein. Nun ja, spätestens an Guy-Fawkes.«

Im November? Das war noch ewig hin! Und was war mit unserem Date nächste Woche? War es einfach nur eine seiner spontanen Ideen gewesen, die er vergaß, sobald er sie ausgesprochen hatte?

»Aber er ist doch schon so lange weg«, sagte ich.

Sheila betrachtete mich einen Moment. »Das kommt Ihnen vielleicht so vor.«

Ich merkte, wie sich meine Wangen röteten, und blickte hastig auf meine Schuhe.

»Das ist typisch Benedict«, fuhr sie fort und setzte sich an ihren Schreibtisch. »Er verschwindet gerne urplötzlich, behauptet, mitten in einem Kreativitätsschub zu sein und dann ...«, sie schnipste mit ihren Fingern, »kehrt er mit einem Auto voller Klecksereien zurück. Sie werden sich schon noch daran gewöhnen.«

Ich nickte. Innerlich bezweifelte ich das allerdings.

»Unter uns«, sagte Sheila und senkte die Stimme. »Es hat einige hitzige Diskussionen zwischen Vater und Sohn gegeben, weil Benedict das Veranstaltungsbüro im Stich gelassen hat und sich nicht in der Familie einbringt. Die Idee war schließlich, dass er nach Wickham Hall zurückkehrt und sich einarbeitet. Auf den Orkneys ist das wohl kaum möglich.«

Das Herz wurde mir schwer. Ich hatte gehofft, dass ihm diese Malreise gezeigt hatte, dass seine Zukunft hier lag und dass er mich vielleicht sogar vermisste. Auch wenn ich einen Moment meine eigenen Gefühle außer Acht ließ, so war ich nach wie vor überzeugt, dass er mit seiner Energie und seiner Begeisterungsfähigkeit so viel auf diesem Anwesen bewirken und eine neue Generation von Besuchern durch die Tore locken könnte.

Ich hoffte, dass seine Auseinandersetzungen mit Lord Fortescue ihn nicht dazu bewogen hatten, alles hinzuschmeißen.

»Auf jeden Fall«, meinte Sheila und holte mich in die Gegenwart zurück, »haben Sie Benedict zufolge den Veranstaltungskalender ganz und gar im Griff. Er meinte, er vertraue Ihnen völlig, das allein zu bewerkstelligen.«

Wesentlich besserer Laune kehrte ich in mein Büro zurück. Ben schien an mich zu glauben, und so konnte ich nur hoffen, dass er unser bevorstehendes Date ebenso im Blick behielt, wie ich das schon seit Wochen tat.

Am nächsten Tag saß ich an meinem Schreibtisch und beendete gerade mein Handout für das Guy-Fawkes-Planungstreffen. Ich heftete die letzten Kopien zusammen, schob die Papiere zu einem ordentlichen Stapel zusammen, nahm meine Handtasche und machte mich auf den Weg in Lord Fortescues Büro.

Ich war ziemlich zufrieden mit mir hinsichtlich unserer Winterevents und sicher, dass auch Ben gebührend beeindruckt sein würde – wenn er denn endlich wieder da wäre. Die erste große Veranstaltung war Guy-Fawkes. Ich hatte einen preisgekrönten Pyrotechniker gewinnen können, ein Feuerwerk für uns zu inszenieren. Jenny war einverstanden, das Catering vor dem Haus zu machen, wobei sie unter anderem ein Wildschwein für Pulled-Pork-Brötchen braten sowie Biere aus örtlichen Brauereien, kandierte Äpfel und wie üblich Tee und Kaffee anbieten wollte. Ich hatte Jim überredet, das größte Feuer zu bauen, das Wickham Hall jemals gesehen hatte, und er hatte bereits angefangen, dafür Holz zu sammeln. Und Andy hatte einen Anbieter für wunderbare falsche Pelzschals, Handschuhe und Muffs ausfindig gemacht, die er an dem Abend verkaufen wollte. Es versprach, ein denkwürdiger Abend zu werden.

Auch meine geplanten Weihnachtsaktivitäten entwickelten sich gut. Wir würden alles Mögliche veranstalten, angefangen von Sternsingern bis hin zu weihnachtlicher Handwerkskunst. Außerdem wollte der Promikoch Daniel Denton kommen.

Jenny wartete am Fuß der Treppe auf mich und wedelte mir mit einem Blatt Papier entgegen. »Ich habe heute eine Mail von Daniel Denton erhalten, der meine Rezeptvorschläge gut findet.« Sie zitterte vor Aufregung wie ein Groupie, während wir über den dicken Teppich des Flurs liefen.

Sheila geleitete uns in Lord Fortescues Büro, und ich

steuerte auf einen leeren Stuhl zwischen Nikki und Lady Fortescue zu, Andy gegenüber.

Lord Fortescue räusperte sich und zog ein Blatt Papier zu sich heran. »Bevor wir mit den Vorbereitungen für Guy-Fawkes beginnen, möchte ich die abschließenden Zahlen für das Sommerfest nennen. Die Besucherzahlen waren fünf Prozent höher als im vorhergehenden Jahr.«

Alle am Tisch gaben ein anerkennendes Murmeln von sich.

Er machte eine Pause, sah jedem Mitglied seines Teams in die Augen und lächelte. »Das mag nicht nach viel klingen, aber es gibt in der Zeit einen starken Wettbewerb. Alles in allem lief es fantastisch, also allen Anwesenden ein großes Dankeschön.«

Ich lächelte Lord Fortescue an.

Leider hielt diese Stimmung nicht lange an.

»Das ist alles schön und gut, Hugo«, erklärte Lady Fortescue, während sie mein Handout, das ich zu Guy-Fawkes rumgegeben hatte, durchblätterte. »Aber der Kartenverkauf für Guy-Fawkes sieht dagegen wirklich mager aus.«

»Aber bis dahin haben wir noch sechs Wochen, Beatrice«, gab Lord Fortescue zu bedenken.

»Na und?«, entgegnete sie. »Wir brauchen große Gruppen, große Buchungen, busseweise, wenn wir unsere Kosten reinkriegen wollen. Ich meine, schau dir das an: dreitausend Pfund für die Firma, die das Feuerwerk macht. Dreitausend Pfund! Das sind Hunderte von Karten, die wir allein dafür verkaufen müssen, damit sich das auszahlt.«

Ich schluckte, als sich alle Augen auf mich richteten.

»Die Veranstalter sind die besten«, erklärte ich kühn. »Wir können unseren eigenen Soundtrack aussuchen, und sie beenden das Ganze mit einem Wickham-Hall-Logo am Himmel, wenn wir das wollen.«

»Für den Preis erwarte ich, dass sie das Logo auf den Mond projizieren«, spottete Andy.

»Wow, klingt eindrucksvoll«, meinte Nikki anerkennend.

»Und meinten Sie nicht sogar, dass die Firma einen Preis gewonnen hat, Holly?«, fragte Jenny.

Ich warf den beiden einen dankbaren Blick zu. Noch immer blickten alle mich an. *Denk nach, Holly, denk nach.* Ben würde wahrscheinlich sofort etwas Witziges, Kreatives einfallen ...

»Ich habe tatsächlich eine gute Idee«, sagte ich und dachte dabei fieberhaft nach.

»Großartig!«, rief Lord Fortescue. Er stützte seine Ellbogen auf dem Tisch ab und hielt eine Hand an sein Ohr, um mich besser hören zu können. »Schießen Sie los!«

»Nun, wir könnten ... äh ... einen Guy-Fawkes-Wettbewerb veranstalten.«

Etwa eine halbe Sekunde zu spät wurde mir bewusst, dass es vermutlich nicht gerade politisch korrekt war, etwas zu ermutigen, was seinen Ursprung im Hochverrat hatte, wenn man an fünfundachtzigster Stelle in der Thronfolge stand.

Aber Lord Fortescue klatschte begeistert in die Hände. »Ich habe keine Strohpuppe mehr gebastelt, seit ich ein kleiner Junge war. Ausgezeichnet.«

Ich atmete erleichtert auf und fügte rasch noch ein paar Details zu meinem Vorschlag hinzu. »Wir könnten es in den fünf örtlichen Grundschulen aushängen. Jede Schule könnte ihre beste Strohpuppe einreichen, wir würden sie beurteilen, und die Schule, die gewinnt, bekommt einen Preis. Vielleicht etwas pädagogisch Sinnvolles.«

»Ein paar Kindles für die Schulbibliothek oder ein iPad vielleicht?« Lord Fortescue strich sich nachdenklich über das Kinn.

»Entschuldigen Sie«, meldete sich Andy zu Wort und verschränkte die Arme. »Aber ich sehe nicht, wie das diesen unglaublich hohen Preis für das Feuerwerk abdecken soll. Vor allem, nachdem wir dann auch noch die Gewinne bezahlen müssten.«

»Und was schlagen Sie vor?« Jenny starrte ihn finster an.

»Ich?« Andy setzte sich aufrecht hin und begann nervös zu blinzeln. »Okay, na ja, wir könnten über Facebook einen Wettbewerb ausschreiben, bei dem man dreißig Karten gewinnen kann. Wir könnten also noch mal das dreißigjährige Jubiläum nutzen ...« Er brach ab, als er den unbeeindruckten Blick von Lady Fortescue bemerkte.

»Wir haben das Jubiläum schon genügend ausgeschlachtet.« Sie winkte seine Idee gelangweilt ab. »Und ich sehe beim besten Willen nicht, wie ein Verschenken von Eintrittskarten weiterhelfen soll.«

»Äh, danke, Andy«, sagte Lord Fortescue etwas diplomatischer. »Aber vielleicht könnten wir Holly zu Ende sprechen lassen.«

Ich räusperte mich und fuhr fort. »Wenn die Schulen ein Interesse daran haben, den Wettbewerb zu gewinnen, dann werden sie ihren Schülern gegenüber unsere Veranstaltung anpreisen. Und wenn die Kinder kommen wollen, werden ganze Familien kommen. Grob geschätzt kann ich mir vorstellen, dass diese Idee etwa tausend Gäste generieren könnte.«

»Ich muss schon sagen, Holly: gute Arbeit.« Lady Fortescue strahlte mich an.

Andy gab ein abfälliges Geräusch von sich, das eine Mischung aus Zischen und Schnauben war. Sheila vermerkte meine Idee im Protokoll, und wir gingen zum nächsten Punkt über, den Sicherheitsbestimmungen im Park während des Feuers.

Ich nahm meine Tasse und bemerkte, wie Andy mich aus schmalen Augen musterte. Ich mochte diese Runde gewonnen haben – aber ich hatte das deutliche Gefühl, dass der Kampf noch nicht vorüber war.

Eine halbe Stunde später war das Meeting beendet, und alle sammelten ihre Sachen zusammen. Ich blieb noch sitzen, um mir zu notieren, dass ich nicht vergessen durfte, die Feuerwehr rechtzeitig zu informieren. Die anderen gingen. Nur Andy blieb ebenfalls zurück.

Ich blickte von meinem Schreibblock auf und bemerkte, dass er mich finster anstarrte. »Ich schätze es gar nicht, öffentlich lächerlich gemacht zu werden, Holly.«

Mir schoss der Gedanke durch den Kopf, dass er mich dazu garantiert nicht brauchte. Er hatte sich an diesem Nachmittag ziemlich kleinlich gezeigt, und seine einzige Idee war ausgesprochen unausgegoren gewesen. Aber ich beschloss, das für mich zu behalten.

»Das war nie meine Absicht, Andy. Das kann ich Ihnen versichern. Lord Fortescue wollte meine Idee hören, und ich habe sie daraufhin erläutert.«

Er schüttelte wütend den Kopf. »Sie halten sich wohl für sehr schlau, was?«

In diesem Augenblick hörten wir von der Tür ein Geräusch. Andy und ich drehten uns blitzschnell um.

»Ben!«, rief ich überrascht.

Kapitel 25

Ben war wieder da!

Seine Haare waren zerzaust und länger, als ich sie in Erinnerung hatte, und er trug einen Dreitagebart. Sein Regenmantel raschelte, als er seine Hände in die Hüften stemmte und Andy mit einem misstrauischen Blick musterte, ehe er sich mir zuwandte.

»Entschuldige, Holly, ich wollte dich nicht erschrecken«, sagte er und lächelte mich an.

»Das hast du nicht, ich war nur ...« Ich schaute einen Moment lang zu Andy hinüber und dann wieder zu Ben. »Alles gut.«

Ich versuchte mich an einem entspannten Lächeln, um nicht vor Glück wie ein Honigkuchenpferd zu grinsen.

Ich hatte Ben seit dem ersten Tag des Festivals nicht mehr gesehen – seit acht Wochen und drei Tagen. Nicht, dass ich die Tage zählte. Natürlich nicht.

Ich lächelte ihn an. »Willkommen zurück, Fremder.«

Wahrscheinlich war es gut, dass Andy mit im Raum war. Ansonsten hätte ich mich wahrscheinlich auf Ben gestürzt und meine Arme um ihn geschlungen. Auf einmal fielen mir wieder Esmes Worte ein: *Entspann dich, genieß die Jagd ...* Am besten also erst einmal nichts sagen. Und ich sollte vielleicht auch abwarten, wie er zu der ganzen Date-Sache stand.

»Benedict!« Andy strich sich aufgeregt die Haare aus der Stirn. »Was für eine Überraschung! Sie haben gerade das Meeting zu Guy-Fawkes verpasst. Wir haben ein paar interessante Ideen zusammengetragen.«

Er plapperte sinnlos vor sich hin, was mich nicht weiter störte.

Bens Blick wanderte von Andy zu mir, und seine Miene wurde weicher. »Du siehst blass aus, Holly. Alles in Ordnung?«

Ich nickte.

Er wirkte nicht ganz überzeugt, wandte sich aber wieder Andy zu. »Ich habe gerade einige meiner Bilder im Lager des Ladens abgestellt, um sie dort eine Weile aufzubewahren.«

»Oh, wunderbar. Ich freue mich schon, sie zu sehen«, meinte Andy. »Ich habe ja schon immer gesagt, dass wir Ihre Bilder jederzeit im Geschäft verkaufen können. Sie sind *so* talentiert.«

Ben atmete hörbar durch. »Das Lager ist eine Müllkippe, Andy. Überall fliegen leere Kartons herum, und vor dem Eingang stapeln sich die Kisten. Vom Chaos abgesehen, stellt das ein echtes Feuerrisiko dar. Ich möchte, dass das morgen früh als Erstes aufgeräumt wird.«

Andy schnitt eine Grimasse. »Schon, aber wir hatten eine Riesenlieferung, und mit der Müllabfuhr gab es auch ein Problem...«

Ben hob eine Hand. »Kümmern Sie sich einfach darum.«

»Okay«, murmelte Andy und zog seine Jacke an.

»Holly, kann ich dich für einen Moment entführen?«

Mein Herz tat einen Satz: entführen, für immer behalten...

»Natürlich«, erwiderte ich und versuchte, nicht übermäßig fröhlich zu klingen.

Ben verließ das Zimmer. Ich sprang auf, sammelte meine Papiere ein und schob sie in meine Handtasche. Andy sah mich an. Ich musste mich sehr zusammenreißen, um ihm nicht triumphierend die Zunge herauszustrecken.

Ich eilte hinter Ben her. Er befand sich bereits am Ende des Korridors und stieß gerade die Tür auf, die in den Roten Salon führte. Er hielt sie mir auf und grinste, als ich an ihm vorbeiging. »Bist du schrecklich wütend auf mich, weil ich dich so lange im Stich gelassen habe?« Er sah mich aufmerksam an, während er sich herabbeugte und eine Tischlampe einschaltete.

»Machst du Witze?« Ich zog eine Augenbraue hoch, trat zur Balkontür und blickte in den abendlichen Himmel hinaus. »Die Ruhe und der Frieden waren herrlich. Mein Klemmbrett war ununterbrochen im Einsatz, und mein Kalender ist von jetzt bis Weihnachten fast komplett voll.«

Aber du hast mir gefehlt. Sehr.

»Gut. Ich bin erleichtert«, meinte Ben. »Es hätte mir gar nicht gefallen, wenn du dich nach mir verzehrt hättest, während ich weg war.« Er trat zu mir und lehnte sich an den Türrahmen neben mich, wobei er mir nahe kam, aber mich noch nicht ganz berührte.

»Und du?«, fragte ich und versuchte dabei, lässig zu klingen. »Hast du nachts in dein Kissen geweint, weil du mich derart vermisst hast?«

Er kratzte sich nachdenklich am Kinn. »Nur einmal. Obwohl ich zugeben muss, dass ich mich dauernd gefragt habe, was du wohl gerade so machst.«

»Ich habe hart gearbeitet, um das Veranstaltungsbüro am

Laufen zu halten. Ohne Hilfe«, sagte ich und stieß ihn mit dem Ellbogen an. »Ohne ein Wort von meinem Chef. Für zwei Monate.«

»Es tut mir leid. Meine Malerei lief so gut, dass ich mich einfach nicht loseisen konnte.« Er sah mich an. Seine Miene wirkte einen Moment lang ernst. »Nach unserem letzten Treffen weiß ich nicht, ob ich das tun sollte ...«

Ich blickte ihn an und hielt den Atem an. »Aber ich werde es trotzdem tun.«

Ich war in seinen Armen, noch ehe er den Satz zu Ende gesprochen hatte.

Er lachte. »Das ist eine eindeutige Verbesserung seit unserem letzten Treffen.« Er zog eine Augenbraue hoch. »Ich sollte anscheinend öfter wegfahren. Erinnere mich daran, das in meinen Kalender einzutragen.«

»Du hast keinen Kalender«, gab ich zurück und löste mich widerstrebend aus seiner Umarmung. »Außerdem brauche ich dich hier.«

»Wirklich?« Er strahlte. »Das ist das Netteste, was du jemals zu mir gesagt hast.«

Ich verdrehte grinsend die Augen. »Ich habe mich in einen Guy-Fawkes-Wettbewerb zwischen den örtlichen Schulen hineinmanövriert. Aber bei so etwas bist du garantiert viel besser als ich.«

»Guy Fawkes!« Er nickte begeistert. »Ich liebe das. Ich habe keine Strohpuppe mehr gebastelt, seit ich zwölf oder so war.«

Ich schüttelte amüsiert den Kopf. »Du klingst genauso wie dein Vater.«

Ein Schatten legte sich für einen Moment auf sein Gesicht. »Hm. Ich habe ihn noch gar nicht gesehen. Mum auch nicht.«

Ich sah ihn an. »Ich bin mir sicher, dass sie sich freuen werden, dich wieder hierzuhaben.«

Er seufzte und ließ sich in einen Sessel fallen. Ich setzte mich ebenfalls.

»Sie erhöhen den Druck auf mich, endlich offiziell zuzustimmen, Wickham Hall zu übernehmen. Ich habe sie um mehr Zeit und mehr Raum gebeten. Aber das hat ihnen gar nicht gefallen. Vor allem meiner Mutter nicht.«

»Vermutlich wollen sie wissen, wo sie stehen, damit sie Pläne für ihre Pensionierung machen können«, erwiderte ich diplomatisch.

Ben nickte und seufzte tief. »Ich bin stolz auf mein Erbe und dieses Haus hier, selbst wenn mir meine Mutter immer wieder die Luft zum Atmen nimmt.«

Wir lächelten uns wissend an.

»Aber genauso stolz bin ich auf das, was ich mir als Künstler erarbeite. Ich kann mir nicht vorstellen, tagtäglich in diesen Vorstandssitzungen mit den Treuhändern zu sitzen und mich zu Tode zu langweilen.« Er lehnte sich zurück und fuhr sich mit den Fingern durch seine dunklen Locken.

»Ben ...« Ich hielt inne und wartete darauf, dass er mich wieder ansah. »Du wirst das großartig machen. Da bin ich mir absolut sicher.«

»Mag sein, aber es ist noch lange hin.« Er runzelte die Stirn und schlug mit beiden Händen auf die Armlehnen seines Sessels, um zu bedeuten, dass die Unterhaltung für ihn beendet war. Ich seufzte innerlich und bemühte mich, meinen Frust nicht zu zeigen. »Jetzt mal was anderes. Was habe ich da eigentlich vorhin in Dads Büro unterbrochen? Was war das für eine Sache zwischen dir und Andy?«

Ich zog die Nase kraus und schüttelte den Kopf. »Ach, nichts«, sagte ich leichthin.

Ben beugte sich zu mir und tupfte mir liebevoll auf die Nase. »Komm schon, raus mit der Sprache.«

Ich lachte und sah ihn an, während ich überlegte, was ich ihm sagen sollte. Die Sache mit Andy war harmlos, aber das Geheimnis um das Perlenarmband machte mir immer noch Bauchschmerzen. Wenn es jemanden gab, dem eine Idee kommen würde, wie man das Schmuckstück unauffällig Lady Fortescue zurückgeben konnte, dann war das garantiert Ben.

Ich holte tief Luft. »Möchtest du eine Liebesgeschichte hören?«

»Komme ich darin vor?« Er zog eine Augenbraue hoch.

Ich musste erneut lachen, schüttelte aber den Kopf. »Tut mir leid, das war vor deiner Zeit, Romeo.«

»Holly...« Er zögerte, und einen Moment setzte mein Herz aus. »Ich habe seit einer halben Ewigkeit hinterm Steuer gesessen. Können wir in meine Räume hochgehen, damit ich rasch was trinken und diese ganzen Schichten ablegen kann?«

In seine privaten Gemächer? Hoppla!

Ich zuckte lässig mit einer Schulter. »Klar.«

Zwei Minuten später befanden wir uns im Westflügel im obersten Stock des Herrenhauses. Benedict trat einen Schritt beiseite, um mich als Erste eintreten zu lassen.

»Wow! Das ist ja unglaublich.« Ich betrat das Zimmer und drehte mich langsam einmal um die eigene Achse. In diesen Raum allein hätte unser ganzes Cottage gepasst, und ich vermutete, dass auch Bens Leben in London diesem Luxus hier nichts entgegensetzen konnte.

»Willkommen in meinem bescheidenen Heim«, sagte er und zeigte mit einem ausgestreckten Arm auf ein vergoldetes Sofa aus Brokat.

»Das ist ... sehr golden«, sagte ich und ließ mich auf das ziemlich harte Möbelstück nieder.

Alles war golden: das Sofa, die beiden Sessel und der große Teppich. Es gab zudem verschiedene Kommoden und Schränkchen in einem chinesisch lackierten Stil – natürlich auch golden – sowie einen Kühlschrank in einer Ecke, der so gar nicht zum Rest passte. Durch eine offen stehende Tür konnte ich einen Blick auf ein luxuriöses Himmelbett werfen, das goldene Vorhänge hatte. Außerdem gab es noch eine Tür, die vermutlich zu einem Bad oder in ein Ankleidezimmer führte.

»Es ist tatsächlich der Goldene Raum, wie man ihn so einfallsreich genannt hat«, meinte Ben und öffnete den Kühlschrank. Er öffnete zwei Budweiser und reichte mir eine Flasche. Ich nippte an dem Schaum, während er Mantel und Pulli auszog. »Zara und ich hatten Kinderzimmer, bis wir ins Internat gingen.« Er grinste, als er sich auf das andere Ende des Sofas niederließ. »Aber jetzt kriege ich das hier, wenn ich da bin. Ist etwas heftig, oder?«

»Aber auch schön«, erwiderte ich und betrachtete die exotischen Vögel auf der hellblauen Tapete.

»Also los«, sagte Ben und stellte sein Bier auf den niedrigen Tisch vor uns. Er rieb sich erwartungsvoll die Hände. »Ich bin ganz Ohr.«

»Okay.« Ich nahm einen weiteren Schluck, vielleicht um mir Mut anzutrinken. »Du erinnerst dich vielleicht noch daran, dass ich auf dem Sommerfest gezeugt wurde.«

»Das ist kaum etwas, das ich so schnell vergessen werde«,

entgegnete er. Seine Lippen zuckten, als würde er sich ein Grinsen verkneifen.

»Ben, bitte«, sagte ich und wischte die Handflächen auf meinem Rock ab. »Das ist ernst.«

»Entschuldige.«

Von da an saß er still und konzentriert da, während ich ihm alles erzählte. Schließlich fasste ich nach meiner Handtasche und sah, wie sich seine Augen weiteten, als ich das Perlenarmband herauszog. »Mum hatte keine Ahnung, dass es deiner Mutter gehört.« Ich hielt den Atem an, als ich ihm das Schmuckstück reichte.

Er starrte es an und schüttelte langsam den Kopf. Mein Puls überschlug sich fast. Ich hatte keine Ahnung, wie er diese neue Information über Mum und mich aufnehmen würde.

»Antonio war weg, ihr Vater war gestorben, und sie hatte alle verloren, die ihr etwas bedeutet hatten. Deshalb brachte sie es nicht über sich, das Armband wieder wegzugeben.«

Ben legte das Armband auf den Tisch, wandte sich mir zu und nahm meine Hand, indem er seine Finger um die meinen legte. »Es tut mir so leid, Holly.«

Mir rutschte das Herz in die Hose. Ich nickte und betrachtete unsere Hände. Was für einen wunderbaren Kontrast seine rauen Finger zwischen meinen blassen, weichen Fingern bildeten. Natürlich würde er die ganze Geschichte seiner Mutter erzählen müssen. Das konnte ich ihm nicht zum Vorwurf machen. Er schaute mich unter seinen Locken heraus an. »Die arme Lucy musste das alles allein durchmachen. Und es ist ihr nie gelungen, ihn ausfindig zu machen?«

Ich schüttelte den Kopf und dachte an die ganzen Zeitungen, die sie über die Jahre gesammelt hatte in der Hoffung, irgendwo einen Hinweis auf ihn zu finden. »Sie hat es versucht, aber das war natürlich noch vor Google, und sie kannte ja auch nur seinen Vornamen, sonst nichts.«

»Hör zu.« Er zog sanft an meiner Hand. »Vergiss das Armband. Ich werde es Mum irgendwie zurückgeben. Überlass das mir. Okay?«

»Wirklich?« Vor Erleichterung entspannten sich meine Schultern und sackten herab. »Danke.« Ich schlang meine Arme um seinen Hals und gab ihm einen Kuss auf die Wange. »Mein Gott«, seufzte ich. »Du weißt gar nicht, wie froh ich bin, dir das überlassen zu können.«

Ben grinste, während er das Armband in seiner Hosentasche verschwinden ließ. »Der Kuss gibt mir einen gewissen Anhaltspunkt.«

In diesem Moment wurde ohne Vorwarnung die Tür aufgerissen, und Lady Fortescue stürmte herein. »Benedict, ich habe gerade erst erfahren, dass du wieder da bist!« Sie eilte mit ausgebreiteten Armen auf ihn zu, ehe sie erstarrte. »Holly!«, rief sie fassungslos, wobei ihre Nasenflügel bebten. »Was um alles in der Welt machen Sie in Benedicts Zimmer?«

Kapitel 26

Lady Fortescue sah ihren Sohn, dann mich und dann wieder ihren Sohn an. Der Schock auf ihrer Miene hätte nicht schlimmer sein können, wenn sie uns splitterfasernackt erwischt hätte. Ich nahm einen Schluck Bier, um mein Unbehagen zu verbergen.

Ben stand auf und ging auf seine Mutter zu. »Sie trinkt ein Bier, Mum. Sie gibt mir keine Thaimassage oder Ähnliches.«

War das die ohne Klamotten? Das Bier lief die falsche Röhre hinunter, und ich begann wie wild zu husten.

»Also wirklich, Benedict«, entgegnete Lady Fortescue. »Sosehr wir alle Hollys Arbeit auf Wickham Hall zu schätzen wissen: Das geht nun wirklich zu weit. Und ich muss sagen, Sie überraschen mich, Holly. Wie Sie wissen, haben Angestellte hier keinen Zutritt.«

»Ich ... Ich gehe.« Ich sprang auf. Meine Wangen glühten.

Aber Ben hielt mich am Arm fest. »Mum«, sagte er entschieden. »Holly ist mein Gast.«

Sie richtete sich auf und schüttelte den Kopf, ohne auf ihn zu achten. »Es tut mir leid, aber ich lege größten Wert auf Privatsphäre. Das sind Benedicts Räumlichkeiten. Warum auch immer Sie ihn sprechen wollten, es geht nicht, dass ...«

»Ich habe Holly heraufgebeten, Mum«, mischte sich Ben erneut ein. »Sie bleibt.«

Lady Fortescue sah aus, als wollte sie erneut widersprechen, hielt sich dann allerdings zurück. »Wie auch immer. Es ist jedenfalls wunderbar, dass du wieder da bist, Liebling.«

Ben umarmte sie. »Danke, Mum«, sagte er und gab ihr einen Kuss auf die Wange. »Und jetzt mach mal die Augen zu. Ich habe eine Überraschung für dich.« Einen Moment lang sah sie ihn stirnrunzelnd an, doch er grinste nur. »Nun mach sie schon zu«, drängte er.

»Also gut«, sagte sie schließlich.

Sobald sie die Augen geschlossen hatte, zwinkerte er mir zu und zog das Armband aus seiner Tasche.

Ich starrte ihn an. Mein Gesicht wurde noch heißer. Er hatte doch nicht etwa vor ...? Nicht, während ich mit im Zimmer war?!

Er nahm die Hand seiner Mutter, öffnete ihre Finger und legte das verlorene Perlenarmband hinein.

Sie riss die Augen auf. »Grundgütiger, Benedict! Wo um alles in der Welt kommt das her?«

Verdammt. Ich drückte mich auf das harte Sofa und wünschte mir, einfach verschwinden zu können.

Er zuckte mit den Schultern und machte ein unwissendes Gesicht. »Keine Ahnung. Es lag in einem unbeschriebenen Umschlag neben dem Pförtnerhaus. Ich habe es gesehen, als ich den Ersatzschlüssel für den Laden geholt habe. Es ist doch das Armband, das du verloren hattest, oder?« Er schaute zu mir hinüber, und ich merkte, wie seine Augen belustigt funkelten. Aber ich war in diesem Moment nicht in der Lage, es zu erwidern. Adrenalin schoß durch meine Adern wie eine Springflut.

»Ja!«, rief Lady Fortescue mit glänzenden Augen. »Ja, das ist es. Wie wunderbar! Bitte hilf mir, es anzulegen, Benedict.« Sie streckte ihren Arm aus, und Ben fummelte an dem Diamantverschluss herum. »Wie schade, dass ich nicht weiß, wem ich danken soll.« Sie seufzte, während sie die Perlen an ihrem Handgelenk bewunderte.

»Jetzt kannst du gehen und in die Achtziger eintauchen.« Ben grinste. »Leg eine Madonna-CD auf und zeig, was du hast. Dein Geheimnis ist bei mir sicher. Und bei Holly.« Er zwinkerte mir zu.

Ich versuchte zu lachen, gab jedoch einen Laut von mir, der wie eine schmerzgequälte Ziege klang. Das Ganze war so peinlich!

»Ich bin nicht diejenige, die gehen sollte«, murmelte Lady Fortescue und wies mit dem Kopf zu mir. Sie war so plump, dass ich gern gelacht hätte, wenn ich nicht hätte befürchten müssen, erneut einen Ziegenlaut von mir zu geben.

Ben geleitete seine Mutter zur Tür und gab ihr erneut einen Kuss auf die Wange. »Wir wollten gerade los. Ich sehe dich und Dad dann beim Abendessen. Okay?«

Ich sah mich in dem Raum um, und mein Blick wanderte zu Bens Schlafzimmer. Es gab mir einen Stich. Ob Ben sich überhaupt noch an meinen dritten Wunsch erinnerte, einmal in Wickham Hall in einem Himmelbett aufzuwachen?

»Holly? Erde an Holly!« Ben beugte sich vor und sah mir in die Augen.

Ich schüttelte mich. »Entschuldige, war gerade ganz woanders. Danke, dass du das mit dem Armband geregelt hast. Ich habe es schon seit Wochen mit mir herumgetragen.«

»Kein Problem«, meinte er achselzuckend. »Komm, ich hatte gerade eine Idee.«

»Ach, wirklich?« Um meine Mundwinkel zuckte es. Mir hatten seine spontanen Ideen wirklich gefehlt.

Er zog mich hoch und musterte mich. »Sogar eine meiner besten. Ich mache einen Deal mit dir: Wenn ich Informationen über Antonio herausfinde, dann gehst du auf ein Date mit mir. An diesem Samstag? Ich habe es in deinen Kalender geschrieben.«

»Ach ja?« Ich runzelte die Stirn und tat so, als müsste ich nachdenken. »Jetzt erinnere ich mich. Aber glaubst du wirklich, dass du meinen Vater ausfindig machen kannst?«

»Ja, das glaube ich wirklich.« Er grinste. »Also abgemacht?« Er streckte mir seine Hand entgegen und sah mir dabei tief in die Augen.

Ich tat so, als müsste ich über sein Angebot nachdenken, reichte ihm schließlich aber die Hand, um die Abmachung zu besiegeln. »Einverstanden.«

Er grunzte zufrieden und schlüpfte dann wieder in seinen Mantel. »Dann zieh dich besser warm an, es ist kalt da draußen.«

Ich runzelte die Stirn. »Ich habe heute keinen Mantel mitgebracht. Aber das passt schon.«

»Hier, nimm das.« Er öffnete einen hohen Lackschrank, nahm eine mitgenommen aussehende Lederjacke heraus und half mir hinein. Die Jacke war riesig, aber das Leder weich, und als ich meine Nase im Kragen vergrub, konnte ich sofort Ben riechen und fragte mich, wie lange ich sie wohl behalten könnte, ehe er sie zurückhaben wollte.

Ich folgte ihm aus seinen Privatgemächern den Gang des Westflügels entlang und eine schmale Treppe hinunter. Unten nahm er zwei Taschenlampen, die dort an einem Haken an der Wand hingen, und drehte einen riesigen altmodischen Schlüssel im Schloss, um uns hinauszulassen. »Noch ist es nicht dunkel, aber dort, wo wir hingehen, wird es das sein«, meinte er geheimnisvoll und reichte mir eine der Taschenlampen.

Ich konnte mir nicht im Geringsten vorstellen, wie all das zu Informationen über Antonio führen sollte. Aber es machte auf jeden Fall großen Spaß. »Eine geheimnisvolle Schatzsuche.« Ich lächelte. »Wie aufregend.«

Es war beinahe neunzehn Uhr, die meisten Angestellten waren nach Hause gegangen, und wir hatten den Park für uns. Wir liefen einen Weg entlang, der von Formschnitthecken gesäumt war und zu einer Reihe von Ziegelgebäuden am anderen Ende des Privatparkplatzes der Fortescues führte.

»Hier waren früher die ganzen Oldtimer meines Großvaters untergebracht«, erklärte Ben, während er mit der schweren Holztür kämpfte, die sich am Ende der Bauten befand.

»Und was befindet sich jetzt hier drin?«, fragte ich und warf neugierig einen ersten Blick hinein.

»Das Archiv. Vor allem Finanzsachen. Natürlich ist inzwischen alles digitalisiert, aber ich finde, diese alten handgeschriebenen Dokumente haben auch etwas Besonderes an sich. Es gibt unter anderem ein großes Buch, in dem alle Namen und Adressen der Aussteller aufgelistet sind, die über die Jahre am Sommerfest teilgenommen haben.«

Er schaltete seine Taschenlampe ein, und ich richtete meinen Lichtstrahl auf ein Regal, das von oben bis unten mit Wirtschaftsbüchern, Akten und Pappkartons gefüllt war.

»Okay. Theoretisch sollten die Dokumente chronologisch geordnet sein«, sagte Ben und trat ans erste Regal. »Nach welchem Jahr suchen wir?«

»1984.« Ich ließ meinen Taschenlampenstrahl die Reihen von Büchern und Akten entlangwandern.

»Ha. Treffer«, meinte Ben nach einigen Minuten. Er nahm die Taschenlampe zwischen seine Zähne und benutzte beide Hände, um ein schweres blaues Buch herauszuziehen. Ein Schild löste sich bereits vom Buchrücken, auf dem in schwarzer Tinte *Sommerfest 1984* geschrieben stand.

Wir räumten in einem alten Bücherregal etwas Platz frei und begannen durch die alphabetische Liste der Aussteller zu blättern.

Ich zitterte. Inzwischen kannte ich die Geschichte, wie sich meine Eltern kennengelernt hatten. Sie kam mir wie ein Märchen vor. Doch jetzt ging es um harte Fakten. Das ließ Antonio auf einmal sehr real erscheinen. Ich stand möglicherweise kurz davor, mehr über meinen Vater zu erfahren als Mum.

»Möchtest du ... Soll ich dich lieber allein lassen?«, fragte Ben.

Ich berührte seinen Arm. »Nein, bitte bleib.« Ich lachte ein wenig verlegen. »Deine Mutter würde durchdrehen, wenn sie uns hier so sähe.«

»Lass dich von ihrer steifen Art nicht irritieren.« Er grinste. »Sie ist im Herzen eine alte Romantikerin. Sie liest am liebsten Liebesromane, wenn sie nicht gerade versucht, mein Leben für mich zu führen.«

»Das klingt nach meiner Mutter. Oh, warte, was ist das?« Ich senkte den Kopf, um die schnörkelige Handschrift besser entziffern zu können.

»Lederwaren Biancardi.«

»Klingt italienisch«, stimmte Ben zu. »Eine Adresse in Bergamo. Das muss es sein.«

»Schauen wir erst mal nach, ob es noch andere italienische Namen gibt«, schlug ich mit zitternder Stimme vor.

Wir sahen die gesamte Liste der Aussteller durch, doch der einzige andere italienische Name war der eines Speiseeisherstellers aus London. Ich schlug also wieder die Seite mit den Lederwaren auf.

»Biancardi«, murmelte ich und fuhr mit dem Finger über die Buchstaben. »Biancardi. Ein schöner Name.« Ich fasste in meine Handtasche, um mein Handy herauszuholen, und machte ein Foto von Biancardis Adresse.

Dann sah ich Ben an. Er sah sehr zufrieden aus. »Also, was jetzt? Wirst du ins nächste Flugzeug steigen und nach…«, er zog das Buch zu sich heran, »Bergamo fliegen?«

Ich steckte das Handy wieder in die Tasche und schüttelte den Kopf. »Das muss genau geplant werden. Ich muss an Mum und an Antonio denken. Wenn er so ein toller Mann ist, wie Mum das sagt, dann hat er in der Zwischenzeit bestimmt eine eigene Familie. Was ich ihm natürlich wünsche.«

»Du willst also einen Plan ausarbeiten?« Er lächelte. »Typisch Holly Swift.«

Ich lächelte ihn an. Wir standen so nahe voreinander, dass ich seinen warmen Atem auf meinem Gesicht spüren konnte.

»Ich sollte jetzt los. Ich habe heute Abend noch etwas vor«, murmelte ich. Was eine glatte Lüge war. Aber ich hatte gerade den Namen meines Vaters erfahren. Für mehr war mein armes Herz gerade nicht stark genug.

Ich wich einen Schritt zurück und sah die Enttäuschung auf seiner Miene.

Als ich die Tür schon erreicht hatte, rief er meinen Namen. Ich drehte mich noch einmal zu ihm um, und da stand er, an das Regal gelehnt, ein Lächeln auf den Lippen. »Ich hätte dir so oder so geholfen, auch wenn du das Date abgesagt hättest.«

»Ich hätte unser Date niemals abgesagt.« Ich zwinkerte ihm zu. »Das ist mir keine Sekunde lang in den Sinn gekommen.«

Kapitel 27

Es war Samstagmittag, und ich stand in Esmes Boutique. Noch hatte ich eine Stunde, ehe Ben mich abholen wollte. Genug Zeit eigentlich – aber wenn ich so weitermachte, würde ich ihn *au naturel* treffen müssen.

»Das Einzige, was ich weiß, ist, dass es sich um einen etwas eleganteren Anlass handelt«, sagte ich ein wenig panisch, nachdem ich ein Outfit nach dem anderen als unpassend ablehnte.

»Männer«, empörte sich Bryony. »Eine Überraschung ist ja schön und gut und auch sehr romantisch«, sie warf mir einen wissenden Blick zu, »aber nicht sehr hilfreich, wenn es darum geht, ein Kleid zu wählen.«

Ich zeigte auf ein beigefarbenes Leinenkleid mit einem weiten Rock. »Wie wäre es damit?«

Bryony sah mich an, als hätte ich den Verstand verloren. »Die Farbe würde dich total blass wirken lassen.«

Ich zog eine ernüchterte Grimasse. »Dann vielleicht lieber nicht.«

Sie nahm ein Seidenkleid in Hellblau mit einer Reihe von Perlen um den Halsausschnitt von der Stange. »Probier das mal.«

»Hellblau?« Ich sah es zweifelnd an.

Esme grinste. »Du hast es mal wieder geschafft, Mum. Perfekt.«

»Seide ist sicher elegant«, gab ich zu. »Also gut, ich probiere es.«

»Aber elegant kann alles heißen.« Bryony seufzte, nahm das Seidenkleid vom Kleiderbügel und reichte es mir. »Das könnte Ballkleid oder Cocktailkleid oder sogar formelle Geschäftskleidung bedeuten.«

Ich schüttelte mich und verschwand hinter dem Vorhang der Umkleidekabine. »Oder hoffentlich nichts dergleichen.«

»He!«, meinte Esme. »Vielleicht ist es ja ein Privatjet zur Oper, so wie in *Pretty Woman*. Oder nach Italien.«

Italien? Mir wurde schlagartig übel, als ich mir vorstellte, dass Ben irgendwie meinen Vater kontaktiert hatte und wir zu ihm fuhren. Aber das war albern. Das Date hatte lange, ehe Ben von Antonio erfahren hatte, in meinem Kalender gestanden. Außerdem würde er nicht hinter meinem Rücken so etwas machen, und falls doch, wäre ich stinksauer.

Ben hatte die ganze Woche über keine Einzelheiten verraten. Erst am Abend zuvor hatte er auf einmal vorgeschlagen, dass es vielleicht angebracht sei, »etwas Elegantes« zu tragen.

Also stand ich jetzt im *Joop* und durchsuchte panisch das ganze Geschäft nach etwas Elegantem. Das Outfit, das Esme und ich eigentlich schon vor Wochen geplant hatten – Jeans, hochhackige Schuhe und ein schönes-aber-nicht-zu-sexy Oberteil –, musste sofort als unpassend abgetan werden. Und wenn ich etwas wirklich hasste, dann war es, nicht rechtzeitig vorbereitet zu sein.

Ich machte den Reißverschluss des Kleides zu und holte tief Luft, als ich mich im Spiegel betrachtete: etwas zu lang, aber ansonsten sehr hübsch.

Ich zog den Vorhang der Umkleidekabine auf. Bryony streckte beide Daumen nach oben, während Esme sofort auf die Knie ging, um den Saum hochzustecken.

»Er meinte zwar, wir wären den ganzen Tag unterwegs, aber von einem Pass hat er nichts gesagt...«

»Vielleicht ein Tag auf dem Rennplatz«, schlug Bryony vor und schlug die Hand vor den Mund. »Ein Hut. Du brauchst einen Hut. Esme, was haben wir da?«

Ich lachte. »Danke, Bryony, aber ich will keinen Hut. Damit würde ich mich noch unwohler fühlen, als ich das sowieso schon tue. Ich will einfach ich sein. Mich hat er ja auch eingeladen, die ganz gewöhnliche Holly.«

Esme stand auf, zog die Stecknadeln aus ihrem Mund und gab mir einen Kuss auf die Wange. »Du bist alles andere als gewöhnlich, Holly Swift.«

Ich lächelte sie an und stieß dann einen Schrei aus, als sie mich aus Versehen mit einer Nadel pikste.

»Wage es ja nicht zu bluten«, warnte sie mich.

Ich stand still wie eine Statue, während sie mir den Saum hochsteckte. Auf einmal bemerkte ich das »Zu verkaufen«-Schild, das in der obersten Ecke des Schaufensters hing.

»Ihr wollt also wirklich verkaufen?«, fragte ich Bryony.

Sie seufzte lang und tief. »Na ja, ich kann keine Änderungen mehr anfertigen, weil meine Finger zu sehr schmerzen. Und wir nehmen nicht genügend Geld ein, um ein Plus zu machen. Also...« Sie zuckte mit den Schultern.

Ich nickte mitfühlend. Mir fiel auf, dass Esme nichts sagte.

Ich strich über das Kleid und warf dann einen Blick in den Spiegel. Selbst hätte ich diese Farbe nie im Leben für mich gewählt. Bryony hingegen hatte ein gutes Auge für Farben und Stil und nie Probleme, die richtigen Kleider für ihre Kundinnen herauszusuchen. Da kam mir eine Idee ...

»Bryony«, sagte ich. »Du solltest einen Service als persönliche Einkaufsbegleiterin anbieten. Du könntest das mit einer Person oder auch mit einer Gruppe machen, die zum Beispiel einen Junggesellinnenabschied plant. Die Leute würden bestimmt gern dafür zahlen, wenn du sie persönlich berätst, wie sie ihre Garderobe umgestalten könnten.«

Esme hörte mit dem Abstecken auf, und Bryony zog interessiert die Augenbrauen hoch.

»Sie hat recht, Mum. Du bist fantastisch, was so was angeht«, meinte Esme. »Super Idee, Holly!«

»Aber immer gerne doch.« Ich lächelte zufrieden.

Als Ben eine Stunde später sein Auto vor dem Laden parkte, war ich erstaunlicherweise tatsächlich fertig. Ich hatte die Haare in einen Nackenknoten gedreht, das Kleid war auf eine angemessene Weise gekürzt worden, und an meinem Arm klimperten einige von Bryonys Silberarmreifen.

Ben trat durch die Tür, und ich schwöre, ich konnte hören, wie Esme die Luft anhielt. Zumindest hoffe ich, dass sie das war. Vielleicht war auch ich es. In seinem schmal geschnittenen marineblauen Anzug und einem weißen Hemd, das oben offen stand, sah er atemberaubend gut aus.

Ben stieß einen anerkennenden Pfiff aus und musterte mich eingehend von oben bis unten. Ich hatte das Gefühl, mein ganzer Körper würde erröten. Die Tatsache, dass Bryony und Esme hinter mir flüsterten, half auch nicht gerade, die Situation zu entspannen.

»Ist das in Ordnung?«, fragte ich und drehte mich einmal

um die eigene Achse. Ich merkte, wie ich durchatmete, als ich ihn nicken sah.

»Viel besser als in Ordnung.« Er strahlte. Ich wartete auf einen Witz darüber, dass ich mich nicht schlecht herausgeputzt hätte oder etwas in diese Richtung. Aber er lächelte nur stolz und sah mich an, bis ich den Blick abwandte.

Wir verabschiedeten uns von Esme und ihrer Mutter, und ich schnappte mir noch schnell eine passende hellblaue Kaschmirstrickjacke, bevor ich Ben aus dem Laden folgte.

»Ihre Kutsche wartet.« Er machte eine ausladende Geste mit dem Arm und zeigte dorthin, wo Lord Fortescues Range Rover geparkt war.

»Nicht hinschauen«, sagte er und hielt seine Hand vor das Navi, während er eine Adresse eingab, die er von einer Visitenkarte ablas.

»Es kann doch nicht immer noch eine Überraschung bleiben«, meinte ich lachend und versuchte zu erkennen, was er da las.

»Du schummelst.«

»Okay, okay.«

Am frühen Samstagnachmittag war es auf der Straße ziemlich ruhig. Schon bald hatten wir die Dörfer hinter uns gelassen und fuhren weiter über die Autobahn. Nach einer halben Stunde konnte ich die Spannung nicht länger aushalten, nachdem Ben mich immer wieder bester Laune anlächelte.

»Okay, ich gebe auf«, sagte ich. »Ich muss wissen, wohin wir fahren. Sonst kann ich es nicht genießen.«

Er lachte. »Nach Oxford.« Dann presste er wieder geheimnisvoll die Lippen aufeinander und warf mir einen belustigten Blick zu.

»Und weiter?«, wollte ich wissen und verschränkte die Arme. »Wenn du mir nicht genau sagst, wohin, fange ich an zu singen. Und das willst du garantiert nicht, das kannst du mir glauben.«

Er lachte laut auf, doch eine Antwort bekam ich trotzdem nicht.

Also begann ich den Refrain von *Let it Go* zu schmettern.

»Ich gebe auf!«, rief Ben nach dem zweiten Refrain. »Mach einfach das Handschuhfach auf. Dort findest du, wonach du suchst.«

Ich lächelte triumphierend. Im Handschuhfach befand sich ein quadratischer Umschlag, auf dem mein Name stand. Ich warf Ben einen fragenden Blick zu.

Er nickte. »Mach ihn auf.«

Ich machte vorsichtig den Umschlag auf und holte eine dicke, gestanzte Karte heraus. Es war die Einladung zur Eröffnung einer Ausstellung an diesem Abend in der *Leith's Gallery* in Oxford. Der Name des Künstlers lautete Ben Fortescue, und seine Bilderreihe hatte den Titel *Morgendämmerung*. Das war die wunderbarste Idee für ein Date, die ich jemals erlebt hatte! Mein Herz machte einen kleinen Freudensprung. »Oh, Ben, das ist fantastisch! Ich ... Ich fühle mich so geehrt und bin total begeistert!«

»Und mir ist es eine Ehre, dass du mein Gast bist«, erwiderte er schlicht und schenkte mir ein bescheidenes Lächeln. »Ich wollte, dass du mein anderes Ich kennenlernst – Ben, den Künstler, fernab von Wickham Hall.«

»Ich kann es kaum erwarten, deine Bilder zu sehen.« Ich seufzte glücklich, als mir auf einmal ein Gedanke kam. »Ich kenne mich mit Kunst aber nicht sonderlich gut aus. Vielleicht sollte ich mir vorher noch ein paar deiner Arbeiten im

Internet anschauen. Findet man sie auf Google?« Ich griff nach meiner Tasche, um mein Handy herauszuholen.

Aber Ben hielt mich zurück. »Genau aus diesem Grund habe ich dir nichts verraten«, erklärte er. »Ich wollte verhindern, dass du im Voraus planst. Ich möchte, dass du dich einfach entspannst und den Abend genießt.«

Ich blinzelte ihn an. »Und was sage ich, wenn man mich fragt, wie ich dein Werk finde?«

»Sag Ihnen die Wahrheit, sag, was du siehst. Erzähle ihnen, welche Gefühle es bei dir auslöst.«

Ich nagte zweifelnd an meiner Unterlippe, da ich mir Sorgen machte, dass ich diese Seite von Ben mit meinem geringen Kunstverständnis enttäuschen könnte.

»Holly, du hattest noch nie ein Problem, den Leuten zu sagen, was du denkst«, gab er zu bedenken, als er meine Miene bemerkte. Er fasste nach meiner Hand und drückte sie. »Sei einfach du selbst. Sei du selbst, und du wirst das großartig machen.«

Ich freute mich über das Kompliment und lehnte mich zurück. Einfach ich selbst sein – ich war mir sicher, dass ich das konnte.

Wir trafen so früh in Oxford ein, dass wir uns einige der Universitätsgebäude ansehen und die Architektur bewundern konnten. Dann aßen wir etwas in einer Brasserie und kamen gegen siebzehn Uhr in der Gallerie an.

»Ben! Komm herein, komm herein!« Ein Mann Ende vierzig breitete seine Arme aus und bedeutete uns einzutreten.

Ben legte seine Hand auf meinen Rücken und schob mich leicht nach vorn. »Miles, das ist Holly Swift, eine Freundin. Holly, das ist Miles Leigh, der Galerist.«

»Freut mich, freut mich«, sagte Miles, während er meine Hand nahm und sie nicht mehr losließ.

»Es freut mich auch, Sie kennenzulernen«, erwiderte ich und versuchte, meine Finger aus seiner fleischigen Pranke zu ziehen.

Ben berührte mich am Arm. »Ich brauche nur ein paar Minuten mit Miles, um noch ein paar Dinge für den heutigen Abend zu besprechen. Warum siehst du dich nicht um? Ich bin gespannt, was du denkst.«

»Gern.«

Miles führte Ben in ein kleines Büro im Hinterzimmer, und ich wanderte durch die Galerie.

Es war ein schmaler Raum auf zwei Ebenen. Die Wände waren weiß gestrichen, und Bens Bilder – einige gerahmt, andere nicht – waren überall ausgestellt und wurden geschickt mit Strahlern in Szene gesetzt. Es gab nur eine Ausnahme. In der Mitte des Raums stand eine verdeckte Staffelei; unter dem schwarzen Stoff zeichnete sich eine Leinwand ab.

Ich trat an das erste Bild heran. Es war eine riesige Fläche in Rot- und Goldtönen, ein brennender Himmel über einem gelben Kornfeld. Eine kleine Tafel darunter nannte mir den Titel: *Morgendliche Pracht*. Es war tatsächlich prachtvoll. Ich hatte zuvor schon einige von Bens Bildern gesehen und wusste, dass er Talent besaß. Aber seine fertigen Werke nun so ausgestellt zu sehen war überwältigend. Es war wunderschön, und er hatte mich mitgenommen, um diesen Abend mit ihm zu teilen.

»Miss?«

Ich drehte mich um und stellte fest, dass mir ein Kellner ein Tablett mit vollen Champagnergläsern hinhielt.

Ich dankte ihm lächelnd und nahm ein Glas. Dann wandte

ich mich wieder dem Bild zu und hob den Champagner, um Ben still zuzuprosten. *Auf dein anderes Ich – auf Ben, den Künstler.*

Eine Stunde später war die Eröffnungsfeier in vollem Gange. Ben freute sich riesig über die vielen Besucher, und ich wurde allen vorgestellt – von alten Kunstlehrern über Künstlerkollegen bis hin zu Sammlern und regelmäßigen Klienten der Galerie.

»Wie ist das, zu wissen, dass all diese Leute hierhergekommen sind, um deine Bilder zu sehen?«, fragte ich Ben.

»Fantastisch.« Bens Augen leuchteten vor Zufriedenheit. »Die ganzen Monate, in denen ich vor Sonnenaufgang aufgestanden bin, die Zweifel, die ich gehegt habe, als ich befürchtete, die Bilder seien nicht gut genug, und dann natürlich Mum und Dad, die meinen, ich soll endlich erwachsen werden und die Malerei vergessen ...« Er malte zwei Anführungszeichen in die Luft, als er erwachsen sagte. Ich konnte nachempfinden, wie sehr ihn das treffen musste.

»Ich bin mir sicher, dass sie stolz auf deine Arbeiten sind«, erwiderte ich, während ich mich gleichzeitig fragte, warum sie dann heute Abend nicht hier waren, um ihn zu feiern.

Er lachte leise und schüttelte den Kopf. »Für sie ist das keine Arbeit, und es ist auch kein Beruf, dem ich nachgehe, sondern nur ein Hobby.«

Ich hatte bereits zwei Gläser Champagner intus, was meine Zurückhaltung angenehm aufgeweicht hatte. Dementsprechend überlegte ich auch nicht lange, sondern legte meinen Arm um seine Taille und gab ihm einen Kuss auf die Wange.

»Wofür war das?« Ben grinste. »Wobei ich mich nicht beschweren will.«

»Dafür, dass du so viel Sonnenschein nach Wickham Hall bringst.« Ich lachte. »Vor allem für mich.«

Er antwortete nicht, sondern lächelte nur und sah mir lange in die Augen. »Komm«, sagte er schließlich und brach den Bann. Er nahm einem vorübergehenden Kellner zwei Gläser ab und meinte: »Wir mischen uns noch eine Weile unter die Leute. Und dann habe ich noch meine große Enthüllung vor mir.«

Wir machten uns auf den Weg zur oberen Etage, plauderten mit den Gästen und bewegten uns lächelnd durch die Menge.

Ich war inzwischen ziemlich entspannt. Bisher hatte mir niemand herausfordernde Fragen gestellt. Man wollte nur wissen, woher ich Ben kannte, und einige hatten sich an meinem Job auf Wickham Hall interessiert gezeigt.

»Ich würde gern wissen, wo das hier entstanden ist, Mr. Fortescue«, sagte eine Dame und zupfte Ben am Arm. »*Küstenschweigen.*«

Ich drehte mich, um das fragliche Bild ebenfalls zu betrachten. Es war ein großes Format, auf dem ein leerer Strand, ein blaugraues Meer mit schäumenden Wellen und das erste hellgelbe Anzeichen des Sonnenaufgangs in einem ansonsten noch grauschwarzen Himmel zu sehen war.

»Ah.« Ben lächelte und klopfte auf den Rand der Leinwand. »Das ist Holkham in Norfolk, gemalt im vermutlich kältesten April aller Zeiten, den ich nur überstanden habe, weil ich kannenweise Fleischbrühe getrunken habe und kleine Taschenöfen dabeihatte.«

»Du meine Güte, das haben Sie aber atmosphärisch sehr gut eingefangen«, meinte die Dame, die offenbar von Bens Schilderung ganz angetan war.

Auch mich faszinierten Bens Gemälde. Es schien fast so, als könnte man in jedem Pinselstrich seine Emotionen erkennen.

»Alle Seelandschaften hier sind in Norfolk entstanden. Es ist einer meiner Lieblingsorte zum Malen.«

»Ich hoffe, Sie haben nichts dagegen, wenn ich sage, dass mich Ihre Arbeiten ein wenig an Lawrence Coulson erinnern«, sagte die Frau und lächelte ein wenig schüchtern.

»Ganz und gar nicht.« Ben nickte. »Coulson ist für mich sogar sehr inspirierend.«

»Nun, ich liebe jedenfalls *Küstenschweigen*«, meinte die Dame. »Und ich denke, ich werde es kaufen.«

Ben gab Miles ein Zeichen.

Kurz darauf stand ich vor einem kleineren gerahmten Bild. Es war erneut eine Küstenszene. Ich beugte mich herab, um den Titel zu lesen. Als ich mich wieder aufrichtete, stieß ich beinahe mit einem der Kellner zusammen, der ein Tablett mit Kanapees in der Hand hielt. »Ein kleiner Yorkshire-Pudding gefällig, Miss?«

Ich schob mir einen Yorkshire-Pudding in den Mund und nahm gleich noch einen zweiten. Es dauerte nur einen Moment, ehe der Geschmack in meinem Mund explodierte: zuerst die knusprige Hülle des Teigs, dann das zarte Fleisch und schließlich... Oh mein Gott, etwas war da sehr scharf und stieg mir augenblicklich in die Nase. Meerrettich – und zwar viel. Mir schossen die Tränen in die Augen, während ich hastig das Kanapee herunterschluckte und mit einem Schluck Champagner nachspülte. Ich hatte das Gefühl, als loderte Feuer in meinen Nasennebenhöhlen. Ich tupfte die Tränen von meinen Augen und sah mich nach einer geeigneten Stelle um, wo ich meinen zweiten Yorkshire-Pudding unauffällig entsorgen konnte.

»Wie ist es Ihnen damit ergangen?« Ein dunkelhaariger Mann trat lächelnd zu mir.

»Nun«, schniefte ich und grinste ein wenig verlegen. »Unerwartet heftig. Ich kann es immer noch hinten im Hals brennen fühlen.«

Der Mann schaute einen Moment lang woanders hin und sah mich dann wieder an. »Du meine Güte. Manchmal erwischt es einen derart heftig, vor allem wenn das Ganze so real wird, dass man glaubt, es geradezu greifen zu können. Fahren Sie fort.«

»Äh...«, stotterte ich. Das war eigentlich alles, was ich über einen kleinen Yorkshire-Pudding zu sagen hatte. »Hat mir den Atem genommen.«

»Ja«, meinte er. »So ist es mir auch ergangen. Sonst noch etwas?«

Ich blinzelte. Ernsthaft? Das war doch nur ein kleiner Snack, um den es hier ging. Ich zuckte mit den Achseln. »Fleischig?«

»Fleischig?«, wiederholte er und schüttelte den Kopf. Dann trat er näher an das Bild heran, das hinter mir hing. »Interessant.«

Oh Gott. Ich zuckte innerlich zusammen. Er hatte das Gemälde gemeint! Ich bewegte mich in die Gegenrichtung und nahm mein leeres Glas, das Kanapee und mein brennendes Gesicht mit mir.

Ich entdeckte einen Mülleimer, warf das Kanapee hinein und hatte mich genügend erholt, um mir mehr zu essen zu nehmen, als der Kellner wieder vorbeikam – diesmal mit winzigen Krabbenpasteten.

»Sind die scharf?«, fragte ich dieses Mal lieber, bevor ich danach griff.

Ben war in ein Gespräch mit einer Gruppe von künstlerisch wirkenden Leuten vertieft. Er winkte mir kurz zu, als ich gerade in meine erste Krabbenpastete biss. Ich lächelte und ging dann zum nächsten Bild weiter, wo der dunkelhaarige Mann sofort wieder zu mir trat.

»Das sieht gut aus«, sagte er, presste seine Lippen aufeinander und nickte.

Bei dem Bild handelte es sich um eine weitere Meereslandschaft. Was hieß, sie war irgendwo in Norfolk entstanden. Ich war mir sicher, dass er das nicht wusste. Diesmal würde er mich nicht wieder dazu verleiten, Unsinniges über das Essen von mir zu geben.

»Das ist aus Norfolk«, sagte ich und knabberte an meiner Pastete. »Man glaubt fast, das Meer riechen zu können, nicht wahr?«

»Wie wahr«, meinte der Mann. »Nun, Sie haben mir das gerade so richtig schmackhaft gemacht.«

Der Kellner kam gerade vorbei, und der Mann stürzte sich auf ihn. »Ich möchte eine dieser Norfolk-Pasteten, die klingen köstlich.«

Oh je, ich hatte es wieder verbockt. Ich saugte an meinen Wangen, um nicht in Gekicher auszubrechen, entschuldigte mich und machte mich auf die Suche nach Ben.

Er legte mir einen Arm um die Taille und drückte mich. »Ich wollte mich gerade auf die Suche nach dir machen. Tut mir leid, dass ich mich so lange nicht um dich gekümmert habe.«

»Mach dir keine Gedanken.« Ich lachte. »Ich habe meinen Spaß. Ich habe sogar mit jemandem über Kunst geredet. In gewisser Weise.«

»Aber ich hätte wissen müssen, dass du die Hälfte der Zeit

allein verbringst. Es tut mir leid, Holly.« Sein Blick war weich, und ich merkte, wie ich dahinschmolz. »Wir gehen nachher essen, und ich verspreche dir, dass ich dann ganz dir gehöre.«

Ich machte den Mund auf, um ihm zu antworten, doch in diesem Moment klopfte Miles auf Bens Schulter. »Ich glaube, wir sollten jetzt die Rede halten, Ben. Wenn Sie uns entschuldigen würden, Holly.«

Die beiden Männer bahnten sich ihren Weg zu dem Bild, das in der Mitte der Galerie noch immer verhängt auf der Staffelei stand. Miles klopfte an sein Glas, um sich Aufmerksamkeit zu verschaffen, und stellte dann Ben kurz vor. Dann war es an Ben zu sprechen.

»Ich möchte Ihnen allen danken, dass Sie heute gekommen sind, um meine neue Serie *Morgendämmerung* zu sehen. Diese Reihe von Bildern bedeutet mir besonders viel. Ich habe sie im letzten Jahr an der Küste von Norfolk begonnen, bin dann für den Herbst in die Yorkshire Dales gezogen und habe sie mit meinem Lieblingsstück beendet, das ich gerade erst fertigstellen konnte.« Seine Augen schossen kurz zu der Staffelei hinter ihm. »Das Wunderbare an der Landschaftsmalerei ist die Tatsache, dass man dieselbe Landschaft nie zweimal sieht. Die Sonne, der Himmel, selbst die Luft ändert sich von Moment zu Moment. Das Beste, was ich tun kann, ist, den Moment einzufangen, ihn festzuhalten, um die Atmosphäre und die Aura des Ortes zu beschwören, damit wir diesen Moment für immer auf dem Bild nachempfinden können.« Er reichte Miles sein Glas und legte seine Hände auf den Stoff, der das Gemälde hinter ihm verbarg. »Es gibt eine Landschaft, die mir sehr nahesteht, und das ist der Blick über das Anwesen von Wickham Hall, wo ich aufgewachsen bin. Vor Kurzem hatte ich die große Freude, dort einen ganz besonderen Sonnenaufgang gemeinsam mit einem ganz besonderen Menschen zu erleben. Ich hielt den Moment auf der Leinwand fest, und ich hoffe, dass auch dieser besondere Mensch der Meinung ist, dass ich der gemeinsamen Erinnerung gerecht wurde.« Ben zog an dem Stoff und ließ ihn auf den Boden sinken.

Mir stockte der Atem, als ich begriff, was das Bild darstellte: Es war unser Sonnenaufgang.

Ben suchte mich in der Menge, und mein Körper schien unter seinem Blick zu strahlen. »Es heißt *Geheimer Sonnenaufgang*.«

Das Publikum klatschte, begann zu plaudern und kam allmählich wieder in Bewegung. Die Menge löste sich für mich immer mehr auf, bis es nur noch Ben und mich gab, die sich durch die Galerie hinweg ansahen. Er zog die Augenbrauen hoch, dann kämpften wir uns an den verschiedenen Grüppchen vorbei, um zueinanderzugelangen.

»Ich liebe es«, murmelte ich und schlang meine Arme um seinen Hals. »Hast du das alles aus der Erinnerung gemalt?«

Er nickte. »Und ich bin an den folgenden drei Tagen dorthin zurückgekehrt, um sicherzustellen, dass ich den Zauber auch richtig einfange.«

Ich ließ ihn los und schüttelte den Kopf. »Du bist unglaublich begabt, Ben Fortescue.«

Er lächelte. »Ich habe es als Geschenk für dich gemalt. Sobald die Ausstellung vorüber ist, gehört es dir, und du kannst damit machen, was du willst.«

»Mein erstes Kunstwerk.« Ich strahlte und gab ihm einen Kuss auf die Wange. »Vielen Dank.«

Ben grinste. »Das erleichtert mich riesig. Du glaubst gar nicht, wie nervös ich den ganzen Tag gewesen bin.« Er löste sich aus der Umarmung. »Jetzt muss ich noch mit einem letzten Kunden sprechen, und dann suchen wir uns ein Restaurant in der Nähe, ehe wir nach Hause fahren.«

Mein Magen verkrampfte sich.

Nach Hause.

Da, wo mein Herz ist, da bin ich zu Hause. Für mich war das immer das kleine Dorf Wickham. Bis heute Abend hatte ich gedacht, dass es auch Bens Zuhause sein könnte. Aber vielleicht wollte ich aus den falschen Gründen, dass er blieb. Aus selbstsüchtigen Gründen? Das hier war Bens Welt, eine Welt der Kunst, der Künstler, der Leidenschaft und des Talents. Jetzt hatte ich den anderen Ben kennengelernt, den unglaublich begabten Maler, und ich war mir gar nicht mehr sicher, ob er auf Wickham Hall jemals wirklich glücklich sein konnte. Für ihn würde das ein großes Opfer und Kompromisse bedeuten.

Vielleicht konnte ich ihn dazu überreden zu bleiben. Aber wollte ich das wirklich verantworten?

Kapitel 28

Ich nieste zum x-ten Mal und beugte mich dann herab, um einen Prospekt vom Teppichboden im Wohnzimmer aufzuheben.

Mum und ich befanden uns inmitten einer riesigen Entrümpelungsaktion, und es waren die besten Stunden, die wir seit Jahren zusammen verbracht hatten. Es war ein strahlender Oktobertag, drei Wochen nach meiner Fahrt nach Oxford. Eine herbstliche Sonne schien durchs Wohnzimmerfenster und ließ die Staubkörner in der Luft nur so glitzern.

»Bist du dir sicher, dass du dich von der Broschüre zu Weihnachten in Wickham Hall 1999 trennen kannst?« Ich hielt sie hoch, um sie ein wenig augenzwinkernd Mum zu zeigen.

»Oh, lass mich mal sehen«, sagte sie und nahm sie mir aus der Hand, ohne auf mein verzweifeltes Stöhnen zu achten. »Schau dir den Baum an.« Sie seufzte und deutete auf ein Bild der festlich geschmückten Haupttreppe in Wickham Hall. Unten stand ein riesiger Christbaum, und Girlanden aus Fichtenzweigen und Efeu waren zusammen mit roten Bändern um das Geländer gewickelt.

»Dieses Jahr wird es genauso zauberhaft«, sagte ich, nahm

ihr den Prospekt aus der Hand und warf ihn in eine große Mülltüte. »Wobei ich mich momentan ausschließlich auf das Feuerwerk für Guy-Fawkes konzentriere.«

Und versuche, Ben gegenüber zurückhaltend zu sein. Ich setzte mich für einen Augenblick auf das Sofa. Mein Herz verkrampfte sich, wenn ich an sein verwirrtes Gesicht dachte, als ich am Abend zuvor abgelehnt hatte, gemeinsam etwas trinken zu gehen.

Das Leben im Veranstaltungsbüro von Wickham Hall ging wieder seinen gewohnten Gang – zumindest nach außen hin. Ben verbrachte seine Tage im Büro und verbreitete dort Chaos. Doch etwas hatte sich zwischen uns geändert. In der Luft lag jetzt eine knisternde Spannung, wenn wir uns trafen, und ich spürte, dass sie mit jedem Tag zunahm. Das einzige Problem war, dass ich noch nicht so recht wusste, wie ich mich in seiner Gegenwart verhalten sollte.

Unser Date in der Kunstgalerie war einer der wunderbarsten Abende gewesen, die ich jemals erlebt hatte. Und das Date hatte mir in mehr als einer Hinsicht die Augen geöffnet. Es hatte meine Gefühle für Ben vertieft. Aber es hatte mich auch in große Zweifel gestürzt, ob die Wünsche von Lord und Lady Fortescue, dass Ben Wickham Hall übernehmen sollte, wirklich sinnvoll waren. Wie konnte er seine Träume eines Künstlerdaseins realisieren, ohne die seiner Eltern zu zerstören? Und was mich selbst betraf: Wie würde es mir damit ergehen, falls oder wenn Ben seiner Kunst den Vorzug vor Wickham Hall gab? Die Antwort darauf kannte ich bereits, und die einzige Möglichkeit, mir diese furchtbare Enttäuschung zu ersparen, erschien mir, unsere Beziehung auf einer rein freundschaftlichen Basis zu führen, bis ich wusste, wie es tatsächlich um das Ganze bestellt war.

So hatte ich also am Abend zuvor einen gemeinsamen Pub-Besuch abgelehnt.

Mum nahm neben mir Platz, und für einen kurzen Moment legte ich meinen Kopf auf ihre Schulter. »Ben hat mich erneut wegen Antonio gefragt, Mum. Die Geschichte lässt ihn nicht los.«

»Wirklich? Ach.« Ihre Miene wurde weich. Sie mochte Ben.

Ich nickte und versuchte ein Lächeln zu unterdrücken. In Wahrheit faszinierte Ben vor allem die Frage, wie es Mum und Antonio gelungen war, sich ungestört in die Büsche zu verziehen. Aber wenn ich ihr das erzählen würde, würde sie vor Scham vermutlich im Boden versinken.

»Es war im Grunde vorbei, ehe es überhaupt angefangen hat, Holly. Wir kamen aus verschiedenen Welten, hatten so unterschiedliche Hintergründe. Es war naiv von mir zu glauben, dass es zwischen uns hätte funktionieren können.«

Verschiedene Welten. Ich zuckte bei diesen Worten zusammen. Genau das schien zu den Hindernissen zu gehören, die auch zwischen Ben und mir standen. »Ich dachte, die Liebe sollte alles überwinden«, sagte ich wehmütig.

Mum seufzte und legte ihre Hand auf meine. »Das war vor dreißig Jahren, Holly. Inzwischen bin ich ein anderer Mensch geworden, und ich bin mir sicher, Antonio auch. Ich persönlich will das alles gar nicht mehr wissen. Vor allem, nachdem die Sache zwischen Steve und mir noch so frisch ist.«

Steve übernachtete mittlerweile regelmäßig bei uns. Das bedeutete, dass Mum ihr Schlafzimmer drastisch hatte ausmisten müssen, wobei Steve ihr geholfen hatte. Jetzt kochte sie abends für die beiden und bemühte sich dabei, auch die

Arbeitsflächen sauber zu halten. So sah das Haus nicht nur besser aus, seit es diesen Mann in unserem Leben gab, sondern er brachte Mum vor allem zum Strahlen und erfüllte sie mit neuer Lebensfreude. Es war toll, das mit ansehen zu können.

»Als du mir davon erzählt hast, wie du Großvater verloren hast und dann den Kontakt zu Antonio, dachte ich, du könntest vielleicht mit dieser ganzen Sache abschließen, wenn ich meinen Vater ausfindig machen würde. Und vielleicht würde es auch deine... Bindung zu diesen Dingen lösen.« Ich vermied es bewusst, das Wort »Sammelwut« zu sagen. Mum hasste es. »Aber nun ist es offenbar eine neue Liebe geworden, die all das bewirkt hat. Ich bin so stolz auf dich, Mum. Und freue mich für dich.«

»Es war nicht nur Steve, Liebes.« Sie lächelte und drückte meine Hand. »Du hast auch geholfen.«

»Schön.«

Ich merkte, dass mein Fuß auf einem Stück Papier stand und beugte mich herunter, um es aufzuheben. Es war einer der Prospekte, die ich an meinem ersten Tag in Wickham Hall mitgenommen hatte, und bewarb die Restaurierung einer Kunstgalerie. Ich runzelte die Stirn und fragte mich, warum dieses Projekt in all den Monaten, die ich dort nun schon arbeitete, nie erwähnt worden war. Ich faltete den Flyer und steckte ihn in meine Jeanstasche, um ihn später genauer lesen zu können. Darüber wollte ich mehr erfahren. Vielleicht wusste ja Sheila Bescheid?

Mum riss mich aus meinen Gedanken. »Holly, Antonio ist dein Vater, und du sollst wissen, dass ich hundert Prozent hinter dir stehe, wenn du ihn ausfindig machen willst. Das ist ganz allein deine Entscheidung.«

»Danke, Mum. Ich möchte mir das erst einmal durch den Kopf gehen lassen. Aber wenn ich etwas tue, dann lasse ich es dich zuerst wissen. Das verspreche ich dir.«

Ich hatte mich schon unzählige Male hingesetzt und einen Plan gemacht, wie ich am besten mit Antonio in Kontakt treten sollte. Aber ich war mir nicht sicher, ob ich irgendetwas anderes erreichen würde, als das Leben des armen Mannes ins Chaos zu stürzen – ganz zu schweigen von der Wirkung, die das auf Mum und Steve haben konnte. Vielleicht eines Tages, wenn ich selbst Kinder plante, würde es mir anders gehen. Für den Moment jedenfalls war es sicher für alle Beteiligten das Beste, die Dinge erst einmal auf sich beruhen zu lassen.

Es war endlich der Abend von Guy-Fawkes. In einer Stunde sollte der Himmel über Wickham Hall voller Rauch hängen, wenn das große Lagerfeuer brannte.

Wir hatten das Tor zum Parkplatz für die Veranstaltung um siebzehn Uhr dreißig geöffnet. Auf dem erleuchteten Platz vor dem Herrenhaus standen Trauben von Menschen um die Stände mit Getränken und Snacks, während Andy einen Riesenumsatz mit seinen Kunstpelz-Wintersachen machte. Die Schlange vor Jennys Pulled-Pork-Brötchen wurde ebenfalls immer länger. Der Anblick des Trubels machte mich überglücklich.

Ich machte mich auf die Suche nach Ben. Er sollte um Viertel nach sechs die Guy-Fawkes-Puppen der Kinder bewerten, und ich wollte sichergehen, dass er wusste, wo er sein musste und was der Preis für den Gewinner war.

Ich entdeckte ihn bei den kandierten Äpfeln, wo er gerade dabei war, das Zellophan von seinem Apfel zu reißen. »Diese verdammten Dinger sollten mit einer Gebrauchsanweisung geliefert werden«, schimpfte er und hielt seine Finger hoch. An jedem von ihnen klebte ein Stück Zellophan.

Ich lachte und nahm ihm den Apfel ab. »Hier.« Ich reichte ihm ein Taschentuch, und er wischte sich seine Finger ab, während ich sorgfältig die restliche Folie vom Apfel machte.

»Danke, Mum.« Er grinste. »Willst du mal beißen?«

»Nein, danke«, kicherte ich. »Und verschmier dir nicht das gesamte Gesicht, hörst du? Du musst gleich noch vor einem Publikum voll empfindsamer Kinder auftreten.«

Draußen auf der Wiese hatte Jim inzwischen das Feuer angezündet. Obwohl mehrere Hundert Leute darum standen, konnte ich die Hitze bis zu mir spüren.

»Was für ein Feuer«, sagte Ben, während wir beide zusahen, wie die Flammen mehrere Meter hoch in den Himmel loderten. »Ich hoffe, Jim hat das im Griff.«

Ich grinste ihn an. »Alles gut durchdacht, Mr. Fortescue. Keine Sorge.«

Wir hatten Wassertanks in der Nähe, und die Feuerwehr war in Bereitschaft, falls etwas Unerwartetes passieren sollte.

Ben legte einen Arm um meine Schultern und drückte mich so schnell an sich, dass alles schon wieder vorüber war, ehe ich die Umarmung erwidern konnte. »Von dir erwarte ich nichts Geringeres, Holly. Ich bin mir durchaus bewusst, dass du das Veranstaltungsbüro komplett allein am Laufen hältst. Wahrscheinlich bin ich eher hinderlich als hilfreich.« Er lachte. »Ich würde dir überhaupt nicht fehlen, wenn ich nicht da wäre, oder?«

Wollte er nun doch abreisen? Hatte er sich entschieden? Ich versuchte zu lächeln, aber ich merkte, dass ich einen Kloß im Hals hatte. »Dein Singen würde mir jedenfalls garantiert nicht fehlen, das stimmt.« Ich lachte unsicher. »Komm, dein Publikum wartet schon.«

Weit genug vom Feuer entfernt, damit sich die sicherheitsbewussten Eltern keine Sorgen machen mussten, hatten Ben und ich fünf Sockel errichtet – einer für jede Schule, um ihre Guy-Fawkes-Puppen der Öffentlichkeit zu präsentieren –, und es hatte sich bereits eine ziemlich große Menge an Schulkindern und Eltern dort versammelt.

Ben trat vor das Publikum. »Hallo!«, rief er und winkte den Leuten fröhlich zu.

Ich sah ein paar Minuten verzaubert zu, wie Ben mit einigen der Kinder redete. *Er ist in seinem Element*, dachte ich und schlang die Arme um meinen Oberkörper.

Ich hörte, wie jemand meinen Namen rief, und drehte mich lächelnd um, da ich erwartete, Esme oder Mum und Steve zu sehen. Sie sollten eigentlich auch hier irgendwo unterwegs sein, und bisher war ich ihnen noch nicht begegnet. Aber es war Lady Fortescue, die in ihrem langen Pelzmantel und einem dazu passenden Hut mal wieder unglaublich elegant aussah. Sie hatte die Hände in die Hüften gestemmt, klopfte mit einem ihrer Stiefelschuhe ungeduldig auf den Boden und sah sich in der Menge um.

»Hallo, Lady Fortescue. Mir gefällt Ihr Hut. Stammt er aus der Wickham-Hall-Serie?«, fragte ich, während ich auf sie zuging.

»Garantiert nicht«, erwiderte sie und rückte die Krempe über der Stirn zurecht. »Ich habe ihn letzte Woche bei *Harrods* gekauft. Etwas ungezogen, da ich die Schränke voller Mäntel und Hüte habe. Ich sollte wirklich bald mal ausmisten, ehe Hugo sauer wird. Hören Sie, haben Sie Benedict gesehen?« Noch immer sah sie sich stirnrunzelnd um.

»Ja«, sagte ich. »Er ist dort drüben und spielt den Preisrichter bei dem Guy-Fawkes-Wettbewerb.«

Sie presste die Lippen aufeinander und schnaubte empört. »Aber dieses Guy-Fawkes-Ding war doch Ihre Idee, Holly. Das sollten Sie machen.«

»Ich habe es angeboten«, entgegnete ich, was nicht ganz der Wahrheit entsprach. »Aber Ben...*edict* hielt es für eine gute Idee, sich so einer breiteren Öffentlichkeit vorzustellen.« Was auch nicht ganz der Wahrheit entsprach.

Lady Fortescues Miene hellte sich auf. »Gute Idee. So ein kluger Junge«, sagte sie und warf einen Blick auf ihre Uhr. »Könnten Sie ihn dann sofort informieren, sobald er fertig ist? Hugo und ich haben Gäste und wollen das Feuerwerk von unserem Privatgarten aus mit ansehen.«

»Natürlich.« Ich war enttäuscht. Eigentlich hatte ich gehofft, dass Ben und ich zusammen das Feuerwerk erleben würden.

»Und sagen Sie ihm, dass er sich beeilen soll.«

»Okay.« Ich lächelte und wollte gerade weitergehen, als sie mich am Ärmel festhielt.

»Ist das Benedicts Jacke?«

Meine Wangen brannten, während ich nach den richtigen Worten suchte, um eine passende Ausrede zu finden, warum ich die Lederjacke ihres Sohnes trug – ohne ihr zu verraten, dass ich sie so gerne anhatte, weil sie nach ihm roch und ich dann das Gefühl hatte, in seinen Armen zu liegen.

»Ja. Netterweise hat er sie mir geliehen«, murmelte ich. »Ich werde sie ihm natürlich zurückgeben.«

Sie sah mich derart aufgebracht an, dass ich das Gefühl hatte, von Dolchen durchbohrt zu werden. »Ich weiß, dass Benedict erwachsen ist und tun kann, was er will. Aber von

Ihnen als Angestellte erwarte ich eine professionelle Distanz. Es ist unpassend, ein Kleidungsstück meines Sohnes zu tragen.«

Mein Herz hämmerte in meiner Brust, doch ich sah ihr direkt in die Augen. »Ich verstehe, Lady Fortescue.«

Beinahe wollte ich hinzufügen, dass wir sowieso nur Freunde waren.

Sie sah mich kalt an. »Das hoffe ich, Holly.«

»Ich ... Ich gebe jetzt besser Benedict Bescheid«, sagte ich und wandte mich zum Gehen. Ich wollte diese Unterhaltung dringend beenden.

»Ja, tun Sie das. Da ist jemand, den er bestimmt gern kennenlernen würde. Eine hinreißende junge Frau, sehr angenehm. Sie ist die Tochter einer meiner Freundinnen, Baroness Allthorp«, meinte Lady Fortescue. »Benedict wird sich *riesig* freuen, dass sie kommen konnte.«

»Natürlich«, murmelte ich.

Ich ließ sie stehen und drängte mich über den vollen Platz. Insgeheim ärgerte ich mich, dass sie die Oberhand gewonnen hatte. Es gab nur eine Frau, mit der Ben den Abend verbringen sollte – und das war ich.

Kapitel 29

Inzwischen hing der Rauch des Feuers schwer in der Luft, und Millionen von Ascheflocken tanzten im Schein der Flammen, ehe sie sich wie winzige Schneeflocken in den Haaren und Mänteln der Zuschauer niederließen.

Plötzlich packte mich jemand am Arm. »Holly, Liebes, was meinst du?«

Ich wirbelte herum und stellte fest, dass Mum eine der Pelzmützen aus der Wickham-Hall-Kollektion trug. Steve stand neben ihr, in den Händen zwei Flaschen Bier und ein Wildschweinbrötchen.

»Steht dir, Mum. Hi, Steve.« Ich verdrängte den Gedanken an Lady Fortescue und strahlte die beiden an.

»Es ist ein Geschenk von Steve.« Sie hakte sich bei ihm unter und nahm ihm eine der Bierflaschen ab. »Das Feuerwerk fängt gleich an, oder? Kannst du es zusammen mit uns ansehen, oder musst du noch was erledigen?«

»Äh ...« Ich zögerte und suchte dabei mit den Augen die Gegend ab, wo Ben eigentlich die Strohpuppen bewerten sollte. Doch sie war leer. Ich musste ihn wirklich finden und ihm Lady Fortescues Nachricht ausrichten! Schließlich sollte die gute Baroness Wie-auch-immer nicht unnötig lange warten müssen, oder? Auf der anderen Seite ...

»Klar, warum nicht?« Ich grinste.

Wir spazierten zu dritt zu dem mit einem Seil abgetrennten Bereich, wo das Feuerwerk stattfinden sollte.

»Ich bin überrascht, dass du deine Kamera gar nicht dabeihast«, sagte ich zu Steve.

»Garantiert nicht.« Er lachte. »Du kannst dir nicht vorstellen, auf wie vielen Veranstaltungen ich ihm Laufe der Jahre gewesen bin, wo ich nur damit beschäftigt war, eine perfekte Aufnahme zu machen. Dadurch habe ich nichts anderes gesehen. Ich wollte heute Abend wirklich ausschließlich mit meiner Liebsten hier verbringen«, sagte er und lächelte Mum an. »Und nicht darauf warten, dass ich erst morgen alles auf den Bildern nachvollziehen kann.«

In diesem Moment schallte klassische Musik aus den Lautsprechern, und eine Sekunde später begann das Feuerwerk. Der Himmel wurde wieder und wieder von bunten Farben erleuchtet. Sternschnuppen sausten durch die Nacht, es gab riesige vielfarbige Lichtsphären und bläulich weiße Blitze, die fast zu grell waren, um sie mit bloßem Auge anzusehen. Alles explodierte und verschwand perfekt im Takt der Musik.

»Das ist toll«, rief Steve über den Lärmpegel hinweg. »So ein Feuerwerk habe ich noch nie gesehen.«

»Das hat Holly organisiert«, rief Mum stolz. »Stimmt doch, mein Schatz?«

Ich nickte. »Freut mich, dass es euch gefällt.«

Wir standen da und sahen uns die ganze Vorführung an, wobei wir wie alle Zuschauer immer wieder in begeisterte Ohs! und Ahs! ausbrachen. Es war das beste Feuerwerk, das ich jemals erlebt hatte, und als zum Schluss das Logo von Wickham Hall am Himmel erschien, klatschte und jubelte ich ebenso angetan wie alle anderen.

Erst als ich mich umsah, stellte ich fest, wie verqualmt die Luft um uns herum war. Kein Wunder, dass meine Augen brannten. Ich konnte nicht einmal wenige Meter weit sehen, derart dicht war der Rauch geworden. Bens Jacke würde sicher stinken, wenn ich sie ihm nachher zurückgab.

»Großartig, wirklich großartig«, sagte Mum.

»Ich sollte lieber weiter, Mum«, sagte ich und gab ihr einen Kuss auf die warme Wange. »Ich hätte eigentlich schon vorher…«

Ehe ich den Satz beenden konnte, stolperten Mum und ich rückwärts. Die Menge schien auf einmal gegen uns zu drängen. Steve hielt Mum am Arm fest. Ich packte ihren anderen Arm und stellte mich dann auf die Zehenspitzen, um über die Köpfe in Richtung Feuer zu blicken. Doch der dichte Rauch machte das unmöglich. Irgendetwas stimmte hier nicht; mein Herz begann schneller zu schlagen.

»Was ist los?«, keuchte Mum.

»Tut mir leid. Alle haben plötzlich zu drängeln angefangen«, meinte ein Mann, der einen kleinen Jungen auf den Schultern hatte.

»Ich will runter!«, brüllte der Kleine.

»Rauch! Rauch! Zurück!«

Aus der Richtung des Scheiterhaufens kamen Rufe und Schreie, und die Luft wurde noch qualmiger. Die Menge drängte rückwärts, während ein paar der Zuschauer panisch zu brüllen begannen. Einige husteten bereits, denn der Rauch wurde jede Sekunde unerträglicher.

»Geht hoch zum Haus«, drängte ich Mum und Steve. »Ich muss zu Jim und herausfinden, was hier los ist.«

»Holly, pass bitte auf!«, bat Steve. »Du weißt nicht, was diesen Rauch ausgelöst hat.«

Ich nickte, zog meinen Schal über Mund und Nase, senkte den Kopf und versuchte gegen die Menschenmenge anzukämpfen. Doch es war sinnlos. Die Kraft der Masse war zu stark. Jetzt fing ich an, mir ernsthaft Sorgen zu machen, und fasste nach meinem Walkie-Talkie. »Jim? Bitte kommen. Jim? Over.«

Ich versuchte ihn zweimal zu erreichen, ohne Erfolg. Stattdessen rief ich Benedict an. »Benedict, hier spricht Holly. Wo bist du? Over.«

»Ich bin vor dem Haus. Hier ist die Hölle los, die Leute drängen und schieben sich nur so zu den Toren. Was ist da unten los? Geht es dir gut?«

Immer mehr Menschen stießen gegen mich. Das zusammen mit dem beißenden Rauch ließ mich allmählich doch in Panik verfallen. »Das gefällt mir gar nicht, Ben. Das Feuer ist extrem rauchig«, rief ich. »Und Jim antwortet nicht. Ich versuche jetzt, zu ihm zu gelangen.«

»Dann treffen wir uns dort unten.«

Da es absurd war zu versuchen, gegen die Menge anzulaufen, machte ich mich auf den Weg zu dem abgetrennten Bereich um die Pyrotechniker. Dort sprang ich über das Absperrseil und rannte los. Ich hatte beinahe das Feuer erreicht, als mein Funkgerät erneut knackte. »Hier ist Nikki. Ich glaube, wir brauchen die Feuerwehr. Aus dem Feuer kommt dicker schwarzer Rauch. Over.«

Ich brüllte in das Walkie-Talkie: »Nikki, ich rufe sie. Sehen Sie Jim? Over.«

»Nein, aber ich werde ihn suchen.«

Mir lief es vor Angst eiskalt den Rücken herunter, während ich zum Handy griff. Wo war Jim?

Ich gab der Feuerwehr die Details durch und rannte dann,

so schnell ich konnte, zum Scheiterhaufen hinunter. Der Rauch brannte mir in den Augen, und auch mein dicker Schal half nicht, mich davor zu schützen. Meine Lungen schmerzten. Es schien kaum mehr Sauerstoff in der Luft zu sein. Doch als ich auf einmal Nikki vor mir sah, wie sie sich über jemanden beugte, stockte mir endgültig einen Moment lang der Atem.

»Jim!«, schrie ich und stürzte zu dem leblosen Körper, der auf der Erde lag.

Die folgende Stunde raste in einem Nebel aus Adrenalin und Angst vorbei. Die Rettungsdienste hatten das Ruder übernommen. Ein Krankenwagen traf in Rekordzeit ein, und ein paar Sanitäter setzten Jim eine Atemmaske auf, ehe sie ihn mit höchster Geschwindigkeit zum Krankenhaus in Stratford transportierten. Der Feuerwehr gelang es nach einiger Zeit, das Guy-Fawkes-Feuer unter Kontrolle zu bekommen, auch wenn noch immer eine giftig wirkende Rauchwolke in der Luft hing. Anscheinend hatten Jim und ein anderer Wachmann eimerweise Wasser auf den Scheiterhaufen gekippt, um den Rauch abzutöten. Dabei war Jim dem Ganzen offenbar zu nahe gekommen und hatte so viel Rauch eingeatmet, dass er zusammenbrach.

Die Besucher waren inzwischen alle gegangen, einschließlich Mum und Steve. Mir fiel ein Stein vom Herzen, dass zumindest für den heutigen Abend alle Katastrophen abgewendet waren. Lord und Lady Fortescue hatten sich versichert, dass alles wieder in Ordnung war, und waren dann ins Haus zurückgekehrt. Nur Ben blieb da, dankte allen für ihren Einsatz und half mit, wo Hilfe benötigt wurde.

Auch die Sanitäter von St. John packten inzwischen zusammen. Sie hatten alle Hände voll zu tun gehabt – von Panikattacken über Asthmaanfälle bis hin zu leichten Rauchvergiftungen war alles dabei gewesen. Doch zum Glück musste niemand ins Krankenhaus eingeliefert werden. Niemand außer Jim.

Ben und ich saßen nebeneinander an einem Tisch vor dem Herrenhaus und nippten an dem süßen Tee, den Jenny kannenweise für die Helfer gebracht hatte.

»Ich habe ein so schlechtes Gefühl, wenn ich an Jim denke.« Ich seufzte.

»Die Sanitäter meinten, dass er keinen ernsthaften Schaden genommen hat.« Er stieß mich sanft mit der Schulter an. »Mach dir keine Sorgen, okay? Es ist nicht deine Schuld.«

»Doch. Selbst du hast dich vorher gefragt, ob Jim das schaffen wird. Ich hätte also ...«

»Hey.« Er legte einen Arm um mich. Ich blieb starr sitzen, da ich befürchtete, dass uns jemand beobachten könnte. »Jim hätte uns schon früher auf das Problem aufmerksam machen müssen, anstatt zu versuchen, es allein zu lösen. Glaub mir, Holly, auch wenn es dir schwerfällt: Manche Dinge sind selbst dir aus der Hand genommen.« Er zog neckend eine Augenbraue hoch.

Nikki ging an uns vorbei. Sie hatte einen zusammenklappbaren Tisch unter dem Arm. Als sie uns sah, zwinkerte sie mir zu. Hastig rutschte ich von Ben weg und sprang auf. »Ich sollte besser etwas ... äh ... Nützliches machen«, verkündete ich und schob die Hände in die Taschen.

Ben stellte seinen Plastikbecher auf den Tisch und stand auf. »Ich auch. Und wenn wir fertig sind, dann würde ich gern noch etwas mit dir besprechen. Oder musst du danach gleich weg?«

»*Ich* muss nicht weg.« Ich sah ihn gespielt tadelnd an. »Aber solltest du dich nicht um deine Gäste kümmern?«

»Mums Gäste«, verbesserte mich Ben. »Aber das, was ich mit dir besprechen will, kann nicht warten.«

In mir breitete sich ein Glücksgefühl aus, und ich strahlte ihn an. »In dem Fall freue ich mich ganz besonders darauf.«

Eine halbe Stunde später waren alle nach Hause gegangen. Alle bis auf mich und Ben. Ben, der mir etwas zu sagen hatte. Vielleicht wollte er Wickham Hall zu seinem Zuhause machen – seinem ständigen Zuhause ...

Ich atmete tief durch und beobachtete zitternd, wie mein Atem in der kalten Nachtluft eine weiße Wolke bildete.

Bens Augen funkelten, als er mir eine Hand entgegenhielt. »Komm, laufen wir ein wenig, damit uns wieder warm wird.«

Ich nahm seine Hand und schob meine behandschuhten Finger zwischen seine. »Wohin gehen wir?« Ich lachte atemlos, während meine Beine versuchten, mit seinen Schritt zu halten.

Er sah mich von der Seite an. »Geheimnis.«

»Ben.« Ich zog ungeduldig an seiner Hand. »Ich dachte, du wolltest mir etwas sagen. Kannst du es nicht einfach gleich ausspucken?«

Er warf den Kopf zurück und lachte schallend. »Einige Dinge kann man nicht einfach *ausspucken*, Holly. Schon mal etwas von einem Gespür für den Moment gehört?«

Darauf wusste ich nichts Passendes zu antworten, presste also stattdessen die Lippen aufeinander und versuchte, vor Glück nicht ununterbrochen wie ein berauschtes Honigkuchenpferd zu grinsen.

Ben machte ein Holzgatter auf, und wir liefen auf Zehenspitzen über einen Viehrost.

»Ich habe Taschenlampen dabei, wenn du eine möchtest. Oder wir lassen uns einfach vom Mondlicht leiten«, meinte er. Ich schnaubte, und er grinste. »Sorry, das war etwas kitschig, oder? Das ist deine Schuld. Du bringst die Kitschsaite in mir zum Klingen.«

»Das hat nichts mit mir zu tun!«, protestierte ich. »Außerdem macht es nichts. Ich habe nichts gegen ein bisschen Kitsch. Genießen wir also gern das Mondlicht.«

Wir liefen einige Minuten schweigend dahin. Ich hörte auf, mich zu fragen, was er mir sagen wollte, und überließ mich stattdessen dem Moment.

»Ich weiß, wohin wir gehen!«, rief ich plötzlich und drückte seine Hand, als ich auf einmal die Landschaft vor uns erkannte.

Er zog belustigt die Augenbrauen hoch und ließ meine Hand los. »Wer zuerst da ist...«

Er schoss davon, und es gelang mir erst, ihn einzuholen, als er mir wieder seine Hand hinstreckte und wir gemeinsam Händchen haltend bis zur Spitze des Hügels hinaufrannten – unserem Hügel, wo wir im Sommer den Sonnenaufgang betrachtet hatten. Oben fielen wir lachend und atemlos ins Gras.

»Pass auf, Holly, steh auf!«, sagte Ben prustend und zog seinen Mantel aus, damit wir uns beide darauf legen konnten. »Nicht nass werden.«

Wir streckten uns beide auf seinem warmen Wintermantel aus. Unsere Brustkörbe hoben und senkten sich, während wir um Luft rangen. Neben Ben liegen, seinem Atem zuhören und in den samtigen, sternübersäten Himmel hinaufblicken – mein Glück war perfekt.

Ben zog mir den Handschuh aus und schob wieder seine Finger zwischen meine.

»Das ist so schön wie der Sonnenaufgang«, sagte ich und seufzte. »Danke, dass du mich wieder hierhergebracht hast.«

»Ich hatte die Wahl zwischen dem hier oder Sherry trinken mit den Busenfreundinnen meiner Mutter.« Er zwinkerte mir zu. »Da musste ich nicht lange überlegen.«

»Sie wird dich umbringen«, murmelte ich.

Er lächelte. Seine warmen braunen Augen schauten unter diesen unwiderstehlichen Locken hervor. Am liebsten hätte ich ihn berührt. Aber zuerst wollte ich wissen, warum er mich hierhergeführt hatte.

»Mein Vergehen wird bedeutungslos erscheinen neben dem meines Vaters.« Er lachte, rollte sich auf die Seite und stützte sich mit dem Ellbogen ab. »Das letzte Mal, als ich meine Eltern gesehen habe, hat Mum Dad gerade dabei erwischt, wie er versucht hat, mit seinem neuen Nachtsichtfernglas unauffällig im Park zu verschwinden.«

Ich kicherte bei der Vorstellung. »Zum Vogelbeobachten?«

»Klar.« Er schüttelte sich vor Lachen. »Er wird wahrscheinlich inzwischen irgendwo da draußen sein, sich hinter einem Busch verstecken und versuchen, sein Fernglas scharf zu stellen und die Laute der Schleiereule zu hören.«

»Oh je, deine arme Mutter.« Ich zog meine Lippe zwischen meine Zähne, während ich mich darum bemühte, nach der Abkanzelung zuvor noch einen gewissen Grad von Mitgefühl für Lady Fortescue zu entwickeln.

»Sie wird es überleben«, gab Ben zurück. »Keiner von uns wollte heute Abend Gäste. Dann verdient sie es nicht besser, wenn sie die allein unterhalten muss.«

Ich rollte mich auf den Rücken und blickte zu dem hellgelben Mond und Millionen von Sternen hinauf. »Der Himmel ist riesig, nicht wahr? Es ist seltsam, sich vorzustellen ...« Ich brach ab, als mir klar wurde, wie dämlich ich klingen würde. »Ach, nichts.«

Ben stieß mich sanft in die Rippen. »Sprich weiter.«

»Na ja, ich habe gerade gedacht, dass mein Vater irgendwo da draußen sein und sich in diesem Augenblick denselben Mond anschauen könnte. Und ich würde es nie erfahren.« Ben richtete sich auf, bis er im Schneidersitz vor mir saß. Ich blinzelte ihn an und setzte mich ebenfalls auf. »Du machst aber ein ernstes Gesicht«, sagte ich.

Ein Lächeln spielte um seine Lippen. Zärtlich nahm er meine Hände. »Holly?«

Mein Herz wagte kaum zu schlagen, so sehr befürchtete ich, eines seiner Worte zu überhören. »Ja?«

»Ich habe eine Überraschung für dich.«

Mein Herz tat nun doch einen Schlag. Er beugte sich vor, bis die Wärme seines Atems meine Lippen liebkoste und ich spürte, wie sich etwas in mir öffnete. Das war unser Moment, auf unserem Hügel. Ich hob mein Kinn und blickte in seine Augen

»Ich weiß, wie viel es dir bedeutet, etwas über deinen Vater herauszufinden.«

Ich runzelte die Stirn und rückte ein wenig ab. Jetzt war ich verwirrt. Eigentlich hatte ich erwartet, dass er mich küssen würde.

»Und ich weiß auch, dass es schwierig für dich wäre, ihn einfach so spontan zu kontaktieren. Deshalb ...« Eine Welle der Übelkeit rollte über mich hinweg, als mir schlagartig klar wurde, was er gleich sagen würde. »Deshalb habe ich ihn für dich angeschrieben.«

Er lehnte sich zurück und atmete aus, als ob er erleichtert war, das endlich losgeworden zu sein. Erwartungsvoll sah er mich an.

Blut schoss so schnell durch meine Adern, dass mir schwindlig wurde. »Du hast was getan?«, flüsterte ich und stand taumelnd auf.

»Ich habe ihm einen Brief geschrieben, ihm erklärt, wer ich bin und wer du bist und ...«

»Du arroganter Arsch«, zischte ich.

»Wie bitte?« Er sah mich mit weit aufgerissenen Augen an.

»Wie kannst du es wagen?« Ich stemmte die Hände in die Hüften und funkelte ihn zornig an. »Woher nimmst du das Recht, mein Leben in die Hand zu nehmen? Du magst der Erbe von Wickham Hall sein und auch mein Chef, aber das berechtigt dich noch lange nicht, diese Art von Entscheidungen für mich zu treffen. Meine Beziehung zu Antonio Biancardi – oder auch meine Nicht-Beziehung – ist meine Angelegenheit.« Ich zeigte mit dem Finger auf meine Brust. »Allein meine. Verstehst du?«

Ben stand wankend auf. Sein Gesicht war totenbleich, als wäre alles Blut daraus entwichen. »Aber, Holly, ich ...«

»Lass mich!« Ich machte einen Satz zurück, als er versuchte, mich zu berühren.

»Ich dachte, ich würde dir einen Gefallen tun.« Hilflos ließ er die Arme sinken.

Ich starrte ihn ungläubig an, während ich nach den richtigen Worten suchte, um meinem Entsetzen und der Verletzung Ausdruck zu verleihen. »Wenn ich ihn hätte kontaktieren wollen, dann hätte ich das getan. Allein. Und nur damit das klar ist: Ich brauche es nicht, dass man mir einen Gefallen tut. Nein, Ben«, sagte ich und biss die Zähne aufeinander. »Das war selbstsüchtig von dir. Du hast einfach getan, was du tun wolltest, wie du das immer tust.« Damit rannte ich durch das hohe Gras den Hügel hinunter.

»Das ist nicht wahr, Holly, das ist nicht wahr!«, schrie er mir hinterher.

Aber ich rannte einfach weiter, so schnell es mein heftig pochendes Herz erlaubte.

Kapitel 30

Zehn Minuten später klopfte ich an die Tür von Esmes Wohnung.

»Ich wollte ja eigentlich zu diesem Guy-Fawkes-Ding kommen, aber dann habe ich die Zeit vergessen«, sagte sie und rieb sich mit einer Hand über ihr Gesicht. Sie war von Fetzen violetten Stoffs übersät und wirkte ziemlich erschöpft. »Ich muss Kleider für eineiige Zwillinge abändern, die damit auf einen Maskenball wollen und ... Oh Mann, Holly, was ist denn mit dir los?«

Ich sackte in mich zusammen. »Ich hatte gerade die zweite Explosion an diesem Abend. Zuerst das Feuerwerk und jetzt ein Riesenstreit mit Ben.«

Esme legte den Kopf zur Seite und verschränkte die Arme. »Oh je, ich glaube, das ruft eindeutig nach Großmamas heißer Schokolade.«

Ich folgte ihr in die Küche und sah ihr dabei zu, wie sie zwei Stückchen dunkle Schokolade in heißer Milch zerschmelzen ließ, etwas Sahne darauf tat und einen Schuss jamaikanischen Rum hinzufügte. Als ich schließlich auf ihrem Sofa saß und den ersten Schluck nahm, spürte ich bereits, wie es mir besser ging.

»Übrigens«, sagte Esme und blies auf den Kakao in ihrer

Tasse, »war deine Idee, dass Mum als persönliche Einkaufsberaterin fungieren könnte, wirklich großartig. Mum hat bereits vier Buchungen für dieses Wochenende, und eine davon ist mit einer Gruppe von Freundinnen. Ich habe Mum seit Ewigkeiten nicht mehr so enthusiastisch erlebt.«

Ich nickte. »Das freut mich.« Zumindest schien ich in der Hinsicht einmal etwas richtig hinzubekommen.

»Also.« Sie schlürfte an ihrem Getränk, wischte sich dann den Schnurrbart aus Sahne von der Oberlippe und sah mich erwartungsvoll an. »Jetzt erzähl mir mal von diesen Explosionen heute Abend.«

Ich holte tief Luft und klammerte mich mit beiden Händen an die Tasse. »Nachdem wir die Feuerwehr und die Sanitäter verabschiedet und alles wieder aufgeräumt hatten …« Ich nickte, als ich sah, wie Esme die Kinnlade herunterfiel. »Oh ja, das ist wirklich ein Abend, der wahrscheinlich vielen noch lange in Erinnerung bleiben wird. Jedenfalls fragte mich Ben, ob ich noch dableiben könne, da er eine Überraschung für mich habe. Ich habe versucht, ihn auf Distanz zu halten, weil ich mich nicht auf ihn einlassen wollte, wenn er dann doch Wickham Hall verlassen sollte. Aber als er das heute Abend sagte …« Ich seufzte. »Er war einfach so unwiderstehlich, dass ich ihn nicht zurückweisen wollte.«

»Ja, und dann?«, fragte sie und schaute mich auffordernd an.

»Es hat alles so perfekt angefangen«, flüsterte ich und erzählte ihr die ganze Geschichte von unserem Spaziergang Hand in Hand über die mondbeschienenen Wiesen – wie ich mich auf den Mantel gelegt hatte, ganz dicht neben ihm, unter dem sternübersäten Himmelszelt, und wie ich vor Glück geglaubt hatte jeden Moment zu platzen.

»Das klingt alles wie aus einem Hollywoodfilm. Und momentan bin ich selbst total in ihn verliebt. Also, was ist passiert? Wie hat er es vermasselt?«

»Es lief auch wirklich gut«, stimmte ich ihr zu und stellte meine heiße Schokolade auf den Tisch. »Bis er mir erzählt hat, dass er meinem Vater geschrieben und ihm alles von mir und Mum erzählt hat. Einfach so.« Ich verschränkte die Arme und lehnte mich zurück. Mit finsterer Miene sah ich meine beste Freundin an, die langsam den Kopf schüttelte.

»Das ist das Hinreißendste, was ich seit Langem gehört habe«, sagte sie dann.

»*Was?* Wovon redest du?«, rief ich entgeistert.

»Außer natürlich extra für jemanden ein Bild zu malen. Das war auch ziemlich hinreißend.«

Ich hielt eine Sekunde lang inne. Den *Geheimen Sonnenaufgang* für mich zu malen war tatsächlich wunderbar gewesen. Aber wenn man das für den Moment mal vergaß …

»Das hat nichts mit hinreißend zu tun«, brodelte ich, »sondern vielmehr damit, dass er mit einem Bulldozer mein Leben plattgemacht hat.«

Esme seufzte. »Ich nehme an, an dem Punkt begann die Explosion.«

»Kannst du laut sagen«, erwiderte ich und merkte, wie ich vor Wut erneut zu kochen begann. »Wie kann er es wagen, *ohne* meine Erlaubnis mit *meinem* Vater Kontakt aufzunehmen?«

Sie zog eine Augenbraue hoch. »Vielleicht weil er dich wirklich mag und dachte, das wäre eine Möglichkeit, dich für ihn zu gewinnen? Schließlich sind alle seine Versuche, dich zu einem zweiten Date zu überreden, fehlgeschlagen.«

Mich für ihn zu gewinnen? Ich schluckte, als ich merkte, dass ich auf einmal einen Kloß im Hals hatte. »Glaubst du?«, murmelte ich.

»Warum sollte er sonst so was tun?« Sie zuckte mit den Achseln. »Es war sogar ziemlich mutig von ihm, finde ich. Na ja, ich könnte mir vorstellen, dass er es jetzt natürlich zutiefst bedauert.«

»Aber ich hätte lieber unter dem Sternenhimmel geknutscht.« Ich schmollte.

»Offensichtlich.« Esme lachte kurz auf. Ich starrte sie finster an, doch ihr entschlüpfte ein zweites Lachen. Dann brachen wir beide in schallendes Gelächter aus.

»Ich habe ihn einen arroganten Arsch genannt«, sagte ich und schlug die Hände vors Gesicht.

»Er hat es vielleicht nicht sehr geschickt angestellt, aber wahrscheinlich wollte er dir einen Gefallen tun und dich gleichzeitig schützen«, gab Esme zu bedenken. »Falls Antonio den Brief überhaupt bekommt, ist es vielleicht einfacher, von einem Unbeteiligten zu erfahren, dass man eine Tochter hat, von der man zum ersten Mal hört, als direkt von dieser Tochter selbst.«

Ich dachte einen Moment darüber nach. »Stimmt.« Ich seufzte. »Aber ich wollte es selbst und in meinem eigenen Tempo machen.«

»Ja, das verstehe ich, und Ben hätte das auch sehen sollen. Aber was ist, wenn Antonio sich freut, von dir zu hören? Wäre das nicht wunderbar?«

Ich nickte. Allein der Gedanke verursachte bei mir ein Schwindelgefühl.

Sie zog mich an sich, um mich in den Arm zu nehmen. »Ich will damit nur sagen, dass es sehr aufmerksam und selbstlos von Ben war und ich davon überzeugt bin, dass er nur das Beste für dich wollte.«

»Na ja, jetzt, nachdem du es so formuliert hast...« Ich nagte nachdenklich an meiner Unterlippe. Vielleicht hätte ich ihm die Gelegenheit geben sollen, sich zu erklären, ehe ich ihn wie ein durchgedrehter Feuerdrachen angegriffen hatte. Dann hätte der Abend vielleicht mit Bens Arm um meine Schultern geendet, und nicht mit dem von Esme. »Ich weiß eben nur nicht, wie es ausgehen wird. Und du kennst mich: Ich schätze Sicherheit und Klarheit.«

»Oh, Holly.« Esme rollte mit den Augen. »Das Leben wäre so langweilig, wenn wir immer wüssten, wie jede Geschichte endet. Das ist eine neue Geschichte. Vielleicht ist es der Beginn einer Familiensaga oder vielleicht in einigen Kapiteln schon wieder zu Ende. Jedenfalls ist es deine Geschichte, und du solltest nicht Angst davor haben, die Seiten umzublättern.«

Ich nickte. Ihre Worte beruhigten mich. Auf einmal fühlte ich mich unendlich müde. »Und was mache ich jetzt, oh weise Frau?«, fragte ich lächelnd.

»Erzähl deiner Mutter davon, damit sie Bescheid weiß. Und am Montag gehst du zur Arbeit und versöhnst dich mit Ben.«

Ich drückte ihr einen Kuss auf die Wange. »Das klingt nach einem hervorragenden Plan.«

Am Montag traf ich voller bester Absichten und mit zerknirschten Entschuldigungen im Gepäck in Wickham Hall ein. Doch das Licht war nicht an und das Veranstaltungsbüro leer.

Kein Problem, sagte ich mir und schüttelte meine erste

Enttäuschung ab. Noch war es früh am Tag. Es würden sich sicher noch viele Möglichkeiten ergeben, mich mit Ben zu versöhnen. Während ich darauf wartete, dass er auftauchte, beschloss ich, Sheila aufzusuchen, um zu erfahren, ob sie etwas über Jim wusste.

»Gute Nachrichten von Jims Frau«, erzählte sie mir strahlend. »Er ist wieder zu Hause, und außer seinem verletzten Stolz, dass er es so weit hat kommen lassen, ist er wieder so gut wie neu.«

»Puh!« Ich seufzte erleichtert. »Bin ich froh. Sollen wir ihm Blumen schicken, was meinen Sie?«

»Eine gute Idee«, sagte sie und nickte nachdenklich. »Und vielleicht einen Geschenkkorb aus dem Laden. Ich werde Andy bitten, etwas zusammenzustellen.« Sie griff nach ihrem Telefon, doch ehe sie abheben konnte, begann es zu klingeln. Sheila lächelte, wobei ihre Augen blitzten. »Und eine weitere geschäftige Woche beginnt«, trillerte sie.

Sie hob ab, und ich ließ den Blick durch ihr makellos ordentliches Büro wandern.

»Du liebe Güte!«

Mein Blick huschte zurück zu Sheila, die sich erschrocken die Hand vor den Mund presste. »Wirklich? Wie furchtbar! Natürlich, natürlich. Werde ich. Auf Wiedersehen.«

Sie legte auf und schnalzte entsetzt mit der Zunge. »Das war die Feuerwehr mit ihrem ersten Bericht über das Feuer am Freitag. Offenbar gab es deshalb einen solchen dicken Giftrauch, weil in der Mitte des Scheiterhaufens eine ganze Menge von Styropor und anderen Packmaterialien angehäuft war. Das produziert eine Kohlenstoffmonoxidvergiftung, wenn es brennt, meinte der Feuerwehrmann gerade.«

Ich runzelte die Stirn. »Aber wie... Der Scheiterhaufen

wurde doch aus Gartenabfällen, abgeschnittenen Ästen von den Obstbäumen und so gemacht. Er bestand nur aus Grünzeug. Nikki hätte niemals Styropor ins Feuer getan.«

Sheila presste die Lippen aufeinander. »Hm, seltsam. Ich bin mir sicher, dass Sie recht haben, aber ich werde sie trotzdem vorsichtshalber noch mal fragen.«

»Kohlenstoffmonoxidvergiftung. Der arme Jim«, sagte ich schaudernd. »Das hätte wirklich schiefgehen können. Ich glaube, ich werde ihn heute Abend besuchen.«

»Das würde ihn bestimmt freuen«, erwiderte Sheila und reichte mir eine Tasse Tee. »Trinken Sie das. Sie sehen blass aus.«

Ich bedankte mich murmelnd und ließ mich in einen Sessel sinken, um an meinem Tee zu nippen. Die Standuhr in der Ecke schlug halb zehn. Noch immer kein Ben in Sicht...

»Wo ist Ben heute eigentlich, Sheila?«

In diesem Moment wurde die Tür aufgerissen, und Lady Fortescue stürmte herein. Sie sah mich finster an, und mir wurde ein wenig anders. Ich schien in Lady Fortescues Augen immer mehr an Ansehen zu verlieren. »Benedict ist in Kambodscha«, sagte sie dann mit einem leisen Seufzer. »Er ist gestern Morgen aufgebrochen. Einfach so.« Zur Verdeutlichung schnippte sie mit den Fingern.

»Aber er kann doch nicht...«, stammelte ich entsetzt, was zu einem weiteren irritierten Stirnrunzeln bei Lady Fortescue führte.

»Du meine Güte!«, rief Sheila und eilte zu ihrer Teekanne. »War das geplant?«

Ich stand auf, um Lady Fortescue meinen Platz anzubieten. Sie sank elegant auf den Sessel. Sheila goss ihr Tee ein, und ich blieb angespannt stehen, wobei ich nicht so recht wusste, ob ich besser bleiben oder gehen sollte. Mein Hals schnürte sich vor Traurigkeit zusammen.

Ben war weg. Ohne mir etwas zu sagen. Wenn ich am Freitag nicht so wütend geworden wäre, hätte er mich zumindest angerufen, um mir seine Abreise mitzuteilen. Da war ich mir sicher. Bedeutete sein Aufbruch, dass unsere Freundschaft endgültig zerbrochen war?

»Nein.« Lady Fortescue seufzte dramatisch. »Am Samstagmorgen bekam er überraschend einen Anruf. Es hieß, das Dorf Mae Chang sei überflutet und einigen Leuten wären die Häuser weggerissen worden. Die Dorfbewohner wurden anscheinend alle evakuiert, aber auch das Schulgebäude ist in Gefahr. Deshalb ist er gestern sofort los und hat das erste Flugzeug von Gatwick aus genommen.«

Mein Herz weitete sich vor Zuneigung für Ben. Was für ein mutiges und selbstloses Unterfangen! Und das Letzte, was ich zu ihm gesagt hatte, war, dass er selbstsüchtig wäre...

Ich merkte, wie ein Schluchzen in mir aufstieg, und wandte mich zum Fenster, um mein Gesicht vor Lady Fortescue zu verbergen.

»Ich weiß nicht, Sheila. Ich bin wirklich am Verzweifeln. Wir haben ihn doch nur gebeten, bis Weihnachten hier zu sein, damit er eine Ahnung davon bekommt, wie es ist, Wickham Hall zu leiten. Aber er nutzt einfach jede Chance, um das Weite zu suchen.«

Aus gutem Grund, Lady Fortescue, gab ich innerlich die Antwort.

Ich blinzelte meine Tränen weg und wandte mich wieder dem Zimmer zu. »Wann wird er zurück sein?«, fragte ich leise.

»Ha!«, entgegnete sie spöttisch. »Als ob er seiner Mutter ein solch unwichtiges Detail mitteilen würde! Wir reden hier über Benedict, vergessen Sie das nicht.« Sie wedelte mit einer Hand in der Luft herum. »Er wird mindestens einen Monat verschwunden sein, so wie ich ihn kenne.«

Mir stockte der Atem, und ich hatte große Mühe, nicht laut aufzustöhnen. Einen Monat? So lange konnte ich nicht warten, um die Sache wieder in Ordnung zu bringen, die ich am Freitag vermurkst hatte.

»Eines muss man ihm allerdings lassen.« Lady Fortescue seufzte. »Er ist ein guter Junge. Er ist so viel engagierter, was Wohltätigkeitsorganisationen betrifft, als ich das bin. Ich glaube, ich werde im neuen Jahr auch ein paar gute Taten tun.«

»Kann ich Ihnen dann Benedicts Privatpost geben, Lady Fortescue?«, fragte Sheila und durchsuchte einen Stapel Briefe auf ihrem Schreibtisch. »Heute Morgen ist ein Brief für ihn eingetroffen. Aus dem Ausland. Da ist er ja.«

Ich horchte auf und reckte den Hals. »Aus dem Ausland?« Ich machte einen Satz nach vorn. »Von woher genau? Darf ich sehen? Benedict hat einen Brief erwartet...«

»Entschuldigen Sie!«, rief Lady Fortescue und schob ihr Kinn vor. »Muss ich Sie erneut daran erinnern, Holly, dass Sie eine unserer Angestellten sind? Sie werden garantiert nicht die Privatpost meines Sohnes in Augenschein nehmen. Was denken Sie sich eigentlich?« Sie schnappte sich den Brief aus Sheilas Hand. Doch zuvor gelang es mir noch, einen Blick darauf zu werfen. Ich konnte kaum glauben, was ich sah: Es war eindeutig ein Luftpostbrief, auf dem in großen Lettern das Wort ITALIA stand.

Ich zitterte. Das musste ein Brief von meinem Vater sein.

Da war ich mir absolut sicher. Was stand darin? Was hatte er geschrieben? Würde er bereit sein, nach all den Jahren seine Tochter anzuerkennen?

»Holly, meine Liebe, ist alles in Ordnung?«, erkundigte sich Sheila besorgt und legte liebevoll eine Hand auf meinen Rücken.

In mir stieg heftige Übelkeit auf, aber ich bemühte mich um ein sachliches Nicken. »Danke, Sheila. Verzeihen Sie meine Direktheit, Lady Fortescue. Es tut mir leid. Ich werde mein Bestes tun, ohne Benedict die Vorbereitungen für die Weihnachtszeit zu meistern. Natürlich wird er fehlen«, fügte ich rasch hinzu.

»Natürlich, Holly.« Lady Fortescue stand lächelnd auf. »Wir erwarten nichts Geringeres von Ihnen. Ihre *Arbeit* lässt ja nie zu wünschen übrig.« Sie ging mit einem Stapel Briefe in Lord Fortescues angrenzendes Büro hinüber und kehrte ein paar Sekunden später wieder zurück. »Sheila, es ist an der Zeit, in Zaras Zimmer Ordnung zu schaffen. Sie hat einige Ballkleider, von denen ich weiß, dass sie die nie mehr anziehen wird. Und lassen Sie mich wissen, wenn Sie wieder etwas von Jim erfahren.«

»Das werde ich, Lady Fortescue.«

Wir sahen ihr beide hinterher. Sheila zog sich ihre Jacke an. »Ich glaube, ich gehe mal zu Andy und frage ihn wegen dieses Geschenkkorbs.«

»Und ich muss auch weitermachen«, erklärte ich und verließ vor ihr das Büro.

Ich lief zur Treppe, wo ich ein paar Stufen hinaufrannte. Sobald Sheila jedoch außer Sichtweite war, drehte ich wieder um und eilte den Gang entlang zu ihrem Büro zurück, wobei ich alle paar Sekunden einen Blick über die Schulter warf, um sicherzustellen, dass mich niemand dabei beobachtete.

Mein Herz hämmerte wie verrückt, als ich hastig den Raum durchquerte und vorsichtig in Lord Fortescues Büro schaute. Es war leer.

Ich trat ein und zog die Tür hinter mir so weit zu, dass sie nur noch einen Spalt weit offen stand.

Adrenalin schoss durch meine Adern. Das war vermutlich das Dümmste, was ich jemals gemacht hatte. Aber ich musste dringend einen zweiten Blick auf diesen Brief werfen. Ich schaute auf Lord Fortescues Schreibtisch und entdeckte den Stapel mit Briefen in seinem Posteingangskorb.

Oh Gott. Ich schluckte nervös. Das war Wahnsinn.

Ich warf einen Blick auf die Tür und lauschte angespannt, ob ich Schritte hörte. Doch da war nichts. Also zog ich die Umschläge heraus und ging sie hastig durch, bis ich den mit dem blau-rot gestreiften Rand für Luftpost entdeckte.

Meine Hände zitterten derart, dass ich kaum die Adresse lesen konnte. Aber der Brief war eindeutig an Benedict Fortescue adressiert, und er war mit der Hand geschrieben ... Ich kniff die Augen zusammen, um den verschmierten Poststempel besser lesen zu können ... Ich war mir ziemlich sicher, dass da »Bergamo, Italia« stand.

Ich atmete tief durch und nahm Lord Fortescues Brieföffner. Das war so was von riskant! War es nicht sogar ein offizielles Vergehen, einen Brief aufzumachen, der nicht an einen selbst adressiert war?

Mir traten Schweißperlen auf die Stirn.

Ich senkte den Umschlag, um ihn wieder an seinen Platz zurückzulegen.

Aber keiner wird das jemals erfahren, dachte ich. *Außerdem hätte Ben sicher nichts dagegen, wenn er hier wäre. Er würde wollen, dass ich den Brief lese.*

Egal.

Ich schob den Brieföffner unter die Umschlagklappe und ...

»Guten Morgen, Holly. Gibt es Tee?«, begrüßte mich Lord Fortescue, der urplötzlich auf der Schwelle zu seinem Büro erschien.

Ich ließ Brieföffner und Brief ruckartig fallen. Meine Wangen glühten vor Scham.

Er sah zuerst auf den Schreibtisch, dann sah er mich an. »Ist alles in Ordnung?«, fragte er und wirkte etwas verwirrt, als er näher kam.

»Nein. Ja. Alles ist gut«, erwiderte ich stockend, nahm den Umschlag und stopfte ihn wieder in den Posteingangskorb. »Ich habe dummerweise einen Brief von einem italienischen ... äh ... Eiscrememacher verlegt, und ich dachte, er wäre vielleicht in Ihre Post geraten. Aber dem ist nicht so ...«

»Eis im November?« Er runzelte die Stirn.

»Ich plane für den Sommer. Diese Leute sind schnell ausgebucht ...« Ich zuckte mit den Schultern.

Oh Gott, was redete ich da für Unsinn?

»Ich kümmere mich um den Tee«, stammelte ich. »Bin gleich wieder da.«

Damit floh ich aus dem Büro und rannte in den Korridor hinaus. Dort lehnte ich mich einen Moment lang an die Wand und rang panisch um Luft.

Ein Monat. So lange musste ich warten, bis Benedict zurückkam und mir den Brief zeigte. War er von Antonio? Lebte mein Vater überhaupt noch? Und falls ja, wollte er mich dann kennenlernen? Und was war mit Ben? Ich hatte so viele Fragen. Und Ben alle Antworten.

Wie sollte ich den Tag – ganz zu schweigen von einem Monat – ohne ihn überstehen?

Kapitel 31

Eine schwache Wintersonne fiel durch die Koppelfenster herein. Draußen auf dem Rasen vor Wickham Hall konnte ich Lady Fortescues neue Doppelbank aus Eiche sehen, die unter einem mit Winterrosen bewachsenen Bogen stand.

Es war Anfang Dezember, und Lord Fortescue hatte uns alle zu einer Zusammenkunft im Großen Saal gebeten, damit wir ihn über unsere Pläne für die »Weiße Weihnacht auf Wickham Hall« informierten. Dieser Raum war ein Knüller bei den Besuchern. Er hatte noch das Podium an einem Ende, wo zu Zeiten Elisabeths I. die Würdenträger gegessen hatten.

Ich hatte mich an das Ende des Tisches gesetzt, wo auch die anderen Angestellten saßen – alle außer Nikki, die sich offenbar verspätete. Jenny öffnete gerade eine rot-weiße Kuchendose, und sogleich erfüllte der Duft von Weihnachten die Luft.

»Nicht jetzt schon Mince Pies«, meinte Andy mürrisch und warf einen Blick in die Dose.

»Es ist Dezember«, entgegnete Jenny und drückte mir einen winzigen Mince Pie in die Hand. Dann umrundete sie den Tisch und verteilte ihre Leckerbissen an alle Anwesenden außer an Andy. Diesen starrte sie nur finster an, bis er sich selbst einen nahm.

»In meiner Küche ist damit offiziell Weihnachten eingeläutet«, meinte Jenny. »Bitte sagt mir, was ihr davon haltet. Wir haben uns dieses Jahr für Blätterteig entschieden und oben eine Schicht Mandelcreme hinzugefügt.«

»Absolut köstlich. Und sie duften herrlich. Was rieche ich da eigentlich?«, fragte Lady Fortescue, brach ein Stückchen von dem knusprigen Teig ab und schob es sich in den Mund.

»Orangenschalen.« Jenny strahlte vor Stolz und bot Lady Fortescue einen zweiten Mince Pie an. »Und Alkohol.«

»Wir nehmen bitte zweihundert davon für unseren ›Weihnachten daheim‹-Abend«, erklärte Lady Fortescue.

»Eine ausgezeichnete Idee!«, rief Sheila und notierte es sich auf ihrem Block. »Und sie sind so viel leichter als die mit traditionellem Teig.«

»Außerdem gehen sie schneller«, fügte Jenny hinzu.

Lady Fortescue begann weitere Anordnungen hinsichtlich der Veranstaltung zu geben, die Sheila schriftlich festhielt, während Jennys Dose noch einmal die Runde machte.

Die Feier war für viele Leute in der Gegend eine der wichtigsten Veranstaltungen des Jahres, wie Sheila mir erklärt hatte. Die Fortescues luden offenbar jeden, mit dem sie zusammengearbeitet hatten, kurz vor den Weihnachtstagen zu einem festlichen Umtrunk ein. Sheila zufolge hofften Leute in der ganzen Grafschaft in dieser Woche darauf, dass sie ein Brief mit einer Einladung nach Wickham Hall erreichen würde.

»Werden Sie auch da sein?«, flüsterte ich Jenny zu.

Sie lachte leise. »Nein, wir haben am vierundzwanzigsten ein Weihnachtsessen im Café. ›Weihnachten daheim‹ ist viel eleganter und findet im Roten Salon statt. Die Gäste trinken

Unmengen von Punsch und essen tonnenweise Mince Pies. Und wenn die meisten weg sind, nehmen die Fortescues mit einigen Auserwählten ein viergängiges Festmenü hier im Großen Saal zu sich, wo es noch viel luxuriöser zugeht.«

»Klingt herrlich.« Ich lächelte. »Der Rote Salon ist an Weihnachten mein Lieblingsraum.«

Ich freute mich riesig auf die Weihnachtszeit – zum einen weil Wickham Hall wunderbar aussah, wenn es so festlich dekoriert war, und zum anderen, weil Benedict zurückkommen würde.

»Wie geht es mit Ihren Reiseplänen voran, Lady Fortescue?«, fragte Andy. »Wird es eine Einkaufsreise? Vielleicht könnte ich mit Ihnen nach Paris fahren? Ich habe ein paar tolle Ideen.« Er rutschte auf seinem Stuhl hoffnungsfroh ein wenig vor. In seinem roten Schottenhemd, das bis obenhin zugeknöpft war, sah er heute sehr festlich aus.

»Nein, es ist eine private Reise. Tut mir leid, Andy«, erwiderte Lady Fortescue. »Außerdem brauchen wir Sie hier, um sicherzustellen, dass das Haus für Weihnachten perfekt geschmückt ist.« Sie holte einen kleinen Spiegel aus ihrer Handtasche und tupfte sich den Mund ab. »Ich werde mich in Paris nach passenden Outfits für unseren Weihnachtsurlaub mit den Valois umsehen.«

»Die ganzen Läden in London hat sie schon leer geräumt. Nicht wahr, Beatrice?«, scherzte Lord Fortescue freundlich.

»Ich möchte nicht, dass Madame Valois meine Garderobe sieht und sie als minderwertig betrachtet. Das ist alles, Hugo.« Sie runzelte die Stirn. »Zara wird außerdem in Paris zu mir stoßen, und dann kehren wir gemeinsam nach Wickham Hall zurück.«

»Wenn wir hier gerade zusammensitzen«, sagte Sheila

und öffnete eine kleine Schachtel, »würde ich Sie bitten, die offiziellen Weihnachtskarten von Wickham Hall zu unterschreiben. Unterschreiben Sie und reichen Sie sie dann im Uhrzeigersinn weiter. Hier, Holly.« Sie hielt mir einen Stapel hin – und ich starrte auf das Bild, das vorn auf der Karte zu sehen war.

Es war ein modernes Aquarell von einem Rotkehlchen, das auf dem Rand eines Blumentopfs saß. In dem Topf blühten rote Alpenveilchen, die mit einer dichten Lage Schnee bedeckt waren, während im Hintergrund unverkennbar ein verschneites Wickham Hall zu sehen war. Mein Puls begann zu rasen, als ich die Rückseite der Karte betrachtete, obwohl ich bereits ahnte, wer der Künstler dieses Bildes war.

Weiße Weihnachten auf Wickham Hall von Ben Fortescue.

Ich presste die Lippen aufeinander, um ein Lächeln zu unterdrücken. Wie viel Überredungskunst hatte es wohl von seiner Seite bedurft, um seine Mutter dazu zu bringen, dass sein edler Name schwarz auf weiß auf diese Karte gedruckt werden durfte? Wieder einmal zeigte sich Bens Leidenschaft für seine Kunst und sein Zuhause zugleich. Ich strich mit dem Finger über das Bild. Er fehlte mir in meinem Leben und war beinahe seit einem Monat verschwunden. Würde er rechtzeitig zu Weihnachten wieder da sein?

Ich unterdrückte ein Seufzen und schrieb meinen Namen auf die Karten, ehe ich sie an Jenny weiterreichte. Einige Minuten lang herrschte konzentriertes Schweigen.

Lord Fortescue ließ sein Handgelenk in der Luft kreisen, ehe er einen Blick auf seine Armbanduhr warf. »Ich glaube, wir sollten mit unserer Weihnachtsplanung beginnen. Wir haben jetzt lange genug auf Nikki gewartet.«

»Oh!« Andys Hand schoss in die Höhe. »Kann ich den

Anfang machen? Ich habe gerade den Dekorationsplan für den Großen Saal fertiggestellt und würde Ihnen wirklich gern erklären, was ich vorhabe.«

Lady Fortescue seufzte. »Ich bin vom diesjährigen Thema nicht überzeugt.«

»Ich bin mir sicher, dass es wunderschön werden wird«, meldete ich mich zu Wort und wurde dafür von Andy mit einem schwachen Lächeln belohnt.

Die Idee eines »weißen Weihnachtens«, die Andy entwickelt hatte – sowohl im Herrenhaus selbst als auch draußen in den Gärten, die Nikki in ein Winterwunderland verwandeln sollte –, beinhaltete natürliche Materialien, die hauptsächlich vom Anwesen selbst stammten: Große Samen, Obst und Gemüse, eine Bandbreite von Blättern sowie Äste und Zweige sollten alle weiß oder silberfarben angesprayt werden. Er plante, eine Reihe von Engelfiguren die Haupttreppe hinunterschweben zu lassen und die Lange Galerie mit weiß gesprühten Weihnachtsbäumen zu füllen. Ich verstand mich vielleicht nicht gut mit Andy, aber es ließ sich nicht leugnen, dass er unglaublich begabt war, wenn es um Dekoration ging.

Lady Fortescue wandte sich leicht von mir ab. Eine Zurückweisung, die mir nicht entging. Sie zeigte mir immer noch die kalte Schulter.

»Die Dekorationen in Chatsworth wurden dieses Jahr von Liberty in London geliefert und müssen ein Vermögen gekostet haben. Wickham Halls Deko wird im Vergleich dazu ein wenig ... nun ... billig aussehen, befürchte ich.«

Andy schüttelte selbstsicher den Kopf. »Haben Sie Vertrauen, Lady Fortescue.« Er stand auf und breitete ein großes Blatt Papier vor ihr aus. »Wie Sie auf diesem Moodboard sehen können, werden wir kühne Akzente mit unseren weiß und silbern gesprayten –«

In diesem Moment wurde die Tür so heftig aufgestoßen, dass sie gegen die Wand knallte. Nikki trat mit einer Handvoll langer Zweige ein, die weiß und silbern angesprayt waren. »Tut mir leid, dass ich mich verspäte. Aber ich habe noch mit ein paar Kleinigkeiten für Weihnachten experimentiert und dachte, Sie möchten wahrscheinlich die fertige Version sehen und nicht die halb fertige.«

»Kleinigkeiten?«, spöttelte Lady Fortescue. »Man kann nur staunen.«

»Einen Augenblick«, sagte Nikki, grinste uns an und zog dann ein paar Glaskugeln aus ihrer Tasche, die sie an die Zweigenden hing. »Tada!«

»Jetzt stellen Sie sich das in einem großen Format vor«, meinte Andy und wedelte mit den Armen. »Alles voll davon entlang der Längsseite des Großen Saals, alles verschneit und mit silbern angesprayten Kiefernzapfen übersät.«

»Das wird wie Narnia aussehen«, sagte ich und sah mich in dem Raum um. Ich konnte es mir wunderbar vorstellen und vermutete, dass die Schlichtheit der natürlichen Materialien, mit denen man die Welt von draußen nach drinnen brachte, zauberhaft wirken würde.

»Bravo!«, meinte Lord Fortescue. »Es hat einen schlichten Charme. Findest du nicht, Beatrice?«

»Oh ja, sehr schlicht«, antwortete sie, wobei das, ihren verschränkten Armen und der gerunzelten Stirn nach zu urteilen, nicht als Kompliment gedacht war.

»Harvey Nicols hat vor ein paar Jahren etwas Ähnliches gemacht, Mylady, und die Journalistin der *Sunday Times* meinte, es sei die stilvollste Schaufensterdekoration gewesen, die sie jemals gesehen hätte«, gab Andy zu bedenken.

Sie zog eine Augenbraue hoch. »Also gut. Bleiben wir dabei.«

Nikki und Andy tauschten erleichterte Blicke aus und setzten sich dann an den Tisch.

Während Jenny und Sheila alle mit mehr Tee versorgten, schilderte uns Nikki ihre Pläne für ein weißes Weihnachten in den Gärten von Wickham Hall.

»Zu meiner großen Freude hat sich Jim bereit erklärt, dieses Jahr wieder den Weihnachtsmann zu spielen.«

Ich konnte mir Jim ausgezeichnet in einem Weihnachtsmannkostüm vorstellen. Er würde es garantiert genießen, die Kinder zu unterhalten.

»Wie geht es Jim, Sheila?«, fragte ich. Die Fortescues hatten darauf bestanden, ihm einen ganzen Monat bei vollem Gehalt freizugeben, damit er sich von seinem Zusammenbruch an Guy-Fawkes erholen konnte.

Sie lachte. »Er will unbedingt wieder arbeiten. Und er hat Sie in den höchsten Tönen gelobt, Andy. Mir war gar nicht klar, dass Sie so oft bei den beiden vorbeigeschaut haben, um ihnen unter die Arme zu greifen.«

»Bravo, Andy. Bravo!«, rief Lord Fortescue und streckte die Hand aus, um Andy auf die Schulter zu klopfen.

Andy wand sich auf seinem Stuhl, lief röter an als sein Hemd und nahm dann seine Teetasse, um sein Gesicht dahinter zu verbergen. »Es war das Geringste, was ich tun konnte«, murmelte er.

Hm. Ich hatte so meine Vermutungen, wie er das genau meinte. Ich sah ihn scharf an, und eine Sekunde lang trafen sich unsere Blicke. Panik huschte über seine Miene. Nikki hatte felsenfest beteuert, dass ihr Team kein Styropor auf den Scheiterhaufen getan hatte. Im Souvenirladen hingegen gab es Unmengen von dem Zeug.

Heute ist es so weit, dachte ich. Heute wollte ich ihn mir nach dem Meeting schnappen und ihn zur Rede stellen.

»Holly?« Jenny bohrte ihren Teelöffel in meinen Arm. »Sheila hat um einen Zwischenbericht gebeten.«

»Oh ja. Natürlich. Sorry!« Ich lachte verlegen. »Beinahe alle Weihnachtsveranstaltungen sind so weit fertig. Eine Dame von der Bücherei in Henley wird im Roten Salon vor dem Christbaum jeden Tag um sechzehn Uhr weihnachtliche Geschichten vorlesen. Und die Karten für die Kochvorführungen von Starkoch Daniel Denton sind ausverkauft.«

»Ich wusste es«, meinte Jenny selbstzufrieden.

»Das Einzige, was noch erledigt werden muss, ist, jemanden zu finden, der unsere weihnachtliche Kunsthandwerkswerkstatt leitet. Der Mann, der ursprünglich zugesagt hat, hat sich leider das Handgelenk gebrochen, und ich suche noch nach einem Ersatz.«

Andy räusperte sich und rutschte unruhig auf seinem Stuhl hin und her. »Ich kann das machen.«

»Wirklich?« Ich sah ihn überrascht an.

Er nickte. »Zu dem Zeitpunkt wird alles dekoriert sein, ich werde also Zeit haben. Edith kann währenddessen für mich im Laden einspringen.«

Ich konnte es kaum glauben. Andy bot freiwillig seine Hilfe an? Es gab noch Wunder auf dieser Welt.

»Gut, einverstanden.« Ich nickte ihm zu. »Danke.«

»Wunderbar.« Lady Fortescue klatschte in die Hände, um damit zu signalisieren, dass das Meeting zu Ende war. »Ich glaube, wir belassen es dabei. Wenn Sie noch einen Moment dableiben könnten, Jenny, um mir Daniel Dentons Rezeptentscheidungen genauer zu erläutern.«

Andy verließ als Erster den Saal, und ich eilte ihm hinterher. »Andy?«, rief ich, sobald ich im Korridor draußen war. »Einen Augenblick noch!«

Er warf einen nervösen Blick zurück in Richtung Großer Saal. »Worum geht es?« Er verschränkte die Arme. »Ich muss mich gleich um eine große Lieferung von Geschenkkörben kümmern.«

Ich sah ihn eindringlich an. »Es geht um das Feuer an Guy-Fawkes.«

Andy verlagerte sein Gewicht von einem Fuß auf den anderen. »Ich weiß nicht, was Sie meinen.«

Ich seufzte ungeduldig und spiegelte ihm seine Körperhaltung wider, indem ich ebenfalls die Arme verschränkte. »Geben Sie es zu, Andy: Sie haben die giftigen Verpackungen in der Mitte des Scheiterhaufens versteckt. Das stimmt doch – oder etwa nicht?«

Er wurde aschfahl. »Ich … äh … Ich …«

»Und?«, drängte ich. »Ich würde sagen, es ist an der Zeit, dass wir mal ein paar Dinge klären.«

Kapitel 32

»Sie waren es also tatsächlich!«, sagte ich fassungslos. »Ihnen ist klar, dass jemand hätte sterben können – als Erstes einmal Jim. Wir hatten ein sagenhaftes Glück, dass keiner der Besucher ernsthaft verletzt wurde.«

»Es tut mir so leid.« Andy ließ sich auf der untersten Stufe der Treppe nieder und drückte seine Handballen voll Verzweiflung in seine Augen. »Ich war ein solcher Idiot. Es war alles meine Schuld, allein meine Schuld. Werden Sie es den Fortescues sagen? Ich könnte es Ihnen nicht vorhalten, wahrlich nicht. Aber bitte tun Sie es nicht, Holly. Bitte tun Sie es nicht.« Zu meinem Entsetzen begannen seine Schultern zu beben.

In diesem Moment öffnete sich die Tür zu Lord Fortescues Büro, und ich hörte, wie sich Jenny von Sheila verabschiedete. Sie würde jeden Augenblick hier auftauchen, und auch wenn ich Andy nicht mochte, so wollte ich nicht, dass die anderen von unserem Gespräch erfuhren. Ich packte ihn also am Arm und zog ihn die Treppe hoch in mein Büro, wo ich hastig die Tür hinter uns schloss.

»Setzen Sie sich«, murmelte ich und reichte ihm ein Taschentuch. »Also, jetzt erzählen Sie. Wie ist das genau passiert?«

Ich kochte Kaffee. Wahrscheinlich würde ihn keiner von uns trinken, aber so war ich zumindest beschäftigt, während Andy hinter Bens Schreibtisch saß und schniefte.

»Es war dieses Guy-Fawkes-Meeting.« Er seufzte. »Ich schäme mich jetzt so dafür, aber damals fühlte ich mich derart gedemütigt. Alles, was ich sagte, wurde abgetan, und alles, was Sie sagten, fanden alle fantastisch. ›Oh ja, Holly, ein Guy-Fawkes-Wettbewerb, was für eine großartige Idee.‹ Und als dann auch noch Benedict auftauchte, nachdem er wochenlang auf den Orkneys verschwunden war, freute ich mich so, ihn zu sehen. Aber er hatte nur Augen für Sie!« Er schüttelte den Kopf. »Und als ich versuchte, ihm ein Kompliment hinsichtlich seiner Kunst zu machen, interessierte ihn das überhaupt nicht, und er befahl mir nur, den Müll aus dem Laden zu entfernen. Das war der Tropfen, der bei mir das Fass zum Überlaufen brachte.«

»Also haben Sie die Verpackungen im Scheiterhaufen versteckt?«

»Ich räumte sie aus dem Lager, wie Benedict das wollte. Aber die Mülltonnen dafür sollten erst in einer halben Ewigkeit geleert werden. Anstatt also alles ordnungsgemäß wegzufahren, habe ich es im Schuppen versteckt. Das war im September. Als ich wieder darüber stolperte, hatte Jim bereits begonnen, den Scheiterhaufen zu bauen.« Er zuckte schwach mit den Schultern. »Es schien mir zu dem Zeitpunkt eine gute Idee zu sein.«

Ich runzelte die Stirn. »Das erklärt den giftigen Rauch. Aber warum sind Sie von Anfang an derart aggressiv gegen mich gewesen?«

»Ich wollte immer in einer kreativen Umgebung arbeiten.« Er seufzte. »Und als die Stelle als Pippas Assistent frei wurde, dachte ich, sie wäre wie für mich gemacht. Ich war mir sicher, dass Pippa sie mir geben würde. Bis Sie zum Vorstellungsgespräch kamen und meine Träume zerschlugen.«

»Aber ist Ihre Arbeit im Laden nicht kreativ?« Ich sah ihn fragend an, während ich einen Becher mit Kaffee vor ihn stellte.

»Ach«, brummte er. »Lady Fortescue kontrolliert so viel. Mehr als die Schaufensterdekoration darf ich selbst nicht entscheiden. Und unseren Bestand wähle ich sowieso nie aus.«

»Na ja, und mein Job besteht zu neunundneunzig Prozent aus Organisation«, gab ich zu bedenken. »Nur die ersten Ideen für Veranstaltungen und Marketingkampagnen sind kreativ. Ich verbringe sehr viel Zeit damit, Presseerklärungen und Broschürentexte zu verfassen.«

Andy sah mich blinzelnd an. »Oh, das war mir nicht klar. Da wäre ich miserabel, ich bin nämlich Legastheniker. Ich bitte immer Edith nachzukontrollieren, wenn ich mal etwas schreiben muss.«

»Na also!« Ich versuchte zu lächeln und setzte mich an meinen Tisch. Innerlich ärgerte ich mich ziemlich – all dieses kindische Verhalten wegen eines Jobs, den er wahrscheinlich sowieso gehasst hätte.

»Aber dafür dürfen Sie mit Benedict zusammenarbeiten«, murmelte er. »In dieser Hinsicht wäre ich liebend gern an Ihrer Stelle.«

»Sie wissen schon, dass Benedict das höchstwahrscheinlich nicht ... na ja ...« Ich fuchtelte etwas hilflos in der Luft herum. »Nicht erwidert?«

»Das weiß ich.« Andy drehte an seinem Diamantohrstecker. »Sobald Sie hier auftauchten, konnte ich sowieso alles vergessen.« Er tat so, als würde er sich mit einem Messer den Hals durchtrennen. »Jedenfalls haben Sie im Grunde nichts falsch gemacht, Holly – außer dass Sie mir die Show, den Job und meinen Prinzen gestohlen haben.« Er bedachte mich mit einem wehmütigen Lächeln. »Ich möchte mich also aus ganzem Herzen entschuldigen und versprechen, in Zukunft nicht mehr so unerträglich zu sein. Und damit fange ich gleich an, indem ich die Kunsthandwerkswerkstatt für Sie leite.« Er stand auf und kam mit ausgestreckten Armen zu mir herüber. »Wollen wir uns vertragen?«

Ich unterdrückte ein Schnauben und ließ mich umarmen. »Ja, klar.«

»Und Sie werden die Sache mit dem Feuer für sich behalten?«, fragte er ängstlich.

Ich zögerte eine Sekunde, nickte dann aber.

Andy seufzte. »Vielen Dank. Aber jetzt muss ich wirklich los, oder die arme Edith wird unter einem Berg von Geschenkkörben begraben. Bis später.« Damit stürmte er hinaus und ließ mich ein wenig verwirrt und amüsiert zugleich zurück.

Mir blieb nicht viel Zeit zum Nachdenken, denn just in dem Moment klingelte mein Telefon. »Veranstaltungsbüro, Holly am Apparat.«

»Holly, entschuldigen Sie die Störung, aber könnten Sie zu mir in die Bibliothek herüberkommen?«

Ich sprang auf. »Selbstverständlich, Lord Fortescue. Ich bin schon unterwegs.«

So schnell ich konnte, eilte ich die Treppe hinunter, während ich mich fragte, was er wohl von mir wollte. Ich beschloss, den kürzesten Weg zu nehmen, was bedeutete, dass ich den Ostflügelkorridor an seinem Büro vorbeilief.

Als ich an seinem Büro vorbeikam, rief mich Sheila zu

sich herein. »Holly, haben Sie zufälligerweise die Adresse von Esme Wilde parat?« Sie hielt einen Briefumschlag hoch. »Einladung zum ›Weihnachten daheim‹-Abend«, sagte Sheila und beantwortete damit meine unausgesprochene Frage.

»Wow. Natürlich.« Ich strahlte Sheila an. »Sie wird sehr geschmeichelt sein. Ich bezweifle sogar, ob ich von jetzt bis Weihnachten jemals noch ein anderes Thema mit ihr besprechen kann.«

»Wie wunderbar.« Sheila lachte, wobei ihre blauen Augen vor Vergnügen funkelten. »Sie werden natürlich auch da sein. Wenn auch rein beruflicher Natur.«

»Natürlich.« Ich schrieb ihr Esmes Adresse auf.

Ich wandte mich zum Gehen. Dann erinnerte ich mich an etwas, das mich schon seit einiger Zeit beschäftigte. »Sheila, wissen Sie eigentlich etwas über die Renovierung der Kunstgalerie?«

Sie setzte ihre Lesebrille ab und sah mich an. »Du meine Güte, Holly. Das ist aber schon lange her. Wie kommen Sie denn darauf?«

Ich zuckte mit den Achseln. »Ich habe vor Ewigkeiten mal einen Prospekt dazu gefunden. Und jetzt frage ich mich nur, was es damit auf sich hat, weil niemand das jemals erwähnt hat, seit ich hier arbeite.«

»Dieses Projekt wurde leider schon vor vielen Jahren eingemottet.« Sie runzelte nachdenklich die Stirn und schob dann ihren Stuhl zurück. »Ich glaube, ich habe hier irgendwo noch eine Mappe dazu. Ich suche sie Ihnen raus, die können Sie sich dann gern ansehen.«

Ich dankte ihr, versprach, später wiederzukommen, und eilte weiter zur Bibliothek.

Ich klopfte, und Lord Fortescue rief mich herein.

Ich war seit der Pressekonferenz, als ich Ben zum ersten Mal einen Moment lang auf Lady Fortescues iPad gesehen hatte, nicht mehr in der Bibliothek gewesen. Der Raum war noch genauso einladend, wie ich ihn in Erinnerung hatte: Mehrere Leselampen waren angeschaltet, um die winterliche Dämmerung zu bannen, und es roch nach Leder, alten Büchern und dem brennenden Holz, das im Kamin knisterte. Diesmal gab es kein iPad weit und breit. Aber dafür balancierte Lord Fortescue einen Laptop auf seinen Knien.

»Entschuldigen Sie, dass Sie warten mussten, Lord Fortescue«, sagte ich etwas atemlos.

Er bedeutete mir, mich zu setzen, und ich wählte einen Ledersessel ihm gegenüber und gemütlich nahe am Feuer.

Ich räusperte mich. »Also, wie kann ich Ihnen behilflich sein?«

Lord Fortescue presste seine Fingerkuppen aneinander und sah mich an. »Für mich gab es nie einen anderen Ort als Wickham Hall. Ich wusste von früh an, dass meine Zukunft hier sein würde. Also schloss ich das Jurastudium ab, heiratete und begann als Rechtsanwalt zu arbeiten. Tatsächlich wartete ich aber darauf, der nächste Besitzer von Wickham Hall zu werden.«

»Ihr Vater starb dann sehr plötzlich, so wie ich das mitbekommen habe?«, fragte ich und überlegte zugleich, wohin diese Unterhaltung führen würde.

»Ja, das tat er.« Er nickte. »Benedict hingegen baute sich ein Leben als Künstler auf, sobald er zum Studium wegging. Er tauchte in eine Welt ein, die seiner Mutter und mir völlig unbekannt ist. Dabei scheint er etwas gefunden zu haben, das ihn glücklich macht. Und wenn die Leitung von

Wickham Hall nicht dieselbe Sogkraft auf ihn hat wie seine Kunst, dann möchte ich ihn wahrlich nicht dazu zwingen, einen Weg einzuschlagen, den er gar nicht einschlagen will.«

»Genauso sehe ich das auch!«, platzte ich heraus.

Lord Fortescue sah mich ein wenig verwirrt an.

»Ich glaube, er würde das hier großartig hinbekommen«, fuhr ich kühn fort. »Aber ich weiß auch, wie viel es ihm bedeutet, vor einer Leinwand zu stehen.«

»Ich stimme mit Ihnen überein«, meinte Lord Fortescue. »Und ich bin stolz auf das, was er mit seiner Kunst erreicht hat.«

Ich dachte an die Eröffnung der Ausstellung in Oxford, als Ben meinte, keiner seiner Eltern würde seine Kunst wirklich schätzen. Ihre Beziehung würde sicher anders werden, wenn Ben erfuhr, dass sein Vater stolz auf ihn war.

»Sie sollten ihm das sagen. Ich glaube nämlich nicht, dass er weiß, wie Sie zu dem Ganzen stehen«, meinte ich.

»Sie haben recht. Zu dieser Schlussfolgerung bin ich auch gekommen.« Er verschränkte die Hände vor der Brust. »Dafür benötige ich Ihre Hilfe.«

»Nun ... Natürlich. Wenn ich Ihnen dabei helfen kann«, erwiderte ich überrascht.

»Danke, Holly.« Er drehte den Laptop herum, sodass ich den Bildschirm sehen konnte. »Ich kenne mich mit diesen ganzen technischen Sachen nicht im Geringsten aus. Zara hat mir Benedicts Facebook-Adresse gegeben. Anscheinend hat er Dinge auf seiner Seite gepostet. Aber ich muss irgendetwas falsch machen ... Ich kann ihn nämlich beim besten Willen nicht finden.«

Ich starrte auf den Bildschirm. »Facebook?« Ein Lächeln

breitete sich auf meinem Gesicht aus. »Sie wollen Facebook beitreten?«

Innerhalb einer halben Stunde hatte Lord Fortescue ein Profil. Er hatte einigen seiner Bekannten Freundschaftsanfragen geschickt, unter denen ein paar hochrangige Politiker und überraschenderweise auch Stars waren. Ich riss die Augen auf, wen er alles kontaktierte, und fiel beinahe vom Stuhl, als Daniel Craig seine Freundschaftsanfrage akzeptierte.

»Woher kennen Sie *den* denn?«, fragte ich beeindruckt.

»Wie?« Lord Fortescue strich sich mit einer Hand über seine feinen Silberhaare und überlegte. »Ach, ja! Ich habe einmal beim Rugby neben ihm gesessen. Haben uns sofort super verstanden.«

Wenn ich das Esme erzähle ...

Aber selbst das Herzflattern, das ich verspürte, als ich Daniel Craigs Posts las, war nichts im Vergleich zu dem Gefühl, das sich in mir ausbreitete, als wir Bens privates Profil anklickten.

Seitdem er in Kambodscha war, hatte er nicht viel gepostet, was nicht weiter überraschend war. Doch gelegentliche Besuche in einer nahe gelegenen Kleinstadt ermöglichten es ihm, sich immer wieder mal bei Facebook einzuloggen. Ich hätte mich ohrfeigen können; warum hatte ich nicht selbst daran gedacht? Ben war seit beinahe einem Monat weg, und in dieser Zeit hatte sich meine Sehnsucht nach ihm beinahe in einen körperlichen Trennungsschmerz verwandelt. Mir stockte der Atem, als wir die Bilder durchscrollten, die er von dem Dorf hochgeladen hatte – von dem beschädigten Schulgebäude, das sie reparierten, bis zu den Leuten, mit denen er zusammenarbeitete. Das jüngste Posting zeigte ihn umgeben von einer Schar Kinder, die alle strahlten und ihre gemalten Bilder in die Kamera hielten.

»Er sieht glücklich aus, nicht wahr? Ganz und gar zu Hause«, staunte Lord Fortescue.

Ich nickte. Der Kloß in meinem Hals machte eine Antwort in diesem Moment unmöglich.

»Ich weiß nicht.« Er seufzte und strich sich erneut über die Haare. »Es ist so offensichtlich, dass er darin seine Berufung sieht. Wie kann ich da auch nur die kleinste Hoffnung hegen, dagegen anzutreten? Welche Chance hat Wickham Hall?« Er wirkte verzweifelt.

»Ben liebt Herausforderungen«, versuchte ich ihm zu erklären. »Deshalb ist es für ihn auch so befriedigend, in Kambodscha zu sein. Er sieht, welchen Unterschied seine Arbeit macht. Sie und Lady Fortescue haben hier so viel gemacht, deshalb kann er sich nicht vorstellen, was er hier noch leisten könnte.«

»Das stimmt wohl.« Lord Fortescue seufzte tief und lange.

Auf einmal schoss mir eine Idee durch den Kopf. Vielleicht gab es doch ein Projekt, in das er sich so richtig verbeißen konnte ... Ich sprang auf. »Wenn Sie noch Probleme mit Facebook haben sollten, rufen Sie mich einfach an, Lord Fortescue. Ich bin dann wieder in meinem Büro.«

Er nickte, war aber derart in die Fotos seines Sohnes vertieft, dass er kaum bemerkte, wie ich ging.

Wickham Hall *konnte* Bens Interesse gewinnen, da war ich mir sicher – und ich war gerade auf eine Idee gekommen, wie sich das vielleicht bewerkstelligen ließ.

Kapitel 33

In etwas mehr als zwei Wochen war Weihnachten, und Wickham Hall sollte ab Montag wieder für Besucher offen stehen. Wir waren mit den Vorbereitungen beinahe fertig.

Meine letzte Aufgabe am Freitag, ehe ich ins Wochenende gehen wollte, war das Schmücken des riesigen Christbaums im Roten Salon. Über dem Kamin hingen bereits Girlanden aus Kiefernzweigen, die mit duftenden Büscheln Rosmarin, Lorbeerblättern und Lavendel durchsetzt waren.

»Wie sieht es aus, Marjorie?«, rief ich der Gästeführerin von der obersten Stufe der mittelgroßen Leiter herunter. »Sehen Sie noch irgendwelche Lücken?«

Majorie umrundete die Fichte und nahm ihre Aufgabe sehr ernst. »Da, in der Höhe Ihres Knies, Holly – da sieht es noch etwas nackt aus«, meinte sie schließlich. »Hier, ich reiche Ihnen ein paar silberne Zapfen hoch.«

Nachdem ich die nackte Stelle versorgt hatte, kam ich die Leiter herunter und stellte mich neben Marjorie, um die beinahe leere Kiste mit Weihnachtsdekorationen zu begutachten. Wir betrachteten beide das letzte Stück, das noch darin lag, und tauschten einen nervösen Blick miteinander aus.

»Ich mache das«, sagte ich und holte tief Luft.

»Gut, meine Liebe. Und ich stelle sicher, dass die Leiter nicht wackelt.«

Marjorie fasste in die Schachtel und holte den ziemlich mitgenommen aussehenden Engel heraus. Sie kicherte, während sie seinen glitzernden Heiligenschein zurechtrückte. »Ich erinnere mich noch daran, wie der junge Benedict einmal darauf bestand, dass er den Engel auf die Spitze stecken durfte.«

»Und es brach Chaos aus, nehme ich an?«, fragte ich.

Nachdem ich an jenem Tag die Bibliothek verlassen hatte, war ich in mein eigenes Facebook-Profil gegangen und hatte Ben eine Freundschaftsanfrage geschickt. Bisher hatte er sie nicht akzeptiert. Ich sagte mir, dass das nichts zu bedeuten hatte. Schließlich hatte er nur selten Internet. Dennoch – es waren einige Tage vergangen, und ich war mir sicher, dass er die Anfrage inzwischen gesehen haben musste. Wie lange sollte ich noch die Hoffnung haben, dass es einfach an der fehlenden Gelegenheit lag, die sein Schweigen erklärte, und nicht an unserer Auseinandersetzung?

»Oh, ja.« Marjorie lachte. »Er war ein Jugendlicher, aber ziemlich klein für sein Alter, soweit ich mich richtig erinnere. Auf jeden Fall viel zu klein, um die Spitze zu erreichen. Aber das hielt ihn natürlich nicht davon ab, es zu versuchen. Er kletterte auf die oberste Stufe der Leiter, war aber immer noch meterweise von seinem Ziel entfernt.«

»Hat er aufgegeben?«, fragte ich, auch wenn ich die Antwort bereits wusste.

»Natürlich nicht!«, erwiderte sie. »Er warf sich wie ein Basketballspieler auf den Baum und brüllte dabei etwas wie ›Volltreffer!‹. Es gelang ihm sogar, den Engel über die Baumspitze zu stülpen, ehe er selbst in den Ästen hängen blieb.

Wir mussten danach stundenlang die Nadeln aus seinen Locken ziehen.«

Wir lachten beide so heftig, dass ich beinahe von der Leiter gefallen wäre. »Der Arme. Hat er geheult?«

»Oh nein!«, meinte sie. »Eher sich gefreut wie ein Schneekönig. Benedict liebte es, wenn Wickham Hall für Weihnachten geschmückt wurde. Das brachte immer seine künstlerische Seite hervor.«

»Kann ich mir vorstellen«, sagte ich und streckte mich, so weit ich es schaffte. »Na also.« Den Engel sicher an seinem Platz deponiert, kletterte ich die Leiter wieder herunter und schüttelte meine schmerzenden Arme. »Ich wette, es hat ihm auch Spaß gemacht, an den anderen Weihnachtsaktivitäten teilzunehmen, oder?«

»Das hat es.« Sie lachte bei der Erinnerung leise vor sich hin. »Wenn er da war, hat es nie einen langweiligen Moment gegeben.«

Ich nickte.

»Ich glaube, wir haben jetzt alles. Sollen wir mal die Lichterkette anschalten?«

Ich trat einen Schritt zurück, während Marjorie unter den Zweigen verschwand, um nach dem Stecker zu suchen. Die Lichter gingen an, und der Baum erhellte den ganzen Raum. »Tada!«, rief ich.

Marjorie hakte sich bei mir unter. »Das haben wir gut gemacht, finde ich. Benedict wäre sicher mit Ihrer Engelaktion sehr zufrieden. Wird er zu Weihnachten nach Hause kommen, wissen Sie da etwas?«

»Drücken wir die Daumen, Marjorie.« Ich seufzte. »Ich hoffe es jedenfalls sehr.«

Nach der Arbeit fuhr ich direkt nach Hause, da ich Mum sehen wollte. Doch abgesehen von den sich automatisch einschaltenden Lichterketten um den Eingangsbereich und am Weihnachtsbaum, war das Cottage dunkel.

Ich sperrte die Tür auf und machte Feuer im Kamin. Es war vor allem in solchen Zeiten – die inzwischen deutlich zunahmen –, wenn ich in ein leeres Haus zurückkam, dass ich mich nach einer Katze sehnte. Oder einem Hund. Oder irgendjemandem, der sich freute, wenn ich heimkam. Ich kniete mich vor den Kaminrost und knüllte das Papier fest zusammen. Lustigerweise hatten wir, seit Mum ihre Sammelwut aufgegeben hatte, nie genug alte Zeitungen im Haus, weshalb ich nun Schmierpapier von der Arbeit mitbrachte.

Einige Minuten später flackerten einige Flammen, und das Holz begann zu knistern und zu knacken. Ich lehnte mich auf meinen Fersen zurück und stocherte so lange darin herum, bis es richtig brannte. Dann sah ich mich in unserem Wohnzimmer um. Es war richtig gemütlich geworden. Ich lächelte, als ich daran dachte, wie viel glücklicher Mum nun wirkte, und ging dann in die Küche, um mir eine Tasse Tee zu machen. Ich nahm gerade den Teebeutel heraus, als die Haustür geöffnet wurde.

»Hallo, Holly! Wir sind wieder da!«, rief Mum fröhlich.

Ich steckte meinen Kopf in die winzige Diele, wo sie und Steve sich gerade aus ihren dicken Mänteln, Schals und Handschuhen schälten.

Ich umarmte die beiden, und Mum presste ihre kalte Wange gegen meine. »Hallo, ihr zwei ... Oh, du bist aber kalt!«

»Wir sind ja auch spazieren gegangen«, erklärte Steve.

»Spazieren? In der Dunkelheit?«

Mum nickte, und ich sah sie genauer an. Sie strahlte derart

vor Glück, dass sie kaum an sich halten konnte. »Ja, Steve und ich mussten einiges besprechen, und da dachten wir uns, dass ein Spaziergang vielleicht helfen würde.«

»Aber zuerst«, sagte Steve und rieb sich die Hände, »trinken wir einen Tee.«

Wir machten es uns vor dem prasselnden Feuer gemütlich und nippten an unseren heißen Getränken, während wir alle die Atmosphäre genossen.

»Was für ein Tag«, sagte Mum und seufzte.

Sie saß neben Steve auf dem Sofa, und er legte ihr liebevoll eine Hand aufs Knie. Mum hob ihre Tasse und führte sie an ihren Mund. Der Widerschein der Flammen ließ etwas an ihrem bisher schmucklosen Ringfinger aufblitzen.

»Mum!«, rief ich. »Was ist das an deinem ... Ist das ein *Ring*? Seid ihr zwei etwa ...?«

Ich schaute von Mum zu Steve und wieder zurück zu Mum. Ihre freudigen Gesichter sagten alles.

»Steve hat um meine Hand angehalten!«, platzte Mum heraus. »Und ich habe Ja gesagt!«

Wir sprangen beide auf. Ich fasste nach ihrer Hand und entdeckte dort einen wunderschönen Verlobungsring mit einem Diamanten und einem Topas.

»Gratuliere!«, rief ich begeistert. »Wir müssen eine Champagnerflasche aufmachen und nicht Tee trinken!«

Eine Sekunde später stand auch Steve ein wenig schüchtern auf. »Heißt das, du hast nichts dagegen, Holly? Ich weiß, dass das alles sehr schnell geht. Ich habe mir etwas Sorgen gemacht, was du wohl davon halten würdest.«

»Ich freue mich riesig!«, beteuerte ich. Ich schlang einen Arm um seinen Hals und den anderen um Mums und drückte sie an mich. Irgendwann ließ ich los und grinste Steve an.

Wir hatten keinen Champagner, weshalb wir stattdessen eine gute Flasche Rotwein öffneten.

»Auf das glückliche Paar!«, sagte ich und hob mein Glas. »Übrigens ein schöner Ring.«

»Danke dir, Liebling.« Mum seufzte und streckte ihre Hand aus, um den neuen Ring zum x-ten Mal genauer zu betrachten.

»Und wie lange wird die Verlobungszeit dauern?« Ich zog meine Augenbrauen hoch und musterte die beiden über mein Weinglas hinweg.

»Wir haben keine Eile«, antworteten die beiden zeitgleich und mussten dann kichern.

Mum räusperte sich. »Holly, seit du auf der Welt bist, hat es immer nur dich und mich gegeben, und du weißt, dass uns auch weiterhin ein besonderes Band aneinanderknüpfen wird.«

Ich nickte. »Du bist die beste Mum, die ich mir hätte wünschen können. Aber nächstes Jahr werde ich dreißig. Es ist also an der Zeit, dass du auch mal an dich denkst.«

Mum schob sich eine Haarsträhne hinters Ohr und warf Steve einen nervösen Blick zu. »Ich bin froh, dass du das sagst, Liebes, denn wir haben beschlossen, ab Weihnachten zusammenzuziehen.«

Ich begann zu husten. »Hier?«

Okay, das Cottage war wesentlich weniger vollgestellt als früher. Aber trotzdem – es war dennoch ein kleines Häuschen.

»Nun, wir halten das für die beste Lösung«, meinte Mum und kaute auf ihrer Lippe. »Dein Großvater hat mir das Cottage vererbt, und es birgt viele glückliche Erinnerungen für mich, Holly. Wohingegen Steve erst seit seiner Scheidung in seiner Wohnung lebt.«

»Für uns beide ist meine Wohnung auch nicht geeignet«, fügte Steve hinzu.

»Und dieses Haus ist nicht für drei geeignet«, sagte ich. Da fiel mir ihr Unbehagen auf.

Oh. Das war mein Einsatz: Auftritt Holly. »Hey! Ich ziehe aus«, rief ich, als ob mir der Gedanke gerade erst gekommen wäre. Sind wir mal ehrlich: Er war mir *tatsächlich* gerade erst gekommen. Aber es war besser, dass ich es sagte, als dass sie mich fragten.

»Wirklich?« Mum runzelte die Stirn.

»Ich möchte aber nicht, dass du meinetwegen ausziehst«, meinte Steve, beugte sich vor und legte liebevoll seine Hand auf mein Knie.

»Nein, nein. Das ist schon in Ordnung, ehrlich. Es ist allmählich wirklich an der Zeit, dass ich aufhöre, an Mutters Rockzipfel zu hängen.« Ich lachte.

»Na ja, wenn du dir sicher bist ... Aber es besteht keine Eile«, erklärte Mum und griff nach der Hand ihres Verlobten. »Was wirst du machen? Was glaubst du?«

Ich musste ein Lachen unterdrücken. Sie hofften *inbrünstig*, dass ich mich beeilte, so viel war offensichtlich. Ich überlegte eine Weile, dann breitete sich ein Lächeln auf meinem Gesicht aus. »Weißt du was? Ich habe nicht die geringste Ahnung. Keinen Plan. Ist das nicht aufregend?«

Ich mochte zwar keinen Plan haben, was meine zukünftige Wohnsituation betraf, aber dafür hatte ich einen Plan für Wickham Hall. Oder zumindest arbeitete ich daran. Sobald Steve und Mum in Richtung Henley verschwunden waren, um zur Feier des Tages schön essen zu gehen, holte ich den schmalen braunen Briefumschlag aus der Handtasche, den mir Sheila Anfang der Woche gegeben hatte. Ich schenkte mir ein weiteres Glas Wein ein und machte es mir wieder vor dem Kamin bequem, um die Informationen in dem Umschlag zu lesen.

Offenbar hatten die Fortescues vor einigen Jahren mit dem Projekt begonnen, die Reihe von Steingaragen, die Lord Fortescues Vater für seine Autosammlung benutzt hatte, in eine Kunstgalerie umzuwandeln. Es waren Pläne gemacht, Kontakte zu verschiedenen Kunsteinrichtungen geknüpft und Kostenvoranschläge eingeholt worden. Die Fortescues hatten ursprünglich angenommen, dass die Möglichkeit bestünde, für die Baukosten Gelder des *Heritage Lottery Fund* zu bekommen. Und als das scheiterte, wurden die Pläne fallen gelassen. Stattdessen steckten sie ihr Geld in das Café und den Souvenirladen, weil sie annahmen, dass sie so mehr Gewinn machen und zudem für die Leute vor Ort Arbeitsplätze schaffen würden. Außerdem hatten weder Lord noch Lady Fortescue eine besondere Verbindung zur Kunstszene.

Aber Ben.

Ich griff nach meinem Notizblock. Mein Herz pochte, als die Ideen nur so zu sprudeln begannen. Das mochte die Art von Projekt sein, die Ben dazu bringen könnte, seine Rolle als Erbe zu übernehmen und seinen Eltern zu gestatten, sich zurückzuziehen. War ich in der Lage, diese halbgaren Ideen in einen machbaren Plan umzusetzen, ehe Ben zurückkam? Und selbst wenn es mir gelang – würde er auf mich hören? Er hatte noch immer nicht auf meine Facebook-Anfrage reagiert, und ich hatte keine Ahnung, was er für mich empfand.

In diesem Moment leuchtete mein Handy auf. Mein Herz begann vor Freude wie wild zu hämmern.

Die Nachricht war von Ben.

Kapitel 34

Am nächsten Morgen blieb ich vor der Ladentür vom *Joop* stehen, um einen wunderbar romantischen Weihnachtskranz zu bewundern, der dort am Messingklopfer befestigt war. Dann ging ich hinein.

»Guten Morgen, ich bin gleich bei Ihnen!«, rief eine Stimme. Eine Gestalt, die beinahe unter einem Berg von Kleidern begraben wurde, trat aus dem hinteren Zimmer. Auf einmal blitzten Esmes Augen aus dem Stoffberg hervor, und mehrere der Kleider glitten ihr vor Überraschung aus den Armen. »Holly! Du bist aber früh dran für einen Samstag!«

Ich sprang vor, um die herabgefallenen Klamotten aufzusammeln, und gab ihr einen Kuss auf die Wange. »Ich habe eigentlich gehofft, dich zu einem Frühstück überreden zu können. Aber wie ich sehe, bist du allein im Laden.«

»Ja, Mum geht es heute leider nicht gut.«

»Arme Bryony. Bitte grüß sie lieb von mir.« Ich sah mich im Laden um. »Übrigens großartige Weihnachtsdekorationen, vor allem der alt aussehende Kranz da draußen.«

»Mum hat ihn aus dem Rosenbukett gemacht, das ich nach Zaras Hochzeit aus Wickham Hall bekommen habe.« Esme zog die Nase kraus. »Ehrlich gesagt hat sie ewig dafür gebraucht. Ihre Gelenke werden schlechter, noch dazu hat ihr die ganze Woche über auch noch die Schulter wehgetan. Jedenfalls danke«, fügte sie hinzu und strahlte mich an, »dass es dir gelungen ist, mich auf die Liste mit der ›Weihnachten daheim‹-Einladungen zu schmuggeln. Ich kann es kaum erwarten. Ich, Esme Wilde, auf Tuchfühlung mit dem Adel. Wer hätte das gedacht?!«

Ich schlüpfte aus meinen Stiefeln und streckte die Beine aus. »Das hatte nichts mit mir zu tun. Das hast du ganz allein deinem Talent zu verdanken. Du hast Zaras Hochzeit gerettet.«

»Und du? Bist du auch dort? Dann könnten wir zusammen feiern.«

»Ja, bin ich, aber nur in einer offiziellen Funktion«, erwiderte ich. »Mit dem Klemmbrett in der Hand flüstere ich Lord Fortescue die Namen von jedem zu, der in der Schlange wartet, um den beiden die Hand zu schütteln.«

Esme riss die Augen auf. »Du grüne Neune, mir war nicht klar, dass es *so* offiziell werden wird. Jetzt muss ich mir noch mal überlegen, was ich anziehe. Aber egal – wie du siehst, haben wir zum Glück gerade eine neue Lieferung bekommen. Bleibst du noch ein Weilchen?«

Ich grinste und zog vielsagend die Augenbrauen hoch. »Ich habe so viele Neuigkeiten, dass ich sicher einige Zeit hier sein werde.«

»In dem Fall kannst du dich gleich nützlich machen.« Sie legte einen Haufen von Kleidungsstücken auf mich, die noch in ihren Plastikhüllen steckten. »Ich setze Wasser auf.«

»Okay. Bereit für den ersten Teil meiner Neuigkeiten?«, fragte ich. »Mum und Steve haben sich verlobt, und ich ziehe aus dem Cottage aus.«

Esme klappte die Kinnlade herunter. »Wow. Wie fantastisch für die beiden! Und wie geht es dir damit?«

Ich zuckte mit den Schultern. »Gut. Ich warte darauf, dass ich auf einmal in Panik ausbreche, weil ich Weaver's Cottage verlasse, aber bisher fühle ich mich einfach nur ... großartig. Nächstes Jahr wird anders sein. Und ich kann es kaum erwarten.«

Sie nickte ermutigend. »Dann rück mal raus damit. Wie sehen deine Pläne aus?«

»Das ist es, was jetzt schon anders ist«, erwiderte ich strahlend. »Ich habe keine Pläne. Was Pläne betrifft, habe ich beschlossen, mich an dir zu orientieren ...« Ich merkte auf einmal, dass Esmes Schultern zuckten. »Was ist so lustig?«

»Nichts. Ich habe nur genau dasselbe zu dir sagen wollen: Von jetzt mache ich es so wie *du*.«

Ich blinzelte sie überrascht an und trank einen Schluck Tee. »Was meinst du damit?«

Sie holte tief Luft. »Ich brauche einen Plan. Und zwar schnell. Ich glaube, wir könnten einen Käufer für den Laden haben.«

»Oh. Das ist doch ... gut? Oder etwa nicht?«

Esme sackte etwas in sich zusammen. »Na ja, Dad ist erleichtert. Mum hingegen hat Zweifel. Seit sie mit diesem Job als persönliche Shoppingberaterin angefangen hat, geht es ihr mental wieder viel besser. Gestern Abend hatte sie eine Gruppe von acht Frauen hier, die alle ziemlich viel gekauft haben. Und ich will sowieso nicht verkaufen. Ich überlege mir, ob ich das Geschäft allein übernehmen könnte. Mum könnte Teilzeit arbeiten. Aber dafür brauche ich einen Plan, um das *Joop* profitabler zu machen.«

»Esme, das ist super!« Ich drückte sie an mich. »Du kannst das Geschäft garantiert allein schmeißen.«

»Na ja, zuerst wird das Geld ziemlich knapp sein, und deshalb ...« Sie sah mich mit großen Augen auffordernd an.

Ich wand mich. »Da kann ich leider nicht aushelfen. Ich brauche vermutlich einiges für eine Kaution, um mich irgendwo einmieten zu können.«

»Ich brauche kein Bargeld, du Dussel«, rief sie und boxte mich in den Arm. »Ich brauche eine Untermieterin. Und du brauchst eine Unterkunft.«

Ich lächelte sie wortlos an und zögerte. Ich wollte mich zur Abwechslung einmal aus meiner Komfortzone herauswagen und etwas anderes probieren. »Danke für das Angebot«, sagte ich schließlich. »Aber ich glaube, es ist an der Zeit, dass ich es mal allein probiere.«

Meine beste Freundin machte ein enttäuschtes Gesicht. »Kann ich verstehen. Aber falls du doch vorübergehend etwas suchst, weißt du, wo du mich finden kannst.«

»Das weiß ich. Ich habe übrigens vor, vielleicht Lord Fortescue zu fragen, ob er etwas frei hat.«

»Im Herrenhaus?!«

»Nein!« Ich lachte. »Auf dem Anwesen. Einige der Angestellten leben dort in gemütlichen kleinen Cottages, die sie von den Fortescues mieten. Allerdings sind die ziemlich begehrt.«

Esme zwinkerte mir zu. »Das wäre ziemlich praktisch, wenn Ben wieder da ist.«

»Ich sage nur eins«, erwiderte ich. »Lady Fortescue. Wenn sie auch nur ahnt, dass sich da etwas tut, wird sie mich sofort des Landes verweisen.«

Esme rollte mit den Augen. »Also echt.« Sie seufzte. »Wann wacht ihr beiden eigentlich mal auf und riecht die Pheromone?«

»Teil zwei der Neuigkeiten nach einer kurzen Pause.« Ich sprang auf. »Lass uns erst mal die Klamotten aufhängen.«

Wir befreiten also die Stücke aus ihren Plastikhüllen und sortierten sie nach Farbe und Kollektion. Zwischendurch bediente Esme immer wieder neue Kundinnen.

»Was wir wirklich bräuchten, sind Lieferanten, die uns anbieten, dass wir die Sachen zurückschicken können, falls wir sie nicht verkaufen«, sagte sie, nachdem sie eine Kundin verabschiedet hatte, die einen Armvoll Kleider anprobiert, aber nichts gekauft hatte. »Aber das ist so wahrscheinlich, wie es für Coco Chanel gewesen wäre, Pink zu tragen.«

»Hm«, brummte ich vage und dachte, dass sie eher mehr Kundinnen wie Lady Fortescue bräuchte, deren Garderobe keine Grenzen zu kennen schien. »Oh! Jetzt schau dir das Kleid an.« Ich seufzte sehnsüchtig, als ich eine blass goldene Tunika mit einem U-Ausschnitt und Flügelärmeln entdeckte. »Esme, ich glaube, ich habe mich verliebt.«

Sie zog eine Augenbraue hoch. »Ausgezeichnete Wahl. Aber das ist kein Kleid. Das soll über einer Hose getragen werden.« Sie betrachtete das Schildchen, ehe sie es vor mich hinhielt. »Jersey-Seide. Sehr verführerisch. Probier es doch mal an.«

Ich warf einen Blick auf das Preisschild – aua – und gab ihr das Teil entschlossen zurück. »Lieber nicht. Dann gefällt es mir noch, und ich will es nicht mehr hergeben. Aber ich brauche es nicht wirklich.«

Esme sah mich an, als ob ich den Verstand verloren hätte. »Und? Einmal in deinem Leben solltest du etwas wagen. Sei spontan. Hast du nicht vorhin gesagt, du willst mehr wie ich werden?«

Ich schürzte die Lippen. Sie hatte recht. Ich nahm ihr das

Kleidungsstück ab und ging in die Umkleidekabine. Dort schlüpfte ich in das Oberteil, wobei ich aufpasste, den zarten Stoff nicht zu verletzen. Als ich mich aufrichtete, glitt der kühle Seidenstoff an mir herab, und ich hielt den Atem an. Für manche Leute mochte das eine Tunika sein (vermutlich für die meisten), aber für mich mit meinen kurzen Beinen hatte es genau die richtige Kleidlänge. Der U-Ausschnitt zeigte ein wenig Dekolleté, ohne zu sehr aufzutrumpfen, und der sanfte Schimmer des Stoffs machte das Ganze zu einem perfekten Weihnachtskleid. Es gab zwar gerade keine Gelegenheit, es zu tragen, und ich konnte es mir auch eigentlich nicht leisten, dennoch war ich entschlossen, nicht ohne dieses Glanzteil nach Hause zu gehen.

»Du siehst wunderschön aus«, meinte Esme, die zu mir in die Umkleidekabine getreten war. »Und es lässt einen ein wenig an Elizabeth Bennet denken. Jedenfalls der obere Teil des Kleids.«

Sie hatte recht. »Wie passend für Wickham Hall.« Ich verbeugte mich vor meinem Spiegelbild und machte einen huldvollen Knicks. »Danke für ein köstliches Mahl, Mr. Darcy«, trällerte ich und hielt das Kleid auf einer Seite etwas hoch.

Esme lachte. »Wohl eher Mr. Fortescue. Irgendwelche Nachrichten aus dieser Richtung?«

»Was mich direkt zum zweiten Teil meiner Neuigkeiten führt«, sagte ich und presste die Lippen aufeinander, um betont steif zu lächeln. »Oder ist es schon Teil drei? Ich habe den Überblick verloren.«

»Mir egal«, meinte Esme. »Rück einfach raus damit!«

»Ich habe gestern Abend von ihm gehört!«

Ich schwebte immer noch auf Wolke sieben, seit ich Bens

Nachricht erhalten hatte. Zwischen England und Kambodscha bestand ein Zeitunterschied von sieben Stunden. Er hatte seine Nachricht an seinem Samstagmorgen in aller Frühe geschickt, und ich hatte sie Freitagabend erhalten.

Es gab anscheinend tatsächlich keine Internet- und nicht einmal eine Telefonverbindung im Dorf. Nur wenn Ben alle zwei Wochen einmal in die nächste Stadt fuhr, um dort einzukaufen, kam er ins Internet, weshalb er meine Nachricht erst gestern vorgefunden hatte.

»Nun sind wir jedenfalls auf Facebook befreundet, was schon mal ein gutes Zeichen ist«, sagte ich. »Und er hat mir eine Nachricht geschickt. Die Reparaturarbeiten an der Schule sind fast fertig.«

»Ah, das klingt gut. Und hast du dich dafür entschuldigt, dass du so in die Luft gegangen bist, weil er heimlich deinen Vater kontaktiert hat?«

Mein Magen verkrampfte sich. Ich hatte Ben am Abend zuvor natürlich sofort zurückgeschrieben. Ich hatte ihm erzählt, was alles seit seiner Abreise passiert war. Am Ende meiner Nachricht hatte ich ihm erklärt, wie leid es mir tat, dass ich so reagiert hatte, und wie sehr ich hoffte, dass wir weiterhin Freunde sein konnten. Nachdem ich auf Senden gedrückt hatte, wartete ich drei Stunden, starrte immer wieder auf mein Smartphone und hoffte inbrünstig auf eine Antwort.

Ich konnte nur vermuten, dass er das Internetcafé frühzeitig wieder hatte verlassen müssen, denn ich erhielt keine Antwort mehr.

Kapitel 35

Es war nun offiziell Weihnachten. Ein atemberaubend schön geschmücktes Wickham Hall hatte vor fünf Minuten seine Pforten für Besucher geöffnet.

An diesem Morgen konnte ich nicht anders, als ununterbrochen zu lächeln – und das lag nicht nur an der Schönheit von Wickham Hall. Ich hatte eine weitere Nachricht von Ben erhalten. Er kam nach Hause!

> Ich fliege am Freitag nach Hause. Habe den letzten Platz im Flieger ergattert. Ich hatte eine großartige Zeit hier, aber jetzt bin ich so weit, heimzukommen und mich dem Leben zu stellen (also meinen Eltern). Ich kann es kaum erwarten, dich zu sehen. Ich habe dir viel zu erzählen. Ben

Bis Freitag musste ich nur noch viermal schlafen.

Ich war erst ein paar Schritte weit gekommen, als Lady Fortescue aus einer Tür trat, die zu ihrer Privattreppe führte. Sie hatte die Arme voller Damenkleidung, und ihr Mann folgte ihr auf dem Fuß. Die beiden konnten kaum über den riesigen Klamottenberg hinwegsehen, und ich eilte auf sie zu, um ihnen mit der Tür zu helfen.

»Danke, Holly. Meine Frau macht vor ihrer Reise nach

Paris morgen etwas Platz in ihrer Garderobe«, erklärte Lord Fortescue atemlos, um mir dann hinter dem Rücken von Lady Fortescue unauffällig zuzuzwinkern.

»Ich muss etwas ablegen, sonst brechen meine Handgelenke durch, Hugo«, stöhnte Lady Fortescue.

Ich warf einen Blick auf die Kleidung und sah unter anderem mehrere Abendkleider, etwas aus Tweed, einige Pullover und zahllose Mäntel sowie eine Tasche, die mit etwas gefüllt war und über Lady Fortescues Arm hing.

»Du meine Güte, lassen Sie mich behilflich sein«, sagte ich und nahm ihr die Hälfte des Haufens ab.

»Danke. Nachdem ich sie jetzt alle aussortiert habe, weiß ich nicht, was ich mit ihnen machen soll.«

»Wie wäre es dann, wenn Sie ...« Ich zögerte. Ich konnte sie jederzeit zu Mums Secondhandladen bringen. Aber würde Lady Fortescue das nicht als Beleidigung betrachten? Außerdem würden ihre qualitativ so hochwertigen Kleidungsstücke zwischen den muffigen alten Regenmänteln und Hochzeitskleidern aus Nylon wirklich nicht am richtigen Platz sein.

Einige von den Sachen sahen so gut aus, dass man sie garantiert im *Joop* verkaufen konnte.

Und da fiel mir ein, was die Lösung für Esmes Geldprobleme sein konnte: Sie könnte einfach eine Kleiderstange für kaum getragene Designerklamotten ihrer Boutique hinzufügen! Meine Haut kribbelte vor Aufregung. Auf die Weise würde sie nicht im Voraus zahlen müssen und konnte in Ruhe abwarten, bis die Dinge verkauft waren.

»Was wollten Sie sagen, Holly?«, fragte Lady Fortescue ungeduldig.

»Ich könnte sie für Sie veräußern«, sagte ich. Ein zweiter, noch besserer Gedanke schoss mir durch den Kopf. »Und das Geld von dem Verkauf können Sie einer Wohltätigkeitsorganisation Ihrer Wahl spenden.«

Sie überlegte, wobei sie die Lippen nachdenklich aufeinanderpresste. »Ich wollte tatsächlich etwas Wohltätiges tun«, meinte sie langsam. »Und es gibt noch einige Kleidungsstücke, die ich gern loswerden würde. Was meinst du, Hugo?«

»Ich meine, dass mir meine Arme wehtun und du dich beeilen und eine Entscheidung treffen solltest.« Er lachte leise und zwinkerte mir erneut zu.

»Also gut. Einverstanden, Holly. Wir bringen die Sachen erst mal in Ihr Büro.«

»Perfekt.« Ich strahlte sie an.

An jedem zweiten Tag sollte der lange Tisch im Großen Saal für ein formelles Dinner mit schimmernden Kerzenständern, üppigen Pokalen, elegantem Silberbesteck und altem Geschirr gedeckt werden. Doch heute war der Tisch zum Schutz mit einer Plastikplane verhüllt. Berge von Zweigen, Moos, Draht und Bändern waren darauf verteilt. An einem Ende des Tischs saß Andy und schnitt einen neuen Busch Stechpalmen mit einer Gartenschere in kleinere Äste. Er blickte auf. »Hallo!«, begrüßte er mich grinsend.

Der neue, freundliche Andy war für mich noch immer ungewohnt, aber ich hatte nichts gegen diesen Wandel.

»Ich freue mich riesig auf heute«, sagte er. »Es kommen gleich fünfzehn Leute, und in den nächsten drei Stunden wollen wir versuchen, eine Girlande, einen Tischschmuck und einen Kranz zu machen. Das wird super.«

Ich war genauso begeistert wie er, als er mir zeigte, wie er für jeden die verschiedenen Materialien zusammengestellt hatte.

»Es sieht wirklich toll aus – und riecht auch so«, sagte ich und nahm ein paar Zimtstangen, die er mit etwas Bast zu kleinen Bündeln umwickelt hatte. »Ich wünschte, wir hätten mehr von diesen Workshops angeboten. Ich muss mir das für nächstes Jahr merken. Was machen Sie eigentlich morgen?«

»Vormittags bin ich im Souvenirladen und dann ...« Seine Augen glitzerten schelmisch. »... muss ich wichteln.«

Wir lachten beide.

»Ich kann es kaum erwarten, Sie in der grünen Strumpfhose zu sehen«, meinte ich. »Was mich daran erinnert, dass ich nachschauen muss, wann ich nun eigentlich damit an der Reihe bin.«

Während Jim jeden Tag als Weihnachtsmann auftrat, gab es niemanden, der täglich den Wichtel geben wollte. Sheila hatte deshalb vorgeschlagen, dass wir uns alle abwechselten.

»Nachdem Sie offenbar hier alles im Griff haben, werde ich mich mal auf den Weg in die Werkstatt des Weihnachtsmanns machen, um zu kontrollieren, ob er es dort warm genug hat. Wir wollen schließlich nicht, dass Jim an seinem Stuhl festfriert.«

Ich wandte mich zum Gehen, aber Andy hielt mich am Arm fest. »Warten Sie.« Er holte einen kleinen Strauß aus Mistelzweigen hervor und gab ihn mir. »Für Sie.« Er zwinkerte. »Setzen Sie ihn klug ein.«

Ich freute mich riesig über diese Geste. *Wer behauptet, dass sich Menschen nicht ändern können?*, dachte ich, während ich mich auf den Weg zum Pförtnerhaus machte, um den Heizkörper für Jim zu holen. Wenn Andy es konnte, vielleicht gab es dann auch Hoffnung für andere. Zum Beispiel für Lady Fortescue.

Kapitel 36

Die Woche verging wie im Flug, und ehe ich es merkte, war Freitag, und ich hatte Wichteldienst. Mein Herz tat einen kleinen Satz, als ich daran dachte, dass Ben an diesem Tag ankommen würde. *Heute bekomme ich mein Weihnachten*, dachte ich, während ich die grün-rot gestreifte Strumpfhose des Wichtelkostüms anzog. Ich betrachtete meine rosig angemalten Backen im Spiegel und musste lachen.

Die Sonne hatte sich den ganzen Tag über nicht gezeigt, und die blassgrauen Wolken im Himmel sahen so aus, als würden sie jeden Moment mehr Schnee fallen lassen. Ich war dankbar um den dicken grünen Wichtelumhang mit dem Pelzbesatz, als ich mich hinauswagte und zu Jims gemütlicher Hütte eilte.

»Hallo, Weihnachtsmann!« Ich grinste, als Jim mir die Hüttentür öffnete.

»Genau rechtzeitig, meine Liebe«, sagte er und wies mit dem Kopf in Richtung des Wegs, den ich gerade gekommen war. »Unsere ersten Besucher sind schon auf dem Anmarsch.«

»So wie der Schnee. Das könnte ein witziger Nachmittag werden.«

Ich hastete zum Schreibtisch hinüber und setzte mich vor die Liste mit den guten Kindern, während es sich Jim auf seinem Schaukelstuhl im Nebenzimmer bequem machte. In den folgenden drei Stunden würden wir magische Erinnerungen für dreißig Kinder und ihre Eltern schaffen müssen, ehe ich damit anfangen konnte, auch nur an Benedict Fortescue zu denken.

Um sechzehn Uhr schickte Jenny ein Tablett mit Tee und Keksen zu uns herüber, und wir verriegelten die Tür zur Hütte, um eine wohlverdiente Pause zu machen.

»Wie haben Sie das jeden Tag geschafft, Jim?«, fragte ich und sank erleichtert auf den Hocker. »Ich mache das erst seit zwei Stunden und bin total erledigt. Und immer wieder habe ich Angst, dass ich jeden Moment das Falsche sage und so die Illusionen eines armen Kindes frühzeitig zerstöre.«

»Sie machen sich zu viel Gedanken.« Er lachte, nahm einen Lebkuchenmann und tunkte ihn in seinen Tee.

»Kinderfragen zum Weihnachtsmann und den Wichteln zu beantworten ist ein wahres Minenfeld! Jede Familie hat ihre eigenen Weihnachtstraditionen, und ich muss sehr aufpassen, da nichts Falsches zu sagen oder dem zu widersprechen, was ihre Eltern ihnen bereits erzählt haben. Die Kinder heute Nachmittag wollten wissen, wie ich wohne, was ich mache, wenn nicht Weihnachten ist, was ich esse und woher der Weihnachtsmann weiß, wann alle Kinder auf der Welt zu Bett gehen...«

»Und Sie haben jede Minute genossen«, meinte Jim. »Das sehe ich in ihren Augen.«

Es stimmte. Tatsächlich war es eine Freude, das Leuchten in den Gesichtern der Kinder zu sehen. Ihre Aufregung und der unumstößliche Glaube, dass der Weihnachtsmann ihnen am Weihnachtsmorgen das Gewünschte bringen würde, hatten auf mich abgefärbt. »Diese Zeit des Jahres ist für die Kinder so aufregend, nicht wahr?« Ich seufzte glücklich. »Wir haben keine Kleinen in unserer Familie – keine Cousins oder Neffen und Nichten –, und ich muss zugeben, dass mich dieser Nachmittag zum ersten Mal den Wunsch nach einem Kind verspüren lässt.«

Jims Augen funkelten, als er die Brösel von seinem roten Kostüm fegte. »Grundgütiger, ich bin mir nicht sicher, ob meine Rolle als Weihnachtsmann so weit reicht.«

Ich lachte und winkte ab. »Ich meine das ernst, Jim. Weihnachten durch die Augen der Kinder zu sehen hat mich wirklich berührt. Ich kann es nicht erklären, nur so weit, dass ich ein Ziehen in meinem Herzen verspürt habe, das heute Morgen noch nicht da war.«

»Ah, das werden die Lebkuchen sein.« Er zwinkerte. »Sodbrennen. Bei mir löst der Ingwer das auch immer aus.«

»Hören Sie auf, sich über mich lustig zu machen!« Ich lachte und drehte mich gerade um, als ich hörte, wie die Hüttentür geöffnet wurde. »Ich schütte Ihnen hier mein Herz aus. Ich habe Liebe zu geben und ... Ben!«

Da stand er unter der Tür, mit einer Tasche in der Hand, zitternd in einer dünnen Jacke, die dunklen Locken voller Schneeflocken. »Es sieht ja ganz so aus, als wäre ich gerade rechtzeitig gekommen«, sagte er und lachte.

Ich überlegte keine Sekunde lang, wie ich mich jetzt verhalten musste, und verlor auch keinen Gedanken an die Tatsache, dass ich als Wichtel verkleidet in der Werkstatt des Weihnachtsmannes saß. Ich warf nur einen Blick auf sein attraktives, sonnengebräuntes Gesicht, auf die amüsiert funkelnden Augen und den Dreitagebart, sprang auf und schlang meine Arme um seinen Hals.

Ben ließ die Tasche auf den Boden fallen, hob mich hoch und drehte sich mit mir im Kreis.

»Du bist zurück!«, rief ich. »Du bist hier und so braun ... und kalt, und ich bin so froh, ich habe ...«

Jim hüstelte, und ich spürte, wie ich rot wurde. »Schön, Sie zu sehen, Benedict.«

»Sie auch«, erwiderte Ben und ließ mich auf den Boden gleiten. Er gab Jim eine männliche Umarmung. »Freut mich zu sehen, dass es Ihnen nach dem Unfall an Guy-Fawkes wieder so gut zu gehen scheint.«

Jim winkte lässig ab.

Ben hob seine Tasche hoch und nahm mich an der Hand. »Lass uns in die Werkstatt hinübergehen und nachschauen, was ich in meiner Tasche habe.«

»Machen Sie sich um mich keine Sorgen!«, rief Jim uns nach. »Ich habe noch drei Vanillekringel, die ich verputzen muss.«

Wir gingen ins andere Zimmer hinüber, und Ben schloss die Tür hinter uns.

»Und?«, fragte ich, bemüht nicht wie ein Honigkuchenpferd zu grinsen. »Wann bist du zurückgekommen?«

»Vor zehn Minuten.« Er lächelte. »Sheila hat mir verraten, wo ich dich finden kann, und da bin ich gleich hergekommen.«

Seine körperliche Nähe ließ mein Herz rasen. Es war herrlich, ihn nach all der Zeit endlich wiederzusehen!

Mein Blick fiel auf seine amüsiert hochgezogenen Mundwinkel. »Du grinst! *Warum* grinst du?«

»Du bist als Wichtel verkleidet. Da ist es ziemlich schwer, ein ernstes Gesicht zu machen. Das und die Tatsache, dass es großartig ist, dich zu sehen.«

Wir sahen uns benommen an.

»Ich habe dich vermisst«, sagten wir dann beide zeitgleich und mussten lachen.

»Wie war Kambodscha? Geht es allen nach der Flut wieder gut?«, fragte ich schließlich.

»Ja. Die Kids waren wie immer fantastisch, und die Leute dort sind so widerstandsfähig. Ich fahre nächstes Jahr wieder hin. Aber jetzt bin ich erst einmal froh, zu Hause zu sein.« Er streckte eine Hand aus und streichelte meine Wange. »Nach Wickham Hall zurückzukommen ist immer eine Freude. Aber diesmal...« Er verstummte, und ich hielt den Atem an. »Nun, diesmal fühlt es sich anders an. Als würde ich wirklich und fraglos hier sein wollen.«

Beglückt atmete ich aus. Genau das wünschte ich mir, dass er so dem Anwesen gegenüber empfinden würde. Vielleicht würde er diesmal also bleiben. Vor allem wenn er von den Plänen erfuhr, an denen ich arbeitete. Aber momentan war es nicht die Arbeit, um die es mir ging...

»Wir müssen zuerst reden«, meinte er plötzlich mit ernster Miene.

»Okay.« Ich wartete, während das Blut in meinen Ohren rauschte.

»Im November hab ich Antonio Biancardi ohne deine Erlaubnis geschrieben und...«

»Ben«, unterbrach ich ihn und legte einen Finger auf seine Lippen. »Es ist in Ordnung. Du hast dich entschuldigt, und im Grunde bin ich es, die sich entschuldigen müsste. Ich habe überreagiert.«

Er nahm meinen Finger weg und hielt dann meine Hände in den seinen. »Holly, ich möchte dir erklären, warum ich so gehandelt habe.«

»Okay«, flüsterte ich und blickte in seine warmen braunen Augen.

Er holte tief Luft. »Nachdem du mit mir bei meiner Ausstellung warst, hatte ich den Eindruck, du würdest dich von mir distanzieren, und das habe ich nicht verstanden. Wir hatten eine so schöne Zeit zusammen, oder zumindest empfand ich sie als schön, und ich war verwirrt, vor allem nachdem du alle meine Versuche, dich ein zweites Mal auszuführen, abgelehnt hast.«

Ich öffnete den Mund, um ihm zu erklären, wie es mir ergangen war – dass ich nach seiner Ausstellung begriffen hatte, wie schwer es ihm fallen würde, all das für Wickham Hall aufzugeben.

Aber er brachte mich mit einem Blick zum Schweigen. »Ich habe mir den Kopf zerbrochen, wie ich dir zeigen kann, was du mir bedeutest«, fuhr er fort. »Und auf meine ureigene tölpelhafte, unsensible Weise dachte ich, die Antwort bestünde darin, dass ich dich mit deinem Vater in Kontakt bringe. Ich weiß, wie viel dir Familie bedeutet, denn sonst hättest du sicher nicht so sehr versucht, mich davon zu überzeugen, auf Wickham Hall zu bleiben. Also habe ich geglaubt, dass du sehen würdest, was du mir wert bist, wenn ich deinen Vater für dich finden würde.«

Ich hatte auf einmal einen Frosch im Hals. Ich schluckte und schaffte es, ihn schief anzulächeln. »Und das war ein wunderbarer Gedanke. Das meine ich ernst. Auch wenn ich so Hals über Kopf davongestürmt bin und dir alle möglichen Namen an den Kopf geworfen habe.«

Ben lachte leise. »Ich weiß nicht, was mich mehr schockiert hat: dass ich die Situation so falsch eingeschätzt hatte oder dass du mich tatsächlich Arsch genannt hast.«

Wir mussten beide lachen, und ich verbarg mein Gesicht hinter meinen Händen. »Habe ich rote Wangen?«

»Du hast Wichtelbacken. Schon vergessen?« Er grinste. »Übrigens ziemlich niedlich.«

Er senkte den Kopf, und mir stockte der Atem, als er einen sanften Kuss auf meine Wange drückte. Doch gerade als ich meine Arme um seinen Nacken schlingen und ihn richtig küssen wollte, richtete er sich wieder auf und kramte in der Tasche, die er mitgebracht hatte. »Die Geschichte von Antonio Biancardi geht noch weiter«, sagte er zögernd. »Wenn du sie hören möchtest.«

Ich nickte.

Er atmete nervös durch eine Seite seines Munds aus, wodurch seine Locken ein wenig hochgeblasen wurden. Ich musste lächeln. Wie hatte ich diese Locken vermisst!

»Ich habe meinen Brief an ihn an die Adresse geschickt, die wir aus dem Jahr 1984 hatten: die Firmenanschrift seines Vaters in Bergamo. Ich hatte keine Ahnung, ob ihn der Brief erreichen würde. Aber ... das tat er. Und Antonio hat zurückgeschrieben.«

Ich hatte das Gefühl, als ob mir das Herz jeden Moment aus der Brust springen musste, so heftig pochte es. Ich hatte also recht gehabt: Der Brief, den ich in Lord Fortescues Büro beinahe geöffnet hatte, war von meinem Vater gewesen.

»Seine Antwort kam erst an, als ich bereits in Kambodscha war, aber Dad war offenbar klar, dass es sich um etwas Wichtiges handeln könnte und ...«

Meine Augen weiteten sich. Vielleicht hatte Lord Fortescue an dem Morgen mehr verstanden, als mir damals bewusst gewesen war.

»Er hat mir den Brief nachgeschickt. Antonio wollte mehr

Informationen über dich und deine Mutter. Zu dem Zeitpunkt wusste ich nicht, ob ich das Richtige tat oder nicht, vor allem nach deiner Reaktion. Aber sein Brief wirkte sehr ehrlich, weshalb ich ihn aus Kambodscha angerufen habe. Wir haben uns lange unterhalten.«

Meine Hände zitterten. »Du hast also wirklich mit ihm gesprochen?«

Er nickte. »Dann hat er noch mal zurückgeschrieben. Diesmal war der Brief an dich adressiert. Ich habe Sheila gebeten, ihn aufzubewahren, bis ich zurück bin.« Ben nahm einen Briefumschlag und ein Päckchen, das in Weihnachtspapier gewickelt war, aus seiner Tasche und streckte mir beides hin.

Ich nahm den Umschlag aus seiner Hand und starrte darauf. Er war genauso wie der erste, den ich an jenem Morgen im November gesehen hatte – ein rot-blauer Luftpostbrief mit einer italienischen Briefmarke. Doch diesmal war er von Antonio Biancardi an mich, seine Tochter. Ich atmete bebend aus und öffnete dann vorsichtig den Umschlag. Es kamen zwei Blatt Papier zum Vorschein.

Ich schluckte, da mein Mund auf einmal so trocken war. Meine Hände zitterten, als ich den Brief auseinanderfaltete.

Kapitel 37

Liebe Holly,
was für ein wunderbarer Name! Ich hoffe, dass du nichts dagegen hast, wenn ich dir direkt schreibe. Als mich Mr. Fortescue kontaktierte, um herauszufinden, ob ich der Signor Biancardi bin, der in den Achtzigerjahren auf dem Festival von Wickham Hall gewesen war, wäre ich beinahe sofort in ein Flugzeug gestiegen, um zu kommen und dich zu sehen. Zum Glück ist meine Frau Etta vernünftiger als ich und hat mir geraten, das Ganze etwas langsamer anzugehen.
Die Nachricht, dass ich eine Tochter habe, hat mich unglaublich glücklich gemacht, und ich hoffe, dass wir uns eines Tages begegnen werden. Ich bin verheiratet und habe drei Söhne, von denen zwei mit mir in unserem Ledergeschäft arbeiten. Der dritte ist Koch. Aber Etta und ich haben keine Tochter, und sie war genauso aufgeregt wie ich, als ich von deiner Existenz erfahren habe.
Ich habe deine Mutter Lucy nie vergessen und oft an sie gedacht. Noch lange nach jenem Sommer habe ich mich immer wieder gefragt, warum sie sich nie von mir verabschiedet hat, wie wir das vereinbart hatten. Ich dachte, ich hätte vielleicht etwas falsch gemacht.
Doch kurz nach dem Festival wurde mein Vater schwer

krank und starb. Es war meine Pflicht als einziges Kind, das Geschäft zu übernehmen, und ich muss gestehen, dass ich bei so viel Verantwortung in so jungen Jahren jenen Sommer und deine Mutter als vergangen abschrieb und ein neues Leben mit Etta begann. Gemeinsam haben wir dann das Ledergeschäft geführt und eine Familie gegründet.
Doch die Tage, die Lucy und ich miteinander verbracht haben, waren sehr glückliche für mich, und ich habe sogar eine Perle in eines meiner Lederdesigns eingearbeitet, um mich an das Armband zu erinnern, das wir damals in dem Park fanden. Ob sie es wohl noch hat?
Ich wünsche dir und deiner Familie ein sehr frohes Weihnachtsfest und würde mich freuen – wenn es uns gelingen sollte und du das auch möchtest –, uns im nächsten Jahr zu treffen.
Aus ganzem Herzen,
Antonio Biancardi
PS.: Ich schicke dir eine meiner Taschen als Weihnachtsgeschenk mit. Sie ist in unserem beliebtesten Stil, und ich hoffe, sie gefällt dir.

Ich senkte den Brief und sah Ben mit tränenerfüllten Augen an. Einen Moment lang wusste ich nicht, was ich sagen sollte.

Ben zog mich an sich und schloss mich in seine Arme. Ich schob meinen Kopf unter sein Kinn.

»Glückliche Tränen?«, murmelte er in meine Haare.

Ich nickte. »Er klingt ehrlich erfreut, eine Tochter zu haben. Und er will mich kennenlernen.« Ich schluckte. »Er klingt hinreißend.«

Mein Vater, dachte ich, *mein Vater klingt wie ein wunder-*

barer Mann. Der Brief beantwortete so viele Fragen und ließ zugleich so viele neue aufkommen. Aber das war gut so. Wir würden in Zukunft noch viel Zeit haben, uns in Ruhe kennenzulernen.

Meine Augen funkelten feucht, als ich zu Ben hochblickte. »Danke, dass du das für mich gemacht hast. Ich werde mich für den Rest meines Lebens an den Moment erinnern, in dem ich den ersten Brief meines Vaters gelesen habe.«

»Dann habe ich also das Richtige getan?«, fragte er unsicher.

»Ja.« Ich lachte und wischte mir die Tränen weg. »Das ist das beste Weihnachtsgeschenk, das ich mir hätte wünschen können.«

»Ach ja, das Geschenk. Hier.« Ben reichte mir ein wunderbar eingewickeltes Paket in der Größe einer kleinen Schuhschachtel.

Ich schob das silberne Geschenkband herunter und riss das reich bedruckte Papier auf. Im Inneren befand sich eine Schachtel mit der schönsten Clutch, die ich jemals gesehen hatte. Sie hatte die Form eines Umschlags aus bronzefarbenem Leder, das so weich war, dass es sich wie Samt unter meinen Fingern anfühlte. Und die Klappe der Tasche wurde mit einem übergroßen Perlknopf geschlossen. »Perlen ... Pearl«, murmelte ich und strich mit dem Finger darüber. »So wie mein zweiter Vorname. Das Armband, das meine Mutter und Antonio gefunden haben, war aus Perlen – und gehörte deiner Mutter.«

»Ich vermute, das bedeutet, dass wir alle untrennbar miteinander verbunden sind?« Ben grinste.

»Vermutlich.« Ich lächelte ihn an. Mein Herz pochte so wild in meiner Brust, dass es mich nicht überrascht hätte, wenn auch er es hätte spüren können. Ich war zu nichts anderem mehr in der Lage, als meinen Kopf zwischen seinem Schlüsselbein und Hals zu vergraben und seinen unwiderstehlichen Duft in mich aufzunehmen.

»Wenn mir jetzt also vergeben ist, dann würde ich dich gern um einen Gefallen bitten ...«

Ich sah ihn an und nickte. »Raus damit.«

»Würdest du mich heute Abend zu dem Dinner meiner Eltern begleiten?«

Das Dinner im Großen Saal ... Was würde Lady Fortescue dazu sagen, wenn ich dort auftauchte?

»Ist das nicht ausschließlich für die Freunde deiner Eltern gedacht?«, fragte ich und nagte an meiner Unterlippe.

»Und meine Freunde«, erwiderte er. »Und es wird viel mehr Spaß machen, wenn du dabei bist. Bitte?«

Ich stellte mir den Raum vor, mit Andys schimmernden weißen und silbernen Weihnachtsdekorationen, dem weichen Licht von Hunderten von Kerzen und dem Funkeln der Kristallgläser. Es würde magisch sein, ich an Bens Arm ...

Mein ganzer Körper fühlte sich an, als würde er vor Glück glühen, als ich langsam nickte. Der heutige Tag wurde von Minute zu Minute besser und besser. Ich hatte meinen Vater gefunden, Ben war zurück – und jetzt das.

»Es wird mir eine Ehre sein, dich zu begleiten«, sagte ich leise.

Die letzten Millimeter zwischen uns schmolzen dahin, und ich spürte, wie seine Lippen die meinen berührten.

Und dann waren meine Arme um seinen Hals, und ich zog ihn an mich, bis ich das Pochen seines Herzens durch die dünne Jacke spüren konnte. Ich glaubte, mein eigenes Herz müsste vor Glück zerspringen, während der Kuss, von dem ich seit dem Sommer geträumt hatte, endlich... beinahe Wirklichkeit wurde.

»Mama, was macht der Wichtel da mit dem Mann?«

Ben und ich sprangen auf und drehten uns um. Eine vierköpfige Familie starrte uns fassungslos an. Ich lief knallrot an, auch wenn mein Wichtel-Make-up das zum größten Teil verbarg, während sich Ben mit der Hand durch die Haare fuhr und lachte.

»Tut uns leid.« Ben lächelte die Eltern entschuldigend an.

Anscheinend war unsere Teepause vorüber, und die nächste Weihnachtsmannsitzung hatte begonnen.

»Wer möchte denn dem Weihnachtsmann verraten, was er sich zu Weihnachten wünscht?«, dröhnte Jims Stimme aus dem anderen Zimmer herüber, und er kam eilig zu uns. Er gab sich größte Mühe, die Situation zu retten. Die beiden Kinder begannen sogleich auf und ab zu hüpfen und riefen: »Ich, ich!«

»Mein Wichtel bekommt seinen Weihnachtswunsch diesmal ein wenig früher als sonst erfüllt. Das ist alles.« Er begleitete die Kinder und ihre Eltern in sein Zimmer und wandte sich mir zu. »Der Weihnachtsmann gibt seinem Lieblingswichtel hiermit offiziell den Rest des Nachmittags frei.«

»Danke, Weihnachtsmann«, kicherte ich.

Das würde ich auch brauchen. Ich musste dringend noch schnell nach Hause, um mich umzuziehen. Denn meine normale Arbeitskleidung würde für Lady Fortescues Dinner garantiert nicht ausreichen.

»Hast du denn keinen Sinn für ge-wichtelige Umgebungen?«, murmelte Ben in mein Ohr, sobald die Tür wieder geschlossen worden war.

»Offenbar nicht. Aber dieser Kuss hat mir einen Moment

lang das Gefühl gegeben, völlig ge-wichtellos zu sein«, gab ich kichernd zurück.

Ich trat zu ihm und sah ihn an, doch Ben warf einen Blick auf seine Uhr und stöhnte. »Ich würde liebend gern bleiben, aber ich muss leider los. Muss noch ein paar Dinge erledigen, ehe dieses große Weihnachten-zu-Hause-Dings steigt. Wir sehen uns dann dort, nicht wahr?« Damit strich er über meine Wange, und in mir begann gleich alles wieder zu beben.

»Ja, klar«, erwiderte ich und gab ihm einen raschen Kuss auf die Wange. »Und danke. Für alles.«

Ich sah ihm hinterher, wie er in dem tiefer werdenden Schnee verschwand. Einen Moment lang stand ich da und genoss die gedämpfte Stille und die samtige Schönheit der verschneiten Abendlandschaft. Dann schüttelte ich mich und legte los.

Ich ließ die Liste der Kinder, die noch den Weihnachtsmann besuchen sollten, auf dem Tisch liegen, warf meinen grünen Umhang über, nahm meine neue Tasche und den Brief meines Vaters und öffnete die Tür der Holzhütte. Als ich sie hinter mir ins Schloss zog, fiel mein Blick auf das Mistelzweigsträußchen, das Andy mir gegeben hatte und das genau dort hing, wo Ben und ich gestanden hatten. Glücklich lächelte ich in mich hinein.

Ein Kuss unterm Mistelzweig mit Ben Fortescue und dazu noch ein Weihnachtsgeschenk von meinem Vater – dieses Weihnachten entwickelte sich eindeutig zu dem besten Weihnachten, das ich jemals erlebt hatte.

Ich machte mich auf den Weg zum Herrenhaus, wobei ich auf Zehenspitzen den verschneiten Weg entlanglief und versuchte, in Bens Fußstapfen zu steigen, um meine Wichtelschuhe nicht allzu nass werden zu lassen. Ich kam bis zum Vorplatz, wo ich Jenny traf, die bereits ihre Motorradkluft aus Leder trug und sich den Helm unter den Arm geklemmt hatte.

»Jenny!«, rief ich. »Ist das nicht wunderwunderschön? Am liebsten würde man bei dem Wetter doch gleich einen Schneemann bauen oder eine Schneeballschlacht veranstalten. Finden Sie nicht?« Ich hob eine Handvoll Schnee auf und warf sie in die Luft.

»Ich glaube, Ihnen ist das Wichtelkostüm zu Kopf gestiegen«, meinte Jenny lachend. »Oder liegt da etwa ein weihnachtlicher Zauber in der Luft?«

»Zauber! Eindeutig ein weihnachtlicher Zauber«, antwortete ich, fasste sie an den Händen und wirbelte mit ihr durch den Schnee. »Es kommt mir so vor, als würde sich in meinem Leben alles zum Guten wenden, Jenny. Ich bin so glücklich, dass ich tanzen könnte.«

»Sie klingen aber ganz anders als noch am Montag, Küken. Damals schien alles noch unmöglich zu sein«, sagte sie ein wenig atemlos. »Hat das zufälligerweise irgendetwas mit Benedict zu tun?«

Meine Augen funkelten glücklich, als ich nickte. »Er hat mich gefragt, ob ich ihn heute Abend zu dem Dinner begleite.«

Jennys Augen weiteten sich, und sie stieß einen leisen Pfiff aus. »Wow. Jetzt hören Sie aber trotzdem bitte mit dem Springen auf. Mein Coolnessfaktor geht gerade trotz Lederklamotte gegen null.«

»Sie sind bei dem Wetter mit der Harley gefahren?«, fragte ich stirnrunzelnd und blieb endlich stehen.

Sie zuckte mit den Achseln. »Die ist gebaut wie ein Panzer. Außerdem sind die Straßen freigeräumt, nur die Bürgersteige sind unglaublich gefährlich. Ich bin extra zeitig los, um pünktlich hier zu sein, und bin jetzt viel zu früh hier.«

Ich grinste sie an. »Können Sie mir in dem Fall einen Gefallen tun?«

Falls irgendjemand im Dorf Wickham an jenem verschneiten Abend einen Wichtel sah, der sich an eine hochgewachsene Ledergestalt auf einer Harley-Davidson klammerte, nahm er wahrscheinlich an, dass er zu tief in den Glühweinbecher geschaut hatte. Doch nach all den Überraschungen, die ich an diesem Nachmittag erlebt hatte, fühlte es sich merkwürdig passend an, und die kurze Fahrt in der eiskalten Luft verstärkte meinen Eindruck, auf einmal in ein Leben voller Abenteuer gerutscht zu sein.

»Süßes Cottage«, sagte Jenny, als wir unsere Helme vor unserem Häuschen absetzten.

Einen Moment lang blieb mir fast das Herz stehen. Ich sah sie blinzelnd an. Doch dann fiel mir etwas Unglaubliches ein: Ich brachte jemanden mit nach Hause, eine Arbeitskollegin – und zum ersten Mal musste ich mich nicht dafür schämen, die aufgestapelten Sachen im Flur erklären oder irgendwelche Ausreden erfinden, warum es so aussah, als wären wir gerade erst eingezogen. Mum und ich hatten ihr Messie-Dasein hinter uns gelassen, sie hatte diesen Teil ihres Lebens abgeschlossen, und wir entwickelten uns beide endlich weiter.

Ich drehte den Schlüssel im Schloss und öffnete die Haustür. »Danke.« Ich strahlte sie an. »Willkommen in Weaver's Cottage.«

Mum war noch bei der Arbeit, und ich ließ Jenny mit einer Tasse Tee und Anweisungen, wie man das Feuer im Kamin anmachte, in unserem winzigen Wohnzimmer zurück, während ich nach oben eilte, um mich aufzuhübschen.

Ich zitterte, als ich aus meiner Wichteltunika und der Strumpfhose schlüpfte und meinen Morgenmantel überwarf. Was konnte ich für das Dinner anziehen? Normalerweise hätte ich in einem solchen Fall Esme angerufen, um sie als Profi zu befragen. Aber diesmal war sie garantiert damit beschäftigt, sich selbst für den Abend zu stylen, und dabei wollte ich sie nicht stören.

Tausende von Gedanken schossen mir durch den Kopf und machten es schwer, mich zu konzentrieren: Was würde Mum zu meinem Brief von Antonio sagen? Ich hätte nie gedacht, dass wir eine so entzückende Antwort von einem – seien wir ehrlich – völlig Fremden erhalten würden.

Die Uhr neben meinem Bett piepte, um die volle Stunde anzugeben, und ich stieß einen entsetzten Schrei aus. Nur noch eine Stunde, bis die Gäste auf Wickham Hall eintreffen würden.

Okay. Also: Haare. Make-up. Kleid. Schuhe.

Am besten fing ich mit den Haaren an. Ich setzte mich an meinen Schminktisch und bürstete meine windzerzausten, vom Motorradhelm völlig platt gedrückten Haare. »Jenny, können Sie zufälligerweise gut frisieren?«, rief ich nach einem Moment nach unten.

Zehn Minuten später richtete sich Jenny auf und drehte mich auf dem Stuhl in Richtung Spiegel. »Nicht schlecht für meine erste Hochsteckfrisur.« Sie grinste zufrieden.

Ich wandte meinen Kopf vor dem Spiegel hin und her. »Wow! Jenny Plum, Sie haben Ihren Beruf verfehlt! Ich bin beeindruckt! Großartig!«

Sie hatte meine Haare vorn geflochten, sodass sie aus dem Gesicht waren, und hinten locker hochgerollt. Es war informell und zugleich elegant und brachte meinen Hals gut zur Geltung.

»Wer hätte gedacht, dass Strudelflechten eines Tages so nützlich sein könnte«, sagte Jenny und setzte sich auf mein Bett. Ich nahm meinen Make-up-Beutel und begann mich zu schminken.

»He, cooles Bild«, meinte Jenny und zeigte auf Bens Gemälde, das über meinem Bett hing.

Ende November war ein Paket eingetroffen, in dem sich der *Geheime Sonnenaufgang* sowie ein Brief von Miles Leith, dem Galeriebesitzer, befunden hatten, in dem er mir riet, das Werk für eine atemberaubende Summe zu versichern. Ich hängte es vorsichtig an die Wand über meinem Bett, sodass es das Erste war, was ich sah, wenn ich die Augen aufschlug. So begann nun jeder Morgen mit einem Lächeln.

»Ein Geschenk von Ben«, sagte ich und wählte einen goldenen Lidschatten aus meiner dürftigen Kollektion.

»Wenn es heute Abend gut läuft, könnte das nächstes Jahr um diese Zeit bereits in Wickham Hall hängen«, erwiderte sie mit einem schlitzohrigen Funkeln in den Augen.

»Das ist erst unser zweites Date, Jenny.« Ich lachte. »Außerdem habe ich mit dem Bild andere Pläne.« Ich zog geheimnisvoll die Augenbrauen hoch, wollte aber nichts weiter verraten. »Wie viel Uhr ist es?«, fragte ich und bereute es bereits, für den heutigen Abend zum ersten Mal einen verlängerten Lidstrich zu probieren. Meine Hände begannen allmählich zu zittern.

Jenny stand auf und schaute zum Fenster hinaus. »Wir sollten wahrscheinlich lieber früher als später los. Es schneit immer noch, und Sheila wird gestresst sein, wenn Sie nicht mindestens zwanzig Minuten vor dem Eintreffen der Gäste da sind.«

Ich strich mit einem Pinsel über meine Wange und warf ihn in den Beutel zurück. »Gesicht dran«, erklärte ich mit einem Grinsen.

»Und jetzt zur Eine-Million-Dollar-Frage.« Jenny klatschte vor Vorfreude in die Hände. »Was werden Sie heute Abend anziehen?«

»Ich habe zufälligerweise ein neues Kleid.« Ich sprang auf und öffnete den Schrank. »Eigentlich dachte ich nicht, dass ich eine Chance hätte, es dieses Jahr noch zu tragen, aber für heute Abend ist es perfekt.« Ich holte das blass schimmernde Goldkleid heraus, das ich mir von *Joop* geleistet hatte, und wirbelte es einmal durch die Luft.

Jennys Augen weiteten sich. »Darin werden Sie die Ballkönigin sein.«

Ich schlüpfte aus meinem Morgenmantel, zog das Kleid über meinen Kopf und strich den Stoff über meine Hüften. Innerlich machte ich vor Freude einen Salto: Es sah noch besser aus, als ich es in Erinnerung gehabt hatte, und ich fühlte mich tatsächlich wie eine Prinzessin.

»Soll ich eine Kette tragen? Fühlt sich etwas nackt an.« Ich presste eine Hand auf die Haut oberhalb des U-Ausschnitts.

Jenny schüttelte den Kopf. »Lassen Sie es so schlicht wie möglich. Und den Schlüsselbeinknochen so zu sehen ist wirklich sexy.«

»Gut. Okay. Dann noch Schuhe und Tasche und ich bin fertig«, sagte ich ein wenig nervös, weil die Zeit so schnell zu vergehen schien.

Ich holte ein Paar hautfarbene High Heels heraus. Aber keine meiner Handtaschen war elegant genug. »Meine neue Clutch!«, rief ich plötzlich. »Mein Gott, jetzt habe ich mich so gehetzt, dass ich die beinahe vergessen hätte!« Ich öffnete die butterweiche Tasche, legte Handy und Lippenstift hinein und strahlte Jenny an. »Tada!« Ich drehte mich einmal um mich selbst. »Was denken Sie?«

»Du meine Güte, Aschenputtel *muss* auf den Ball!«, erwiderte Jenny und fächelte sich gespielt Luft zu. »Alle werden berauscht sein, vor allem *ein* Mann!«

Ich kannte mindestens einen Menschen, der wahrscheinlich weniger berauscht sein würde – Lady Fortescue.

Ben hätte alle möglichen Frauen zu dem heutigen Abend einladen können. Aber er hatte mich gefragt. Lady Fortescue mochte mich ablehnen, weil ich nicht die richtige Schule besucht und keinen Vater hatte, dem halb Warwickshire gehörte. Aber solange Ben diese Dinge gleichgültig waren, konnten sie auch mir egal sein.

Ich betrachtete mich im Spiegel. Das Kleid schimmerte im Licht meines Zimmers, meine neue Clutch passte perfekt zu dem Outfit, und meine Augen funkelten voller Entschlossenheit. Vielleicht hatte Jenny recht, vielleicht konnte ich die Ballkönigin sein. Es war an der Zeit, dass Holly Swift endlich hinter dem Gebüsch hervorkam.

Kapitel 38

Es schneite noch immer, doch die Schneeflocken waren inzwischen kleiner geworden. Obwohl die Bürgersteige heimtückisch glatt waren, konnte man auf den Straßen mit einer gewissen Vorsicht gut vorankommen. Jenny lenkte ihr Motorrad am Pförtnerhaus vorbei die lange Einfahrt zu Wickham Hall hinauf. Ich klammerte mich an sie, während mein Kleid unter einem langen Wollmantel verborgen war.

Mein Magen verkrampfte sich vor Aufregung, als das Herrenhaus ins Blickfeld rückte. Aus allen Fenstern im Erdgeschoss leuchtete Licht heraus. Der Kronleuchter über der Haupttreppe funkelte, Kerzen flackerten in den Fenstern des Großen Saals, und die Lichterkette am Weihnachtsbaum im Roten Salon gab ein magisches Flimmern von sich.

Jenny hielt vor den Stufen zwischen den zwei großen Lorbeerbäumen an. Ich stieg ab, setzte vorsichtig den Helm ab, stieß die schwere Eichentür auf und trat ein.

Sheila war bereits in der Eingangshalle. Sie hatte eine große Schachtel mit Weihnachtsgeschenktüten in der Hand, und ich eilte zu ihr, um ihr zu helfen.

»Da sind Sie ja!«, sagte sie und seufzte erleichtert. »Ich dachte schon, wir müssten Sie suchen. Jim meinte, Sie hätten die Weihnachtswerkstatt vor Stunden verlassen.«

»Jenny hat mich nach Hause gefahren, damit ich mich umziehen konnte. Was für ein Abenteuer!« Ich lachte und klopfte mir die Schneeflocken vom Mantel.

»Die kommen in den Roten Salon«, wies mich Sheila an.

»Glauben Sie, der Schnee wird einige Gäste davon abhalten zu kommen?«, fragte ich auf dem Weg.

Sheila schüttelte den Kopf. »Wir haben ein paar Absagen erhalten, aber nicht viele. Die meisten würden sich wahrscheinlich nicht einmal durch den Weltuntergang davon abhalten lassen, zu Lady Fortescues ›Weihnachten zu Hause‹-Abend zu kommen.« Sie lachte. »Und die Familie ist sicher hier eingetroffen, was das Wichtigste ist.«

Vor allem Ben, dachte ich. Das war für mich das Wichtigste. »Oh gut. Ist Zara auch da?«

»Ja, zusammen mit ihrer Mutter. Wobei die beiden anscheinend eine furchtbare Taxifahrt vom Flughafen bis hierher hatten. Zara nimmt gerade ein Bad, und Lady Fortescue ist in ihrem Zimmer und kleidet sich für den Abend an.«

Im Roten Salon war bereits alles für die Veranstaltung hergerichtet worden. Während der nächsten Minuten bauten Sheila und ich die Weihnachtsgeschenktüten auf dem leeren Tisch auf.

»Mein erstes Weihnachten auf Wickham Hall«, seufzte ich zufrieden und legte die letzte Tüte auf den Tisch. »Ich kann mich nicht erinnern, jemals glücklicher gewesen zu sein.«

Sheila legte einen Arm um meine Schultern. »Wissen Sie, Holly, Sie sind zwar erst seit sechs Monaten bei uns, aber Sie passen so ausgezeichnet hierher, dass man sich kaum mehr vorstellen kann, was wir ohne Sie gemacht haben. So eine hart arbeitende junge Frau ... Wir haben großes Glück, Sie bei uns zu haben.«

Ich errötete über das unerwartete Kompliment. »Vielen Dank. Mir geht es genauso. Ich kann mir nicht vorstellen, wo ich lieber arbeiten würde. Manchmal vergesse ich sogar, dass es Arbeit ist. Es fühlt sich für mich wie ein neues Leben an, und ich würde nichts anderes wollen.«

»Gut«, meinte Sheila lächelnd. »Denn ich finde, dass wir ein ziemlich gutes Team sind.«

Sie hat recht, dachte ich und sah mich um. Dieser Abend allein war ein gutes Beispiel für unsere wunderbar funktionierende Zusammenarbeit. Der Raum war mit den Pflanzen aus Nikkis Garten nach den Dekorationsideen von Andy geschmückt worden. Sheila hatte sich um die Gästeliste gekümmert, Jenny und ihre Leute würden das Essen zubereiten. Und jeder Gast bekam am Ende der Veranstaltung eine Geschenktüte, was meine Idee gewesen war. In den Tüten befanden sich ein kleiner gerahmter Druck des Weihnachtskartenbilds von Ben, dazu ein Wickham-Hall-Kalender und eine nach Rosmarin und Bergamotte duftende Kerze.

Als um achtzehn Uhr die ersten Gäste eintrafen, spielten Weihnachtslieder im Hintergrund, und jedes Detail kam perfekt zusammen – von Jennys Blätterteig-Mince-Pies und der Bowle mit Punsch bis hin zum sanften Licht des prasselnden Feuers im Kamin. Der große Christbaum, den Marjorie und ich geschmückt hatten, befand sich in einer Ecke, während Lord und Lady Fortescue in der Mitte des Raums standen und ihre Gäste begrüßten.

Ich hatte mich mit der Gästeliste auf meinem Klemmbrett ein wenig hinter den beiden positioniert, bereit einzuspringen, falls ihnen ein Name nicht einfallen sollte.

»Das ist ein wunderbares Outfit, das Sie da tragen, Lady Fortescue«, sagte ich, als etwa zwanzig Minuten später eine kurze Pause eintrat. Die meisten Gäste auf meiner Liste hatte ich inzwischen abgehakt, und nur ein paar Nachzügler ließen noch auf sich warten.

Sie neigte anmutig den Kopf und fuhr mit einem Finger über die winzigen Hornknöpfe, die entlang des Dekolletés ihrer schwarzen Chiffontunika verliefen. Dazu passend trug sie eine weit geschnittene Hose und hohe Absätze. Jeder Zentimeter an ihr zeigte die Aristokratin. »Danke. Das habe ich in Paris erworben. Ich dachte, ich könnte es auch gleich noch zu Zaras Silvesterfeier im Chateau anziehen.«

»Noch eine verdammte Party.« Lord Fortescue schnalzte ungehalten mit der Zunge. »Wenn es nach mir ginge, wäre ich vor Mitternacht mit einem Brandy und einem guten Buch im Bett.«

»Was du aber nicht sein wirst, Hugo«, erwiderte Lady Fortescue streng. »Du wirst die Party genießen. Anscheinend stößt man in Frankreich um Mitternacht mit Champagner auf den heiligen Silvester an und küsst sich unterm Mistelzweig.«

»Französisch küssen?« Er zwinkerte mir zu. »Dafür bleibe ich dann vielleicht doch noch ein wenig auf.«

Ich unterdrückte ein Schmunzeln. Allerdings verging mir das Lachen, als ich bemerkte, wie Ihre Ladyschaft die Länge meines Kleids äußerst kritisch begutachtete. »Sie sehen auch sehr hübsch aus, Holly. Das Kleid ist zwar etwas kurz, aber ich denke, in Ihrem Alter kann man sich das vielleicht noch erlauben.«

»Äh. Danke.« Ich war mir nicht sicher, ob das ein Kompliment gewesen war.

»Sie sehen *bezaubernd* aus, Holly«, erklärte Lord Fortescue. »Ich glaube, mit den restlichen Gästen, die jetzt noch eintreffen, kommen wir allein zurecht. Wie wäre es, wenn Sie sich unter die Leute mischen und dort Ihren Zauber wirken lassen?«

Das ließ ich mir nicht zweimal sagen.

»Holly!« Esme bahnte sich einen Weg durch die Menge, wobei sie ihr Glas weit über ihren Kopf hielt. Sie trug ein stahlblaues enges Spitzenkleid, das in einem Raum voller vorwiegend schwarzer Outfits nicht nur exotisch glamourös aussah, sondern zum Glück auch für einen Moment von mir und meinem kurzen Kleid ablenkte.

»Wow.« Sie musterte mich grinsend von Kopf bis Fuß. »Du siehst umwerfend nach Rotem-Teppich-Auftritt aus. Dieses *Joop*-Kleid steht dir unglaublich gut.« Sie sah sich um und wiederholte dann laut: »Also ein Kleid von *Joop*?«

»Okay«, meinte ich kichernd. »Werbezeit ist vorbei. Freut mich, dass es dir gefällt.«

»Aber ich dachte, du wolltest dich nicht groß herrichten. Das hier sei rein beruflich, hast du doch gesagt.«

Ich zog sie näher zu mir heran. »Ben hat mich eingeladen, ihn zu dem Dinner zu begleiten, das gleich danach stattfinden wird.«

»Toll!«, quietschte sie leise und fasste mich am Arm. »Und das alte Zitronengesicht ist damit einverstanden?«

Ich schaute mich panisch um, weil ich befürchtete, dass jemand Esme gehört haben könnte. Zum Glück schien das aber nicht der Fall gewesen zu sein.

Ich schüttelte den Kopf. »Ich glaube nicht, dass sie es schon weiß.« Automatisch presste ich die Hand auf meinen Bauch, der sich bei dem Gedanken zusammenkrampfte. »Drück mir die Daumen, dass sie mich nicht rauswirft.«

»Möchtest du, dass ich noch länger bleibe«, fragte Esme und ballte eine Hand zur Faust, »falls es hässlich wird?«

Ich schüttelte lachend den Kopf, auch wenn mir eigentlich nicht zum Lachen zumute war. Sie war wirklich eine treue Freundin. »Ich bezweifle, dass es so weit kommen wird. Außerdem wird um halb acht ein Gong erklingen, der das Ende der Veranstaltung signalisiert. Dann bekommt ihr alle eure Weihnachtstüten, und du wirst mit den anderen höflich nach draußen bugsiert. Ich vermute, dass Ben diesen Zeitpunkt wählen wird, um es ihr zu sagen.«

»Mach dir keine Sorgen. Wie könnte sie etwas gegen dich haben? Du siehst in diesem Outfit aus wie ein Star. Aber jetzt mal zu etwas anderem ...«

Ich grinste, während sie mir zu meiner Begeisterung erzählte, dass der Bereich der kaum getragenen Designerklamotten im *Joop*, wie ich ihn vorgeschlagen hatte, wirklich gut lief und dass sie ihre Mutter dazu überredet hatte, das Angebot für das Geschäft doch nicht anzunehmen. Bryony wollte sich zwei Tage die Woche auf ihren Job als persönliche Einkaufsberaterin konzentrieren, während Esme den Laden allein führen würde. »Ich kann dir gar nicht genug danken, Holly. Es sieht so aus, als wäre ich letztlich doch keine schlechte Geschäftsfrau.«

»Das habe ich nie bezweifelt.« Ich strahlte sie an.

»Und außerdem hatte ich vorhin eine tolle Unterhaltung mit Zara, die meinte, sie würde ihre Freundinnen dazu überreden, mir ihre ungewollten Designersachen ebenfalls zu schicken. Das bedeutet, ich werde auch Klamotten für jüngere Frauen da haben. Zara ist so nett, so *normal*. Sie hat überhaupt keine Allüren, nichts von wegen reiche Erbin oder so.«

Mein Herz machte einen Sprung. Die Fortescues waren

letztlich auch nur Menschen wie alle anderen. Wie Esme und ich. Wahrscheinlich machte ich mir viel zu viele Gedanken wegen Lady Fortescue und dass sie etwas gegen eine Verbindung zwischen Ben und mir haben könnte.

»Jedenfalls möchte ich hiermit auf mich ...« Esme hob ihr Glas. »... und mein Geschäft anstoßen.« Ihre Augen funkelten aufgeregt, als wir uns zuprosteten.

In diesem Moment entdeckte ich die Modejournalistin der *Stratford Gazette*. Ich stellte sie Esme vor und verabschiedete mich dann von den beiden. Sheila hatte mich angewiesen, mich unter die Gäste zu mischen und zu versuchen, mit jedem im Raum kurz zu sprechen, um ihre Unterstützung für Wickham Hall auch im nächsten Jahr sicherzustellen. Also begann ich pflichtbewusst, meine Runde zu drehen.

Ich unterhielt mich gerade höflich mit der Buchhalterin der Fortescues, als ich bei der Tür eine Bewegung bemerkte. Mein Herz machte einen kleinen Sprung, als Ben den Raum betrat. In seinem schmal geschnittenen schwarzen Anzug und dem dunkelgrauen Hemd, das oben offen stand, sah er wie immer höchst attraktiv aus. Seine Haare wirkten leicht feucht, und er hatte sich rasiert. Ich riss mich von seinem Anblick los und versuchte mich wieder darauf zu konzentrieren, was die Buchhalterin sagte.

Bens Augen fanden die meinen, und über sein Gesicht brach ein Strahlen herein. *Wunderschön,* formte er unhörbar mit den Lippen.

Du auch. Ich lächelte und spürte, wie meine Wangen erröteten. Es fiel mir sagenhaft schwer, mich nicht auf der Stelle durch die Menge zu kämpfen und meine Arme um ihn zu schlingen.

»Das ist doch mal ein begehrter Junggeselle«, murmelte

die Buchhalterin, während sie den Kopf reckte, um zu sehen, wen ich da so anstarrte.

»Mm«, erwiderte ich neutral. Ein begehrter Junggeselle, der mich für wunderschön hielt und gefragt hatte, ob ich ihn zum Dinner begleiten würde – ich war der glücklichste Mensch im ganzen Raum.

Aus dem Augenwinkel beobachtete ich, wie er mühelos die Leute begrüßte. Lächelnd, Hände schüttelnd, sein Gegenüber am Oberarm berührend, Wangen küssend, arbeitete er sich langsam vor und rückte so immer näher. Die Buchhalterin fuhr mit ihrer Anekdote fort, doch ich vermochte kaum meinen Blick von Ben zu lösen und fand es immer schwieriger, mich auf ihre Worte zu konzentrieren. Ben Fortescue, mein Date. Frohe Weihnachten, Holly ...

Unsere Blicke trafen sich erneut. Die Stimme der Buchhalterin rückte in weite Ferne, und die anderen Gäste verschwommen vor meinen Augen, bis es nur noch ihn und mich gab. Ich konnte nicht länger warten. »Bitte entschuldigen Sie mich«, sagte ich zu der Frau, ohne den Blick von Ben abzuwenden. »Ich glaube, man verlangt nach mir.«

Ich hatte in diesem Jahr so viele Gelegenheiten verpasst, Ben näher zu kommen: in den Gärten während des Sommerfestes, die vielen Male, die ich ein zweites Date nach der Ausstellungseröffnung ausgeschlagen hatte, und dann unter den Sternen in der Nacht von Guy-Fawkes. Doch jetzt war er hier, und ich hatte nicht die Absicht, ihn noch einmal so schnell gehen zu lassen.

Bens Lächeln raubte mir für einen Moment die Sprache.

»Hi«, flüsterte ich dann. »Du hast mir gefehlt.«

»Und du mir«, sagte er heiser. »Du siehst in dem Kleid wie ein Engel aus.«

»Danke. Du siehst selbst auch nicht übel aus.«

»Obwohl ich zugeben muss, dass ich etwas enttäuscht bin, dich nicht mehr in deinem Wichtelkostüm zu sehen. Das war sexy. Auf eine grüne Art und Weise. Aber jetzt siehst du auch sexy aus.«

Ich warf einen Blick zur Tür und ertappte mich dabei, mir zu überlegen, ob wir es wagen sollten, uns davonzustehlen, um eine stille Ecke zu finden, damit er mir zeigen konnte, *wie* sexy ... Doch ehe ich etwas sagen konnte, lehnte er sich vor. Ich hielt ihm meine Wange entgegen, denn ich dachte, er wolle mir einen keuschen Kuss geben. Stattdessen hob er mein Kinn und drückte seine Lippen auf meine. Den Bruchteil einer Sekunde blieb mir fast das Herz stehen. Ich schloss die Augen und atmete sein mir so vertrautes, nach Zitrone duftendes Aftershave ein.

»Ben!«, murmelte ich. »Was, wenn ...«

»Schatz, da bist du ja!« Lady Fortescue schob ihren Kopf zwischen uns und zwang uns dazu, einen Schritt zurückzuweichen.

Sie strahlte zuerst Ben und dann mich und schließlich die Leute an, die um uns herumstanden.

»Mum«, sagte Ben und gab ihr einen Kuss auf die Wange. »Du siehst wieder umwerfend aus.«

»Benedict, kann ich dich einen Moment sprechen?« Sie hakte sich bei ihm unter, als er nickend zustimmte.

»Sie auch«, wandte sie sich an mich und warf mir einen derart eisigen Blick zu, dass es mir sofort kalt den Rücken hinunterlief.

»Natürlich, Lady Fortescue.«

Mein Herz hämmerte wie wild, als ich den beiden wie betäubt aus dem Roten Salon in ein kleineres Zimmer folgte, wo die Mäntel der Gäste untergebracht waren.

Lady Fortescue schloss die Tür hinter uns und verschränkte die Arme. »Benedict, ich habe das gesehen. Ich vermute sogar, dass *alle* im Raum es gesehen haben. Eine Angestellte zu küssen ... Was glaubst du eigentlich, was du da tust?«

»Es tut mir leid, wenn ich Sie in eine unangenehme Lage gebracht habe, Lady –«, begann ich.

»Holly, es gibt keinen Grund, dich zu entschuldigen«, mischte sich Ben ein. »Das war wohl kaum anzüglich.«

Lady Fortescue richtete sich auf. »Dennoch gibt es so etwas wie Schicklichkeit, Benedict. Und als kommender Lord Fortescue rate ich dir dringend, dich dementsprechend zu benehmen.«

Er warf mir einen schicksalsergebenen Blick zu und nahm dann, ohne auf den Ausbruch seiner Mutter zu achten – oder vielleicht war er auch bereits immun dagegen –, meine Hand. »Ich habe Holly zum heutigen Dinner eingeladen, Mum. Als meine Begleitung.« Er drückte meine Finger und lächelte mich ermutigend an.

Ich versuchte mich zu entspannen, aber Lady Fortescues finsterer Blick machte das ziemlich schwierig. »Ich hätte jemand Passenden für dich eingeladen, wenn ich das gewusst hätte«, entgegnete sie und fuhr sich erneut mit einem Finger über die Knöpfe an ihrem Dekolleté.

Passend. Was hieß, dass ich es nicht war. Ich merkte, wie sich in mir die Stacheln aufstellten und ich mich sehr am Riemen reißen musste, um nicht zu platzen. Noch vor wenigen Minuten hatte ich im Gespräch mit Esme gedacht, die Fortescues seien Menschen wie du und ich. Aber ganz offensichtlich sah das Lady Fortescue nicht so.

Ben presste einen Moment lang die Hand an sein Gesicht. »Mum, wie oft soll ich es dir noch sagen? Ich brauche deine Hilfe nicht bei der Wahl meiner Freundin.«

»Oh doch, ich denke, das tust du«, erwiderte sie energisch und warf mir einen harten Blick zu. »Und was Sie betrifft, Holly – ich habe Sie jetzt schon mehrmals gewarnt. Aber alle meine Warnungen scheinen nicht zu fruchten. Ihr Verhalten ist höchst unprofessionell, und ich muss sagen, es weckt Zweifel an Ihrer Einsatzbereitschaft für Wickham Hall. Das ist nun wirklich der Tropfen, der das Fass zum Überlaufen bringt.«

»Das stimmt«, erklärte ich, unfähig, noch eine Sekunde länger den Mund zu halten. »Das stimmt. Es *ist* tatsächlich der Tropfen, der das Fass zum Überlaufen bringt.« Ich starrte sie trotzig an. Es war eine Sache, dass ich nicht zur Oberschicht gehörte wie jene Frauen, die sie sich offensichtlich für ihren Sohn wünschte. Das konnte ich nachvollziehen, auch wenn es mir nicht gefiel. Aber meine Arbeit zu kritisieren war eine ganz andere Geschichte. »Ich finde, Sie verhalten sich ausgesprochen unfair. Ich arbeite hart und bin immer im Einsatz, wenn es um Wickham Hall geht. Und mein Job hier bedeutet mir alles.«

»Und, Mum«, warf Ben ein, »ich habe sie geküsst, weil sie nicht nur einen fantastischen Job macht, sondern vor allem, weil sie eine besondere Freundin ist. Sie begleitet mich zu dem Dinner, weil ich sie eingeladen habe, und als Familienmitglied kann ich mitbestimmen, wer an dem Essen teilnimmt.«

Ich lächelte ihn dankbar an und drückte seine Hand.

»Nun gut.« Lady Fortescue war totenbleich, als sie nach der Türklinke griff. Sie reckte ihr Kinn und richtete ihre letzten Worte an mich, ohne Ben noch eines Blickes zu würdigen. »*Freundin* oder nicht – ich glaube, Lord Fortescue und ich werden Ihre Stelle hier bei uns noch einmal überdenken müssen. Und bis sich Benedict entschließt, ob er Wickham Hall übernehmen will oder nicht, hat er in dieser Hinsicht nichts *mitzubestimmen*.« Damit rauschte sie hinaus und ließ mich und Ben einen Moment lang sprachlos zurück.

Ich drehte mich zu ihm und nahm seine andere Hand. »Es tut mir so leid, Ben. Ich hätte das nicht sagen sollen. Ich habe alles nur noch schlimmer gemacht.«

»Nein, ganz und gar nicht. Ich bin stolz auf dich, dass du ihr die Stirn geboten hast.« Er sah mich mit völlig verwirrter Miene an. »Ich begreife nicht, was sie gegen dich hat. Aber eines ist hiermit sicher: Ich werde nicht die nächsten fünf Jahre hier verbringen und mich einarbeiten, bis sie das Anwesen an mich übergeben. Ich werde zurückkommen und übernehmen, aber unter meinen eigenen Bedingungen und in meinem eigenen Zeitrahmen. Ich denke, dass ich so schnell wie möglich zurück nach London und in mein neues Atelier ziehen will. Wickham Hall kann im Augenblick wahrhaftig warten.«

Mein Magen verkrampfte sich. Wenn Ben jetzt abreiste, würde mir Lady Fortescue nie vergeben. Außerdem: War es wirklich das, was er wollte? Oder war das jetzt eine Trotzreaktion? Als er heute eingetroffen war, hatte er zugegeben, wie schön es war, wieder zu Hause zu sein. Ich war mir sicher, dass in Wahrheit sein Herz für Wickham Hall schlug.

»Du bist wütend«, beruhigte ich ihn und schlang meine Arme um seinen Nacken. »Fälle so keine überstürzten Entscheidungen.«

»Pssst.« Er fuhr mit dem Finger über meine Lippen. »Sie

wird nicht das letzte Wort haben. Keine Sorge. Das ändert nichts zwischen uns. Und ich werde sicherstellen, dass du deinen Job behältst.« Er drückte mir einen Kuss auf die Lippen, riss die Tür auf und stürmte hinter Lady Fortescue her.

Ich ließ mich auf einen Stuhl sinken und atmete laut aus. Wie konnte Ben behaupten, dass sich nichts zwischen uns ändern würde? Ungewollt hatte ich bereits *alles* geändert.

»Holly!« Ein heiseres Flüstern von der Tür ließ mich aufblicken.

Esme schlich ins Zimmer. »Ich habe alles mit angehört. Konnte nicht anders.« Sie grinste mich an, aber ich sah die Sorge in ihren Augen.

»Oh, Es«, stöhnte ich. »Ich habe alles ruiniert, den Abend, meinen Job, und dann habe ich unbeabsichtigt auch noch Ben nach London zurückgeschickt.«

Sie setzte sich auf die Lehne meines Stuhls und legte einen Arm um meine Schultern. »Hm, das ist nicht gut. Und deshalb brauchen wir jetzt einen Rettungsplan.«

»Ich weiß nicht, wie ich das wieder hinkriegen soll. Was soll ich machen?« Ich sah sie an und versuchte dabei, die Tränen aus meinen Augen zu blinzeln. »Was würde Coco Chanel mir raten?«

»Wie wäre es damit? Am mutigsten ist es, eigenständig zu denken. Und zwar laut.«

Ich sah sie an und nickte dann nachdenklich, während ich mir den Rat durch den Kopf gehen ließ. Es gab etwas, das ich tun konnte; etwas, das mir gerade erst klar geworden war. Vielleicht würde es funktionieren. Es konnte auch total nach hinten losgehen. Aber zumindest müsste ich mir dann nicht vorwerfen, nicht alles getan zu haben, um die Situation zu retten.

»Esme, ich möchte den Fortescues etwas sagen, nur wir müssen danach vielleicht schnell das Weite suchen...«

Sie grinste mich an und boxte mir spielerisch gegen den Arm. »Du bist cool, mein Mädchen.«

Ich holte tief Luft, klemmte mir die Clutch unter den Arm und marschierte in den Roten Salon zurück.

Kapitel 39

Ich stand eine Sekunde lang unter der Tür und plante meinen nächsten Schachzug. Lady Fortescue hatte sich in der Mitte des Raums platziert und war gerade dabei, sich ein Glas Punsch einzugießen. Zumindest versuchte sie es, denn sie wirkte sehr aufgewühlt, und ihre Hand zitterte derart, dass Ben übernahm und ihr ein volles Glas reichte.

Sie sprachen mit etwas lauteren Stimmen und zogen die Aufmerksamkeit der Gäste auf sich. Sheila stand neben dem kleinen Messinggong und rang nervös die Hände. Lord Fortescue befand sich in einiger Entfernung im Gespräch mit jemandem und merkte, da er schlecht hörte, vermutlich gar nicht, dass seine Frau und sein Sohn miteinander stritten.

Ben verschränkte die Arme und schaute auf den Boden. »... Holly und mich gedemütigt. Das wird nie funktionieren, Mum, jedenfalls nicht, solange du mich wie ein kleines Kind behandelst.«

Lady Fortescue nippte an ihrem Punsch und schaute zur Seite. Sie weigerte sich offenbar, ihn anzusehen. »Macht es dir denn gar nichts aus, dass du deiner Mutter das Herz gebrochen hast?«

»Daran bist du nicht ganz unschuldig, Mum. Und es ging nicht anders.«

»Wie kannst du so etwas sagen? Dank dir bin ich jetzt alles andere als in einer festlichen Stimmung...«

Ich richtete mich auf und bahnte mir einen Weg durch die Menge, bis ich hinter Ben stand. Sanft berührte ich ihn an der Schulter. »Ben, es gibt etwas, was ich sagen möchte.«

Er wirbelte herum. Als er mich sah, wurde sein Gesicht schlagartig weich. Lady Fortescue hingegen schürzte säuerlich die Lippen.

Genau in diesem Moment schlug Sheila auf den Gong, um das Ende der Veranstaltung zu signalisieren. Stille breitete sich im ganzen Raum aus. Ich sah mich um und konnte es kaum glauben: Vielleicht strahlten wir drei mit unserer Körpersprache aus, dass etwas nicht stimmte, denn fünfzig Paar Augen waren nun auf uns gerichtet. Was jetzt? Alle hörten zu. Sollte ich so tun, als wollte ich etwas Triviales wie »Ich gehe dann« sagen und die Chance ungenutzt verstreichen lassen? Oder sollte ich es wagen und das aussprechen, was mir auf dem Herzen lag?

Mein Körper surrte vor Anspannung, als mir klar wurde, dass nun alle nur noch mich anstarrten.

Aus dem Augenwinkel sah ich, wie Esme ins Zimmer trat und ihre zwei Daumen über die Köpfe der anderen Gäste hinweg in die Luft hob. *Am mutigsten ist es, eigenständig zu denken. Und zwar laut.*

Ich holte tief Luft und sah Ben an. »Ben, ich glaube, ich liebe dich, seit ich dich ohne Hose auf dem Friedhof erwischt habe.«

Ich hörte ein kaum unterdrücktes Lachen und bemerkte erst jetzt, dass Zara zu Esme getreten war. Beide hielten sich die Hände vor den Mund. Es gab ein paar andere Lacher, und

David, der junge Reporter vom Lokalradio, holte sein iPhone heraus und hielt es hoch.

Ben starrte mich an. In seinen Augen konnte ich ein Gefühl lesen, das ich nicht zu benennen wagte. Es gab mir den Mut weiterzureden.

Ich nahm seine Hand. »Ich liebe dich für dein großes Herz, deine Großzügigkeit und dafür, wie du jeden Raum zum Leuchten bringst, den du betrittst. Ich liebe es, dass du dich den Dingen ganz hingibst, die dir etwas bedeuten. Ich liebe deine Leidenschaft für das, was dir wichtig ist, wie deine Kunst, Wickham Hall und natürlich deine Familie.«

Ben streckte die Hand aus und strich mir eine Haarsträhne aus dem Gesicht. »Und du, Holly, bist mir sehr, sehr wichtig.«

Mein Herz quoll fast über vor Liebe, als er mich auf die Stirn küsste. Ein Chor von gedämpften Aahhs hallte im Roten Salon wider und erinnerte mich daran, dass ich ein Publikum hatte.

Ich schaffe das. Ich kann das vor all diesen Leuten sagen. Ich muss es tun.

»Ben, von dir habe ich gelernt, nicht alles im Voraus planen zu wollen und auch im Moment zu leben.« Ich schluckte. »Denn in solchen Augenblicken kann Magie entstehen.«

»Entzückend«, mischte sich Lady Fortescue mit scharfer Stimme ein. »Aber der Abend ist jetzt vorbei. Also...«

Lord Fortescue tauchte an der Seite seiner Frau auf und musterte uns drei misstrauisch. »Was ist hier los?«

»Nichts Wichtiges, Hugo. Holly will gerade gehen, so wie unsere anderen Gäste auch.« Sie tätschelte ihm beruhigend den Arm.

Die Leute begannen, sich in Richtung Tür zu bewegen. Doch ich räusperte mich, und alle hielten erneut inne.

»Ich bin noch nicht ganz fertig«, sagte ich und drückte Bens Hand, um mir selbst Mut zu machen. »Ben, es tut mir leid, wenn das jetzt etwas direkt ist: Aber ich glaube, dass du einen großen Fehler machst, Wickham Hall zu verlassen.«

»Ben?« Lord Fortescue runzelte die Stirn.

»Einen Moment, Dad.« Bens Lippen zuckten. »Sprich weiter, Holly.«

Ich lächelte und wandte mich an Lady Fortescue. Sie hatte die Augen vor Überraschung weit aufgerissen. »Lady Fortescue, an dem Tag, an dem ich Sie kennenlernte, sagten Sie, dass Sie glauben, wir würden uns ausgezeichnet verstehen. Und das haben wir meistens. Wissen Sie, warum?«

Ein Gefühl des Unbehagens huschte über ihr Gesicht. »Äh…«

»Wir verstehen uns, weil wir das Gleiche wollen. Wir lieben beide Wickham Hall. Wir lieben jeden roten Ziegel, jeden Kamin, jedes knarzende Dielenbrett, jede moosbewachsene Balustrade, jeden blauen Scheinmohn und jede noch so winzige Scheibe Bleiglas. Am meisten jedoch liegt uns die Zukunft des Hauses am Herzen. Und…«, ich legte einen Arm um Bens Taille, »wir lieben beide diesen Mann.« Ich sah sie herausfordernd an, aber sie schaute nur auf ihre Hände und schwieg.

»Und Holly geht auch?«, meinte Lord Fortescue auf einmal. »Das wusste ich gar nicht.«

»Mum hat gedroht, sie rauszuwerfen«, informierte ihn Ben mit einem ironischen Unterton. »Ich vermute, dass du mit ihrer einseitig gefällten Entscheidung nicht ganz übereinstimmst. Oder, Dad?«

»Ben, bitte«, beschwichtigte ich ihn. »Es geht jetzt nicht um mich. Die Sache ist die: Ihr könntet jederzeit eine neue

Veranstaltungsorganisatorin finden. Lady Fortescue könnte meine Stelle neu ausschreiben, und ihr würdet wahrscheinlich mit Bewerbungen überflutet werden. Aber Benedict ist nicht ersetzbar.« Ich hob den Kopf, um ihn anzuschauen. »Du bist einfach nicht zu ersetzen. Du bist besonders. Du bist der Richtige, der Einzige, der dieses unglaubliche Werk fortsetzen kann, das deine Eltern seit dreißig Jahren vollbringen. Weil du dazu geboren bist. Du kannst fantastisch mit Menschen umgehen und bist mehr als in der Lage, in die Fußstapfen deines Vaters zu treten. Wickham Hall würde ohne dich nicht das sein, was es ist.«

Ich beendete meine Rede unter großem Applaus. Mehrere Leute pfiffen sogar, und Esme und Zara wischten sich verstohlen ein paar Tränen aus den Augen.

Sheila nutzte die Gelegenheit, um erneut den Gong zu schlagen, und nach ein paar weiteren Schlägen wurde es wieder still im Salon.

Ben und ich sahen uns an. Wir bemerkten kaum, wie Lord Fortescue ein paar weihnachtliche Abschiedsworte zu den Gästen sagte. Esme und Zara übernahmen meinen Job, ihnen die Weihnachtstüten zu überreichen, und nachdem alle fröhlich »Auf Wiedersehen!« und »Frohe Weihnachten!« gerufen hatten, leerte sich der Raum. Ich sah, wie Zara sich bei Esme unterhakte und sie irgendwohin mitnahm – und dann waren nur noch die Fortescues und ich übrig.

Lord Fortescue legte ein weiteres Holzstück ins Feuer. Lady Fortescue hockte auf dem Rand eines Stuhls, während Ben und ich nebeneinander standen und abwarteten.

»So. Und wie wollen wir jetzt weitermachen?« Lord Fortescue setzte sich neben seine Frau und sah seinen Sohn an.

Ben führte mich zu einem kleinen Sofa und ließ sich

neben mir nieder. »Dad, ich habe in den letzten Monaten versucht, mich anzupassen und so zu leben, wie ihr euch das vorstellt. Aber es fühlt sich für mich an, als würde man mir die Flügel stutzen. In unserem Familienunternehmen fünf Jahre lang zu arbeiten, ehe ihr in Rente geht, wäre für mich unerträglich. Ich bin es gewohnt, unabhängig zu sein und die Freiheit zu haben zu arbeiten, wann und wo ich will. Wickham Hall ist großartig, und ich weiß, wie privilegiert ich bin. Aber die Kunst wird immer meine erste Wahl sein.«

»Benedict, Liebling, niemand bezweifelt, dass du ein guter Künstler bist«, sagte Lady Fortescue erschöpft.

»Wenn ich das korrigieren dürfte, Lady Fortescue«, sagte ich bestimmt. »Ben ist ein *sehr* guter Künstler. Nicht wahr, Lord Fortescue?«

Lord Fortescue nickte, und er wirkte etwas ergriffen, als er seinen Sohn ansah. »Ich bin sehr stolz auf dein Werk, mein Sohn. Sehr stolz.«

»Danke, Dad«, erwiderte Ben ungläubig. »Danke.«

»Aber ich möchte auch etwas korrigieren, Holly«, sagte Lord Fortescue mit einem Lächeln. »Auch Sie sind völlig unersetzbar.«

»Darüber sollten wir vielleicht noch reden«, murmelte seine Frau.

Er achtete nicht auf sie. »Benedict, es würde deiner Mutter und mir unglaublich viel bedeuten, wenn du auf Wickham Hall bliebest, aber genauso wichtig ist, dass du deinen eigenen Weg gehst.«

Ben nickte seinem Vater zu.

»Es gibt vielleicht eine Möglichkeit für dich, genau das zu tun und trotzdem hierzubleiben«, platzte ich heraus.

Vor Aufregung lief es mir kalt den Rücken hinunter. Der Plan, an dem ich seit Wochen saß, steckte noch in den Kinderschuhen. Aber das war der Einstieg, den ich gebraucht hatte, um mit meiner Idee herauszurücken.

Alle drei sahen mich an.

»Ben, bitte hör mir zu«, sagte ich. »Ich habe einen Vorschlag.«

»Es tut mir leid, Holly«, seufzte Lady Fortescue, »aber unsere Dinnergäste treffen jeden Moment ein. Das wird warten müssen.«

»Beatrice«, sagte Lord Fortescue und hielt sie am Arm fest. »Erinnerst du dich noch, wie wir jung und voller Ideen waren, als wir nach Wickham Hall kamen? Erinnerst du dich an unsere zahlreichen Pläne? Lass sie ausreden.«

Ich lächelte Lord Fortescue dankbar zu, während seine Frau nickend nachgab. Ben rückte näher an mich heran und schob seine Finger zwischen meine.

»So wie ich das verstehe, bist du zerrissen zwischen deiner Karriere als Künstler und der Leitung von Wickham Hall. Aber ich glaube, ich habe eine Möglichkeit gefunden, die für alle funktioniert.«

Ben schüttelte amüsiert den Kopf. »Ich höre.«

»Vielleicht könnte diese Fünf-Jahres-Spanne bis zur Rente deiner Eltern besser erträglich sein, wenn du etwas Eigenes hättest. Auf die Weise wärst du unabhängig und verantwortlich für dein eigenes Gebiet.«

Ben zog zweifelnd die Augenbrauen hoch. »Woran denkst du?«

Ich warf einen nervösen Blick zu den Fortescues. »Ich habe mir ein Kunstgalerieprojekt genauer angeschaut, das Sie vor vielen Jahren begonnen haben.«

Lady Fortescue sah mich überrascht an, während Lord Fortescue sich vorlehnte und seine Ellbogen auf seinen Knien abstützte.

»Damals wurde das Projekt zurückgestellt, weil es zum einen an finanziellen Mitteln fehlte, zum anderen das Haus noch nicht genügend Besucher anzog. Doch inzwischen haben der Souvenirladen, das Café und nicht zuletzt die Veranstaltungen, die wir anbieten, das komplett geändert. Die Situation ist nicht mehr die gleiche.«

Lord Fortescue nickte nachdenklich. Puh. Das war ein gutes Zeichen.

»Stell dir das nur vor, Ben.« Ich nahm seine Hände und sah ihm in die Augen, inbrünstig hoffend, ihn von meiner Idee begeistern zu können. »Stell dir vor, eine Sammlung moderner Kunst in Wickham Hall zu starten. Du könntest Werke deiner Freunde ausstellen, du könntest sogar einige deiner kambodschanischen Schüler herbringen oder deine eigenen Arbeiten ausstellen. Es wäre eine leere Leinwand. *Dein* Projekt, *dein* Wickham Hall.«

»Ich erinnere mich daran. Eine Kunstgalerie...« Ben runzelte die Stirn.

»Es würde natürlich Geld kosten, die alten Garagen umzubauen, aber die Räumlichkeiten sind fantastisch. Es gäbe einen Ausstellungsraum, einen Saal, in dem Künstler, die zu Besuch hier sind, vielleicht Vorträge halten könnten, und ein großes Atelier, in dem du selbst arbeiten könntest.«

Sein Mund begann zu zucken. »Du hast wirklich an alles gedacht, nicht wahr?«

»Nicht ganz.« Ich lächelte ihn an. »Ich hatte noch keine Zeit, die Kosten zu kalkulieren. Aber ich glaube, wir könnten um Finanzierung bei English Heritage nachfragen. Sie würden uns vielleicht einen Zuschuss gewähren, der schon mal weiterhelfen würde.«

»Hugo, was meinst du?« Lady Fortescue sah ihren Mann an. Es war eine tolle Idee, und das wusste sie.

Lord Fortescue wandte sich an seinen Sohn. »Wenn du die Kunstgalerie ins Leben rufen willst, Ben, dann finden wir dafür auch die Mittel. Holly hat recht. Die Gründe, warum das Projekt das letzte Mal gescheitert ist, treffen inzwischen nicht mehr zu.«

Ben legte einen Arm um meine Schultern und zog mich an sich. »Es klingt auf jeden Fall reizvoll. Obwohl ...«

»Ich weiß, was du denkst«, unterbrach ich ihn. »Dass es immer noch das restliche Anwesen gibt, das verwaltet werden will. Aber wenn ich meine Stelle behalte – oder wiederbekomme –, kann ich mich allein um die Veranstaltungen kümmern. Und wenn ich mich nicht irre, Lady Fortescue, dann wollen Sie Ihre Rolle auf Wickham Hall noch nicht ganz aufgeben, oder?«

Sie blinzelte, und ich merkte erst jetzt, dass ihre Augen feucht waren.

»Es tut mir so leid«, rief ich entsetzt. »Habe ich etwas falsch verstanden?«

Sie zog ein Taschentuch aus ihrem Ärmel und tupfte sich die Tränen fort. »Ganz und gar nicht.«

Ich runzelte die Stirn. »Aber warum ...«

»Ich bin noch nicht so weit, in den Ruhestand zu gehen. Ich weiß, dass Hugo weniger machen und ein entspannteres Leben führen möchte. Aber ich dachte, ich könnte für immer als Galionsfigur an Deck bleiben.«

Ich sah sie an. »Aber das ist doch fantastisch! Es gibt keinen Grund, warum Sie das nicht tun sollten, oder?«

Lady Fortescue fing sich wieder und atmete hörbar aus. »Ich dachte, ich würde ausgebootet werden, wenn sich Ben in jemanden verliebt, der stark und kompetent ist. Und ich würde es so vermissen, als Gastgeberin von Veranstaltungen wie dieser aufzutreten ... Nun, vielleicht nicht genau dieser.«

Wir mussten alle lächeln – ein Familienstreit über einem Punsch in Anwesenheit aller Gäste würde wahrscheinlich nicht so schnell vergessen werden.

»Holly, ich muss mich bei Ihnen entschuldigen. Ich dachte, dass man mich nicht mehr brauchen würde, wenn Sie an Bens Seite wären. Das konnte ich nicht ertragen.« Sie wandte sich an Ben. »Und es tut mir leid, dass ich dich mit all den jungen Frauen verkuppeln wollte, die zwar entzückend sein mögen, die ich aber nur deshalb ausgewählt habe, weil sie keinerlei Ehrgeiz haben. Auf diese Weise, so dachte ich selbstsüchtig, könnte ich hier weiterhin meine Rolle behalten und festigen.«

»Du meine Güte, Lady Fortescue«, sagte ich verblüfft. »Ich fühle mich zwar geehrt, aber ich glaube, Sie überschätzen meine Fähigkeiten. Nicht nur das: Sie unterschätzen offenbar auch Ihre Bedeutung für die Leitung von Wickham Hall. Ich habe absolut nicht vor, das zu schmälern. Das verspreche ich Ihnen. Eigentlich wollte ich Ihnen sogar vorschlagen, nächstes Jahr neue Events ins Leben zu rufen und zu leiten. Es gibt so viel, was Sie tun können!«

Ihre Augen leuchteten auf, und sie nickte. »Das würde ich liebend gern machen.«

Ben stand auf und hielt mir seine Hand hin, um mich hochzuziehen. »Ich finde die Idee mit der Kunstgalerie großartig, und ich finde *dich* großartig, Holly. Ich muss noch mehr über das Projekt erfahren, aber im Prinzip ... Ja, ich würde mitmachen, wenn ihr einverstanden seid, Mum und Dad?«

»Bravo!«, rief seine Lordschaft und schlug auf die Armlehnen seines Sessels.

»Champagner, Hugo«, sagte Lady Fortescue und klatschte begeistert in die Hände.

»Wartet noch!« Ben hob beide Hände. »Ich bleibe nur unter einer Bedingung. Wenn Holly auch bleibt.«

Lord Fortescue sah seine Frau mit einer hochgezogenen Augenbraue an.

»Natürlich kann sie ihren Job behalten. Holly, ich muss mich wirklich entschuldigen. Ich habe überreagiert und das nicht so gemeint, wie ich es gesagt habe. Hugo hat recht: Sie sind unersetzbar«, erklärte Lady Fortescue errötend.

»Danke, das ist sehr nett von Ihnen.« Ich presste eine Hand an mein heftig pochendes Herz.

Aber Ben war immer noch nicht zufrieden. »Nicht nur als Angestellte. Holly bedeutet mir sehr viel mehr als das.«

»Natürlich, natürlich«, sagte Lady Fortescue. »Ich verstehe. Holly, ich war mehr als unhöflich, aber würden Sie trotzdem heute Abend unser Gast sein?«

Ich drückte Bens Hand. »Mit dem größten Vergnügen.«

»Wunderbar.« Sie klatschte erneut in die Hände und wechselte dann in die Gastgeberinnenrolle. »Ich setze Sie am besten ...«

»Du setzt sie neben mich«, unterbrach Ben sie.

»Und mich«, meldete sich Lord Fortescue zu Wort.

In diesem Moment tauchte Zara auf, noch immer mit Esme im Schlepptau. »Kommt endlich, die Gäste sind alle da. Sie bekommen im Großen Saal schon etwas zum Trinken serviert.«

Ein Schauer lief mir über den Rücken. Am liebsten hätte ich mich gezwickt, um sicherzustellen, dass ich wach war: Holly Swift nahm mit den Fortescues an einem Dinner im Großen Saal teil.

»Ausgezeichnet«, dröhnte Lord Fortescue fröhlich. »Ich glaube, wir können jetzt alle einen Drink vertragen.«

»Alles in Ordnung?«, fragte Ben und legte eine beruhigende Hand um meine Taille.

Ich nickte. »Danke«, erwiderte ich benommen und hatte auf einmal das Gefühl, jeden Moment in Tränen auszubrechen. »Danke, dass du gesagt hast, ich würde dir viel bedeuten.«

Und dann entrann mir tatsächlich eine Freudenträne, und ich fasste hastig in meine Clutch, um ein Taschentuch hervorzuholen.

In diesem Augenblick schien Zara mit einem Schrei vom Boden abzuheben. »Eine Bianca!« Sie stürzte sich auf meine offene Tasche und riss den Mund auf, als sie die Marke sah. »Tatsächlich! Es ist eine Bianca!«

Esmes und Lady Fortescues Köpfe schnellten ruckartig hoch.

»Mum, schau dir das an! Es ist wirklich eine Bianca-Clutch!«

»Gütiger Himmel, Holly! Wie sind Sie denn an *die* gekommen?« Lady Fortescue klappte die Kinnlade herunter.

»Mum steht schon seit Ewigkeiten auf der Warteliste!«, meinte Zara.

»Bianca-Taschen kosten ein Vermögen!« Esme eilte zu mir. Sie hatte die Augen weit aufgerissen und wirkte fast ein wenig entrüstet. »Wann hast du ...? Wie um alles in der Welt ...?«

Ich wechselte einen amüsierten Blick mit Ben. »Das ist eine Tasche meines Vaters.« Ich zuckte lässig mit den Achseln. »Er hat sie mir zu Weihnachten geschickt.«

»Dein Vater? Antonio Biancardi. Biancardi... *Bianca*«, stammelte Esme und streckte die Hand aus, um über das Leder zu streichen. »Oh. Mein. Gott.«

Lady Fortescues Miene spiegelte Fassungslosigkeit, Bewunderung und auch Neid wider. »Sie sind die Tochter von Antonio Biancardi?«

Ich schluckte. »Ja.«

»Nur fürs Protokoll, Mum«, sagte Ben lachend. »Mir ist es egal, wer Hollys Vater ist. Es macht nicht den geringsten Unterschied. Stimmt doch, oder, Mum?«

»Ja, ja, natürlich nicht«, erwiderte Lady Fortescue mit einem schrillen Lachen. Sie fasste mich am Arm. »Aber glauben Sie, dass er nächstes Jahr vielleicht an einer unserer Veranstaltungen teilnehmen will?«

»Kann schon sein.« Ich strahlte sie an. »Er scheint ein netter Mann zu sein.«

Lady Fortescue sah mich etwas verwirrt an.

Doch in diesem Moment klatschte Lord Fortescue in die Hände. »Also gut, ihr Lieben. Auf in den Großen Saal, bitte. Wir haben unsere Gäste lange genug warten lassen.« Er sah Esme an. »Und geben Sie uns auch die Ehre, an unserem Dinner teilzunehmen, junge Dame?«

»Cool! Ich meine, ja, sehr gern. Mit dem größten Vergnügen.« Esme machte einen seltsam ungelenken Knicks, ehe Zara sie an der Hand wieder hochzog.

»Du kannst neben mir sitzen.«

Lord Fortescue bot seiner Frau den Arm, und die vier zogen von dannen.

Und dann waren Ben und ich allein im Roten Salon. Er schaltete Kronleuchter und Tischlampen aus, sodass nur noch das flackernde Feuer und der erleuchtete Christbaum den Raum sanft erhellten.

Ich ging langsam auf den Baum zu und blickte zu dem Silberengel auf der Spitze hoch. »Ich liebe Weihnachten«, murmelte ich, als Ben seine Arme um meine Taille schlang.

»Ich auch. An Weihnachten ist es völlig in Ordnung, wenn man alle Lichter ausschaltet und im Dunkeln nach Lust und Laune knutscht.«

Langsam drehte er mich zu sich um. Die Lichterketten spiegelten sich in seinen Augen, und mein Herz begann heftig zu pochen. Er hielt mein Gesicht mit beiden Händen zärtlich umschlossen. Nun konnte ich nur noch das Knacken des Feuers, seinen gleichmäßigen Atem und in der Ferne lachende Stimmen von noch immer eintreffenden Gästen hören.

Auf einmal war ich nervös. Jeder Kuss, jeder Moment zu zweit war bisher unterbrochen worden. Diesmal sollte das nicht mehr passieren.

»Holly«, sagte Ben, »Du bist die wunderbarste und überraschendste Frau, der ich jemals begegnet bin.« Er hob mein Kinn. Sein Atem war warm auf meiner Haut. »Ich kann gar nicht glauben, dass du dir die ganze Mühe gemacht hast, die Kunstgalerie für mich zu planen. Du bist sagenhaft und klug, und außerdem hast du Sommersprossen, sogar im Winter. Ich wusste gar nicht, dass es das gibt. Ich liebe diese Sommersprossen. Ich könnte sie den ganzen Tag anschauen.«

Ich sah ihm in die Augen und strich mit den Fingern über den Stoff seiner Jacke, ehe ich sie hinter seinem Nacken verschränkte. »Und ich kann nicht glauben, dass du Antonio

Biancardi für mich gefunden hast. Ich habe einen Vater. Zum ersten Mal in meinem Leben. Ich liebe es, dass du so impulsiv und spontan bist. Außerdem hast du die schönsten Locken aller Zeiten. Ich könnte den ganzen Tag meine Finger darin vergraben.«

»Dann sind wir quitt.« Er grinste.

»Wirst du wirklich auf Wickham Hall bleiben?«, murmelte ich.

Er nickte. »Du auch?«

Ich lachte. »Bleibt mir nichts anderes übrig, wie es aussieht. Jemand muss schließlich das Organisieren für dich übernehmen.«

»Wirst du das packen?«

»Dich?« Ich schnaubte. »Ich glaube, das kriege ich hin.«

Doch Bens Augen wirkten ungewöhnlich ernst. »Das ist kein Witz, Holly. Meine Freundin zu sein bedeutet, ein unruhiges Leben zu führen. Ich weiß, dass du nicht gern im Rampenlicht stehst. Selbst die Eröffnung der Galerie wird Aufmerksamkeit erregen. Man wird wissen wollen, wer du bist, mit dir reden, dich sogar fotografieren…«

Ich verdrehte die Augen. »Benedict Fortescue, weißt du, was ich glaube?«

Er schüttelte den Kopf. Ein kleines Lächeln umspielte seine Lippen, als ich die letzten Zentimeter Distanz zwischen uns schloss. »Sag es mir.«

»Ich glaube, du solltest aufhören, Pläne für die Zukunft zu machen, und einfach den Moment genießen.«

»Wirklich?« Er strich mit dem Daumen über meine Lippen, was mir einen wohligen Schauder über den Rücken jagte. »Ist das in diesem Fall dann ein guter Moment, dir zu sagen, dass ich dich liebe?«

»Es ist der perfekte Moment«, flüsterte ich und schob meine Finger zwischen seine Haare.

»Ich liebe dich, Holly Swift.«

Und dann küsste er mich. Ich erwiderte seinen Kuss. In diesem Augenblick gab es nur noch ihn und mich, einen Mann und eine Frau, und es war so, als wären unsere Körper füreinander gemacht worden.

Auf einmal machte ich mir keine Gedanken mehr über morgen, übermorgen oder darüber, was in meinem Kalender stand – denn ich hatte uns. Jetzt, in dieser Sekunde. Wenn es das war, was Leben bedeutete – dann gefiel es mir. Sehr sogar.

Epilog

Das blasse Morgenlicht stahl sich durch einen schmalen Spalt in den Vorhängen ins Zimmer und weckte mich sanft aus einem wunderbaren Schlaf. Das Bett war himmlisch. Ich streckte mich genüsslich, ehe ich die Augen aufschlug. Ich blinzelte ein paarmal. Mein Bild, *Geheimer Sonnenaufgang*, lehnte an der Wand auf der gegenüberliegenden Seite des Zimmers. Seine Farben und seine Energie brachten mein Herz zum Singen. Ich lag einen Moment lang still da, blickte zu den goldenen Vorhängen hinüber und lauschte dem Chor der erwachenden Vögel in den Bäumen draußen vor dem Fenster.

Ich lächelte und vergrub meinen Kopf tiefer in den Kissen. Das war ein perfekter Beginn für einen Tag. Das Einzige, was jetzt noch fehlte, war ein gewisser Jemand.

Die Tür öffnete sich, und Ben kam auf Zehenspitzen herein. Er hatte zwei Tassen Tee in den Händen und trug nichts außer Boxershorts und einem schelmischen Lächeln. »Guten Morgen, meine schlafende Schöne. Du siehst noch ganz verträumt und herrlich aus.«

Eine Welle der Liebe überrollte mich, als er über den Teppichboden auf mich zukam. Seine Haare waren zerzaust und auf seinem Gesicht noch Abdrücke von den Kissen zu sehen.

»Ist das alles real?« Ich seufzte. »Passiert mir das alles wirklich?«

»Das tut es.« Er machte auf dem chinesischen Schränkchen neben mir Platz und stellte die dampfenden Tassen ab. »Tee. Genau wie du ihn magst.«

»Hurra.« Ich setzte mich auf und trank einen ersten Schluck.

Ich liebte es, dass er wusste, wie ich meinen Tee mochte. Ich liebte noch tausend andere Dinge an ihm: wie er seine Jeans faltete, wenn er sie auszog, wie er mit seiner Hand in meiner einschlief ...

»Also?«, murmelte er und gab mir einen Kuss auf die Nase. »Wie war es?«

»Von eins bis zehn?« Ich kicherte und stellte meine Tasse wieder ab.

Er sprang wieder neben mir ins Bett und zog die Decke über sich. »Nein. Aber ich habe doch deinen dritten Wunsch erfüllt, wenn ich mich recht erinnere. Ich wollte nur wissen, ob es deinen Erwartungen entsprochen hat.«

Das Himmelbett in Wickham Hall. Erfüllt.

Ich schmiegte mich an ihn und legte meine Wange auf seine nackte Brust. »*Mehr* als das. Ich fühle mich wie eine Prinzessin.«

Ben schlang fest seine Arme um mich und küsste mich auf den Kopf. »Prinzessin oder nicht, du hast zwanzig Minuten, um nach unten zu kommen und dich auf dein nächstes Abenteuer vorzubereiten.«

»Aaahhhh!« Ich sprang aus dem Bett und rannte in Bens Badezimmer hinüber.

»Übrigens«, rief er mir hinterher.

Ich streckte den Kopf durch die Tür. »Ja?«

»Du hast nicht geschnarcht.« Er zwinkerte.

Zwanzig Minuten später befanden sich Ben und ich mit unseren Koffern auf dem Weg nach unten. Lord Fortescue hatte freundlicherweise vorgeschlagen, dass meine Sachen in Bens Zimmer bleiben konnten, während Dower House, ein hübsches frei stehendes Cottage am anderen Ende des Anwesens, für uns hergerichtet wurde, damit wir dort einziehen konnten. Die Renovierung sollte nur eine Woche dauern, und in der Zeit würden wir eh verreisen.

Ben ließ die Koffer auf der oberen Stufe vor dem Haus stehen und sah mich verlegen an. »Ich brauche zwei Minuten. Versprochen. Ich möchte nur rasch etwas mit dem Architekten klären, ehe wir abfahren.«

»Zwei Minuten«, warnte ich ihn und lachte leise, als er in Richtung der alten Garagen rannte. Bens Pläne für die neue Kunstgalerie waren schnell genehmigt worden, weil er teilweise die alten Zeichnungen hatte verwenden können. Das Gebäude war leer geräumt worden, man hatte es eingerüstet, und jetzt verbrachte Ben jede Minute mit den Bauarbeitern und den Architekten, um mit ihnen über sein heiß geliebtes Projekt zu sprechen.

»Holly, meine Liebe, ich freue mich, dass ich dich noch erwische.«

Ich drehte mich um und entdeckte Lady Fortescue, die in einen langen, eleganten Morgenmantel und zierlichen Pantoffeln gekleidet war und die Arme vor der Brust verschränkt hatte, um sich vor der kühlen Frühlingsluft zu schützen.

»Guten Morgen, Beatrice.« Ich strahlte. »Ich bin schon total aufgeregt.«

Sie nickte. »Ich freue mich so für euch.«

In diesem Moment hielt Lord Fortescues Range Rover vor dem Herrenhaus. Ben saß auf dem Beifahrersitz. Er sprang geschmeidig heraus, öffnete den Kofferraum und lud unsere Gepäckstücke ein. »Fertig?« Er zog die Augenbrauen hoch und streckte die Hand nach mir aus.

»Wartet noch einen Moment«, sagte Lady Fortescue hastig. »Ich wollte dir das noch geben, Holly.« Sie öffnete ihre Finger und enthüllte das Perlenarmband mit dem Diamantverschluss.

Meine Augen weiteten sich. »Für mich? Wirklich?« Ich war fassungslos. »Ich weiß gar nicht, was ich sagen soll.«

Ich hielt ihr mein Handgelenk hin, und sie legte es mir an.

Ben legte seinen Arm um meine Taille. »Das ist wirklich lieb von dir, Mum.«

»Du erinnerst mich so sehr an mich selbst, als ich nach Wickham Hall kam.« Lady Fortescue seufzte. »Mit großen Augen die Schönheit des Ortes in mich aufnehmend, voller Ideen und Energie. Ich war etwa in deinem Alter, als Hugo mir das hier geschenkt hat, und jetzt bin ich bereit, es weiterzugeben. An dich.«

Ich schlang meine Arme um sie und drückte sie fest an mich. »Vielen Dank, Beatrice. Ich liebe das Armband. Genauso wie ich Wickham Hall liebe.«

»Tschüss, Mum!«, rief Ben und führte mich zum Auto, damit ich hinten einstieg. Als er neben mich glitt, flüsterte er mir ins Ohr: »Das war's. Jetzt entkommst du uns Fortescues nie mehr.«

»Das will ich auch gar nicht.« Ich gab ihm einen raschen Kuss und lächelte. »Guten Morgen, Hugo.« Ich beugte mich vor zu Lord Fortescue hinterm Steuer, der auf das Lenkrad trommelte.

»Sind wir so weit?«, fragte er fröhlich. »Habt ihr alles dabei?«

Ich kontrollierte zum unzähligsten Mal meine Tasche. Unsere Pässe und Flugtickets nach Bergamo lagen gut sichtbar obenauf.

Ben schenkte mir sein strahlendes Lächeln, das mein Herz jedes Mal schneller schlagen ließ. »Bist du bereit, deinen Vater kennenzulernen?«

Ich nickte und drückte seine Hand. »Fahren wir.«

Cathy Bramley

Lass alles hinter dir und finde dein Glück

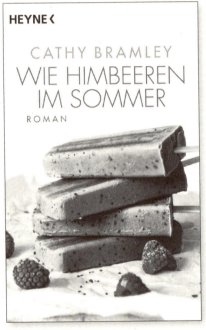

978-3-453-41947-6

Leseprobe unter **www.heyne.de**